A outra metade de Sarah

Lisa Genova

A outra metade de Sarah

TRADUÇÃO
Maria Luiza X. de A. Borges

RIO DE JANEIRO, 2019

Copyright © 2011 by Lisa Genova. All rights reserved.
Título original: Left Neglected

Este livro foi publicado anteriormente no Brasil com o título *Nunca mais Rachel*

Todos os direitos desta publicação são reservados à Casa dos Livros Editora LTDA. Nenhuma parte desta obra pode ser apropriada e estocada em sistema de banco de dados ou processo similar, em qualquer forma ou meio, seja eletrônico, de fotocópia, gravação etc., sem a permissão do detentor do copyright.

Diretora editorial: *Raquel Cozer*

Gerente editorial: *Alice Mello*

Editor: *Ulisses Teixeira*

Revisão de tradução: *Frida Landsberg*

Revisão: *Guilherme Semionato* e *Anna Beatriz Seilhe*

Capa e projeto gráfico: *Túlio Cerquize*

Diagramação: *Abreu's System*

CIP-Brasil. Catalogação na Publicação
Sindicato Nacional dos Editores de Livros, RJ

G293o

Genova, Lisa
    A outra metade de Sarah / Lisa Genova ; tradução Maria Luiza X. de A. Borges. – 1. ed. – Rio de Janeiro: Harper Collins, 2019.

    Tradução de: Left Neglected
    ISBN 978-85-9508-576-3

    1. Ficção americana. I. Borges, Maria Luiza X. de A. II. Título.

19-57791   CDD: 813
                                  CDU: 82-3(73)

Vanessa Mafra Xavier Salgado – Bibliotecária – CRB-7/6644

Os pontos de vista desta obra são de responsabilidade de seu autor, não refletindo necessariamente a posição da HarperCollins Brasil, da HarperCollins Publishers ou de sua equipe editorial.

HarperCollins Brasil é uma marca licenciada à Casa dos Livros Editora LTDA.
Todos os direitos reservados à Casa dos Livros Editora LTDA.
Rua da Quitanda, 86, sala 218 — Centro
Rio de Janeiro, RJ — CEP 20091-005
Tel.: (21) 3175-1030
www.harpercollins.com.br

Para Chris e Ethan

Agradecimentos

Obrigada em primeiro lugar às muitas pessoas vivendo com Negligência Esquerda que compartilharam suas experiências e histórias comigo, dando-me uma compreensão real e humana de sua condição que simplesmente não pode ser encontrada em manuais.

Obrigada, Annie Eldridge, Lynn Duke, Mike e Sue McCormick, Lisa Nelson, Brad e Mary Towse e Bruce e Aimy Wilbur.

Um agradecimento especial para Deborah Feinstein, que faleceu enquanto eu escrevia esta história, e à sua família, por me convidar a entrar em suas vidas em um momento tão pessoal e incerto. Obrigada, dr. Ali Atri, por me apresentar a Deborah e a sua família, por dedicar seu tempo a me levar até eles e por confiar que minha busca de conhecimento seria respeitosa.

Um agradecimento especial também para minha amiga Julia Fox Garrison (autora de *Don't Leave Me This Way*). Você é verdadeiramente uma inspiração.

Obrigada aos muitos profissionais de saúde que dedicaram tempo a se encontrar comigo ou conversar por telefone, que me ajudaram a compreender melhor a apresentação clínica dos sintomas, a reabilitação, a acomodação e a recuperação.

Obrigada, Kristin Siminsky (fisioterapeuta), Kimberly Wiggins (enfermeira neurológica licenciada), Patty Kelly (terapeuta ocupacional), Jim Smith (professor assistente de fisioterapia em Utica College), Tom Van Vleet, ph.D. (neuropsicólogo e pesquisador na Universidade da Califórnia em Berkeley), e Michael Paul Mason (autor de *Head Cases: Stories of Brain Injury and Its Aftermath*).

Obrigada a todos no Spaulding Rehabilitation Hospital em Boston: dr. Ron Hirschberg (fisiatra), Lynne Brady Wagner (diretora do Programa de AVCs), Becky Ashe (terapeuta ocupacional),

Melissa DeLuke (terapeuta ocupacional), Paul Petrone (chefe da prática de terapia ocupacional, Programa de AVCs), dr. Randie Black-Schaffer (diretor médico, Programa de AVCs), Varsha Desai (terapeuta ocupacional), Jena Casbon (patologista da fala e da linguagem) e Joe DeGutis, ph.D. (cientista pesquisador).

Obrigada a todos no Rehabilitation Hospital of the Cape & Islands: Mary Ann Tryon (enfermeira licenciada), Carol Sim (enfermeira licenciada, diretora executiva), Stephanie Nadolny (VP de serviços clínicos e terapeuta recreacional), Jan Sullivan (terapeuta da fala para pacientes internados), Scott Abramson, Md (fisiatra), Allison Dickson (auxiliar de reabilitação para pacientes internados), Deb Detwiler (auxiliar de reabilitação para pacientes internados), Colleen MacCauley (fisioterapeuta para pacientes internados), David Lowell, Md (diretor médico, neurologista), Dawn Lucier (fisioterapeuta sênior, especializada em neurologia), Sue Ehrenthal, Md (fisiatra), Jay Rosenfeld, Md (fisiatra), Heather Ward (terapeuta ocupacional ambulatorial) e Donna Erdman (terapeuta ocupacional ambulatorial).

Obrigada a Sarah Bua por me introduzir à vida na Harvard Business School.

Obrigada a Susan Levine, vice-presidente da Bain Capital, e a Stephanie Stamatos, ex-vice-presidente sênior de recursos humanos na Silver Lake, por me ajudar a compreender melhor a vida profissional de Sarah e seu malabarismo com família e carreira.

Obrigada a Jill Malinowski e a Amanda Julin por me instruir sobre o Transtorno do Déficit de Atenção com Hiperatividade.

Obrigada a Tom Kersey, diretor executivo da Associação de Esportes para Deficientes da Nova Inglaterra (AEDNI), por me mostrar o milagre da AEDNI e como ela ajudaria Sarah.

Obrigada a Louise Burke, Anthony Ziccardi, Kathy Sagan e Vicky Bijur, por acreditarem nesta história antes mesmo de lerem uma palavra dela, e obrigada novamente a Kathy e a Vicky por tornar este livro melhor por meio de sua orientação e pelo feedback editorial.

Obrigada a meus queridos primeiros leitores, que leem cada capítulo assim que o escrevo, estimulando-me desde as primeiras palavras: Anne Carey, Laurel Daly, Kim Howland, Sarah Hutto, Mary Macgregor, Rose O'Donnell e Christopher Seufert.

Obrigada à minha aldeia de família e amigos que me ajudaram no cuidado das crianças e a encontrar tempo e espaço para escrever esta história, em especial Sarah Hutto, Sue Linnell, Heidi Wright, Monica Lussier, Danyel Matteson, Marilyn e Gary Seufert, meus pais e meu marido.

Obrigada a Chris, a Alena e a Ethan. Seu amor torna tudo isto possível.

Prólogo

Acho que uma pequena parte de mim sabia estar vivendo uma vida insustentável. Volta e meia sussurrava: *Sarah, for favor, vá mais devagar. Você não precisa de tudo isso. Você não pode continuar assim.* Mas o restante de mim, poderoso, inteligente e decidido a vencer, vencer, vencer, não ouvia sequer uma palavra. Se, de vez em quando, pensamentos desse tipo conseguiam se infiltrar na minha consciência, eu os mandava calar a boca, repreendia-os e os mandava para o quarto. Quieta, voz, não vê que tenho um milhão de coisas para fazer?

Até meus sonhos começaram a me dar batidinhas no ombro, tentando prender minha atenção. *Você ao menos sabe o que está fazendo? Deixe que eu lhe mostre.* Mas cada sonho tendia a escapar assim que eu acordava e, como um peixe escorregadio capturado em minhas mãos nuas, escorregava para fora e saía nadando antes que eu pudesse lhe dar uma boa olhada. É estranho que possa me lembrar de todos eles agora. Nas últimas noites antes do acidente, acho que meus sonhos tentavam me acordar. Com tudo que aconteceu, acredito honestamente que eles eram uma orientação enviada por uma fonte espiritual. Mensagens de Deus. E eu os ignorei. Suponho que precisava de alguma coisa menos fugaz e mais concreta.

Como uma pancada traumática na cabeça.

Capítulo 1

— *Sobreviventes, a postos?*

Jeff, o apresentador bonito — ainda que de forma perturbadora — do reality show de desafios sorri, prolongando a espera, sabendo que ela nos deixa loucos.

— *Já!*

Corro por uma floresta tropical. Insetos batem no meu rosto enquanto me precipito. Sou um escudo humano. Os insetos me dão nojo.

Ignore-os. Apresse-se.

Galhos pontudos fustigam e cortam meu rosto, meus pulsos e tornozelos. Estou sangrando. Arde.

Ignore isso. Vamos depressa.

Um galho se prende à minha blusa de seda favorita, a mais cara, e abre um rasgão do ombro ao cotovelo.

Ótimo, não vou poder usar isto na minha reunião da manhã. Depois conserto. Rápido. Rápido.

Chego à praia e vejo as tábuas lançadas pelo mar. Deveria fazer uma balsa. Mas não vejo ferramenta alguma. Dou palmadas na areia à minha volta. Não consigo achar ferramenta alguma. Lembro-me então do mapa que Jeff nos mostrou por um segundo, antes de lhe atear fogo. Ele sorriu vendo-o queimar. Fácil para ele estar tão feliz, com a barriga cheia e roupas amaciadas. Faz dias que não como nem tomo um banho de chuveiro.

— *Mãe, preciso de ajuda — geme Charlie em minha cintura. Ele não deveria estar aqui.*

— *Agora não, Charlie. Tenho que encontrar uma bandeira vermelha e um estojo de ferramentas.*

— *Mãe, mãe, mãe!* — *insiste ele. Puxa minha manga rasgada para baixo e a arranca por completo através do punho.*

Agora está arruinada por inteiro. E não acredito que eu vá ter tempo para trocar de roupa antes de ir para o trabalho.

Avisto um borrão vermelho acima da praia plana a uns noventa metros de distância. Corro em direção a ele, e Charlie me segue, suplicando, desesperado: — *Mãe, mãe, mãe!*

Olho para baixo e vejo fragmentos brilhantes verdes e marrons por toda parte. Vidro. Mas não vidro lançado pelo mar. Vidro novo, dentado e afiado. Estilhaços de garrafa cobrem a praia.

— *Charlie, pare! Não venha atrás de mim!*

Estou conseguindo evitar bem os cacos enquanto corro, mas ouço então Charlie fracassando e Jeff rindo, e dou um passo em falso. Um caco de vidro verde corta profundamente o arco do meu pé esquerdo. Dói e está sangrando muito.

Ignore. Depressa.

Chego à bandeira vermelha. Mosquitos em quantidade entram e saem de minhas narinas, boca e orelhas, fazendo-me cuspir e sentir náusea. Não é por esse tipo de proteína que tenho ansiado. Cubro o rosto com as palmas das mãos, prendo o fôlego, e conto 12 passos a oeste da bandeira vermelha.

Cavo com as mãos em meio a um frenesi de mosquitos, encontro a caixa de ferramentas e volto mancando para as tábuas lançadas pelo mar. Charlie está lá, agachado, construindo um castelo com cacos de vidro.

— *Charlie, pare com isso. Você vai se cortar.*

Mas ele não ouve e continua.

Ignore-o. Apresse-se.

Estou a meio caminho de montar a balsa quando ouço os lobos uivando.

Mais alto. Mais alto.

Depressa!

A meia balsa não é forte o bastante para aguentar nós dois. Charlie berra quando o levanto do chão, arrancando-o do seu castelo de vidro. Enche-me de chutes e socos enquanto luto para colocá-lo sobre a meia balsa.

— Quando você chegar do outro lado, vá procurar ajuda.

— Mamãe, não me deixe!

— Não é seguro aqui. Você tem que ir!

Empurro a meia balsa para a água, e a forte corrente a arrebata. Assim que Charlie some de vista, os lobos começam a me rasgar a calça e a minha camisa favorita, dilacerando-me a pele, comendo-me viva. Jeff sorri enquanto eu morro, e penso: Por que eu quis participar deste jogo idiota?

MEU DESPERTADOR HUMANO, MEU FILHO de nove meses, Linus, me acorda com um balido, "baaabaá", pela babá eletrônica antes que eu morra.

SEXTA-FEIRA

O despertador verdadeiro marca 5h06, falta cerca de uma hora para o momento em que deveria soar. Resignada a me levantar agora, desligo o modo de alarme. Sinceramente, não consigo lembrar quando foi a última vez que despertei ao seu som de *bomp, bomp, bomp* e não com o rebuliço de um de meus três filhos. E a função soneca é uma lembrança ainda mais remota. Manhãs de negociar breves porém preciosas extensões na cama. *Só mais nove minutos, e não vou raspar as pernas. Mais nove minutos, e não tomo café da manhã. Mais nove minutos, sexo matinal.* Faz muito, muito tempo que não aperto esse botão. Bem, Charlie está com sete anos, portanto faz cerca de sete anos. Parece uma eternidade. Só me dou ao trabalho de armar o despertador todas as noites porque sei, simplesmente sei, que a primeira vez que não o fizer, a primeira vez que decidir confiar em meus anjinhos para me acordar, será uma manhã em que tenho um prazo final crítico ou um voo que não posso perder, e todos eles dormirão até tarde pela primeira vez.

Levanto-me e olho para Bob, os olhos fechados, rosto bambo, boca aberta, corpo espalhado, de costas.

— Fingindo que dorme — digo.

— Estou acordado — diz ele, os olhos ainda fechados. — É você que ele está chamando.

— Ele está dizendo "baba", não "mama".

— Quer que eu o pegue?

— Já estou de pé.

Sigo pelo corredor, descalça no frio assoalho de madeira de lei, até o quarto de Linus. Abro a porta para vê-lo de pé junto às barras do berço, chupeta na boca, cobertor surrado em uma das mãos, Coelhinho querido ainda mais surrado na outra. Seu rosto inteiro sorri quando me vê, o que me faz sorrir, e ele começa a bater ruidosamente na grade. Parece um adorável prisioneiro bebê, de malas prontas em seu último dia de cadeia, esperando a libertação.

Apanho-o e o carrego para o trocador, onde seu bom humor se esvai, dando lugar a um gemido traído. Ele arqueia as costas e revira-se, lutando com todas as forças contra o que acontece de cinco a seis vezes por dia, todos os dias. Nunca vou entender por que odeia com tanta veemência que lhe troquem a fralda.

— Linus, pare com isso.

Tenho de usar uma perturbadora quantidade de energia para prendê-lo na tábua e enfiá-lo à força em uma nova fralda e em roupas. Tento alguns soprões na barriga e canto "Brilha, brilha, estrelinha" para arrancá-lo dessa disposição, mas ele continua sendo meu relutante adversário ao longo de todo o processo. O trocador fica perto da única janela de seu quarto, que por vezes é útil para distrações. *Olha o passarinho!* Mas ainda está escuro, e nem os passarinhos estão acordados. Ainda é noite, pelo amor de Deus.

Linus não dorme a noite toda. Na última noite, eu o embalei para que voltasse a dormir depois que acordou gritando à uma hora, e Bob ficou com ele um pouco em seu quarto depois das três. Aos nove meses, Linus ainda não está falando, só baba-mama-dada. Não podemos, portanto, entrevistá-lo para descobrir qual é o problema, nem tampouco argumentar com ele ou suborná-lo. Toda noite é um jogo de adivinhação que Bob e eu temos pouca vontade de jogar, e que nunca vencemos.

Você acha que é a dentição? Será que deveríamos lhe dar Tylenol? Não podemos simplesmente drogar o menino toda noite. Talvez ele tenha uma infecção no ouvido. Eu o vi puxando a orelha mais cedo. Ele sempre puxa a orelha. Será que perdeu a chupeta? Talvez tenha tido um pesadelo. Talvez seja a separação. Seria o caso de trazê-lo para ficar aqui na cama conosco? Realmente não queremos introduzir essa opção no cardápio, queremos? O que fizemos com os outros dois? Não consigo me lembrar.

Volta e meia, motivados por desesperada exaustão, resolvemos ignorá-lo. *Hoje à noite vamos deixá-lo se esgoelar à vontade.* Mas o pequeno Linus tem uma resistência extraordinária e pulmões infatigáveis. Quando ele decide fazer uma coisa, empenha-se cem por cento, qualidade que lhe será muito útil na vida, eu creio, de modo que não estou plenamente convencida de que deveríamos extirpá-la. Em geral, ele chora por mais de uma hora, tempo durante o qual Bob e eu ficamos deitados acordados, menos ignorando que ouvindo o choro, prestando atenção, procurando captar mudanças sutis na intensidade ou no ritmo que poderiam indicar que o fim está próximo, sem nunca as encontrar.

Um dos outros dois, em geral Lucy, acaba por vir bater à nossa porta e entrar.

— Linus está chorando.

— Nós sabemos, meu bem.

— Posso tomar um copo de leite?

Agora estou de pé com Lucy, pegando o leite, e Bob está de pé fazendo Linus se calar. Plano gorado. Vitória do bebê. Placar: pais com MBA em Harvard, ambos altamente especializados em negociação e liderança: zero. Criança de nove meses sem nenhuma educação formal ou experiência no planeta: um número de vezes grande demais para meu cérebro exausto contar.

Uma vez vestido e retirado do temido trocador, Linus logo volta ao normal. Nenhuma raiva, nenhum ressentimento, ele vive apenas no momento. Dou um beijo e um apertão em meu pequeno Buda e o carrego para baixo. Charlie e Lucy já estão de pé. Posso ouvir Lucy andando de um lado para outro em seu quarto, e Charlie está deitado em um dos pufes da sala de estar, vendo *Bob Esponja*.

— Está cedo demais para tv, Charlie. Desligue isso.

Mas ele está completamente extasiado e não me ouve. Pelo menos, espero que não tenha me escutado e não esteja me ignorando deliberadamente.

Lucy sai de seu quarto vestida como uma louca.

— Acha que estou chique, mamãe?

Ela está usando um colete cor-de-rosa e branco de bolinhas sobre uma camisa alaranjada de mangas compridas, *leggings* de veludo com estampa de leopardo sob uma saia tutu cor-de-rosa, botas de inverno forradas e seis fivelas distribuídas aleatoriamente pelo cabelo, cada uma de uma cor.

— Você está um arraso, querida.

— Estou com fome.

— Venha comigo.

Vamos para a cozinha, e Lucy trepa em um dos bancos de bar junto à bancada-ilha da cozinha. Sirvo duas tigelas de cereal, uma para Lucy e uma para Charlie, e uma mamadeira para Linus. Sim, meus filhos são personagens de *Peanuts*. Charlie, sete anos, e Lucy, cinco, ganharam esses nomes sem que pensássemos na história em quadrinhos ou fizéssemos alusão a ela. Charlie recebeu o nome do pai de Bob, e nós dois simplesmente gostávamos do nome Lucy. Mais tarde, quando fiquei grávida de novo de modo inesperado, anos depois de ter doado ou vendido pelo eBay todas as coisas que tinha de bebê, anos depois de termos comemorado o fim das fraldas, dos carrinhos e do dinossauro Barney, tivemos que encontrar mais um nome e ficamos confusos.

— Eu escolheria Schroeder — propôs uma colega de trabalho.

— Não, definitivamente Linus. Ou Woodstock — disse outra.

Só então me dei conta do padrão que havíamos iniciado com nossos dois primeiros filhos. E gostei do nome Linus.

Dei a mamadeira para Linus enquanto observava Lucy comer todos os marshmallows coloridos misturados ao cereal, primeiro "o talismã".

— Charlie, venha! Seu cereal está ficando mole!

Lucy come mais duas colheradas.

— Charlie!

— Já vou, já vou.

Charlie arrasta-se até o banco vizinho ao de Lucy e baixa os olhos para sua tigela como se fosse o pior dever de casa que já tivesse enfrentado.

— Estou cansado — diz.

— Então por que está de pé? Volte para a cama.

— Está bem — diz ele, e sobe de volta para o quarto.

Lucy toma o leite de sua tigela, enxuga a boca na manga, pula para o chão e sai sem dizer uma palavra. Com pressa de ficar livre como a irmã, Linus bebe sua mamadeira até a última gota e arrota sem nenhuma ajuda. Solto-o no chão atravancado de brinquedos e pedaços esmagados de biscoito. Agarro uma bola e jogo-a na sala de estar.

— Vá pegá-la!

Animado por estar em um jogo, ele engatinha atrás dela como um cachorrinho brincalhão.

Sozinha pelo menos por um momento, eu como os cereais intactos e amolecidos de Charlie porque alguém deveria comê-los, depois levo todos os pratos para a pia, seco a bancada, ponho sobre ela uma cafeteira, arrumo merendeiras com almoço e lanche para Charlie e Lucy, e preparo a sacola de fraldas para Linus. Assino uma permissão para Lucy ir ao museu vivo de Plimoth Plantation. Na pergunta "Você poderia ir como acompanhante?", marco "não". Na mochila de Charlie, encontro um bilhete de sua professora:

> *Caros sr. e sra. Nickerson,*
>
> *Os boletins foram enviados semana passada, e espero que já tenham tido tempo de examinar o de Charlie. Gostaria de marcar uma hora para conversar pessoalmente com vocês dois sobre ele. Por favor, telefonem-me assim que possível.*
>
> *Atenciosamente,*
>
> *Srta. Gavin*

O boletim de Charlie não é o que toda mãe sonha para seu filho, em especial quando essa mãe sempre — sempre — teve boletins perfeitos. Bob e eu sabíamos que haveria problemas, margem para melhoras em áreas como leitura e atenção. O ano passado nos preparou um pouco para isso. Mas no jardim de infância, as notas abaixo da média em algumas categorias eram amenizadas tanto pela professora quanto por Bob. *Ele é menino! Vai se acostumar a ficar sentado quieto o dia todo antes de chegar ao primeiro ano. Vejo isso todo ano. Não se preocupem.*

Bem, agora ele está no primeiro ano e estou preocupada. Obteve ou um "P", significando "Precisa melhorar", ou um "3", significando "Abaixo das expectativas" na *maioria* das categorias. Até Bob ficou pálido ao percorrer a coluna de 3s e Ps. Seja o que for que está acontecendo com Charlie, uma vasta generalização acerca de seu gênero não livrará sua cara desta vez. Que há de errado com ele?

O cereal de Charlie está me deixando enjoada. Eu não devia ter comido todo aquele açúcar. Abro meu laptop sobre a bancada ao lado da cafeteira e enquanto estou parada, esperando pela cafeína de que meu cérebro viciado precisa, verifico meu e-mail. Tenho 64 novos e-mails. Ontem fiquei acordada até meia-noite, limpando minha caixa de entrada, portanto todos esses chegaram nas últimas cinco horas. Vários são de escritórios na Costa Oeste, enviados ontem tarde da noite. Pelo menos duas dúzias são de escritórios na Ásia e na Europa, que hoje já estão em pleno dia de trabalho. Uns dois e-mails marcados "urgente" são de um jovem e apavorado analista no escritório de Boston.

Fico absorta lendo e respondendo por um tempo longo demais sem interrupção. Apuro os ouvidos e não ouço nada. Onde estão eles?

— Lucy? Linus?

Só os pufes assistem ao *Bob Esponja* na sala. Disparo escada acima e entro no quarto de Lucy. Estão os dois lá, o que significa que Lucy se esqueceu de fechar o portão ao pé da escada, e Linus subiu todos os degraus engatinhando sozinho. Graças a Deus ele não tentou descer de gatinhas, porque seu método preferido é de ponta-cabeça. Mas antes que eu possa agradecer a Deus por tê-lo mantido inteiro, antes que eu bata no assoalho de madeira por sequer pensar no que poderia ter acontecido, e antes que eu possa castigar Lucy devidamente por não ter fechado o portão, todos os meus sentidos se intensificam e se concentram em Linus. Ele está sentado no chão, não investigando nada, com a boca fechada de maneira suspeita. Lucy, a menos de meio metro dele no chão, faz adereços de miçangas. Há miçangas espalhadas por todo o chão.

— Linus!

Agarro sua nuca com a mão esquerda e vasculho o interior de sua boca com o dedo indicador direito. Ele resiste, sacudindo a cabeça de um lado para outro e fechando a boca com mais força.

— Linus, abra! O que você tem aí dentro?

Sinto-o. Meneio o dedo e pesco uma miçanga de plástico rosada, cor de chiclete, mais ou menos do tamanho de uma amora. Violentado, roubado e ignorando por completo que sua vida estava em perigo, Linus uiva. Agora Bob está parado no vão da porta, de banho tomado, vestido, e preocupado.

— O que aconteceu? — pergunta.

— Ele estava prestes a se sufocar com isto.

Exibo a miçanga assassina na palma da mão.

— Nada, pequena demais. Ele está bem.

Entretanto, há uma porção de miçangas maiores espalhadas pelo chão em volta de Lucy, além de algumas moedas, elásticos de cabelo, uma bolinha de borracha. O quarto de Lucy é uma armadilha mortal. E se ele tivesse decidido chupar uma moeda de 25 centavos? E se uma das miçangas alaranjadas maiores lhe tivesse parecido particularmente apetitosa? E se eu tivesse chegado aqui tarde demais? E se Linus estivesse esticado no chão, sem respirar, com os lábios azuis?

Se Bob pudesse ler meus pensamentos, e provavelmente podia, iria me dizer para não entrar nessa. Iria me dizer para parar de imaginar o pior e para relaxar. Todo mundo está bem. Todas as crianças põem na boca coisas que não deveriam. Comem lascas de tinta e giz de cera e engolem terra, pedrinhas e toda espécie de coisas de que não temos nem conhecimento. Até sobem escadas sozinhas. As crianças são fortes, ele diria. Elas sobrevivem.

Mas eu penso diferente. Não preciso imaginar o pior para pensar nele. Posso me lembrar dele. Algumas vezes as crianças sobrevivem. E algumas, não.

Sendo a perfeccionista nota dez em tudo, ligeiramente obsessivo-compulsiva, temente a Deus e muito supersticiosa, bato no pé da cama de madeira, agradeço a Deus por mantê-lo ileso e censuro sua irmã.

— Lucy, este quarto está um desastre. Você precisa catar todas essas miçangas.

— Mas estou fazendo um colar — fala ela, gemendo.

— Vem, vou ajudar você, pateta — diz Bob, agora de joelhos e catando contas. — Por que você não escolhe um dos seus colares já prontos para hoje? Depois pode descer comigo e com Linus.

— Charlie ainda não se vestiu nem comeu — conto, anunciando a rotina, passando o bastão parental para Bob.

Depois de uma rápida chuveirada, paro nua diante do espelho de corpo inteiro no quarto e me avalio enquanto passo hidratante nos braços e nas pernas.

P, Precisa melhorar.

Ainda estou uns sete quilos acima do meu peso pré-Linus, que era, para ser honesta, uns quatro quilos acima do meu peso pré-Charlie. Agarro um punhado da massa de pão frouxa e enrugada que costumava ser meu retesado abdome e traço a linha cor de ferrugem, não desbotada, que corre desde alguns centímetros acima do umbigo até o pelo pubiano. Continuo até as almofadas de carne que acolchoam os ossos do meu quadril, que migraram para o lado a fim de abrir espaço para Linus, meu maior bebê, deixando-me com cadeiras mais largas e uma gaveta cheia de calças que não abotoam.

A academia que frequento poderia ser chamada com mais precisão de minha obra de caridade favorita. Nunca vou. Na verdade, deveria cancelar minha matrícula, em vez de doar cem dólares para eles todo mês. Há também os equipamentos de ginástica no porão, posicionados como estátuas, juntando poeira: a máquina elíptica, a máquina de exercícios, e o remador que Bob comprou para mim no Natal quando estava no oitavo mês de gravidez (ele estava maluco?). Passo por esses aparelhos desajeitados toda vez que vou à lavanderia; ou seja, com três filhos, repetidas vezes. Sempre o faço em um passo rápido, sem olhar para eles, como se estivéssemos envolvidos em algum tipo de briga séria e eu estivesse lhes demonstrando indiferença. Funciona. Eles nunca me incomodam.

Esfrego o resto do hidratante nas mãos.

Não seja tão dura com você mesma, penso, sabendo ser essa a minha tendência.

Linus tem só nove meses. A frase "nove meses para engordar, nove meses para emagrecer" de um livro de autoajuda pipoca na minha cabeça. A autora supõe que tenho tempo para coisas como manicure, compras e desfiles de moda, e que faço da minha rotina uma prioridade. Não é que eu não queira minha rotina de volta.

Esse item está na minha lista. Só que, infelizmente, está tão lá embaixo que mal consigo avistá-lo.

Antes de me vestir, faço uma pausa para uma última avaliação. Minha pele clara está coberta de sardas, cortesia da minha mãe, escocesa. Quando eu era menina, tinha o hábito de ligar os pontinhos com caneta para criar constelações e tatuagens. Minha favorita era a perfeita estrela de cinco pontas que minhas sardas delineiam em minha coxa esquerda. Mas isso foi nos idos dos anos 1980, antes que eu tomasse conhecimento de filtro solar, negligenciado naquele tempo, quando eu e todas as minhas amigas levávamos frascos de óleo de bebê conosco para a praia, literalmente fritando-nos ao sol. Hoje, todos os médicos e a mídia dizem que minhas sardas são manchas de idade e sinais de dano causado pelo sol.

Escondo a maior parte do dano com uma camiseta branca e com meu terno preto Elie Tahari. De toda maneira, sinto-me como um homem nesse terno. Perfeito para o dia que vou enfrentar. Seco o cabelo com uma toalha e esfrego nele uma porção emulsificada de spray. Castanho-avermelhado, grosso e ondulado, caindo até os ombros, meu cabelo não tem nada de masculino. Posso estar gorda, sardenta e vestida como um homem, mas amo meu lindo cabelo.

Após uma aplicação superficial de base, blush, delineador e máscara, rumo para o térreo e entro de novo na briga. Agora Lucy, instalada em um dos pufes, canta junto com *Dora, a Aventureira*, e Linus, encurralado no cercadinho ao lado dela, chupa a cabeça de um motorista de ônibus de plástico. Na cozinha, Bob, sentado sozinho à mesa, toma café em sua caneca de Harvard e lê o *Wall Street Journal*.

— Onde está Charlie? — pergunto.

— Está se vestindo.

— Ele comeu?

— Cereal e suco.

Como ele consegue? "Bob cuidando das três crianças" é um show completamente diferente de "Sarah cuidando das três crianças". Com Bob, elas se dispõem alegremente a ser pequenos capatazes independentes, contentes por deixá-lo em paz até que ele venha lhes propor uma nova atividade. Comigo, é como se eu tivesse todo o magnetismo de uma estrela de rock de sucesso sem os guarda-costas. Ficam *em cima* de mim. Um exemplo típico: Linus está aos meus pés, gemendo, implorando que eu o pegue no colo; ao mesmo tempo, de outro cômodo, Lucy berra "Mãe, preciso de ajuda!", enquanto Charlie me faz 470 perguntas incessantes sobre o que acontece com o lixo.

Pego minha caneca de café e sento-me em frente a Bob para nossa reunião matinal. Dou um gole. Está frio. Azar.

— Você viu o bilhete da professora de Charlie? — pergunto.

— Não, diz o quê?

— Ela quer conversar conosco sobre o boletim dele.

— Que bom, quero saber o que está acontecendo.

Ele enfia a mão em sua bolsa carteiro e tira seu iPhone.

— Acha que ela pode falar com a gente antes das aulas? — pergunta.

Pego meu laptop na bancada e me sento.

— Seria possível para mim cedo na quarta e na sexta-feira, talvez na quinta, se eu deslocar alguma coisa — digo.

— Eu posso na quinta. Você tem o e-mail dela?

— Está aqui.

Envio um e-mail para a srta. Gavin.

— Você vai ao jogo dele hoje? — pergunta Bob.

— Não, e você?

— Provavelmente não chegarei a tempo, lembra?

— Ah, é. Eu não posso, meu dia está cheio.

— Tudo bem. Queria apenas que um de nós pudesse estar lá para vê-lo.

— Eu também, querido.

Acredito que ele está sendo inteiramente sincero, mas não posso deixar de tomar suas palavras "queria apenas que um de nós" e traduzi-las em meu cérebro como "acho que você". E enquanto suas engrenagens estão azeitadas, meu intérprete interno transforma "pudesse" em "deve". A maioria das mulheres em Welmont com filhos da idade de Charlie nunca perde um jogo de futebol e não merece um prêmio de "mãe do ano" apenas por estar lá. Isso é simplesmente o que boas mães fazem. Essas mesmas mães anunciam como um evento excepcional o fato de algum dos pais sair mais cedo do escritório para assistir a um jogo. Os pais que torcem nas linhas laterais são apontados como excelentes pais. Os que faltam aos jogos estão trabalhando. Mães que deixam de ir aos jogos, como eu, não são boas mães.

Uma dose regular de culpa materna cai no fundo da sopa de café frio com cereal em meu estômago. Não exatamente o "café da manhã dos campeões".

— Abby pode ficar e ir vê-lo — digo, tranquilizando-me.

Abby é nossa babá. Ela começou a trabalhar para nós quando Charlie tinha 12 semanas, quando minha licença-maternidade terminou. Foi uma sorte excepcional consegui-la naquela ocasião. Abby tinha então 22 anos, acabara de sair da faculdade com um diploma de psicologia e morava a apenas dez minutos de distância, em Newton. Ela é inteligente, responsável, tem toneladas de energia e gosta dos nossos filhos.

Antes que Charlie e Lucy tivessem idade suficiente para a pré-escola, Abby tomava conta deles de sete e meia da manhã às seis e meia da tarde; de segunda à sexta-feira. Ela trocava-lhes as fraldas, embalava-os para que adormecessem, lia-lhes histórias, enxugava-lhes as lágrimas, ensinava-lhes brincadeiras e canções, dava-lhes banho e os alimentava. Comprava comida e limpava a casa. Tornou-se um membro essencial da nossa família. Não sou capaz de imaginar nossa vida sem ela. Na verdade, se tivesse que escolher entre manter Bob e manter Abby, houve momentos em que teria sido difícil optar por Bob.

Na primavera passada, Abby nos comunicou o impensável. Ela iria nos deixar para fazer seu mestrado em educação infantil em uma faculdade em Boston. Ficamos atordoados e apavorados. Não podíamos perdê-la. Assim, negociamos um acordo. Com Charlie e Lucy já passando sete horas por dia na escola, estávamos dispostos a colocar Linus na creche em setembro pelo mesmo número de horas. Isso significava que só precisaríamos dela das três às seis e meia da tarde, e arcaríamos com parte do custo de seu curso.

É claro que poderíamos ter esquadrinhado os classificados e encontrado uma pessoa que provavelmente seria boa e sem dúvida mais barata. Ou poderíamos ter contratado alguém por meio de uma agência de babás. Mas Abby já conhece nossos filhos. Conhece suas rotinas, seus humores, suas predileções. Sabe como lidar com as inquirições de Charlie, com os acessos de raiva de Lucy, e sabe que nunca, nunca pode se esquecer de levar Coelhinho para onde quer que Linus vá. E já gosta deles. Não há preço em saber sem nenhuma dúvida que nossos filhos são amados quando não podemos ficar com eles?

Charlie entra correndo na cozinha, sem fôlego.

— Onde estão meus cartões do *Pokémon*?

— Charlie, você ainda está de pijama. Esqueça o *Pokémon*. Vá se vestir — digo.

— Mas preciso dos meus cartões do *Pokémon*.

— Calça, camisa, sapato e apague a luz do quarto — digo.

Charlie joga a cabeça para trás, frustrado, mas se rende e sobe depressa para o seu quarto no segundo andar.

— Alguma questão doméstica? — pergunta Bob.

— Você pode ligar para o sujeito da porta da garagem dessa vez?

— Claro, está na minha lista.

O abridor automático da nossa porta é um dos modelos mais novos, e tem um sensor visual que impede o fechamento se algo for observado sob ela, como uma criança pequena. Na teoria, é um excelente dispositivo de segurança, mas parece só servir para nos enlouquecer. Uma das crianças, e desconfiamos de Charlie, fica batendo no sensor do lado direito, de modo que ele não está nivelado com o lado esquerdo e não consegue vê-lo. E quando fica vesgo, ele não funciona de maneira alguma.

Quando éramos crianças, meu irmão Nate e eu brincávamos de Indiana Jones com a porta automática da nossa garagem. Um de nós apertava o botão do controle remoto e depois víamos quem tinha coragem de esperar mais tempo antes de correr e rolar sob a porta que se fechava. Não havia nenhum dispositivo de segurança naquele tempo. O abridor da porta da garagem operava inteiramente às cegas. A brincadeira teria perdido toda a graça se o risco de morrer esmagado, ou pelo menos de sofrer dolorosos apertões, tivesse sido eliminado. Nate era ótimo, abaixando-se e rolando no último segundo possível. Meu Deus, ainda sinto falta dele.

Charlie irrompe na cozinha descalço, vestindo camiseta e short.

— Mãe, e se a Terra ficar sem gravidade?

— O que foi que eu disse para você vestir?

Nenhuma resposta.

— Estamos em novembro, você precisa de calça comprida, uma camisa de manga comprida e sapatos — digo.

Consulto meu relógio de pulso. Sete e quinze. Ele continua ali plantado, esperando, acho, por uma resposta sobre a gravidade.

— Vá!

— Venha, filho, vamos procurar alguma coisa melhor — diz Bob, e os dois saem juntos.

Enfio as outras duas crianças em casacos e chapéus, despacho mais alguns e-mails, afivelo Linus no bebê-conforto em que ele viaja no carro, ouço meu correio de voz do trabalho, arrumo minha bolsa, deixo um bilhete para Abby sobre o jogo de futebol, bebo o resto do café frio e por fim encontro Bob e um Charlie vestido de maneira adequada na porta da frente.

— Pronta? — pergunta Bob, olhando para mim.

Ambos levantamos os punhos.

— Pronta.

Hoje é sexta-feira. Bob deixa as crianças na escola e na creche nas terças e quintas, e eu os levo nas segundas e quartas. As sextas-feiras são de quem se habilitar. A menos que um nós apresente uma razão indiscutível para precisar chegar ao trabalho antes que a escola abra, decidimos no jogo. Tesoura corta papel. Papel embrulha pedra. Pedra amassa tesoura. Nós dois levamos a disputa muito a sério. Vencer é uma maravilha. Dirigir direto para o trabalho sem crianças no carro é o paraíso.

— Um, dois, trêêêêês, já!

Bob martela seu punho fechado em cima do meu sinal da paz e abre um sorriso, vitorioso. Ele acumula muito mais vitórias que derrotas.

— Maldita sorte a sua!

— É tudo uma questão de habilidade, meu bem. Tenha um ótimo dia — diz ele.

— Você também.

Trocamos um beijo de despedida. É o nosso típico beijo de despedida matinal. Uma rápida bicota. Um hábito bem-intencionado. Olho para baixo e percebo os olhos redondos e azuis de Lucy prestando muita atenção. Vem-me a lembrança de estudar os beijos de meus pais quando eu era pequena. Eles trocavam beijos de olá, até logo e boa noite iguais aos que eu teria dado em uma de minhas tias, e isso me desapontava terrivelmente. Não havia nada de excitante naquilo. Eu prometia a mim mesma que um dia, quando me casasse, daria beijos que significassem alguma coisa. Beijos que me deixariam de joelhos bambos. Beijos que embaraçariam as crianças. Beijos como os de Han Solo na princesa Leia. Nunca via meu pai beijar minha mãe assim. Qual era o sentido daquilo? Nunca entendia.

Agora entendo. Não estamos vivendo uma aventura campeã de bilheteria de George Lucas. Nosso beijo matinal de despedida não é romântico, e certamente não é sexual. É um beijo rotineiro, e trocá-lo me deixa contente. Significa alguma coisa, sim. É suficiente. E é a única coisa para a qual temos tempo.

Capítulo 2

— *Mãe, posso pegar um pedaço?* — *pergunta Lucy.*

— *É claro, meu bem, que pedaço você quer?*

— *Posso pegar seus olhos?*

— *Pode levar um.*

Arranco meu globo ocular esquerdo da órbita. Ele lembra um pouco um ovo à la diable, *porém mais quente. Lucy o arrebata da minha mão e foge, fazendo-o quicar no chão como uma bolinha de borracha enquanto corre.*

— *Tenha cuidado com ele; preciso disso de volta!*

Estou sentada à mesa da cozinha, fitando com meu único olho as centenas de números em minha planilha de Excel. Clico o cursor em uma célula vazia e introduzo mais dados. Enquanto digito, meu olho é atraído para alguma coisa logo acima do meu foco na tela do laptop. Meu pai, vestindo seu uniforme completo de bombeiro, está sentado na cadeira em frente a mim.

— *Olá, Sarah.*

— *Nossa, pai, você quase me mata de susto.*

— *Preciso que você me dê o seu apêndice.*

— *Não, ele é meu.*

— *Sarah, não discuta. Preciso dele.*

— *Ninguém precisa do próprio apêndice, pai. Você não precisava de um novo.*

— *Então por que ele me matou?*

Baixo o olho para meu computador. Uma apresentação de slides em Power Point aparece na tela. Leio-a.

Razões por que o apêndice de seu pai se rompeu:

- *Ele sentiu uma intensa dor de estômago durante dois dias e não fez nada a respeito, senão tomar um pouco de antiácido e uma dose de uísque.*
- *Ele não deu a devida atenção à intensa náusea e desconsiderou a febre baixa.*
- *Você estava fora, na faculdade, e sua mãe em seu quarto, e ele não ligou para o pronto-socorro ou para a emergência.*
- *O apêndice ficou inflamado e infectado com veneno.*
- *Como qualquer coisa viva negligenciada por um tempo longo demais, ele acabou não suportando mais e fez o que tinha de ser feito para obter a atenção de seu dono.*

Levanto o olhar para o meu pai. Ele continua esperando uma resposta.

— Porque você ignorou o que estava sentindo.

— Posso estar morto, mas ainda sou seu pai. Dê-me seu apêndice.

— Não serviria de nada. Você está melhor sem ele.

— Isso mesmo.

Ele me lança um olhar inflexível, transmitindo sua intenção à minha consciência como um sinal de rádio através de meu único olho.

— Ficarei bem. Não se preocupe comigo — digo.

— Estamos todos preocupados com você, Sarah.

— Estou ótima. Só preciso terminar este relatório.

Volto a olhar para a tela, e os números desapareceram.

— Merda!

Olho para cima, e meu pai foi embora.

— Merda!

Charlie entra correndo na cozinha.

— Você disse "merda"! — anuncia ele, encantado por me denunciar, ainda que seja apenas para mim mesma.

— Eu sei, me desculpe — digo, mantendo meu único olho pregado na tela do computador, procurando freneticamente alguma maneira de recuperar todos aqueles dados. Tenho que terminar este relatório.

— É um palavrão.

— Eu sei, me desculpe — repito, clicando tudo que pode ser clicado. Não levanto o olhar para ele e gostaria que ele compreendesse o sinal. Isso nunca acontece.

— Mãe, você sabe que não escuto muito bem?

— Sei. Você está me deixando louca.

— Posso pegar suas orelhas?

— Pode levar uma.

— Quero as duas.

— Uma.

— As duas. Eu quero as duas!

— Ótimo!

Torço minhas orelhas, arrancando-as da cabeça e as jogo como um par de dados sobre a mesa. Charlie as prende sobre as suas próprias como fones de ouvido e empina a cabeça como se tentasse ouvir alguma coisa à distância. Sorri, satisfeito. Tento ouvir também, mas então lembro que não tenho orelhas. Ele diz alguma coisa e sai correndo.

— Ei, meus brincos!

Mas ele já sumiu de vista. Volto à tela do meu computador. Pelo menos Charlie foi embora e sei que posso me concentrar em silêncio.

A porta da frente se abre. Bob está parado do outro lado da mesa, com uma mistura de tristeza e repulsa nos olhos enquanto me fita. Ele diz alguma coisa.

— Não posso ouvi-lo, querido. Dei minhas orelhas a Charlie.

Ele volta a dizer alguma coisa.

— Não sei o que você está dizendo.

Ele solta sua bolsa carteiro e se ajoelha junto de mim. Fecha a tela de meu computador e me agarra pelos ombros, quase me machucando.

Bob grita comigo. Ainda não consigo ouvi-lo, mas sei que está gritando pela urgência em seus olhos e as veias azuis saltando em seu pescoço. Ele grita o que está tentando me dizer em câmera lenta, para que eu possa ler seus lábios.

— Recorde?

Olho para ele sem entender, atônita.

— Não entendo.

Ele grita a palavra muitas vezes, sacudindo-me os ombros.

— Acorde?

— Isso! — grita ele, e para de me sacudir.

— Estou acordada.

— Não, não está.

SEGUNDA-FEIRA

Welmont é um abastado subúrbio de Boston, a que não faltam ruas arborizadas, jardins projetados por paisagistas, uma ciclovia que serpenteia pela cidadezinha, um *country club* privado e um campo de golfe, um centro populoso com butiques de roupas, centros de tratamento de beleza, uma Gap, e escolas de que todos se gabam, as melhores do estado. Bob e eu escolhemos esta cidadezinha em razão de sua proximidade de Boston, onde ambos trabalhamos, e em razão da vida bem-sucedida que promete. Se resta uma casa em Welmont que valha menos de meio milhão de dólares, um empreiteiro sagaz está pronto para comprá-la, derrubá-la e construir alguma coisa três vezes maior e mais valiosa. Quase todo mundo na cidade dirige um carro de luxo, passa férias no Caribe, é sócio do *country club* e possui uma casa de campo em Cape Cod ou nas montanhas ao norte de Boston. A nossa fica em Vermont.

Bob e eu acabáramos de sair da pós-graduação em administração de empresas na Harvard Business School e eu estava grávida de Charlie quando nos mudamos para cá. Afogados em uma dívida de duzentos mil dólares devido a financiamentos estudantis e sem poupança alguma, arcar com Welmont e com tudo o que isso acarretava representava um esforço assustador, mas ambos conseguimos empregos desafiadores e tínhamos uma inabalável confiança em nossa capacidade de faturar. Oito anos depois, temos um padrão de vida equiparável em todos os aspectos ao de nossos vizinhos.

A Escola Primária de Welmont fica a menos de cinco quilômetros, ou dez minutos, de nossa casa em Pilgrim Lane. Parada em um sinal de trânsito, dou uma olhada no espelho retrovisor. Sentado no meio, Charlie joga alguma coisa em seu Nintendo DS. Lucy olha pela janela enquanto murmura algo, acompanhando uma canção de Hannah Montana em seu iPod. E virado para a traseira do carro em sua cadeirinha, Linus chupa sua chupeta e assiste a *O mundo de Elmo* pelo espelho que Bob prendeu no apoio para a cabeça do banco de trás; o vídeo está sendo exibido atrás dele, no aparelho de DVD que veio em meu Acura SUV como acessório regular. Ninguém chora, nem se queixa, nem me pede nada. Ah, o milagre da tecnologia moderna!

Ainda estou aborrecida com Bob. Tenho uma reunião com um grupo europeu de alocação de pessoal às oito horas. É para um cliente importante, e estou estressada com isso, e, como se não bastasse, estou preocupada em chegar lá a tempo porque hoje é segunda-feira, meu dia de levar as crianças para a escola e a creche. Quando comentei isso com Bob, ele deu uma olhada no relógio e disse: *Não se aflija. Você vai conseguir.* Eu não estava à procura de uma postura zen.

Charlie e Lucy foram inscritos no programa "Antes do sino" da escola, que tem lugar diariamente das 7h15 às 8h20 no ginásio. É ali que as crianças com pais que precisam chegar ao trabalho antes das nove horas permanecem sob a supervisão de um professor até que o dia escolar comece oficialmente às oito e meia. Custando só cinco dólares ao dia por criança, o "Antes do sino" é na realidade uma econômica dádiva de Deus.

Assim que Charlie entrou no jardim de infância, fiquei surpresa por ver apenas poucas crianças da classe dele no "Antes do sino". Eu achava que todos os pais da cidade precisariam desse serviço. Imaginei então que a maioria das crianças tinha babás em tempo integral. Algumas têm, mas o que descobri é que a maior parte delas, em Welmont, tem mães que optaram por não fazer mais parte da força de trabalho e se dedicam exclusivamente ao lar — todas mulheres com diplomas universitários, até de pós-graduação. Nunca em um milhão de anos eu teria adivinhado isso. Não posso nem imaginar deixar de trabalhar, desperdiçando toda aquela educação e prática. Amo os meus filhos e sei que são importantes, mas igualmente importante é a minha carreira e a vida que ela nos proporciona.

No estacionamento da escola, passo a mão nas duas mochilas, que poderia jurar que pesam mais do que eles, e abro a porta de trás como um motorista. A quem estou tentando enganar? Não igual a um motorista. Eu sou uma motorista. Ninguém se mexe.

— Vamos, *saiam*!

Ainda presos a seus aparelhos eletrônicos e sem um mínimo de pressa, Charlie e Lucy saem do carro um atrás do outro e começam a avançar como um par de lesmas para a frente da escola.

Sigo depressa atrás deles, deixando Linus no carro com o motor e Elmo ligados.

Sei que alguém de algum programa na tv teria poucas e boas a me dizer por isso, e quase espero que Chris Hansen saia de trás de um Volvo estacionado e me ataque qualquer dia desses. Já ensaiei mentalmente minha defesa. Em primeiro lugar, o assento em que todos os bebês de menos de um ano são obrigados a viajar pesa absurdos oito quilos. Se a isso somarmos Linus, que pesa quase outro tanto, e o mau projeto ergonômico da alça, torna-se quase impossível carregá-lo para onde quer que seja. Eu gostaria muito de ter uma conversa com o homem excepcionalmente forte e, é claro, sem filhos, que projetou essas coisas. Linus está contente e assistindo ao Elmo. Por que perturbá-lo? Welmont é uma cidade segura. Só vou demorar alguns segundos.

Esta é uma manhã surpreendentemente quente para a primeira semana de novembro. Ontem mesmo Charlie e Lucy usaram chapéu e luva ao ar livre, mas hoje a temperatura já está bem mais agradável, e eles quase não precisam mais de seus casacos. Sem dúvida por causa do tempo, o playground da escola está cheio de crianças alvoroçadas, o que não é típico pelas manhãs. Isso chama a atenção de Charlie, e pouco antes de chegarmos às portas duplas, ele dispara.

— Charlie! Volte aqui!

Minha repreensão não chega a fazê-lo nem desacelerar. Está rumando direto para a escada horizontal e não olha para trás. Apanho Lucy no meu braço esquerdo e corro atrás dele.

— Não tenho tempo para isso — digo a Lucy, minha pequena e cooperativa aliada.

Quando chego à escada horizontal, o único sinal de Charlie é seu casaco, jogado sobre um monte de lascas de madeira. Pego-o com a mão que já carrega duas mochilas e corro os olhos pelo playground.

— Charlie!

Não demoro a avistá-lo. Está sentado no topo do trepa-trepa.

— Charlie, desça agora mesmo!

Ele não parece me ouvir, mas as mães próximas de mim ouvem. Usando agasalhos de ginástica de marca, camisetas e jeans, tênis e tamancos, essas mães parecem ter todo o tempo do mundo para se demorar no playground da escola de manhã. Sinto a censura em seus olhares e imagino o teor geral dos seus pensamentos.

Ele só quer brincar aqui fora nesta esplêndida manhã como todas as outras crianças.

Será que ela morreria se o deixasse brincar durante alguns minutos?

Vê como ele nunca lhe dá ouvidos? Ela não tem controle algum sobre os filhos.

— Charlie, por favor, desça e venha comigo. Tenho que ir para o trabalho.

Ele não se mexe.

— Ok, vou contar: um!

Ele ruge como um leão para um grupo de crianças que o contempla do chão.

— Dois!

Ele não se mexe.

— Três!

Nada. Tenho vontade de matá-lo. Baixo os olhos para meus sapatos Cole Haan salto sete e meio e pergunto-me, em um momento de insanidade, se seria capaz de escalar o trepa-trepa com eles. Depois olho para meu relógio Cartier. São sete e meia. Basta.

— Charlie, *já*, ou uma semana sem videogame!

Isso surte efeito. Ele se ergue, vira-se e olha para fora, mas em vez de estender os pés para a barra que está logo abaixo, dobra os joelhos e se lança no ar. Algumas das outras mães e eu arfamos. Nessa fração de segundo, imagino pernas quebradas e uma coluna vertebral rompida. Mas ele pula no chão, sorrindo. Graças a Deus é feito de borracha. Os meninos que testemunharam essa proeza mortal aplaudem com admiração. As meninas que brincam nas proximidades parecem não o notar em absoluto. As mães continuam observando para ver como vou lidar com o resto do drama.

Sabendo que Charlie ainda pode fugir, ponho Lucy no chão e agarro-o pela mão.

— Ai, você está apertando demais!

— Que pena.

Ele puxa meu braço com toda a força, se afastando de mim, na tentativa de escapar, como um doberman agitado na coleira. Agora minha mão está suada, e a dele começa a escorregar. Aperto-a com mais firmeza. Ele puxa com mais força.

— Segura a minha mão também — diz Lucy, gemendo.

— Não posso, meu bem, vamos.

— Quero ir de mão dada! — retruca ela, não se movendo, equilibrando-se à beira de uma birra. Penso depressa.

— Dê a mão para Charlie.

Charlie lambe a palma toda de sua mão livre e a oferece para ela.

— Nojento! — reclama Lucy.

— Muito bem, aqui.

Faço as duas mochilas e o casaco de Charlie escorregarem para o meu cotovelo e, com uma criança em cada mão, arrasto-nos para a Escola Primária de Welmont.

O ginásio está aquecido demais e povoado pelo elenco usual de personagens. As meninas estão sentadas contra a parede, lendo, conversando, ou apenas olhando para os meninos, que jogam basquete e correm por toda parte. Assim que solto sua mão, Charlie sai correndo. Não estou com disposição para sair gritando atrás dele para conseguir uma despedida adequada.

— Tenha um bom dia, minha Lucy Pateta.

— Até logo, mamãe.

Dou um beijo na sua linda cabecinha e jogo as mochilas na pilha de bolsas de livros no chão. Não há mães ou pais demorando-se no ginásio. Não conheço os pais das outras crianças. Sei o nome de algumas, e posso saber que pais pertencem a que criança. Assim, sei que aquela mulher é a mãe de Hilary. Em sua maioria eles entram e saem às pressas, não têm tempo para conversa fiada. Sem saber muito sobre nenhum deles, identifico-me completamente com esses pais.

A única mãe que conheço pelo nome no "Antes do sino" é Heidi, mãe de Ben, que está saindo também. Sempre de uniforme branco e Crocs roxas, Heidi é uma espécie de enfermeira. Eu a conheço pelo nome porque Ben e Charlie são amigos, porque algumas vezes ela leva Charlie para casa depois do futebol, e porque tem uma energia afável e um sorriso sincero que muitas vezes, no ano passado, comunicou-me um mundo de empatia.

Eu tenho filhos também. Eu sei.

Eu tenho um emprego também. Eu sei.

Estou atrasada também. Eu sei.

Eu sei.

— Como vai você? — pergunta Heidi quando avançamos pelo corredor.

— Bem, e você?

— Bem. Faz tempo que não a vejo com Linus. Ele já deve estar tão grande.

— Ah, meu Deus, Linus!

Sem dar explicação alguma, deixo Heidi e disparo pelo corredor, pela porta da escola e pelos degraus da frente até o meu carro ligado, que, Graças a Deus, ainda está lá. Posso ouvir o pobre Linus chorando antes mesmo de chegar à porta.

Coelhinho está no chão e o DVD parado na tela do menu, mas meus ouvidos e coração de mãe sabem que este não é um choro motivado por um bichinho de pelúcia ou por um Muppet vermelho. Quando o vídeo acabou e Linus emergiu de sua magia, ele deve ter se dado conta de que estava preso e sozinho no carro. Abandonado. O medo primal número um de todo bebê da sua idade é o abandono. Seu rosto vermelho e o contorno do couro cabeludo estão ensopados de lágrimas.

— Linus, me desculpe!

Desprendo-o o mais depressa que posso enquanto ele berra. Pego-o no colo, abraço-o e esfrego-lhe as costas. Ele besunta um bocado de ranho na gola da minha blusa.

— Shhh, está tudo bem, você está bem.

Não está funcionando. Na verdade, a intensidade e o volume dos soluços estão aumentando. Ele não está disposto a me perdoar tão facilmente, e não o censuro nem um pouco. Mas se não consigo consolá-lo, é melhor levá-lo para a creche. Prendo seu corpo agitado na cadeirinha, ponho Coelhinho no seu colo, aperto play no aparelho de DVD e, enquanto ele grita, dirijo para Sunny Horizons.

Entrego um Linus ainda arfante, Coelhinho e sacola de fraldas para uma das professoras assistentes da creche, uma amável brasileira, nova em Sunny Horizons.

— Linus, shhh, você está bem. Linus, por favor, querido, você está bem — digo, tentando convencê-lo uma última vez. Detesto deixá-lo nesse estado.

— Ele ficará ótimo, sra. Nickerson. É melhor a senhora ir logo.

De volta ao carro, dou um suspiro. Finalmente estou a caminho do trabalho.

O relógio no painel marca 7h50. Vou me atrasar. De novo. Apertando os dentes e o volante, arranco de Sunny Horizons e começo a remexer a bolsa à procura do meu telefone.

Minha bolsa é embaraçosamente enorme. Dependendo de onde e de com quem eu esteja, ela funciona como uma pasta, uma bolsa de mulher, uma sacola de fraldas ou uma mochila. Seja onde for e com quem quer que eu esteja, sinto-me como uma sacoleira carregando esta coisa. Enquanto tateio o conteúdo em busca do telefone, toco meu laptop, creions, canetas, minha carteira, batom, chaves, biscoitos, uma caixa de suco, cartões de visita, absorventes, uma fralda, recibos, band-aids, um pacote de lencinhos descartáveis, uma calculadora e pastas cheias de papéis. Não acho meu telefone. Viro a bolsa de cabeça para baixo, despejando o conteúdo no banco do passageiro e procuro-o.

Onde ele está? Tenho cerca de cinco minutos para encontrá-lo. Estou ciente de que meus olhos estão passando um tempo muito maior no banco do passageiro e no piso do que na estrada. O sujeito que me ultrapassa a toda pela direita me aponta o dedo médio. E conversa ao telefone.

De repente eu o vejo, mas é na minha mente. Sobre a mesa da cozinha. Merda, merda, merda! Estou em uma via expressa, a cerca de vinte minutos do trabalho. Penso por um segundo em onde poderia sair da estrada e encontrar um telefone público. Mas em seguida me ocorre: *Será que ainda existem telefones públicos?* Não consigo me lembrar da última vez que vi um em algum lugar. Talvez eu possa parar em uma farmácia ou um Starbucks. Uma pessoa simpática ali provavelmente me emprestaria seu telefone. *Por um minuto. Sarah, sua reunião é na próxima hora. Simplesmente chegue lá.*

Enquanto corro como um piloto da NASCAR doido de crack, tento cristalizar minhas anotações para essa reunião na cabeça, mas tenho dificuldade de me concentrar. Não consigo pensar. Só depois que paro na garagem do Prudential é que me dou conta de que meus pensamentos estão competindo com o vídeo de Linus.

Elmo quer saber mais sobre famílias.

Capítulo 3

Estou sentada na primeira fileira do Wang Theatre, um pouco à direita do centro. Consulto meu relógio e levanto os olhos de novo, esticando o pescoço, examinando os rostos nos corredores apinhados à procura de Bob. Uma senhorinha idosa caminha em direção a mim. A princípio, penso que ela deve querer me dizer alguma coisa importante, mas depois percebo que está de olho na cadeira vazia à minha esquerda.

— Esta cadeira está ocupada — digo, pondo a mão sobre ela.

— Há alguém sentado aqui? — pergunta a mulher, seus olhos castanhos sombrios e confusos.

— Haverá alguém.

— Hã?

— HAVERÁ ALGUÉM.

— Não consigo ver se não me sento na frente.

— Sinto muito, tem uma pessoa sentada aqui.

Os olhos sombrios da velha ficam de repente brilhantes e argutos.

— Eu não teria tanta certeza disso.

Um homem duas fileira atrás se levanta de seu assento e ruma para o corredor, talvez para ir ao banheiro. A velha percebe isso e me deixa em paz.

Toco a gola de meu casaco de pele de cobra. Não quero tirá-lo. Está friozinho no teatro e sinto-me bonita com ele. Mas não quero que alguém se aposse do lugar de Bob. Checo o relógio e minha entrada. Estou exatamente onde deveria. Onde está Bob? Tiro o casaco e guardo o lugar de Bob com ele. Um calafrio desliza da base de minhas costas até meus ombros. Esfrego meus braços nus.

Volto a procurar por Bob, mas logo me deixo distrair pela magnificência do teatro — as suntuosas cortinas de veludo, as altas colunas, as estátuas de mármore gregas e romanas. Olho para cima. O teto é aberto, uma visão surpreendente do céu noturno. Enquanto ainda estou encantada com as estrelas acima de minha cabeça, sinto o peso sutil de uma sombra cair sobre meu rosto. Espero ver Bob, mas em vez dele é Richard, meu chefe. Ele joga meu casaco no chão e cai na cadeira ao meu lado.

— Estou surpreso por vê-la aqui — diz ele.

— Claro que estou aqui. Estou tão animada para ver o espetáculo.

— Sarah, o espetáculo terminou. Você o perdeu.

O quê? Viro-me para olhar todas as pessoas de pé nos corredores e vejo apenas suas nucas. Todo mundo está indo embora.

Terça-feira

São três e meia, e tenho meia hora, a primeira brecha do dia, antes da minha próxima reunião. Começo a comer a salada Caesar com frango que minha assistente pediu para meu almoço enquanto retorno uma ligação do escritório em Seattle. Ao mesmo tempo que mastigo alface e o telefone chama, começo a passar os olhos pelos e-mails acumulados na minha caixa de entrada. O diretor-administrativo atende e me pede para debater com ele quem de nossos quatro mil consultores estaria disponível e seria adequado para um projeto de tecnologia da informação a ser iniciado na próxima semana. Converso com ele enquanto digito alternadamente respostas para vários e-mails do Reino Unido sobre avaliação de desempenho, e como.

Não consigo lembrar quando aprendi a desenvolver duas conversas profissionais completamente diferentes ao mesmo tempo. Venho fazendo isso há muito tempo, e sei que não é uma habilidade usual, mesmo para uma mulher. Dominei também a habilidade de digitar e clicar sem fazer barulho algum, de modo a não distrair ou, pior, ofender a pessoa do outro lado. Na verdade, enquanto falo ao telefone, prefiro responder só os e-mails que não requerem esforço mental, aqueles que precisam apenas do meu sim ou não. Dá uma certa impressão de ter dupla personalidade. Sarah fala ao telefone enquanto seu *alter ego* louco digita. Pelo menos minhas duas metades estão trabalhando em equipe.

Sou vice-presidente de recursos humanos na Berkley Consulting. A Berkley tem cerca de cinco mil empregados em setenta escritórios espalhados por quarenta países. Oferecemos consultoria estratégica para empresas do mundo inteiro em todos os setores da indústria — como inovar, competir, reestruturar, liderar, lançar marcas, fundir-se, crescer, sustentar-se e, acima de tudo, ganhar dinheiro. A maioria dos consultores que dá essa orientação tem diplomas em negócios, mas muitos são cientistas, advogados, engenheiros e médicos. Todos são extremamente inteligentes, sabem pensar de maneira analítica e são excelentes na busca de soluções criativas para problemas complexos.

Eles são também em sua maioria jovens. Os consultores na Berkley em geral trabalham onde o cliente está. Os consultores para qualquer projeto podem estar baseados em qualquer parte do mundo, mas se o cliente é uma companhia farmacêutica em Nova Jersey, é lá que a equipe de consultores vai morar ao longo da duração do projeto. Assim, durante 12 semanas, um consultor do nosso escritório em Londres, alocado nesse caso devido à sua formação médica, morará de segunda a quinta-feira em um hotel em Newark.

Esse estilo de vida é viável para os jovens e os solteiros, e, durante algum tempo, até para os jovens e casados, mas, alguns anos e uns dois filhos depois, viver com uma mala na mão começa a ficar insuportável. A taxa de esgotamentos é alta. Aquele pobre sujeito de Londres vai sentir falta da mulher e dos filhos. A Berkley pode tentar mantê-lo com mais e mais dinheiro, mas, para a maioria das pessoas, chega um ponto em que isso não é suficiente para compensar o sacrifício que esse emprego impõe às famílias. Os poucos consultores que perseveram além de cinco anos são promovidos a diretores-administrativos. Qualquer um que ainda continue depois de dez anos torna-se sócio e, em consequência, extremamente rico. Quase todos são homens. E divorciados.

Cheguei à Berkley com uma formação em recursos humanos e um MBA de Harvard, o perfeito híbrido de experiência e pedigree. Meu trabalho requer um grande número de horas — setenta a oitenta por semana —, mas não preciso viajar como os consultores nômades. Vou à Europa uma vez a cada oito semanas, à China uma vez por trimestre, e pernoito em Nova York uma ou duas vezes por mês, mas esse tipo de viagem é inteiramente previsível, finito e manejável.

Minha assistente, Jessica, bate e entra em minha sala com um pedaço de papel onde se lê: "Café?"

Faço que sim e levanto três dedos, querendo dizer uma tripla dose de espresso, não três cafés. Jessica entende minha linguagem de sinais e sai com meu pedido.

Estou à frente de todo o recrutamento, da montagem de equipes para casos de alta prioridade, das avaliações de desempenho e dos planos de carreira na Berkley. Como a Berkley Consulting vende ideias, as pessoas que pensam essas ideias são nossos ativos e investimentos mais importantes. Uma proposta que qualquer uma de nossas equipes desenvolve pode facilmente estar na primeira página do *New York Times* hoje ou do *Wall Street Journal* amanhã. As equipes na Berkley orientam e até criam algumas das empresas mais bem-sucedidas do mundo. E eu crio as equipes.

Tenho de conhecer os pontos fortes e fracos de cada consultor e cada cliente para chegar ao melhor ajuste, para maximizar o potencial de sucesso. As equipes são solicitadas para resolver casos de toda espécie (comércio eletrônico, globalização, operações de administração de risco) em todo tipo de indústria (automotiva, serviços de saúde, energia, varejo), mas nem todo consultor é o mais adequado para todos os projetos. Faço malabarismo com muitas bolas — bolas caras, frágeis, pesadas, insubstituíveis. E assim que penso que estou conseguindo manter no ar o maior número delas possível, um dos sócios me lançará mais uma. Como um palhaço altamente competitivo do Cirque du Soleil, nunca admito já ter bolas demais. Sou uma das únicas mulheres a trabalhar nessa posição, e não quero nunca ver aquele olhar nos olhos de um dos sócios: *Pronto. Ela simplesmente chegou ao seu limite. Nós a esgotamos. Vá ver se Carson ou Joe podem tratar disso.* Assim, eles me jogam cada vez mais responsabilidades e eu agarro cada uma com um sorriso, por vezes praticamente me matando para fazer tudo parecer fácil. Meu trabalho está longe de ser fácil. Na verdade, é muito, muito difícil. E é exatamente por isso que o amo.

Mas, mesmo com todos os meus anos de formação e experiência, minha ética de trabalho determinada, e a capacidade de comer, digitar e conversar ao mesmo tempo, há momentos em que a dureza de tudo isso se torna esmagadora. Há dias em que não há margem alguma para erro, nenhum tempo para almoçar ou fazer xixi, nenhum minuto extra para espremer de mim um pouco mais do que quer que seja. Nesses dias, sinto-me como um balão completamente cheio, prestes a estourar. E em seguida Richard vai acrescentar mais um caso à minha pilha com um *post-it* pregado na primeira página: *Seu input é necessário assim que possível.* Um grande suspiro. E Jessica vai me mandar um e-mail comunicando que uma nova reunião foi marcada para a única hora disponível do dia. Puff. Sinto-me transparente, desconfortavelmente esticada. Abby vai telefonar. Linus está com urticária e febre e ela não consegue encontrar o Tylenol. O puff final.

Quando sinto que estou prestes a explodir, tranco a porta da minha sala, sento-me em minha cadeira, giro para ficar de frente para a janela que dá para Boylston Street, caso alguém entre, e me permito chorar por cinco minutos. Não mais. Cinco minutos de choro silencioso para liberar a tensão, e em seguida estou de volta. Em geral só preciso disso para me recompor. Lembro-me da primeira vez que me permiti chorar no trabalho. Foi no meu terceiro mês aqui. Senti-me fraca e envergonhada, e assim que enxuguei os olhos jurei para mim mesma que nunca faria isso de novo. Tão ingênua. O estresse na Berkley, como em todas as firmas de consultoria de seu calibre, é muito maior que o usual e atinge todas as pessoas. Algumas tomam martíni no Legal Sea Foods durante o almoço. Algumas fumam cigarros do lado de fora das portas giratórias na Huntington Avenue. Eu choro por cinco minutos à minha mesa. Tento limitar meu vício lacrimoso a duas vezes por mês.

Agora são 15h50. Desliguei o telefone e estou tomando o café que Jessica trouxe. Eu precisava dele. A cafeína acelera meu sangue lerdo e salpica água fria em meu cérebro sonolento. Tenho dez minutos livres. Como deveria preenchê-los? Consulto minha agenda:

4h, conferência telefônica, projeto da General Electric.
4h15, aula de piano de Lucy.
4h30, jogo de futebol de Charlie. O ÚLTIMO.

SEMPRE ANOTO AS ATIVIDADES DAS crianças em minha agenda; assim, como um controlador de tráfego aéreo, sei onde cada uma está em qualquer momento. Eu não tinha pensado realmente em ir ao jogo de Charlie até este instante. Bob disse que achava que não poderia ir mais uma vez esta semana, e Abby não poderá ficar para assistir depois que deixar Charlie no campo porque terá que ir até o outro lado da cidade para pegar Lucy na aula de piano. É o último jogo da temporada. Imagino o fim do jogo e todos os outros garotos saindo correndo do campo para cair nos braços e receber os cumprimentos dos pais. Imagino o rosto desapontado de Charlie ao perceber que sua mãe e seu pai não estão lá para acolhê-lo. Não posso suportar a imagem.

Alentada por três doses de café espresso e duas doses adicionais de culpa e compaixão, dou uma última olhada no relógio, depois passo a mão no meu celular, na pasta da GE, na minha bolsa e casaco e saio da sala.

— Jessica, quanto à reunião das quatro horas, diga que vou participar do meu celular.

Não há razão para que eu não possa fazer tudo isso.

A REUNIÃO DAS QUATRO COMEÇOU há uns quarenta minutos e estou falando ao celular quando chego aos campos municipais de Welmont. Ao lado do estacionamento há um campo de beisebol, e o de futebol fica depois. Do meu carro, posso ver as crianças a distância, já jogando. Já estou falando há bastante tempo sobre quem são nossos especialistas em tecnologia verde que estão em ascensão. Enquanto atravesso o campo de beisebol, dou-me conta de repente de uma falta de pigarros, clicar de canetas e demais ruídos de fundo da sala de conferência.

— Alô?

Nenhuma resposta. Olho para meu telefone. Fora de serviço. Merda. Por quanto tempo estive falando sozinha?

Agora estou no campo de futebol, mas não em minha reunião. Deveria estar em ambos. Olho para o meu telefone. Ainda fora de serviço. Isto não é bom.

— Ei, você está aqui! — exclama Bob.

O mesmo pensamento passava pela minha cabeça, mas com uma inflexão completamente diferente.

— Pensei que você não poderia vir — digo.

— Escapuli. Encontrei Abby quando ela deixou Charlie aqui e disse a ela que eu o levaria para casa.

— Não precisamos ficar os dois aqui.

Checo meu celular. Nenhuma barra.

— Posso usar seu celular?

— Não há cobertura nesta área. Para quem você quer ligar?

— Preciso estar em uma reunião. Merda. O que é que estou fazendo aqui?

Ele passa o braço à minha volta e aperta.

— Você está vendo seu filho jogar futebol.

— Mas neste instante eu deveria estar escolhendo pessoal para o caso da GE.

Meus ombros começam a tentar alcançar os topos das minhas orelhas. Bob reconhece o sinal revelador de tensão crescente e os esfrega, tentando aplacá-los, mas resisto. Não quero relaxar. Isso não é relaxante.

— Você pode ficar? — pergunta ele.

Meu cérebro percorre as consequências de perder a segunda metade da reunião da GE. A verdade é que o que havia para perder, perdido estava. O jeito era ficar.

— Deixa só eu ver se consigo captar um sinal em algum lugar.

Vago pelo perímetro do campo, tentando encontrar uma coordenada que poderia capturar uma barra no telefone. Não estou tendo sorte. Nesse meio-tempo, vejo como o futebol do primeiro ano é engraçado. Na verdade, não deveria nem ser chamado de futebol. Pelo que vejo, não há posições. A maior parte das crianças corre atrás da bola e a chuta o tempo todo, como se ela fosse um ímã poderoso que as atraísse irresistivelmente, onde quer que fosse. Agora cerca de uma dúzia de crianças está reunida em volta dela, chutando pés e canelas e de vez em quando até a própria bola. Depois ela recebe uma pancada que a joga para qualquer lugar longe da multidão, e todos passam a persegui-la de novo.

Algumas das crianças não se dão o trabalho. Uma menina está fazendo ginástica. Outra está simplesmente sentada no chão, arrancando a grama com as mãos. Charlie está girando. Ele gira em círculos até cair. Depois se levanta, cambaleia, cai de novo, levanta-se e rodopia.

— Charlie, vá na bola! — estimula Bob da linha lateral.

Ele rodopia.

Os outros pais estão incitando os filhos também.

— Vá, Julia, vá!

— Vamos, Cameron!

— Chute a bola!

Perdi uma reunião importante por essa loucura. Volto para junto de Bob.

— Conseguiu?

— Não.

E então começa a nevar, e agora a maioria das crianças nem se lembra mais da bola ou de por que está aqui, preferindo tentar apanhar flocos de neve com as línguas. Não posso deixar de consultar o relógio mais de uma vez a cada minuto. Este jogo, ou seja lá como deva ser chamado, está se eternizando.

— Quando isso termina? — pergunto a Bob.

— Acho que dura 45 minutos. Você vai para casa depois?

— Preciso ver o que perdi.

— Não pode fazer isso de casa?

— Eu não deveria nem estar aqui.

— Vejo você na hora de pôr as crianças na cama?

— Se eu tiver sorte.

Bob e eu não chegamos em casa com frequência a tempo de jantar com as crianças. Suas barriguinhas começam a roncar por volta das cinco horas, e Abby lhes serve macarrão com queijo ou nuggets de frango. Mas nós dois tentamos estar em casa para comer a sobremesa juntos lá pelas seis e meia. As crianças tomam sorvete ou comem biscoitos enquanto Bob e eu em geral comemos queijo e bolachas com um pouco de vinho, nossa sobremesa sendo mais um aperitivo para nosso jantar, que ocorre depois que as crianças vão para a cama, às sete e meia.

O juiz, um aluno do Ensino Médio, enfim toca o apito e o jogo está encerrado. Ao andar para fora do campo, Charlie ainda não percebeu que estamos aqui. Ele é tão lindo que mal consigo aguentar. A cabeleira castanha ondulada sempre parece um pouco comprida demais, não importa a frequência com que seja cortada. Ele tem olhos azuis como os de Bob e os cílios pretos mais longos que já vi em um menino. Um dia as meninas vão enlouquecer com esses olhos. De repente ele parece tão crescido e no entanto tão criança. Crescido o bastante para ter dever de casa e dois dentes definitivos e pertencer a um time de futebol. Criança o bastante para querer brincar lá fora todos os dias, ainda ter dentes de leite e alguns faltando, e interessar-se mais por rodopiar e apanhar flocos de neve que por ganhar o jogo.

Agora ele nos vê, e seus olhos se iluminam. Todo o seu rosto se alarga com seu sorriso banguela, e ele vem correndo para nossas pernas. Enfio meu telefone no bolso para poder abraçá-lo com as duas mãos. Foi para isso que vim.

— Ótimo trabalho, companheiro! — diz Bob.

— Nós ganhamos? — pergunta Charlie.

Eles perderam por dez a três.

— Acho que não. Você gostou? — pergunto.

— Muito!

— Que tal uma pizza hoje à noite? — pergunta Bob.

— Oba!

Começamos a andar rumo ao estacionamento.

— Mamãe, você vem para a pizza?

— Não, meu amor, tenho de voltar para o trabalho.

— Certo companheiro, vamos apostar uma corrida até o carro. Pronto? Preparado? Já! — grita Bob.

Eles atravessam o campo de beisebol levantando nuvens de poeira. Bob deixa Charlie vencê-lo e exagera sua proeza. Posso ouvi-lo dizendo:

— Mal posso acreditar! Quase ganhei! Você é um gênio da velocidade!

Sorrio. No meu carro, verifico o celular. Três barras e sete novas mensagens de voz. Dou um suspiro, armo-me de coragem e aperto play. Ao dar voltas e avançar devagar para sair do estacionamento, acabo atrás de Bob e Charlie. Buzino, aceno e vejo-os virar à esquerda em direção à pizza e à nossa casa. Em seguida viro à direita e sigo na direção oposta.

Capítulo 4

Estou passeando pelo Public Garden; passo pela estátua de George Washington em seu cavalo, pelos barcos de cisne no lago, sob os salgueiros gigantes, por Lack, Mack e os outros patinhos de bronze.

Uso meus sapatos favoritos, Christian Louboutin de verniz preto aberto na frente, salto sete e meio. Adoro o barulhinho que fazem enquanto ando.

Clac... Clac... Clac... Clac... Clac... Clac.

Atravesso a rua em direção a outro parque, o Boston Common. Um homem alto de terno escuro atravessa atrás de mim. Ando pelo Common, passo pelos campos de beisebol e pela lagoa, o Frog Pond. O homem continua atrás de mim. Ando um pouco mais depressa.

Clac. Clac. Clac. Clac. Clac. Clac.

Ele também.

Passo depressa pelo sem-teto adormecido no banco do parque, pelo Park Street T, pelo magnata que fala ao celular, pelo traficante de drogas na esquina. O homem me segue.

Quem é ele? O que quer? Não olhe para trás.

Clac, clac, clac, clac, clac, clac.

Passo pelas joalherias e pelo velho prédio da Filene's Basement. Serpenteio pelas multidões de compradores e viro à esquerda na rua lateral seguinte. Os carros e as multidões desapareceram agora. A rua está vazia, exceto pelo homem que me segue, ainda mais perto. Corro.

CLAC! CLAC! CLAC! CLAC! CLAC! CLAC!

Ele também corre. Está me perseguindo.

Não consigo me livrar. Na lateral do prédio de serviços financeiros à minha frente, vejo uma escada de emergência. Uma saída!

Corro até ela e começo a subir. Ouço os passos do homem fazendo eco aos meus nos degraus de metal, aproximando-se de mim de modo ameaçador.

CLINC! CLOMP! CLINC! CLOMP! CLINC! CLOMP!

Avanço em ziguezague, subindo cada vez mais. Meus pulmões vociferam. Minhas pernas queimam.

Não olhe para trás. Não olhe para baixo. Continue subindo. Ele está bem atrás de você.

Chego ao topo. O telhado é plano e está vazio. Corro até a borda oposta. Não há mais para onde ir. Meu coração martela contra os ossos em meu peito. Não tenho escolha. Viro-me para encarar meu perseguidor.

Não há ninguém ali. Espero. Ninguém aparece. Volto de maneira cautelosa até a escada de emergência.

Clac. Clac. Clac. Clac. Clac. Clac.

Ela não está lá. Percorro o perímetro do telhado. A escada de emergência desapareceu. Estou presa no alto deste prédio.

Sento-me para recuperar o fôlego e pensar. Vejo um avião levantar voo no céu, saindo do aeroporto Logan, e tento imaginar uma maneira de descer que não seja saltando.

Quarta-feira

Sou uma motorista de Boston. Aqui, regras de tráfego como limites de velocidade e sinais de NÃO ENTRE são mais sugestões do que lei. Tento transitar pelas confusas ruas de mão única da cidade, esquivando-me de buracos e pedestres atrevidos, antecipando o próximo desvio para obras, e acelerando a cada sinal amarelo com experiente presunção. Tudo no espaço de quatro quadras. O próximo sinal de trânsito fica verde, e ponho-me a buzinar em menos de um piscar de olhos quando o Honda à minha frente com placa de New Hampshire não se mexe. Como faria qualquer motorista que se preze.

A volta para casa dirigindo no fim do dia requer muito mais paciência do que a vinda, e ter algum grau de paciência nunca foi minha virtude. Há sempre tráfego em ambos os momentos, mas o êxodo vespertino é bem pior. Não sei por que razão. O apito toca, os portões se abrem e todos nós saímos, como um milhão de formigas de piquenique convergindo para uma das três trilhas de farelos de biscoito — a Route 93, para os que moram em South Shore ou em North Shore, e a Mass Pike, para aqueles que, como eu, residem a oeste de Boston. Os engenheiros civis que planejaram e projetaram essas estradas provavelmente nunca pensaram que tantas pessoas as usariam para ir e vir do trabalho. E se pensaram, eu apostaria que moram e trabalham em Worcester.

Vou acelerando e parando pela Pike, gastando minhas pastilhas de freio, jurando que qualquer dia desses vou começar a pegar o metrô. A única razão pela qual me submeto a esta erosão diária dos meus freios e da minha sanidade é o desejo de ver meus filhos antes de irem para a cama. A maioria das pessoas na Berkley não sai antes das sete, e muitos pedem jantar e ficam até bem depois das oito. Eu tento ir embora às seis, no auge da procissão de retorno ao lar. Minha hora de sair não passa despercebida, em especial pelos consultores jovens e solteiros, e, quando me dirijo para a porta todas as tardes, tenho de resistir ao impulso de lembrar a todos os seus olhos críticos quantas horas por noite passo trabalhando em casa. Tenho meus defeitos, mas não sou, e nunca serei, uma preguiçosa.

Saio "cedo" porque tenho esperança de me safar de alguma maneira do tráfego e de chegar em casa a tempo para a sobremesa, banhos, histórias e pôr as crianças na cama às sete e meia.

Mas agora, cada minuto que fico parada em meu Acura é mais um minuto que passo sem conseguir vê-los hoje. Às 18h20 já está escuro há mais de uma hora e parece ser mais tarde. Começou a chover, o que retarda o avanço dos carros ainda mais. Provavelmente a esta altura vou perder a sobremesa, mas estamos nos arrastando, e eu deveria chegar em casa a tempo para banho, livro e cama.

E em seguida tudo para. São seis e meia. Luzes de freio vermelhas brilham em uma cadeia ininterrupta que se estende até o horizonte. Alguém deve ter sofrido um acidente. Não há saída por perto, assim não posso escapar logo e seguir para casa pelas estradas secundárias. Desligo quem quer que esteja se queixando na Rádio Pública Nacional e apuro os ouvidos para sons de uma ambulância ou sirene de polícia. Não ouço nenhum. São 18h37. Ninguém se mexe. Estou atrasada, estou presa, e minha ansiedade malcontida explode. MERDA! *O QUE está acontecendo?*

Olho para o sujeito na BMW ao meu lado, como se ele pudesse saber. Ele me vê, dá de ombros e sacode a cabeça em desgostosa resignação. Ele está falando ao celular. Talvez eu deva fazer o mesmo. Usar este tempo de maneira sensata. Abro meu laptop e começo a ler revisões de equipes de casos. Mas estou exasperada demais para ser produtiva. Se quisesse trabalhar, teria ficado no escritório.

São 18h53. A Pike continua parada. Mando um torpedo para Bob, informando-o. Sete horas. Hora do banho. Esfrego o rosto e inspiro e expiro nas mãos. Tenho vontade de gritar para arrancar o estresse do meu corpo, mas tenho medo de que o sujeito na BMW pense que estou louca e escreva algo ruim a meu respeito em seu telefone. Por isso me contenho. Só quero chegar em casa. Só quero bater meus saltos Cole Haan no chão e estar em casa.

São 19h18 quando chego em frente ao número 22 de Pilgrim Lane. Foram 22 quilômetros em 27 minutos. O vencedor da maratona de Boston poderia ter me derrotado em uma corrida a pé até minha casa. E é exatamente assim que me sinto. Derrotada. Pego o controle remoto e aperto o botão para abrir a porta da garagem. Estou a centímetros da porta quando me dou conta de que ela não se abriu e freio bruscamente. Dirijo pelas ruas complicadas de Boston e por uma Pike engarrafada sem um arranhão, mas quase destruo por completo o carro na entrada da minha própria garagem. Aperto e amaldiçoo várias vezes o estúpido botão da porta da garagem antes de sair do carro. A gota d'água, penso, enquanto corro pelas poças e a chuva gélida até a porta da frente.

Rezo para ter ao menos chegado a tempo de contar histórias na cama e dar beijos de boa-noite.

ESTOU DEITADA NA CAMA COM Lucy, esperando que ela adormeça. Se eu me levantar muito depressa, ela vai suplicar por mais um livro. Já li dois. Vou dizer *não* e ela vai dizer *por favor*, esticando as sílabas por vários segundos para me mostrar que está sendo supereducada e que seu pedido é superimportante, e vou dizer *não*, e no curso desse agitado tête-à-tête ela vai despertar. É simplesmente mais fácil ficar até que ela apague.

Estou deitada de conchinha com seu corpinho, e meu nariz está na sua cabeça. Seu cheiro é uma delícia — um elixir de xampu, pasta de dente e wafers de leite. Acho que vou chorar no dia em que todos os meus filhos pararem de usar xampu Johnson's. O cheiro deles será parecido com o de quem depois?

Ela está tão quente, e sua respiração profunda é hipnótica. Gostaria de poder me deixar adormecer com ela, mas ainda tenho quilômetros a percorrer antes de poder dormir. Este é o truque toda noite, ir embora depois que ela desistiu de lutar para se manter acordada, mas antes que eu ceda ao desejo de fechar meus olhos. Quando me convenço de que ela está inteiramente inconsciente, deslizo para fora das cobertas, contorno na ponta dos pés todos os brinquedos e artefatos (minas terrestres) espalhados pelo chão, e escapulo de seu quarto escuro como se fosse James Bond.

Bob está comendo uma tigela de cereal no sofá.

— Perdão, meu bem, não deu para esperar.

Nenhum pedido de desculpa é necessário. Sinto-me aliviada. Acho ótimo quando não preciso pensar no que vamos comer no jantar, e gosto ainda mais quando não preciso cozinhar. Bem, eu deveria admitir que não cozinho propriamente. Ponho no micro-ondas. Aqueço comida já preparada e cozida. E o telefone do delivery está programado na nossa discagem rápida. Mas cereais podem ser simplesmente meu jantar favorito em casa. Não que eu não aprecie uma refeição suntuosa e elegante no Pisces ou no Mistral, mas jantar em casa, no sofá, com Bob não é uma questão de ambiente e ótima comida. É uma questão de ficar livre das dores da fome o mais rápido possível e seguir em frente.

Passamos as três horas seguintes na sala de estar, em sofás separados, com nossos laptops no colo. A tv está ligada na CNN para fornecer um ruído de fundo e, ocasionalmente, alguma breve declaração interessante. Ocupo-me sobretudo de enviar e-mails para nossos escritórios na China e na Índia. Como Boston está 12 horas atrás da China e dez horas e meia atrás da Índia, agora é amanhã de manhã para ambos. Isto ainda me espanta. Sou uma viajante no tempo, tratando de negócios em tempo real na quinta-feira quando ainda é apenas quarta-feira sentada em meu sofá. Assombroso.

Bob está clicando aqui e ali na internet e fazendo contatos à procura de empregos. Ele está em uma promissora empresa de tecnologia da informação fundada há pouco, e o lucro é potencialmente enorme se ela for adquirida ou abrir o capital, mas, como está acontecendo com a maioria das novas empresas nessa economia, as coisas não estão parecendo tão boas. A recessão as está atingindo duramente, e as trajetórias de crescimento vertiginoso que ele projetou ao ser contratado três anos atrás parecem uma fantasia distante, tola. Nesse momento, a empresa está tentando simplesmente não sangrar até a morte. Bob acaba de sobreviver a uma segunda rodada de demissões, mas não está pretendendo se manter lá e segurar o fôlego durante uma terceira. O problema é que ele é exigente, e não há muitas empresas contratando. Posso dizer por sua boca apertada e pela profunda cova vertical entre suas sobrancelhas vincadas que não está encontrando nada.

A incerteza de seu emprego, tanto atual como futuro, vem de fato pesando sobre Bob. Quando ele começa a escorregar pela encosta dos "E se" rumo à Terra da Desgraça — E se eu perder meu emprego amanhã? E se não conseguir encontrar outro? E se não conseguirmos pagar a hipoteca? —, tento não lhe dar ouvidos e tranquilizá-lo. *Não se preocupe, querido, você ficará bem. As crianças ficarão bem. Nós todos ficaremos bem.*

Mas os "E se" instalam-se na minha cabeça, e na minha cabeça sou capitã da equipe campeã de corrida de trenós, rumando em velocidade recorde para a Terra da Desgraça. E se ele for demitido e não conseguir arranjar outro emprego? E se tivermos de vender a casa em Vermont? Mas, nesse caso, e se não conseguirmos vendê-la neste mercado deprimido? E se não conseguirmos pagar os financiamentos estudantis, as prestações do carro, as contas do aquecimento? E se não tivermos condições de continuar em Welmont?

Fecho os olhos e vejo a palavra DÍVIDA escrita toda em maiúsculas e com tinta vermelha. Meu peito fica apertado, parece não haver ar na sala, meu laptop fica de repente insuportavelmente quente em minhas pernas e começo a suar. Pare de pensar nisso. Siga seu próprio conselho. *Ele ficará bem. As crianças ficarão bem. Eu ficarei bem.* Mantra ilusório.

Decido assistir à tv por um minuto para tirar a cabeça da Terra da Desgraça. Anderson Cooper está contando sobre uma mãe em San Diego que deixou acidentalmente o filho de dois anos no banco traseiro de seu carro trancado durante as oito horas que passou no trabalho. Quando ela voltou ao carro no fim do dia, o garotinho estava morto de exaustão pelo calor. As autoridades estão decidindo se vão ou não indiciá-la.

O que eu estava pensando? A CNN é a capital da Terra da Desgraça. Fico com os olhos cheios de lágrimas ao pensar nessa mulher e em seu filho morto. Imagino a criança de dois anos, impotente para escapar do cinto do assento do carro, terror e desespero febril dando lugar à falência de órgãos. Como essa mãe vai se perdoar algum dia? Penso em minha mãe.

— Bob, pode mudar o canal?

Ele muda para uma estação local de notícias. Um dos âncoras está listando as notícias de hoje do ruim para o pior — bancos suplicando injeções de liquidez, taxas de desemprego nas alturas, a bolsa de valores em queda livre. Terra da Desgraça, EUA.

Levanto-me e vou à cozinha procurar um chocolate e um grande copo de vinho.

Ambos damos o dia por terminado às onze. Antes que o sol se levante em Boston, consultores nos vários escritórios europeus estão tomando seus primeiros espressos do dia, acrescentando e-mails à minha caixa de entrada com suas perguntas, preocupações e pareceres matinais. E, mais ou mesmo ao mesmo tempo, Linus vai acordar. Como em *Feitiço do tempo* — sempre o mesmo dia outra vez.

Eu costumava levar muito tempo para adormecer, algo entre vinte minutos e uma hora inteira. Em geral tinha que ler alguma coisa sem nenhuma relação com o meu dia, como um romance, para distrair e acalmar meus pensamentos acelerados. E o ronco de Bob me deixava louca. De fato, é um milagre que ele consiga dormir ao som de seus próprios rosnados e assobios. Ele diz que está protegendo nossa caverna de predadores. Embora sua ideia sobre a origem do ronco masculino me pareça interessante, creio que, como espécie, já não precisamos mais disso. Temos portas da frente com trancas de segurança, para começar. Mas seu ronco de Fred Flintstone não se deixa extinguir pela tecnologia moderna. Houve muitas noites em que tive vontade de sufocá-lo com meu travesseiro e arriscar minha sorte com leões, tigres e ursos.

Mas não mais. Mais ou menos desde o nascimento de Lucy, caio no sono menos de cinco minutos depois de pousar a cabeça no travesseiro. Se tento ler, não passo da página em que comecei. Não consigo lembrar quando terminei um romance pela última vez. E se por acaso meu sono fica mais leve durante a noite e percebo o ronco de Bob, viro para o lado e adormeço de novo, imperturbada.

O lado negativo disso é seu impacto sobre nossa vida sexual. É embaraçoso admitir, mas não me lembro de quando fizemos sexo pela última vez. Gosto de transar com Bob, e ainda quero transar com ele, mas, ao que parece, não aprecio e desejo isso o suficiente para ficar acordada tempo bastante para fazer acontecer. Sei que estamos ambos ocupados e cansados no fim do dia, mas não estou ocupada e cansada demais para ler para Lucy, mandar e-mails para a China e examinar as pilhas de contas. No entanto, toda noite sexo não é uma opção. Tampouco para Bob.

Lembro-me de quando transávamos no começo da noite, antes de ficarmos cansados demais, por vezes antes de sair (no tempo em que saíamos). Agora, quando conseguimos encaixá-lo, é sempre pouco antes de dormir, sempre na cama, uma atividade pré-sono como escovar os dentes ou passar fio dental, embora nunca com esse tipo de regularidade.

Quando era solteira, lembro que li na *Vogue* ou na *Cosmopolitan*, ou em uma dessas revistas que só lia no cabeleireiro, que casais com níveis avançados de instrução são os que relatam fazer menos sexo entre todos os casados. Só de dez a doze vezes por ano. Isto é, uma vez por mês. *Isso NUNCA acontecerá comigo*, pensei. É claro, eu estava com vinte e poucos anos, era solteira, sem filhos, tinha muito menos instrução do que hoje e transava pelo menos de duas a três vezes por semana. Sempre que lia as pesquisas nessas revistas, pensava que eram interessantes, mas pura ficção. Agora presto atenção em cada palavra brilhante.

Espero que Bob não tenha dúvida de que ainda sinto atração por ele. Ironicamente, sinto-me de fato mais atraída por ele agora do que quando namorávamos e transávamos o tempo todo. Ao observá-lo dando mamadeira para Linus, dando um beijo no dodói de Lucy, ensinando Charlie inúmeras vezes como amarrar os sapatos, momentos em que o vejo inteiramente espontâneo e absorto em amá-los, adoro-o tanto que tenho a impressão de que poderia explodir.

Lamento as noites em que estou tão cansada que adormeço antes de lhe dizer que o amo. E fico irracionalmente zangada com ele nas noites em que ele adormece antes de me dizer isso. Se estamos desmotivados demais para comer uma comida de adulto no jantar, preocupados demais com e-mails e à procura de emprego para nos aconchegarmos no sofá e assistir a um filme, e exaustos demais para considerar três minutos de sexo, podemos ao menos dizer que nos amamos antes de apagarmos.

Deito-me sozinha na cama e espero Bob. Quero lhe dizer que o amo, que mesmo que ele perca o emprego amanhã, ainda o amarei. Que aonde quer que os "E se" nos levem, ficaremos bem porque nos amamos. Mas ele demora demais no banheiro, e caio no sono antes de ter a chance de lhe dizer isso, aflita por alguma razão que ele ignora.

Capítulo 5

A caminho da lavanderia, noto uma porta que nunca tinha visto antes atrás dos equipamentos de ginástica. Paro e olho. O que pode ser isso?

— Bob, de onde surgiu essa porta? — grito.

Ele não responde.

Seguro a maçaneta, que juro nunca ter existido antes deste momento, e paro. A voz da minha mãe diz: SARAH, CUIDE DE SUA VIDA.

Giro a maçaneta para a direita.

Uma voz ameaçadora no estilo de um filme de Alfred Hitchcock diz: NÃO FAÇA ISSO.

Tenho que saber.

Abro a porta. Estou parada na soleira de um cômodo em que nunca estive antes, e, no canto mais afastado, um leão está bebendo água em uma armadilha para lagosta de aço inoxidável. O cômodo é maior que a nossa cozinha, mas esse é o único detalhe que posso reparar porque estou pasma com o leão — suas musculosas patas traseiras, sua cauda ágil, seu fedor intolerável. Tapo o nariz e a boca com a blusa para conter minha ânsia de vômito.

Mexer-me não foi uma boa ideia. O leão olha por sobre o ombro, me vê, vira-se para me encarar de frente e ruge. Seu bafo fedorento é quente e úmido no meu rosto. Não ouso limpá-lo. Baba pinga de sua boca, acumulando-se em uma poça de tamanho considerável no chão. Olhamo-nos nos olhos. Estou tentando não piscar. Estou tentando não respirar.

Bob entra carregando uma trouxa do tamanho de Linus enrolada em papel branco de delicatessen. Ele passa por mim, desembrulha o pacote e joga um grande pedaço de carne vermelha, *sangrenta, crua, no chão, perto do leão. O animal se esquece de mim e se precipita sobre ele.*

— *Bob, o QUE está acontecendo?*

— *Estou servindo o jantar do leão.*

— *De onde ele veio?*

— *O que você quer dizer? Ele é nosso. Veio com a casa.*

Solto uma risada desconfiada, pensando que isso deve ser o arremate de uma das esquisitas piadas de Bob, mas paro quando ele não me acompanha.

Agora que o leão está ocupado devorando alguma coisa que não sou eu, passo os olhos pela sala. As paredes são repletas de painéis, o piso de concreto está coberto de aparas de pinho e o teto com vigas aparentes tem a altura de dois andares. Um retrato emoldurado meu e de Bob pende da parede. Noto outra porta na parede oposta ao leão. Esta é pequena, com cerca da metade da altura de uma porta usual.

Tenho que saber.

Passo pelo leão na ponta dos pés, abro a porta, arrasto-me para dentro. A porta bate atrás de mim, deixando-me em total escuridão. Não consigo enxergar nada, mas suponho que meus olhos vão se acomodar com o tempo, como fazem nos cinemas. Sento-me de pernas cruzadas, contra a porta, pisco, e espero, ansiosa com o que vou ver.

Não estou amedrontada.

Quinta-feira

Bob e eu estamos de pé na sala de aula vazia de Charlie, pontualmente, mãos nos bolsos do casaco, à espera da srta. Gavin. Cada osso do meu corpo gostaria de não estar aqui. Seja qual for a duração dessa reunião, provavelmente chegarei tarde ao trabalho e já posso me ver tentando recuperar o atraso pelo resto do dia, sem sucesso. Tenho a impressão de estar pegando uma gripe miserável, e esqueci de tomar uma dose de analgésico antes de sair correndo de casa. E realmente não quero escutar seja o que for que a srta. Gavin tenha a nos dizer.

Não confio nessa srta. Gavin. Quem é ela, afinal de contas? Talvez seja uma péssima professora. Lembro, do encontro de pais e professores, que ela é jovem, na casa dos vinte. Inexperiente. Talvez esteja assoberbada pelo seu trabalho e venha marcando reuniões como esta com os pais de todas as crianças da sua classe. Talvez tenha alguma coisa contra crianças que a desafiam. Deus sabe que Charlie pode ser desafiador. Talvez não goste de meninos. Tive uma professora assim uma vez. A sra. Knight só fazia perguntas às meninas, só desenhava carinhas sorridentes nos trabalhos das meninas e estava sempre mandando um dos meninos para o corredor ou para o gabinete do diretor. Nunca uma das meninas.

Talvez essa srta. Gavin seja o problema.

Olho à minha volta procurando na sala provas que sustentem minha fundamentada suspeita. Em vez das carteiras individuais com cadeiras presas de que me lembro na minha escola primária, esta sala tem quatro mesas redondas baixas com cinco cadeiras dispostas em volta de cada uma, como pequeninas mesas de jantar. Ideal para socializar, eu diria, não para aprender. Mas minha longa lista de coisas que a inepta e desqualificada srta. Gavin está fazendo errado encerra-se com essa única e pouco convincente observação.

Projetos de arte forram as paredes. Na frente da sala, fotos impressas das crianças estão coladas em dois enormes quadros intitulados "Estrelas da soletração" e "Campeões da Olimpíada de Matemática". A foto de Charlie não está em nenhum. Cinco poltronas para crianças, em cores vibrantes, estofadas, estão arrumadas em um canto intitulado "Recanto do livro", junto de uma estante abarrotada de livros. Nos fundos da sala, há duas mesas: em uma se vê uma gaiola com um hamster, e na outra, um aquário com um peixe.

Tudo parece organizado, alegre e divertido. Eu diria que a srta. Gavin gosta de seu trabalho. E é boa nele. Realmente não queria estar aqui.

Estou prestes a perguntar a Bob se ele quer tentar uma fuga, quando ela aparece.

— Obrigada por terem vindo. Por favor, sentem-se.

Bob e eu nos sentamos nas cadeirinhas de criança, a centímetros do chão. A srta. Gavin senta-se lá no alto, em sua cadeira de professora, atrás da sua mesa. Nós somos Munchkins, e ela é o grande e poderoso Mágico de Oz.

— Bem, o boletim de Charlie deve estar deixando vocês dois preocupados. Posso começar perguntando se ficaram surpresos com as notas dele?

— Chocados — diz Bob.

— Bem, elas eram mais ou menos as mesmas no ano passado — digo.

— Um momento, de que lado eu fico?

— Sim, mas no ano passado era uma questão de adaptação — diz Bob.

A srta. Gavin inclina a cabeça, mas não por concordar com ele.

— Vocês notaram se ele tem dificuldade em terminar de fazer os deveres de casa? — pergunta ela.

Abby inicia o processo com Charlie de tarde, e Bob e eu continuamos com ele muitas vezes até depois de sua hora de dormir. Os deveres deveriam tomar apenas vinte ou trinta minutos. Ele luta, sofre, finge que faz, para, queixa-se, chora e odeia. Detesta mais do que detesta brócolis. Nós ameaçamos, subornamos, imploramos, explicamos, e às vezes simplesmente fazemos a tarefa por ele. Sim, eu diria que ele tem muita dificuldade.

Em sua defesa, sei que eu não tinha dever de casa na idade dele. Não creio que crianças, com exceção de algumas meninas precoces, estejam prontas para a responsabilidade do dever de casa aos sete anos. Creio que as escolas estão fazendo uma pressão acadêmica excessiva sobre nossas criancinhas. Isto dito, estamos falando de uma página de "maior que ou menor que", ou de soletrar palavras como *uva*, *ovo*, *avô*. Não é astrofísica.

— Ele tem — respondo.

— É brutal — diz Bob.

— O que você acha? — arrisco-me a perguntar.

— Ele está lutando. Não consegue completar nenhuma das tarefas de classe a tempo, me interrompe e às outras crianças, e devaneia muito. Eu o pego olhando pela janela pelo menos seis vezes antes da hora do almoço todos os dias.

— Onde é o lugar\dele? — pergunto.

— Ali.

Ela aponta para a cadeira mais próxima de sua mesa, que por acaso fica também junto da janela. Bem, quem não se perderia em pensamentos quando tem uma vista? E talvez ele esteja sentado perto de alguém que o distraia. Um arruaceiro. Uma menina bonita. Talvez eu tenha dado crédito demais à srta. Gavin.

— Você não poderia tentar mudar o lugar dele para o outro lado da sala? — pergunto, certa de ter resolvido todo o problema.

— Foi lá que ele começou o ano. Preciso tê-lo bem aqui na minha frente se quiser ter alguma chance de manter sua atenção.

Ela espera para ver se tenho outras ideias brilhantes. Não tenho uma sequer.

— Ele tem dificuldade em seguir instruções com mais de dois passos. Assim, se digo para a classe ir a seus escaninhos, pegar suas pastas de matemática e uma régua na mesa de trás e trazer para suas mesas, Charlie irá a seu escaninho e trará seu lanche, ou não trará nada e ficará apenas vagando pela sala. Vocês veem alguma coisa parecida em casa?

— Não — diz Bob.

— O quê? Isso é a cara do Charlie — digo.

Ele olha para mim como se não conseguisse imaginar sobre o que eu poderia estar falando. Estará *ele* prestando atenção? Pergunto-me que notas Bob teria em seu boletim.

— Charlie, vá se vestir e calçar os sapatos. Charlie, vista o pijama, ponha suas roupas no cesto e escove os dentes. É como se a gente estivesse falando grego.

— Sim, mas ele apenas não quer fazer essas coisas, não é que não consiga. Toda criança tenta se esquivar de fazer o que lhe mandam — diz Bob.

Dou um espirro e peço desculpas. Meus sínus congestionados estão me matando.

— Além disso ele não participa bem de atividades que precisam de revezamento. As outras crianças tendem a evitá-lo como companheiro de jogos porque ele não segue as regras. É impulsivo.

Agora meu coração está se partindo.

— Ele é o único que faz coisas desse tipo? — pergunta Bob, certo de que não é.

— É.

Bob corre os olhos pelas 18 cadeirinhas vazias e suspira nas mãos.

— Então o que você está dizendo?

— Estou dizendo que Charlie é incapaz de se concentrar em todos os aspectos do dia escolar.

— O que isso significa? — pergunta Bob.

— Significa que Charlie é incapaz de se concentrar em todos os aspectos do dia escolar.

— Por quê? — desafia Bob.

— Não sei dizer.

A srta. Gavin olha fixamente para nós e não diz nada. Entendo. Posso ver os memorandos de conduta carimbados e assinados pelos advogados da escola. Ninguém está dizendo as palavras que, penso, estão na cabeça de todos nós agora. A srta. Gavin, por razões legais, Bob e eu, porque estamos falando sobre nosso pequeno Charlie. Minha mãe seria ótima nesta conversa. Suas próximas palavras seriam sobre o bom tempo que estamos tendo ou a linda blusa cor-de-rosa da srta. Gavin. Mas não posso suportar a tensão não expressada.

— Acha que ele poderia ter Transtorno do Déficit de Atenção ou algo semelhante?

— Não sou médica. Não posso responder.

— Mas pensa isso.

— Não posso dizer.

— Então que diabo você pode dizer? — pergunta Bob.

Ponho a mão no braço de Bob. Isto não vai levar a lugar algum. Ele está rangendo os dentes e provavelmente a segundos de se retirar da sala. Eu estou a segundos de sacudir a professora e gritar: "Você está falando do meu menino! Diga o que há de errado com ele!" Mas a minha formação na escola de negócios protesta e nos salva. Reformule o problema.

— O que podemos fazer? — pergunto.

— Veja, Charlie é um menino encantador e é na verdade muito inteligente, mas está ficando muito para trás, e a distância entre ele e as outras crianças vai aumentar se não fizermos nada. Mas nada pode começar de maneira rápida o suficiente aqui, a menos que os pais iniciem uma avaliação. Vocês têm que pedir isso por escrito.

— Pedir exatamente o quê? — pergunta Bob.

Eu mal escuto enquanto a srta. Gavin descreve a perigosa escalada para um Programa Individualizado de Educação. Educação Especial. Lembro-me, quando Charlie nasceu, de examiná-lo para ver se tinha todos os dez dedos das mãos e dos pés, de estudar seus delicados lábios cor-de-rosa e as curvas de suas orelhas. *Ele é perfeito*, pensei, assombrada e grata por sua perfeição. Agora meu menino perfeito pode ter TDA. As duas ideias recusam-se a se dar as mãos.

As crianças vão rotulá-lo. Seus professores vão rotulá-lo. Do que a srta. Gavin o chamou? Impulsivo. As crianças vão lançar nomes mais ferinos e mais feios que esse sobre ele. E vão querer a sua cabeça.

— Quero que ele vá ao pediatra antes de começarmos a fazer qualquer coisa aqui — diz Bob.

— Parece-me uma boa ideia — concorda a srta. Gavin.

Os médicos dão Ritalina às crianças com TDA. É uma anfetamina, não é? Vamos drogar nosso filho de sete anos para ele não ficar para trás na escola. O pensamento drena o sangue do meu cérebro, como se minha circulação não suportasse a ideia, e minha cabeça e meus dedos ficam entorpecidos. A srta. Gavin continua falando, mas sua voz parece abafada e distante. Não quero esse problema nem sua solução.

Quero odiar a srta. Gavin por nos dizer alguma coisa sobre isso. Mas vejo a sinceridade em seus olhos, e não consigo odiá-la. Sei que não é culpa dela. E não posso odiar Charlie. Não é culpa dele também, mas sinto ódio, e ele está ficando enorme dentro do meu peito e precisa de um lugar para ir, ou vou odiar e culpar a mim mesma. Olho à minha volta procurando alguma coisa na sala — os rostos inocentes das crianças no quadro das "Estrelas da soletração", os corações, luas e arco-íris pintados, o hamster correndo em sua roda. O ódio fica aprisionado em meu peito, esmagando-me os pulmões. Tenho que sair daqui.

Bob agradece à srta. Gavin por nos informar e promete que Charlie terá toda a ajuda de que precisa. Levanto-me e aperto-lhe a mão. Acho que até lhe dou um sorriso, como se tivesse gostado da nossa conversa. Que absurdo. Então percebo seus pés.

No corredor, depois que a srta. Gavin fechou a porta de sua sala, Bob me abraça e pergunta se estou bem.

— Detesto os sapatos dela — digo.

Desconcertado com a minha resposta, Bob decide não me fazer mais nenhuma pergunta neste momento, e rumamos para o ginásio em silêncio.

O "Antes do sino" está prestes a terminar, e as crianças estão em fila para ir para suas salas de aula. Depois de dizer olá e até logo para Lucy, Bob e eu encontramos Charlie em outra fila.

— Ei, companheiro, bate aqui! — diz Bob.

Charlie bate a mão aberta na sua.

— Até logo, querido, vejo você à noite. Faça o que a srta. Gavin mandar hoje, combinado? — peço.

— Combinado, mamãe.

— Amo você — digo e abraço-o com força.

As crianças à frente de Charlie começam a andar, enfileiradas uma atrás da outra, saindo pouco a pouco do ginásio como uma única lagarta. A fila se quebra em Charlie, que não se mexe.

— Ok, companheiro, vá andando! — diz Bob.

Não fique para trás, meu menino perfeito.

Capítulo 6

A mãe de Ricky, sra. Sullivan, nos diz que a piscina ainda não está pronta. O sr. Sullivan ainda precisa limpá-la com o aspirador e submeter o filtro à retrolavagem. A água, turva e cheia de folhas marrons podres, mais parece água de lagoa que de piscina, mas não nos importamos. É o primeiro dia das férias de verão, e não podemos esperar pelo sr. Sullivan.

Acho uma boia de braço alaranjada e enfio-a no braço esquerdo até meus bíceps magricelas. Vasculho o baú de boias e brinquedos aquáticos, mas não consigo encontrar a outra boia. Levanto os olhos e Nate a está usando, como se fosse uma cotoveleira.

— Me dá — digo, e arranco-a do seu braço.

Como ele costuma ter um acesso de fúria sempre que não consegue o que quer, fico surpresa por me deixar fazer isso. Talvez eu esteja finalmente obtendo o respeito que uma irmã mais velha merece. Deslizo a boia alaranjada pelo meu outro braço, e Nate acha uns óculos de natação e uma prancha.

Mergulho o dedão na água e dou um pulo para trás.

— Está GELADA!

— Bebê — diz Rick ao passar por mim correndo e dar um mergulho.

Gostaria de poder ser como ele, mas a água está fria demais.

Subo até o deque e sento-me na espreguiçadeira dobrável de plástico ao lado da mamãe. Minha mãe e a sra. Sullivan estão deitadas em poltronas estofadas viradas para o sol. Tomam refrigerante diet em lata, fumam Marlboro Lights e conversam entre si de olhos fechados. As unhas do pé da mamãe estão pintadas de vermelho-pimenta. Eu gostaria de ser igualzinha a ela.

Tiro as boias e viro minha cadeira para ficar de frente para o sol também. A sra. Sullivan está se queixando do babaca do seu marido, e fico embaraçada ao ouvi-la dizer "babaca", porque sei que é um palavrão, e eu levaria um tapa no rosto se dissesse isso. Tomo cuidado para não fazer nenhum ruído ou me mexer, porque acho que mamãe não percebeu que estou ouvindo, e sinto-me constrangida, mas quero ouvir mais palavras proibidas sobre o sr. Sullivan.

Ricky aparece no deque, batendo os dentes.

— Estou congelando.

— Não falei? — digo, denunciando estupidamente a minha presença.

— Há toalhas no banheiro. Vá jogar Atari — diz a sra. Sullivan.

— Quer entrar também, Sarah?

Sacudo a cabeça.

— Ela quer ficar com as meninas. Não é mesmo, meu bem? — pergunta mamãe. Faço que sim. Ela estende o braço e afaga a minha perna. Sorrio e sinto-me especial. Ricky entra na casa, mamãe e a sra. Sullivan conversam, e eu fecho os olhos e ouço. Mas a sra. Sullivan não diz nada de mau sobre o sr. Sullivan, eu fico entediada de ouvir e penso que talvez entre para jogar Pac-Man, mas Ricky provavelmente está jogando Space Invaders, e quero ser uma das meninas, por isso fico.

Em seguida, de repente, mamãe está gritando o nome de Nate. Abro os olhos, e ela está gritando o nome de Nate e correndo. Levanto-me para ver o que está acontecendo. Nate está flutuando de bruços na piscina. A princípio penso que é uma brincadeira, e o admiro por estar nos enganando. Em seguida mamãe está dentro da piscina com ele, e ele continua fingindo, e penso que quer assustá-la. Depois mamãe o vira, e vejo seus olhos fechados e lábios azuis, e fico apavorada de verdade, o coração aos pulos.

Mamãe carrega Nate para a grama. Ela emite uns sons desvairados que nunca vi saírem de um adulto, sopra na boca de Nate e lhe suplica que acorde, mas Nate fica simplesmente ali deitado. Não consigo mais olhar para Nate deitado na grama e mamãe soprando em sua boca, por isso olho para os meus pés, e vejo as boias alaranjadas no deque junto da minha cadeira.

— Acorde, Nate! — grita mamãe.

Não posso olhar. Olho para meus pés egoístas e as boias alaranjadas.

— Acorde, Nate!

— Acorde!

— Sarah, acorde.

Sexta-feira

— Um, dois, trêêêêês e já!

Meus dedos são um par de tesouras. A mão de Bob é um pedaço de papel.

— Ganhei! — grito.

É tão raro eu ganhar. Dou tesouradas no ar com meus dedos e danço uma ginga ridícula, uma mistura dos movimentos de Andre Agassi com os de Elaine Benes. Bob ri. Mas a emoção da minha vitória inesperada dura pouco, abreviada pela visão de Charlie, parado agora na cozinha sem a mochila.

— O Wii não está salvando o meu nível.

— Charlie, *o que* eu disse para você fazer? — pergunto.

Ele se contenta em olhar para mim. Minhas cordas vocais ficam um pouco mais retesadas.

— Eu lhe *disse* para trazer sua mochila para cá vinte minutos atrás.

— Tenho que passar para o próximo nível.

Trinco os dentes. Se eu abrir a boca, vou perder. Vou gritar e assustá-lo, ou chorar e assustar Bob, ou vociferar e jogar o maldito Wii no lixo. Antes de ontem, a incapacidade de Charlie de seguir a mais simples instrução me aborrecia, mas à maneira típica, como a maioria das crianças aborrece a maioria dos pais. Agora, uma onda gigantesca de medo e frustração se eleva dentro de mim, e tenho de lutar para contê-la, para impedir que ela transborde e afogue todos nós. Nos poucos segundos em que luto para ficar calada, vejo os olhos de Charlie ficarem arregalados e vidrados. O medo e a frustração devem estar vazando pelos meus poros. Bob põe as mãos em meus ombros.

— Vou cuidar disso. Pode ir — diz ele.

Consulto o relógio. Se sair agora, posso chegar ao trabalho cedo, calma e sã. Posso até dar alguns telefonemas no caminho. Abro a boca e solto ar.

— Obrigada — digo e aperto sua mão de papel.

Pego minha bolsa, dou um beijo de até logo em Bob e nas crianças e saio sozinha de casa. Está frio e chuvoso do lado de fora. Sem capuz nem guarda-chuva, corro desabalada até o carro, mas pouco antes de me jogar no banco do motorista, avisto uma moedinha de um centavo no chão. Não posso resistir. Paro, apanho-a e em seguida me enfio no carro. Com frio e molhada, sorrio ao ligar o motor. Ganhei o jogo e achei um centavo.

Hoje deve ser meu dia de sorte.

* * *

A CHUVA CAI EM LÂMINAS, batendo sobre o para-brisa embaçado com uma rapidez que os limpadores quase não conseguem alcançar. Os faróis dianteiros se acendem, seus censores são induzidos pela manhã escura a pensar que é noite. Parece noite para os meus sentidos também. É o tipo de manhã tempestuosa em que seria perfeito arrastar-se de volta para a cama.

Mas não estou disposta a deixar o tempo sombrio deprimir meu bom humor. Não tenho filhos para levar, sobra-me tempo e o trânsito está se movendo, apesar do tempo. Vou chegar cedo ao trabalho, organizada e pronta para enfrentar o dia, em vez de atrasada, irritada, manchada de suco de uva e incapaz de tirar alguma música boba infantil da cabeça.

E vou poder adiantar um pouco o trabalho no caminho. Reviro minha bolsa à procura do telefone. Quero fazer uma ligação para a Harvard Business School. Novembro é o nosso principal mês de recrutamento, e estamos competindo com todas as outras firmas de consultoria importantes, como a McKinsey e a Boston Consulting Group, para agarrar os melhores e mais inteligentes da safra deste ano. Nunca atraímos tantos pós-graduados como a McKinsey, mas em geral nos saímos melhor que a BCG. Após nossa primeira rodada de umas 150 entrevistas, há dez candidatos particularmente impressionantes que planejamos cortejar.

Encontro o meu telefone e começo a procurar o número de Harvard em minha lista de contatos. Não consigo encontrá-lo sob o H. É estranho. Talvez esteja no B, de Business School. Levanto os olhos para a estrada e meu coração para. Luzes de freio brilham em toda parte, borradas através do para-brisa molhado e embaçado, imóveis, como uma pintura em aquarela. Tudo na autoestrada está parado. Tudo menos eu. Estou avançando a mais de 110 quilômetros por hora.

Meto o pé no freio. Eles agarram a estrada, e depois se soltam. Estou deslizando. Bombeio o pedal. Estou deslizando. Estou chegando cada vez mais perto das luzes vermelhas na pintura.

Ah, meu Deus.

Giro o volante com força para a esquerda. Com força demais. Agora estou fora da última pista da estrada que segue para o leste, girando entre leste e oeste. Tenho certeza de que o carro ainda está se movendo muito depressa, mas experimento o movimento giratório como se estivesse acontecendo em câmera lenta. E alguém desligou o som — a chuva, os limpadores de para-brisa, meus batimentos cardíacos. Tudo é lento e sem som. Como se eu estivesse debaixo d'água.

Bato no pedal de freios e viro o volante para o outro lado, na esperança de corrigir o giro ou parar. A paisagem sofre uma inclinação incontrolável, e meu carro começa a rolar sem parar. Os trambolhões também são lentos e silenciosos, e meus pensamentos enquanto rolo são neutros e estranhamente calmos.

O air bag explode. Noto que ele é branco.

Vejo os vários conteúdos de minha bolsa e a moedinha que achei suspensos no ar. Penso em astronautas na lua.

Alguma coisa está obstruindo minha garganta.

Meu carro ficará completamente destruído.

Alguma coisa bate em minha cabeça.

Vou chegar atrasada ao trabalho.

Então subitamente os trambolhões cessam, e o carro está parado.

Quero sair, mas não consigo me mexer. Sinto uma dor repentina, esmagadora e insuportável no alto da cabeça. Ocorre-me pela primeira vez que talvez eu esteja mais destroçada que meu carro.

Sinto muito, Bob.

A manhã escura fica mais escura e se esvazia. Não sinto a dor na cabeça. Não há visão e sensação alguma. Pergunto-me se estou morta.

Por favor, não me deixe morrer.

Concluo que não estou morta porque posso ouvir o barulho da chuva batendo na capota do carro. Estou viva porque estou ouvindo a chuva, e a chuva se torna a mão de Deus tamborilando sobre a capota, decidindo o que fazer.

Esforço-me para ouvir.

Continue ouvindo.

Ouça.

Mas o som desaparece pouco a pouco, e a chuva cessa.

Capítulo 7

A brancura vaga e luminosa sobre mim define-se na forma de uma lâmpada fluorescente instalada no teto. Alguém repete alguma coisa inúmeras vezes. Enquanto estudo o brilho e a forma da lâmpada, começo a perceber que alguém está me dizendo alguma coisa repetidamente.

— Sarah, você pode respirar fundo para mim?

Suponho que sim, mas quando o faço, toda a minha garganta se agarra a uma coisa rígida, e sinto náusea. Tenho certeza de que parei de inalar, mas apesar disso meus pulmões se enchem de ar. Minha garganta parece completamente seca. Quero lamber os lábios e engolir um pouco de saliva, mas alguma coisa dentro da minha boca não deixa. Quero perguntar "O que está acontecendo?", mas não consigo segurar as rédeas da minha respiração, lábios ou língua. Meus olhos se enchem de pânico.

— Não tente falar. Você tem um tubo na boca para ajudá-la a respirar.

Há uma lâmpada fluorescente no teto sobre minha cabeça, um tubo dentro da minha boca para me ajudar a respirar e a voz de uma mulher.

— Você pode apertar a minha mão? — pergunta a voz de mulher.

Aperto, mas não sinto uma mão na minha.

— Pode apertar a sua outra mão?

Não compreendo a pergunta.

— Pode me mostrar dois dedos?

Estico os dedos indicador e médio.

Tesoura.

Ganhei o jogo. O jogo, a chuva, o carro, o desastre. Lembro-me. Ouço bipes eletrônicos e o zumbido de equipamento mecânico.

A lâmpada fluorescente, o tubo, a voz de mulher. Estou em um hospital. Meu Deus, o que aconteceu comigo? Tento pensar em antes do desastre, mas uma dor causticante penetra o topo da minha cabeça, e não consigo.

— Muito bem, Sarah. É o bastante por hoje. Vamos fazer você dormir de novo para poder descansar.

Espere! O jogo, o carro, a chuva, o desastre e depois o quê? O que aconteceu? Estou bem?

A lâmpada fluorescente no teto fica mais brilhante. As bordas da lâmpada se dissolvem. Tudo fica esbranquiçado.

— MUITO BEM, SARAH, EXPIRE com toda a força que puder.

Sopro enquanto uma enfermeira arranca o tubo de mim, e tenho a impressão de que ela está arrastando um espéculo forrado de lixa pelo tenro revestimento da minha garganta. Não há nada de delicado ou hesitante na abordagem dela a esse procedimento. A remoção é cruel, e o alívio que sinto quando ela acaba beira a euforia, um pouco como dar à luz. Estou pronta para detestar essa mulher, mas em seguida ela bate em meus lábios um copinho de papel cheio de lascas de gelo a se derreter, e se transforma em meu anjo da misericórdia.

Um minuto depois, ela dobra minha mão em volta do copo.

— Muito bem, Sarah. Continue bebendo. Já, já eu volto — diz, e me deixa sozinha.

Beberico a água gelada. Meus lábios, boca e garganta secos e rachados são esponjas agradecidas, como terra absorvendo a chuva depois de uma longa estiagem. Acabam de retirar de mim um tubo de respiração. Precisei de um tubo para respirar. Isso não é bom. Mas não preciso mais disso. Por que precisei de um tubo para respirar? Há quanto tempo estou aqui? Onde está Bob?

Tenho uma sensação estranha na cabeça, mas a princípio não consigo identificá-la. Depois a coisa me vem em todas as cores, o volume no máximo. Minha cabeça está quente demais. Solto o copo de gelo e a toco. Fico atordoada e horrorizada com a imagem mental desenhada pelo que meus dedos sentem. Uma grande porção do meu couro cabeludo, mais ou menos do tamanho e do formato de uma fatia de pão de forma, está raspada, e dentro desse espaço calvo, meus dedos descobrem cerca de doze grampos de metal. Em algum lugar logo abaixo dos grampos, meu cérebro tem a temperatura de magma vulcânico.

Agarro o copo de papel e derramo o gelo semiderretido sobre minha cabeça grampeada. Espero realmente que a água crepite, mas isso não acontece. O gelo não reduz a dor causticante, e gastei todas as minhas lascas de gelo à toa.

Espero e inspiro e expiro sem a ajuda de um tubo. Não se apavore. A enfermeira não a teria deixado sozinha sem um tubo de respiração e segurando um copo descartável de gelo se seu cérebro estivesse derretendo. Mas talvez ele esteja derretendo. Verifique para ver se ele funciona.

Quem é você? *Sou Sarah Nickerson.* Bom. Você sabe o seu nome. *Meu marido é Bob. Eu tenho três filhos — Charlie, Lucy e Linus. Sou a vice-presidente de recursos humanos na Berkley. Moramos em Welmont. Tenho 37 anos.* Bom. Você está ótima, Sarah. Toco os grampos e acompanho o formato do trecho calvo. *Eles não raspam a cabeça das pessoas e lhes inserem peças de metal no couro cabeludo se elas estiverem ótimas.*

Onde está Bob? Alguém deveria contar para Bob onde estou e o que aconteceu. Meu Deus, alguém deveria contar no meu trabalho onde estou e o que aconteceu. Há quanto tempo estou aqui? O que aconteceu?

A não ser durante e após meus partos, nunca precisei de qualquer atenção médica além de um pouco de anti-inflamatórios e de um par de band-aids. Olho para a lâmpada fluorescente. Não gosto nada disso. Onde está a enfermeira? Por favor, volte. Não há um botão em algum lugar que eu possa apertar para chamá-la? Procuro um botão, um telefone, um alto-falante no qual gritar. Vejo a lâmpada fluorescente no teto e uma feia cortina bege pendurada perto de mim. Mais nada. Nenhuma janela, nenhuma tv, nenhum telefone, nada. Este quarto é um horror.

Espero. Minha cabeça está quente demais. Tento chamar a enfermeira, mas minha garganta brutalizada só consegue emitir um sussurro áspero.

— Olá?

Espero.

— Bob?

Espero. Espero para sempre enquanto imagino meu cérebro e tudo que amo derretendo.

A lâmpada fluorescente de novo. Devo ter cochilado. Meu mundo é esta lâmpada fluorescente. A lâmpada e o zumbido eletrônico baixo, contínuo e os bipes do equipamento, seja lá qual for, que talvez esteja me monitorando. Monitorando-me e mantendo-me viva? Deus, espero que não. Meu mundo é feito de reuniões e prazos finais, e-mails e aeroportos, Bob e meus filhos. Como meu mundo ficou reduzido a isto? Há quanto tempo estou deitada debaixo desta luz feia?

Movo a mão sob o lençol e desço-a até minha perna. Ah, não. Estou sentindo pelos espetados que, pelo tamanho, devem estar crescendo há no mínimo uma semana. Os pelos das minhas pernas são claros, quase louros, mas tenho uma enormidade deles, e em geral os raspo todo dia. Esfrego a mão na coxa, para cima e para baixo, como se estivesse afagando um bode no zoológico.

Meu Deus, meu queixo. Tenho um feixe de cinco pelos no lado esquerdo de meu queixo. Eles são ásperos e duros, e nos dois últimos anos foram meu segredo hediondo e meus inimigos jurados. Eles brotam a cada dois dias, por isso tenho de ser vigilante. Mantenho minhas armas — pinça da Revlon e espelho que amplia em dez vezes a imagem — em casa, em minha bolsa de xerpa e na gaveta da minha mesa no trabalho, de modo que, em teoria, onde quer que eu esteja, se uma dessas malditas pequeninas ervas daninhas perfura a superfície, posso arrancá-la. Já estive em reuniões com diretores executivos de empresas, alguns dos homens mais poderosos do mundo, e mal pude prestar atenção ao que diziam porque havia tocado sem querer em meu queixo e ficado obcecada pela ideia de destruir cinco pelos microscópicos. Eu os odeio, e tenho horror de que alguém mais os perceba antes de mim, mas, tenho de admitir, existem poucas coisas mais prazerosas do que arrancá-los.

Dou uma batidinha no queixo, esperando sentir minha barba de Porquinho, mas toco apenas pele lisa. Minhas pernas dão a impressão de um animal de fazenda, o que sugere que não as raspo há pelo menos uma semana, mas meu queixo está nu, o que me poria nesta cama há menos de dois dias. Os pelos do meu corpo não me dizem coisa com coisa.

Ouço vozes de enfermeiras conversando que vêm do que imagino ser o corredor do lado de fora do meu quarto. Ouço mais alguma coisa. Não é a máquina que pode ou não estar me mantendo viva, nem a tagarelice das enfermeiras, nem mesmo o débil zumbido da lâmpada fluorescente. Suspendo a respiração e ouço. É o ronco do Bob!

Viro a cabeça, e lá está ele, adormecido em uma cadeira em frente à cortina bege.

— Bob?

Ele abre os olhos. Vê que o estou vendo e se levanta de um salto.

— Você está acordada — diz.

— O que aconteceu?

— Você sofreu um acidente de carro.

— Estou bem?

Ele olha para o alto da minha cabeça e depois nos meus olhos, evitando deliberadamente o alto da cabeça.

— Você vai ficar bem.

Sua expressão me lembra do que acontece com seu rosto quando vê o Red Sox. É o fim da nona entrada, dois jogadores foram eliminados, o placar está 3 a 2 e será difícil alterá-lo. Ele quer acreditar que seu time ainda pode vencer, mas sabe que provavelmente já perdeu. E isso está lhe partindo o coração.

Toco os grampos em minha cabeça.

— Fizeram uma cirurgia, para aliviar a pressão. O médico disse que você se saiu muito bem.

Sua voz treme quando diz isso. O Sox não só está perdendo, está jogando contra o Yankees.

— Há quanto tempo estou aqui?

— Oito dias. Eles a sedaram. Você dormiu a maior parte desse tempo.

Oito dias. Passei oito dias inconsciente. Toco minha cabeça careca de novo.

— Devo estar horrorosa.

— Está bonita.

Ah, por favor, estou prestes a caçoar de Bob por ser tão piegas, até que ele começa a chorar, e o choque me deixa em silêncio.

Nesses dez anos em que o conheço e o amo, nunca o vi chorar. Já o vi ficar com os olhos cheios d'água — quando o Red Sox ganhou a Série Mundial em 2004 e quando nossos bebês nasceram —, mas nunca o vi chorar. Eu choro com facilidade. Choro vendo o noticiário, sempre que alguém canta o Hino Nacional, quando o cachorro de alguém morre, quando fico assoberbada no trabalho, quando fico assoberbada em casa. E agora quando Bob chora.

— Me desculpe, de verdade — digo, chorando com ele.

— Não se desculpe.

— Sinto muito.

Estendo a mão e toco seu rosto molhado, contorcido. Posso perceber que ele está lutando para conter suas emoções, mas está como uma garrafa de champanhe sacudida e acabo de estourar a rolha. Só que ninguém está comemorando nada.

— Não se desculpe. Apenas não me deixe, Sarah.

— Olhe para mim — digo, apontando para minha cabeça. — Por acaso pareço estar indo para algum lugar?

Ele ri e limpa o nariz com a manga.

— Vou ficar ótima — digo, com lacrimosa determinação.

Assentimos e apertamo-nos as mãos, convictos de algo sobre o qual nada sabemos.

— As crianças sabem? — pergunto.

— Disse a elas que você está viajando a trabalho. Elas estão bem, as coisas caminham como sempre.

Bom. Estou contente por ele não lhes ter contado que estou no hospital. Não há necessidade de assustá-las. Em geral fico em casa com elas por uma ou duas horas antes da escola e na última hora de seu dia, mas é também normal haver ocasiões em que tenho de ficar no trabalho até mais tarde e deixo de vê-las antes de irem para a cama. E elas estão também acostumadas às minhas viagens frequentes e à minha completa ausência por vários dias seguidos. Ainda assim, quando viajo não costumo passar mais de uma semana fora. Pergunto-me por quanto tempo conseguirei ficar aqui sem que elas realmente queiram saber onde estou.

— Eles sabem no trabalho?

— Sabem. Eles mandaram a maioria dos cartões. Disseram para você não se preocupar com nada e melhorar.

— Que cartões?

— Ali, pregados na parede.

Olho para a parede, mas não vejo nada pregado nela. Devem estar na parede atrás da cortina.

— Por quanto tempo vou precisar ficar aqui?

— Não sei. Como está se sentindo?

Minha cabeça não está mais pegando fogo, e surpreendentemente não dói muito. Mas estou toda dolorida, como imagino que um boxeador deve se sentir depois de uma luta. O boxeador que perdeu. Tenho também uma intensa cãibra na perna. Notei que volta e meia há alguma espécie de dispositivo na minha perna que massageia os músculos, o que ajuda. E não tenho energia alguma. Só de passar esses poucos minutos conversando com Bob, estou exausta.

— Sinceramente?

— Sim — diz ele, e percebo que está se preparando para alguma coisa.

— Estou faminta.

Ele sorri, aliviado.

— O que gostaria de comer? Qualquer coisa que você queira.

— Que tal uma sopa? — sugiro, pensando que sopa provavelmente é seguro. Não tenho certeza de já ter permissão para comer qualquer coisa que eu queira.

— Você manda. Volto logo. — Ele se inclina e beija meus lábios rachados. Enxugo as lágrimas do seu rosto e sorrio. Em seguida ele desaparece atrás da feia cortina bege.

Sou só eu e a lâmpada fluorescente de novo. A lâmpada fluorescente, os bipes e o zumbido, e a cortina bege. E em algum lugar atrás da cortina, na parede, maravilhosos cartões de "Fique boa logo" enviados pelo pessoal do trabalho.

Capítulo 8

— Qual é o problema, Sarah, não quer seu almoço? — pergunta a enfermeira.

Estive olhando para mais uma tigela de sopa de frango com macarrão. O cheiro é bom. Tenho certeza de que é infinitamente melhor do que será o gosto, e está um pouco coagulada agora, mas estou faminta. Quero comê-la.

— Não tenho colher.

A enfermeira olha para minha bandeja e depois para mim.

— Que tal o brownie? — pergunta ela.

Olho para a bandeja que está sempre comigo e depois para ela.

— Que brownie?

A enfermeira apresenta uma colher em sua mão, tirada aparentemente do nada, e deixa cair um *brownie* envolto em celofane na bandeja junto da tigela de sopa. Fito-a, como se ela estivesse prestes a tirar uma moeda de 25 centavos de trás da minha orelha.

— Você não viu estas coisas na sua bandeja? — pergunta ela, entregando-me a colher.

— Elas não estavam na minha bandeja.

— Mas agora você as vê — diz ela, mais conclusiva que curiosa.

— Aham.

Tomo uma colherada de caldo. A sopa é uma lavagem. Passo para o brownie. Chocolate é algo que sempre dá para comer.

— Volto com o dr. Kwon dentro de alguns minutos — diz ela.

Certo. Você pode fazer um copo de leite aparecer em um passe de mágica quando voltar?

Um homem asiático vestindo um jaleco branco está parado ao pé da minha cama segurando uma prancheta, clicando e desclicando sua caneta esferográfica enquanto examina as páginas do que suponho ser minha papeleta. Seu rosto é liso, esplêndido, parece ter 18 anos. Mas estou imaginando que este é o dr. Kwon, meu médico, caso em que é mais provável que sua genética desafie a idade e que ele tenha pelo menos trinta anos.

— Sarah, é bom vê-la acordada. Como está se sentindo?

Ansiosa, cansada, apavorada.

— Bem.

Ele clica a caneta e escreve alguma coisa. Ah, estou sendo entrevistada. É melhor me concentrar. Seja lá no que ele estiver me testando, quero tirar dez. Quero ir para casa. Quero voltar para o trabalho.

— Como você diria que estou? — pergunto.

— Bem. As coisas parecem bastante bem, considerando-se que chegou bastante machucada. Você sofreu uma fratura deprimida de crânio e teve um sangramento no cérebro. Tivemos que operá-lo e drená-lo. Tiramos tudo, mas, com o sangramento e a inflamação, você sofreu uma lesão. Sua tomografia mostra que você perdeu um pouco de massa encefálica. Mas tem sorte por ter sofrido o ferimento no lado direito e não no esquerdo, ou provavelmente não estaria conversando comigo neste momento.

Acho que a resposta começou com "bem", mas estou tendo dificuldade em discernir algo que se assemelhe a "bem" em qualquer das palavras que ele pronunciou depois, mesmo ouvindo-as de novo. "Lesão cerebral." Isto soa o oposto de "bem" para mim. Acho que ele também disse que eu "tenho sorte". Sinto-me tonta.

— Pode chamar o meu marido? Quero que ele ouça isto comigo.

— Estou bem aqui — diz Bob.

Viro-me para vê-lo, mas ele não está lá. As únicas pessoas no quarto somos eu e o bonito dr. Kwon.

— Por que está olhando para a cadeira? Estou do lado de cá — diz Bob.

— Bob? Não consigo encontrar você.

— Fique deste meu outro lado — diz o dr. Kwon.

— Achei! — digo, como se estivéssemos brincando de esconde-esconde.

Estranho que eu não pudesse vê-lo um segundo atrás. Talvez minha visão tenha sido afetada pelo acidente. Talvez ele estivesse muito para trás. O dr. Kwon ajusta minha cama de modo que fico sentada ereta.

— Sarah, concentre-se no meu nariz e me diga quando vir o meu dedo.

Ele está mantendo o dedo indicador levantado perto da minha orelha.

— Estou vendo.

— E agora?

— Sim.

— Agora?

— Não.

— E agora?

— Não.

— Ela está cega? — pergunta Bob.

Claro que não estou cega. Que espécie de pergunta maluca é essa? O dr. Kwon joga uma luz nos meus olhos. Estudo seus olhos cor de café preto enquanto ele estuda alguma coisa nos meus.

— Acompanhe a minha luz agora. Bom. Não, as áreas do seu cérebro responsáveis pela visão não foram afetadas, e os seus olhos parecem bem.

Ele arranca uma folha de papel de sua prancheta, coloca-a sobre a minha mesa, desliza a mesa para a minha frente e me entrega uma caneta. Há letras maiúsculas e minúsculas espalhadas pela página.

— Sarah, pode fazer um círculo em torno de todas as letras "A" para mim?

Faço.

— Tem certeza de que encontrou todas elas? — pergunta ele.

Verifico o meu trabalho.

— Tenho.

Ele arranca outra folha.

— Você pode traçar uma linha vertical pelo meio de cada uma destas linhas horizontais?

Divido as nove linhas pela metade. Levanto os olhos, pronta para tirar a nota máxima no próximo quebra-cabeça.

— Pronto? Certo, vamos tirar esta mesa do caminho. Você pode esticar seus dois braços para mim com as palmas para cima?

Faço isso.

— Você está com os dois braços esticados?

— Estou.

— Ela está paralítica? — pergunta Bob.

Mais uma vez, que espécie de pergunta absurda é essa? Ele não acaba de me ver fazer um movimento? O dr. Kwon bate um martelinho de borracha no meu braço e na minha perna.

— Não, ela está com uma debilidade do lado esquerdo, mas isso deve voltar com o tempo e com a reabilitação. Ela tem Negligência Esquerda. É uma condição bastante comum em pacientes que sofreram lesão no hemisfério direito, usualmente em decorrência de uma hemorragia ou AVC. Seu cérebro não dá atenção a nada que esteja à sua esquerda. A "esquerda" não existe para ela.

— O que quer dizer com "não existe"? — pergunta Bob.

— Exatamente isso. Não aparece para ela. Se você estiver parado à sua esquerda, ela não o perceberá; não tocará na comida que estiver do lado esquerdo do seu prato e poderá nem mesmo acreditar que seu braço e sua perna esquerdos lhe pertencem.

— Porque a "esquerda" não existe para ela? — pergunta Bob.

— Isso mesmo — diz o dr. Kwon.

— Ela voltará ao normal? — pergunta Bob.

— Pode voltar, pode não voltar. Com alguns pacientes, os sintomas desaparecem já durante as primeiras semanas, à medida que a inflamação cede e o cérebro se cura. Com outros, porém, essa condição persiste, e o melhor que eles têm a fazer é aprender a viver com ela.

— Sem esquerda — diz Bob.

— Isso.

— Sarah não parece notar que ela está ausente — diz Bob.

— Sim, isso ocorre com a maioria dos pacientes na fase aguda logo depois da lesão. Ela praticamente não percebe sua falta de percepção. Não percebe que o lado esquerdo de todas as coisas está faltando. A seu ver, está tudo lá, e tudo está normal.

Eu posso não estar percebendo alguma falta de percepção, mas o dr. Kwon e Bob parecem não perceber que ainda estou aqui.

— Você sabe que tem mão esquerda? — pergunta-me Bob.

— Claro que sei que tenho mão esquerda — respondo, embaraçada por ele insistir em me fazer essas perguntas ridículas.

Mas em seguida reflito sobre essa pergunta ridícula. Onde está a minha mão esquerda? Não faço ideia. Oh, meu Deus, onde está minha mão esquerda? E quanto ao meu pé esquerdo? Está faltando também. Mexo os dedos do meu pé direito. Tento enviar a mesma mensagem para o meu pé esquerdo, mas meu cérebro a devolve ao remetente. Sinto muito, esse endereço não existe.

— Bob, sei que tenho mão esquerda, mas não tenho a menor ideia de onde ela está.

Capítulo 9

Agora faz 12 dias que estou no hospital e fui transferida da UTI para a unidade de neurologia, onde tenho sido a cobaia do dr. Kwon nos últimos dois dias. Ele quer aprender mais sobre Negligência Esquerda antes que me transfiram deste maldito quarto para a reabilitação. Segundo ele, não se sabe muito sobre essa condição, notícia que me parece um tanto deprimente. Mas talvez ele aprenda comigo alguma coisa que vá fazer a compreensão da Negligência avançar. E talvez isso me ajude. Estou também feliz em cooperar porque aprender mais sobre minha condição só envolve perguntas, quebra-cabeças, caneta e papel, e não agulhas, coleta de sangue ou tomografias do cérebro. E me mantém ocupada durante um bom tempo, que, de outro modo, seria preenchido por nada além de temores obsessivos em relação ao trabalho, saudades de Bob e das crianças e contemplação da lâmpada fluorescente e da pintura do teto, que está descascando. Assim o dr. Kwon e eu temos passado um tempo muito proveitoso juntos.

Enquanto respondo a perguntas e procuro palavras, tento me unir ao dr. Kwon e achar fascinante e não irremediavelmente aterrorizante que eu nunca perceba nem inclua coisa alguma à esquerda. Nem sequer me dou conta de ter deixado de ver alguma coisa até que o dr. Kwon ou um de meus terapeutas ou enfermeiros me diga o que me escapou. Então, quando percebo a magnitude do que não está lá para mim, em vez de me dissolver em uma poça de lágrimas ou de me lastimar — *Isto é grave, isto é muito, muito grave* —, eu me forço a ter o pensamento mais positivo que posso. Em geral algo do tipo: *Nossa! Parece que o prefeito da Terra da Desgraça está me oferecendo a chave da cidade, mas estou fazendo o melhor que posso para ficar fora dela.*

Gosto dos testes de desenho. Parece que faz um milhão de anos que eu levava um bloco de desenho para onde quer que fosse. Eu me formei em economia, mas cursei igual número de disciplinas de desenho gráfico, arte e história da arte. Tento imaginar onde em meu sótão atulhado aqueles blocos poderiam estar guardados, mas não consigo encontrá-los. Talvez estejam à esquerda. Espero não os ter jogado fora.

O dr. Kwon me pede para desenhar uma flor, um relógio, uma casa, um rosto.

— Você é boa — diz ele.

— Obrigada.

— Você desenhou um rosto completo?

— Desenhei.

Contemplo meu desenho com orgulho e amor. Desenhei Lucy. Enquanto admiro seus traços, a dúvida se insinua na minha consciência.

— Não desenhei? — pergunto.

— Não. Quantos olhos as pessoas têm?

— Dois.

— Você desenhou dois?

Olho para meu desenho de Lucy.

— Acho que sim.

Ele clica sua caneta e escreve. Está escrevendo algo negativo sobre meu desenho de Lucy Pateta, e ninguém deveria fazer isso. Empurro o papel para ele.

— Desenhe você um rosto — digo.

Ele rabisca uma carinha sorridente em dois segundos.

— Você desenhou um rosto completo? — pergunto.

— Desenhei.

Clico minha caneta da maneira mais enfática que posso, a mão bem no alto, e em seguida finjo escrever minha avaliação em uma prancheta invisível.

— O que você está escrevendo, dra. Nickerson? — pergunta ele, fingindo profunda preocupação.

— Bem, rostos não têm orelhas, sobrancelhas, cabelo? Lamento dizer que você sofre de uma doença séria, mas fascinante, doutor.

Ele ri e acrescenta uma língua saindo da linha de baixo que representa a boca.

— Tem razão, tem razão. Nossos cérebros normalmente não precisam de todos os elementos de informação para presumir um todo. Como nosso ponto cego. Todos nós temos um ponto cego onde nosso nervo óptico encontra a retina, mas normalmente não percebemos essa lacuna em nosso campo de visão porque nossos cérebros preenchem o quadro — diz o dr. Kwon. — Provavelmente é isso que você está fazendo. Está se baseando apenas na metade direita para presumir um todo, e o seu cérebro está preenchendo, de modo inconsciente, as lacunas. Observação maravilhosa. Realmente fascinante.

Embora esteja gostando de sua atenção e lisonja, sei que o que entusiasma um médico nerd seria provavelmente percebido como esquisito e apavorante pelo mundo fora deste quarto. Quero desenhar os dois olhos de Lucy. Quero abraçar Charlie com as duas mãos, beijar os dois pezinhos de Linus e sentir o corpo todo de Bob. E não posso me safar lendo apenas a metade direita de uma planilha de Excel. Preciso que meu cérebro volte a ver a esquerda, onde quer que ela esteja, e pare de fazer enormes suposições. Suposições só servem para meter todo mundo em grandes apuros.

* * *

Hoje o almoço é frango, arroz e suco de maçã. O frango está sem sal, falta molho de soja no arroz e o suco de maçã ficaria bem melhor com uma generosa dose de vodca. Mas ao que parece estou com pressão alta, e nem sal nem álcool me são permitidos. Como e bebo todas as coisas insossas que me trazem. Preciso recuperar minhas forças. Vou ser transferida para a clínica de reabilitação amanhã e, pelo que ouço, vou ter muito trabalho. Mal posso esperar. Por mais que eu goste do dr. Kwon, esta cobaia quer sair da gaiola para sempre.

Dr. Kwon chega para dar uma olhada em mim antes de suas rondas.

— Como estava o seu almoço? — pergunta.

— Bom.

— Usou a faca para cortar o frango?

— Não, usei o lado do garfo.

Clique. Ele anota este dado fascinante.

— Comeu tudo?

— Aham.

— Está satisfeita?

Sacudo os ombros. Não estou, mas não quero ter que falar de novo.

— E se eu lhe disser que há uma barra de chocolate no seu prato? — diz ele, sorrindo.

Tenho que reconhecer que ele acertou na mosca. Chocolate é sem sombra de dúvida a isca certa para usar comigo. Mas não preciso de incentivo. Estou altamente motivada. Não é que eu não esteja tentando ver o que ele vê.

— Não o vejo.

Talvez eu possa senti-lo. Passo a palma da minha mão em toda a superfície do prato limpo, branco. Não há nada. Nem um grão de arroz, nem um pedaço de chocolate.

— Tente virar a cabeça para a esquerda.

Olho fixamente para o prato.

— Não sei como fazer isso. Não sei como chegar aonde você está me pedindo para ir. Não é um lugar para o qual eu possa me virar ou olhar. É como se você me dissesse para me virar e olhar para o meio das minhas costas. Acredito que minhas costas existem, mas não tenho ideia alguma de como vê-las.

Ele anota isto, e assente enquanto escreve.

— Intelectualmente, compreendo que o prato tem um lado esquerdo, mas ele não faz parte da minha realidade. Não posso olhar para o lado esquerdo do prato porque ele não está lá. Não há lado esquerdo. Tenho a impressão de estar olhando para o prato todo. Não sei, é frustrante, não consigo descrevê-lo.

— Creio que você acaba de fazê-lo.

— Mas tem mesmo chocolate ali?

— Tem, do tipo que Bob trouxe ontem.

Lake Champlain. O melhor. Sem compreender como isso poderia funcionar, seguro a parte de cima do prato e giro-a para baixo. Tchan! Crocante com manteiga de amêndoa. Bob é o máximo.

— Você trapaceou! — diz o dr. Kwon.

— É absolutamente justo — digo, mastigando um bocado sublime.

— Ok. Mas me responda: de onde veio o chocolate?

Sei que ele quer que eu diga, "da esquerda". Mas não há esquerda.

— Do céu.

— Sarah, pense sobre isto. Ele veio do lado esquerdo do prato, que agora está à direita. E o lado direito que você acabou de ver, portanto sabe que existe, agora está à esquerda.

Se ele tivesse dito alguma coisa sobre pi vezes a raiz quadrada do infinito daria no mesmo. Não me interessa aonde foi parar o lado direito do prato. Estou comendo meu chocolate favorito e vou ser transferida para a reabilitação amanhã.

PASSARAM-SE DUAS SEMANAS DESDE O acidente, e Bob está passando muito tempo fora do trabalho para ficar aqui comigo, o que pode não ser bom para suas chances de sobreviver caso haja outra rodada de demissões. Eu lhe disse que não deveria passar tanto tempo aqui. Ele me disse para ficar tranquila e não me preocupar com isso.

Meu teste favorito, além de fazer desenhos, é chamado de teste do tufo. Rose, a fisioterapeuta, prega bolinhas de algodão com fita adesiva pelo meu corpo e depois me pede para removê-las. Gosto disso porque devo parecer um dos projetos de arte de Charlie ou de Lucy, o boneco de neve que eles provavelmente farão na escola daqui a poucas semanas. Meu Deus, sinto falta dos meus filhos.

Arranco a "neve" de algodão e aviso a Rose quando termino.

— Retirei todas elas?

— Não.

— Quase todas?

— Não.

— Tirei alguma do lado esquerdo?

Seja lá o que for isso.

— Não.

Estranho. Eu realmente acreditava ter encontrado todas elas. Não sinto nenhuma em mim.

— Espere um segundo — diz Bob, que está sentado na cadeira do visitante, observando. Ele levanta seu iPhone e diz: — Sorria!

Tira uma foto de mim e me mostra o visor de LCD. Estou pasma. Na foto que vejo na tela, estou coberta de bolas de algodão da cabeça aos pés. Que loucura. Esse deve ser meu lado esquerdo.

E lá estão meu braço e minha perna. Sinto-me extremamente aliviada por ver que ainda existem. Estava começando a acreditar que tinham sido amputados e que ninguém tinha tido coragem de me contar.

Noto minha cabeça na foto. Não só está coberta de bolas de algodão, como também não está raspada. Meu cabelo parece oleoso e fosco, mas, no geral, está exatamente como me lembro dele. Estendo a mão para tocá-lo, mas sinto apenas a cabeça calva e os inchaços que parecem braile criados pelas cicatrizes da minha incisão (um residente de neurologia removeu os grampos há uns dois dias). Segundo a fotografia, minha cabeça está coberta de cabelo, mas a julgar pelo que a minha mão sente, estou completamente careca. Isso é bizarro demais.

— Ainda tenho cabelo?

— Só rasparam o lado direito. O esquerdo ainda está com todo o seu cabelo — diz Rose.

Olho para a imagem enquanto corro os dedos pelo meu couro cabeludo. Gosto muito do meu cabelo, mas isso não pode estar bonito.

— Você tem que raspar o resto — digo.

Rose lança um olhar para Bob, como se estivesse querendo outro voto.

— É o que está com melhor aparência, você não acha, Bob?

Ele não diz nada, mas sua falta de resposta me diz que concorda. E sei que é como lhe perguntar *Onde prefere ir? À igreja ou ao shopping?* Ele não é fã de nenhum dos dois.

— Podemos fazer isso antes que eu perca a coragem?

— Vou pegar o aparelho de barbear — diz Rose.

Enquanto esperamos a volta de Rose, Bob se levanta e verifica o e-mail em seu iPhone. Não faço isso desde que cheguei aqui.

Não me permitem. Meu coração dispara quando penso nisso. Minha caixa de entrada deve ter milhares de e-mails à minha espera. Ou talvez Jessica esteja encaminhando tudo para Richard ou Carson. Isso faria mais sentido. Estamos no meio do recrutamento, o momento mais crítico do ano para mim. Preciso voltar para garantir que obtenhamos as pessoas certas e alocá-las no lugar mais adequado.

— Bob, para onde você foi?

— Estou aqui na janela.

— Certo, meu bem, para mim é como se você estivesse na França. Pode vir até aqui, onde posso vê-lo?

— Desculpe.

Rose volta com o barbeador elétrico.

— Tem certeza? — pergunta.

— Tenho.

O barbeador está zumbindo há alguns segundos quando vejo minha mãe entrar no quarto. Ela olha para mim e tem um sobressalto, como se estivesse contemplando Frankenstein. Tapa a boca com as mãos e começa a respirar depressa. Lá vem a histeria.

— Quando contou a ela? — pergunto a Bob.

— Dois dias atrás.

Estou impressionada por ela ter chegado aqui em dois dias. Minha mãe não gosta muito de sair de casa e entra em pânico se tem que deixar Cape Cod. Isso piorou com a idade. Acho que ela não transpôs a ponte Sagamore desde que Lucy nasceu. Nunca chegou nem a ver Linus.

— Ah, meu Deus, ela está morrendo?

— Não estou morrendo. Estou cortando o cabelo.

Ela parece muito mais velha do que eu me lembrava. Não pinta mais seu cabelo castanho; deixou-o ficar acinzentado. Usa óculos agora. Seu rosto está bambo, como se sua expressão tivesse se tornado pesada demais e estivesse puxando toda a face para baixo.

— Ah, meu Deus, Sarah, sua cabeça. Ah, meu Deus, ah, meu Deus...

— Ela vai ficar bem, Helen — diz Bob.

Agora ela está soluçando. Não preciso disso.

— Mamãe, por favor — digo. — Vá ficar na janela.

Capítulo 10

Há quarenta leitos na unidade de neurologia do Baldwin Rehabilitation Center. Sei disso porque apenas dois dos quarenta leitos ficam em quartos individuais, e o seguro não os cobre. Você tem que pagar do próprio bolso pela privacidade.

Bob quis assegurar que eu tivesse um dos quartos "individuais" com uma janela à direita da cama. Ambos pensamos que ter uma vista para a vida fora dos confins do meu quarto seria bom para meu moral. Não nos demos conta de que até esse pedido simples deveria ter sido mais específico.

Neste dia ensolarado, estou fitando a janela de um presídio. Minha vista consiste apenas em tijolo e barras de ferro. Percebo bem a ironia disso. Ao que parece, do outro lado da unidade de neurologia, os pacientes têm vista para a ponte Leonard Zakim, um monumento arquitetônico espetacular durante o dia e uma empolgante obra de arte iluminada durante a noite. Todos os quartos, é claro, são "duplos". Tudo tem um preço. Tome cuidado com o que você pede. Sou um clichê com lesão cerebral.

Seja o que for que tenha de fazer aqui, estou pronta. Trabalhar pesado, fazer meu dever de casa, ganhar um dez, voltar para Bob e as crianças e para o trabalho. Voltar para a normalidade. Estou decidida a me recuperar cem por cento. Cem por cento sempre foi a minha meta em tudo, a menos que houvesse crédito extra envolvido, e nesse caso ela é ainda mais alta. Graças a Deus sou uma pessoa competitiva, muito perfeccionista. Estou convencida de que vou ser a melhor paciente de lesão cerebral que o Baldwin já viu. Mas não vão me ver aqui por muito tempo, porque planejo também me recuperar mais rápido do que qualquer pessoa aqui poderia prever. Gostaria de saber qual é o recorde.

Mas toda vez que tento chegar a uma noção clara de quanto tempo uma pessoa com Negligência Esquerda poderia levar para chegar a uma recuperação completa, obtenho uma resposta vaga e insatisfatória.

— É extremamente variável — disse o dr. Kwon.

— Qual é o tempo médio? — perguntei.

— Na verdade não sabemos.

— Hum. Certo, bem, qual é a faixa?

— Algumas pessoas apresentam uma recuperação espontânea em uma ou duas semanas, outras respondem a estratégias e retreinamento em cerca de seis meses, outras levam mais tempo.

— Então o que permite prever quem vai melhorar em duas semanas ou levar mais tempo?

— Nada que saibamos.

Continuo estarrecida com o pouco que a medicina sabe sobre a minha condição. Imagino que é por isso que a chamam de *prática* médica.

Agora, são 9h15 da manhã. Estou vendo na tv Regis e uma mulher. Antes era Regis e outra mulher. Não consigo me lembrar de seu nome. Faz tempo que não assisto à televisão matinal. Há pouco, Martha, minha fisioterapeuta, entrou aqui e se apresentou. Ela tem um cabelo louro raiado puxado em um rabo de cavalo apertado e quatro brinquinhos de diamante aglomerados no lóbulo da orelha. Sua constituição é a de um jogador de rugby. Parece prática e direta, durona. Bom. Vamos a ela.

— Então, quando pensa que vou poder voltar ao trabalho? — pergunto-lhe, enquanto ela lê minha pàpeleta.

— O que você faz?

— Sou a vice-presidente de recursos humanos em uma firma de consultoria estratégica.

Ela ri com a boca fechada e sacode a cabeça.

— Vamos nos concentrar em conseguir que você ande e use o banheiro.

— Acha que duas semanas? — pergunto.

Ela ri e sacode a cabeça de novo. Lança um olhar longo e duro para minha cabeça calva.

— Acho que você não compreende muito bem o que lhe aconteceu — diz.

Lanço um olhar longo e duro para a sua orelha.

— Na verdade, entendo. Compreendo exatamente o que *já* aconteceu. O que não compreendo é o que *vai* acontecer.

— Hoje, vamos tentar sentar e andar.

Pelo amor de Deus, não podemos falar do quadro mais amplo? Minhas metas são mais expansivas do que ver Regis e dar um pulo no banheiro.

— Certo, mas quando acha que vou voltar ao normal?

Ela pega o controle remoto, desliga a tv e me fita com um olhar severo antes de responder, como os que lanço a Charlie quando de fato preciso que ele me ouça.

— Talvez nunca.

Não gosto dessa mulher.

MINHA MÃE DESCOBRIU MEU TRUQUEZINHO "fique à minha esquerda" e empoleirou-se na cadeira do visitante à minha direita como uma galinha nervosa chocando ovos preciosos. Embora agora não tenha mais uma desculpa médica, continuo tentando fingir que ela não está ali. Mas ela está sentada bem no meio de meu campo de visão, portanto não posso evitá-la. E, cada vez que olho para ela, vejo entalhada em seu rosto uma expressão ansiosa que me dá vontade de gritar. Suponho que é o tipo de expressão aflita que assumiria naturalmente qualquer pessoa obrigada a se sentar ao meu lado, ou ao lado do rapaz do quarto vizinho, que sofreu um acidente de motocicleta e está com o rosto desfigurado e sem pernas, ou da moça no fim do corredor, que sofreu um AVC no pós-parto e não consegue dizer o nome de seu novo bebê. É o tipo de olhar preocupado, misturado com uma colherada de horror e um bocado de terror que qualquer pessoa forçada a se sentar perto de qualquer paciente da unidade neurológica poderia ter. Ele não pode significar que ela está realmente preocupada comigo. Ela não se preocupou comigo durante trinta anos. Assim, embora sua expressão me incomode, eu a compreendo. O que não compreendo é quem a está obrigando a se sentar aqui.

Martha entra e põe uma bacia de aço inoxidável sobre a minha mesa.

— Helen, você pode se sentar do outro lado de Sarah? — pergunta.

Minha mãe se levanta e desaparece. Talvez eu tenha julgado Martha depressa demais.

— Ok, Sarah, recline-se, vamos lá. Está pronta? — pergunta ela.

Mas antes que eu possa dar meu consentimento seja lá ao que estamos prestes a fazer, ela põe sua mão forte no lado do meu rosto e vira a minha cabeça. E lá está minha mãe de novo. Maldita mulher.

— Aqui está um esfregão de banho. Passe-o no braço dela, de cima a baixo, esfregue a mão, todos os dedos.

— Devo lavar o outro braço, também?

— Não. Não estamos dando um banho nela. Estamos tentando fazer seu cérebro lembrar que tem um braço esquerdo por meio da textura do pano, da temperatura da água, e do fato de ela estar olhando para ele enquanto isso acontece. A cabeça dela vai querer pender de volta para cá. É só virá-la de novo para a esquerda como eu fiz. Certo?

Minha mãe assente.

— Muito bem — diz Martha e sai, apressada.

Minha mãe torce o pano sobre a bacia e começa a esfregar meu braço. Sinto. O pano é áspero e a água está morna. Vejo meu antebraço, meu pulso, minha mão quando ela toca cada parte do meu corpo. No entanto, embora eu sinta isso acontecendo comigo, é quase como se eu estivesse observando minha mãe lavar o braço de outra pessoa. É como se o pano contra minha pele estivesse dizendo ao meu cérebro: *Está sentindo isso? Este é seu ombro esquerdo. Sente isso? É seu cotovelo esquerdo.* Mas outra parte do meu cérebro, insolente e decidida a dar a última palavra, fica retorquindo: *Ignore esse absurdo! Você não tem coisa alguma esquerda. Não há esquerda!*

— Que sensação isso dá? — pergunta minha mãe após vários minutos.

— Está um pouquinho frio.

— Desculpe. Espere um pouco, não se mexa.

Ela se levanta e corre para o banheiro. Olho para o presídio e devaneio. Pergunto-me se ela estaria pegando água morna para mim se eu estivesse lá. Sem aviso, sua mão está no meu rosto e vira a minha cabeça. Ela começa a esfregar meu braço de novo. A água está quente demais.

— Olha — digo —, Bob realmente precisa chegar ao trabalho na hora. Ele não deveria estar trazendo você aqui de manhã.

— Vim dirigindo eu mesma.

O Baldwin fica no olho de um tornado colossal de trânsito, um destino a que até os motoristas mais corajosos e tarimbados de Boston têm dificuldade de chegar. E na hora do rush. E minha mãe.

— Veio mesmo?

— Digitei o endereço naquele computador-mapa, e fiz exatamente o que aquela senhora me disse para fazer.

— Você dirigiu o carro do Bob?

— Ele tem muitos assentos.

Tive a impressão de ter perdido uma reunião.

— Você levou as crianças à escola?

— Assim Bob poderia chegar ao trabalho na hora. Trocamos de carro.

— Ah.

— Estou aqui para ajudá-la.

Ainda estou digerindo o fato de ela ter levado meus filhos à escola e à creche, vindo depois sozinha de Welmont para Boston na hora do rush, e agora tenho de engolir essa esquisitice. Tento me lembrar da última vez que ela me ajudou em alguma coisa. Acho que me serviu um copo de leite em 1984.

Ela está segurando minha mão esquerda na sua, nossos dedos entrelaçados, e sua mão me parece familiar, mesmo depois de tanto tempo. Tenho três anos, e minha mão está na dela quando ela me ajuda a subir escadas, quando cantamos "Ring Around the Rosy", quando tenho um espinho no dedo. Suas mãos são acessíveis, brincalhonas e hábeis. Depois que Nate morreu, a princípio ela segurou minha mão com um pouco mais de força. Tenho sete anos e minha mão está na dela quando cruzamos a rua, quando ela me conduz através de um estacionamento lotado, quando pinta minhas unhas. Suas mãos são confiantes e seguras. E depois tenho oito, e deve ser incômodo demais segurar minha mão em meio a todo aquele desgosto, por isso ela simplesmente a solta. Agora tenho 37 anos e minha mão está na dela.

— Preciso ir ao banheiro — digo.

— Deixa eu chamar a Martha.

— Estou bem. Consigo ir.

Ora, desde o acidente ainda não me levantei e usei o banheiro sozinha, de modo que não sei por que me sinto de repente perfeitamente capaz de fazê-lo. Talvez seja porque me sinto normal, e tenho que fazer xixi. Não tenho a sensação de estar prestando atenção apenas à metade de mim, à metade da minha mãe ou à metade do banheiro. Não sinto que coisa alguma esteja faltando. Até que dou aquele primeiro passo.

Não sei ao certo onde a planta do meu pé esquerdo está em relação ao chão, e não sei distinguir se meu joelho está reto ou dobrado, e depois penso que ele poderia estar hiperestendido, e, após um chocante e espasmódico segundo, dou um passo à frente com meu pé direito. Mas meu centro de gravidade está estranhamente deslocado, e quando vejo estou desabando no piso.

— Sarah!

— Estou bem.

Sinto gosto de sangue. Devo ter cortado o lábio.

— Meu Deus, não se mexa, vou chamar a Martha!

— Só me ajude a levantar.

Mas ela já saiu porta afora.

Estou deitada no piso frio, tentando imaginar como ficar de pé, lambendo meu lábio ferido e pensando que talvez vá demorar mais de duas semanas para eu voltar ao trabalho. Gostaria de saber quem está tratando do recrutamento de Harvard por mim. Espero que não seja Carson. E gostaria de saber quem está supervisionando as avaliações anuais. É um projeto enorme. Eu deveria estar enfrentando isso agora mesmo. Meu ombro está latejando. Por que minha mãe está demorando tanto?

Desde que Linus nasceu, tornou-se muito difícil para mim conter uma bexiga cheia. Para grande aborrecimento de Bob, não posso mais "segurar até chegarmos lá", e tenho de lhe implorar que pare na beira da estrada pelo menos uma vez sempre que passamos mais de uma hora no carro. Tomo meio litro de café de uma vez no trabalho, o que significa que passo os últimos dez minutos de qualquer reunião com uma hora de duração batendo o pé debaixo da mesa como se fosse uma dançarina de sapateado, consumida por um plano desesperado de sair correndo para o banheiro mais próximo assim que terminar.

Abandonei qualquer ilusão que tinha de me levantar por mim mesma e agora estou dedicando cem por cento da minha energia e foco a não fazer xixi aqui no piso. Graças a Deus minha bexiga ou qualquer que seja a parte de mim em que estou me concentrando fica no meu centro, e não em algum lugar à esquerda. Rezo para não espirrar.

Minha mãe finalmente entra depressa com Martha atrás de si. Parece assustada e pálida. Martha me olha de cima a baixo com as mãos na cintura.

— Bem, isso foi impulsivo da sua parte — diz ela.

Posso pensar em algumas coisas primorosas que eu poderia fazer ou dizer agora mesmo e que seriam verdadeiramente impulsivas, mas esta mulher está encarregada de cuidar de mim, e, como preciso chegar ao banheiro antes que o xixi escape, e preciso voltar para o trabalho antes que eu perca o meu emprego, mordo meu lábio ensanguentado.

— Eu deveria tê-la ajudado — diz minha mãe.

— Não, essa é não é a sua função, esse é o meu trabalho. Da próxima vez, aperte o botão para me chamar. Deixe-me ser a terapeuta, e cuide de ser a mãe.

— Está bem — diz minha mãe, como se tivesse acabado de prestar um juramento.

Ser a mãe. Como se ela tivesse alguma ideia do que isso significa. Ser a mãe. De repente, essas três palavras me incomodam, me divertem e beliscam uma parte delicada de mim. Acima de tudo, porém, elas me distraem, e faço xixi sobre o piso.

Capítulo 11

É cedo, antes do café da manhã, antes que qualquer dos terapeutas tenha começado a trabalhar comigo, provavelmente antes até que as crianças tenham se vestido em casa. E Bob está aqui.

— Pode me ver agora? — pergunta ele.

Vejo o presídio, a janela, a cadeira do visitante, a tv.

— Não.

— Vire a cabeça.

Viro a cabeça. Vejo o presídio.

— Não, para o outro lado.

— Não há outro lado.

— Sim, há. Vire a cabeça para a esquerda. Estou de pé aqui.

Fecho os olhos e imagino Bob de pé. Em minha mente, ele está usando uma camiseta preta de manga comprida e jeans, embora nunca use jeans para trabalhar. Está com os braços cruzados e não fez a barba. Abro meus olhos e viro a cabeça. Vejo o presídio.

— Não consigo.

— Consegue, sim. É simples.

— Não é.

— Não entendo por que você não pode simplesmente virar a cabeça.

— Eu virei.

— Para a esquerda.

— Não há esquerda.

Ouço-o soltar um suspiro de frustração.

— Meu bem, diga-me tudo que você vê aqui — digo-lhe.

— Você, a cama, a janela, a cadeira, a mesa, as flores, os cartões, as minhas fotos e das crianças, o banheiro, a porta, a tv.

— Isso é tudo?

— Quase tudo.

— Ok, agora que tal se eu lhe dissesse que tudo que você está vendo é apenas metade de tudo que há realmente aqui? Que tal se eu lhe dissesse para virar a cabeça e olhar para a outra metade? Para onde você olharia?

Ele não diz nada. Espero. Imagino Bob de pé, de camiseta e jeans, procurando.

— Não sei — diz ele.

— Exatamente.

ELLEN DEGENERES ESTÁ DANÇANDO AO som dos Black Eyed Peas. Ela é muito engraçada. Muito melhor que Regis e aquela fulana. Eu gostaria de poder me levantar e me sacolejar com Ellen, mas aprendi minha lição após a malfadada ida de ontem ao banheiro.

Bob foi para o trabalho há mais de uma hora, e agora minha mãe está aqui, pairando junto a mim na "sua" cadeira. Usa um agasalho de ginástica e tênis brancos. Dá a impressão de estar pronta para correr ou ter uma aula de ginástica aeróbica em um ginásio. Pergunto-me se já fez qualquer das duas coisas. Pego-a olhando para mim, e não para Ellen, e sinto-me como se tivesse acabado de olhar nos olhos de um pardal encurralado. Ela baixa os olhos e examina seus tênis, muda de posição na cadeira, lança-me um olhar tímido, olha para a tv e mexe no cabelo. Ela precisa de algum tipo de tarefa.

— Mãe, você poderia me trazer um chapéu?

— Qual?

Pelo que me lembro, tenho apenas um chapéu que não seja de esqui, um enorme chapéu de palha, mas claramente não estou de férias nos trópicos nem sentada à beira de uma piscina. Tenho uma porção de bandanas e echarpes e poderia usar uma delas para cobrir a cabeça, mas não quero parecer uma paciente de câncer. Quero parecer normal, como alguém que poderia, em teoria, voltar para o trabalho em duas semanas. E não quero assustar as crianças.

— Pode ir comprar um para mim?

— Onde?

— No Prudential Mall.

Ela pisca algumas vezes. Sei que quer encontrar uma maneira de escapar dessa excursão que proponho. *Não sei onde fica isso, não sei que tipo de chapéu você quer, não quero perder o meu lugar.*

— Preciso de um endereço — diz ela.

— Boylston Street, número 800.

— Tem certeza de que é isso mesmo?

— Tenho, trabalho lá.

— Pensei que você trabalhasse em uma companhia de negócios.

Ela diz isso como se tivesse me apanhado em uma grande mentira, como se eu de fato trabalhasse na Gap, como ela sempre suspeitou.

— A Berkley fica no shopping.

— Ah.

Gostaria de poder ir eu mesma. Escolheria alguma coisa moderna e bonita na Neiman Marcus ou na Sacks Fifth Avenue, depois daria um pulo no trabalho, me apresentaria a Jessica e a Richard, descobriria como andam as avaliações da equipe, corrigiria quaisquer decisões equivocadas que Carson estivesse tomando sobre nossa próxima geração de consultores, e talvez participasse de uma ou duas reuniões antes de voltar.

— Mas você tem terapia dentro de alguns minutos — diz ela.

— Você pode perdê-la.

— Preciso ver o que eles fazem para poder ajudá-la.

— Realmente preciso de um chapéu antes que as crianças venham aqui. Não quero que elas me vejam assim, e o trânsito pode estar ruim. Você pode assistir a uma sessão de terapia amanhã, ou no dia seguinte, ou depois.

— Tem certeza? — pergunta ela.

— Absoluta.

— Boylston Street, 800 — diz ela.

— Isso mesmo.

— E quando eu voltar você vai me contar o que aconteceu na terapia.

— Vou lhe contar tudo.

Ou pelo menos a metade de tudo.

Minha mãe anota o endereço em um recibo que acha na carteira. Asseguro-lhe mais duas vezes de que ela está com o endereço certo e por fim ela sai. Relaxo e volto a assistir à Ellen. Ela está sorrindo e conversando com alguém chamado Jim. Pela voz, é Jim Carrey. Dois minutos depois, ocorre-me que eu deveria ser capaz de ver Jim Carrey. Mas não consigo. Tento. Mesmo assim não consigo. Vejo só Ellen. E se eu nunca puder ver a pessoa com quem Ellen está falando? E se a reabilitação não funcionar? E se isso nunca desaparecer? E se eu nunca puder voltar ao trabalho? Não posso viver assim.

Não quero mais ver Ellen. Olho pela janela. É um dia claro, ensolarado, e no reflexo brilhante vejo minha medonha cabeça careca. Não quero mais olhar para mim. Mas é ou Ellen, ou minha careca medonha ou o presídio. O convidado de Ellen, quem quer que ele seja, diz alguma coisa que a faz gargalhar, e Ellen ri enquanto fecho meus olhos e choro.

* * *

— BOM DIA, SARAH.

A cadeira está vazia. A tv está desligada. A voz soa familiar, mas não consigo situá-la.

— Sim? — pergunto.

— Estou aqui.

Viro a cabeça. Vejo o presídio.

— Ok, vamos dar um jeito nisso — diz a voz da mulher.

Em seguida ela se materializa na cadeira da minha mãe, e é Heidi, a mãe de Ben. Isso é um pouco estranho. Eu não esperava que ela tirasse tempo de seu dia para me fazer uma visita. Talvez tenha alguma coisa a me contar sobre Charlie e a escola. Espero que ele não esteja em dificuldade.

— Então me ver no "Antes do sino" não é suficiente? — pergunta ela, sorrindo.

Retribuo o sorriso, mas não compreendo por que motivo estamos felizes.

— Heidi, muito obrigada por vir me ver.

— Não precisa me agradecer. Estou só fazendo o que a diretoria manda. É você que eu atendo às 11 horas.

— Hã?

— Sou sua TO.

De novo, hã?

— Sua terapeuta ocupacional. É isso que eu faço.

— Ah!

O uniforme branco, os Crocs roxos, o cartão de identificação com foto pendurado no cordão em volta de seu pescoço. Sempre achei que ela fosse alguma espécie de enfermeira, mas nunca perguntei o que fazia ou onde trabalhava.

— Como vão as coisas?

— Bem.

Ela olha para mim, esperando, como se eu fosse uma adolescente em apuros negando que as drogas são minhas. Eu sofri uma lesão cerebral traumática, estou com a cabeça raspada, não posso andar porque não tenho a menor ideia de onde está a minha perna esquerda, e ela está aqui porque é minha terapeuta ocupacional e sou sua paciente das 11 horas. "Bem" não está nem perto de uma resposta verdadeira.

— Na verdade, não tão bem. Não queria estar aqui. Não queria estar nesta condição. Só quero ir para casa.

— Ei, eu também não quero você aqui. Por mais que goste da oportunidade de enfim conhecê-la melhor, preferiria fazer isso na minha sala de estar, tomando uma garrafa de vinho.

Sorrio, apreciando a delicadeza de Heidi, mas é o mais breve dos sorrisos, porque agora estou muito ocupada estendendo-me sobre o quanto estou "não tão bem".

— Perdi tanto trabalho, tantos prazos importantes. Tenho que voltar ao trabalho. E meus filhos. Charlie está tendo dificuldades na escola, e sinto falta de pôr Lucy na cama, e Linus. Realmente preciso voltar para casa.

Minha voz começa a falhar quando digo o nome de Lucy, e fica completamente embargada quando chego a Linus. Lágrimas escorrem pelo meu rosto e nem sequer tento detê-las. Heidi me dá um lenço de papel.

— Quero a minha vida de volta.

— Vamos levá-la de volta. Você tem que se manter positiva. Vi Charlie e Lucy ontem antes da escola, e eles estão muito bem. Já vieram vê-la?

— Virão hoje pela primeira vez.

Faz duas semanas e meia desde o acidente, e Bob disse que Charlie e Lucy começaram a perguntar: "Quando é que a mamãe volta do trabalho?" Eu gostaria de saber. Eu também gostaria que eles não tivessem que me ver aqui, desse jeito, careca e incapacitada em um hospital de reabilitação, mas não posso esperar mais para vê-los.

— Que bom. E acabo de conhecer sua mãe. Ela é um encanto. Queria saber onde poderia comprar um chapéu para você.

Claro que ela fez isso.

— Onde você disse para ela ir?

— Ao Pru.

— Ela perguntou o endereço?

— Sim, tudo direitinho.

Ela é ímpar.

— Então, vamos retreiná-la para prestar atenção à sua esquerda. Pronta para começar a trabalhar?

— Estou.

Expiro profundamente.

— Pode me dizer que horas são?

— Onze horas.

— E como sabe disso?

— Porque você me disse que sou sua paciente das 11 horas.

Ela ri.

— Tenho que estar muito atenta com você. Na verdade, estou um pouco atrasada hoje. Pode me dizer quantos minutos me atrasei?

— Não vejo relógio algum aqui.

— Bem, você está usando um relógio de pulso bonito.

— Ah é.

Meu relógio Cartier. Platina, coroa cravejada de diamantes de corte circular e algarismos romanos no mostrador.

— Pode me dizer que horas ele marca?

— Não consigo encontrá-lo.

— Pode senti-lo no pulso?

— Não.

— Como o colocou?

— Minha mãe fez isso para mim.

— Muito bem, vamos achar seu relógio.

Ela se levanta e parece sair do quarto, mas não ouço o abrir e o fechar da porta. Espero que ela diga alguma coisa. Ela não o faz.

— Você está cheirando a café — digo.

— Bom, você sabia que eu ainda estava aqui.

— Daria tudo por um café neste instante.

— Há uma lanchonete no saguão. Diga que horas são, e vou pegar um para você.

Inalo seu cheiro de café outra vez, e meu coração bate um pouco mais rápido em antecipação quando imagino o peso do copo de isopor extragrande, morno em minha mão, cheio de *vanilla latte* até a borda. Onde diabos está o meu relógio?

— Estou à sua esquerda. Pode me ver?

— Não.

— Siga a minha voz. Continue indo, depois da tv.

— Não consigo.

Não há nada além da tv.

— Humm, aquele café estava tããããão bom — diz ela, provocando-me com seu hálito no meu rosto.

Tento visualizar o aroma de café emanando de Heidi como uma trilha visível de vapor. Sou um camundongo de desenho animado farejando um enorme pedaço de queijo suíço.

— Não consigo.

— Consegue, você pode seguir minha voz. Vamos, olhe para a esquerda.

— Tenho a impressão de estar vendo tudo que há no quarto. Sei que você está aqui, portanto isso não é verdade, mas é o que sinto.

O que eu percebo e o que compreendo ser verdade estão em guerra dentro da minha mente, em uma luta mortal, dando-me uma enorme dor de cabeça. Ou talvez eu apenas precise de um enorme café.

— Ok, vamos tentar um pouco de estimulação. Está sentindo isto?

— Estou.

— Parece o quê?

— Batidinhas.

— Bom. Onde estou dando batidinhas?

— Nas costas da minha mão.

— Nas costas de que mão?

Baixo os olhos para a minha mão direita.

— A esquerda?

— Ótimo. Agora tente olhar para onde estou batendo.

Olho para baixo. Meu estômago avoluma-se embaraçosamente em direção ao meu colo. Eu estava com a esperança de que, uma vez que aparentemente só como a metade da comida em meu prato, pudesse perder alguns quilos enquanto estou aqui. Mas, mesmo sob a dieta mais estranha que já existiu, pareço não estar perdendo peso algum.

— Sarah, você ainda está comigo? Olhe para o que estou batendo.

— Não sinto mais as batidas.

— Certo, vamos fazer outra coisa. Que tal agora?

Vejo alguma coisa se movendo no canto do quarto, mas é vago e passageiro demais para que eu descubra o que é. Em seguida, de repente ela entra em foco.

— Estou vendo a sua mão!

— Olhe de novo.

— Estou vendo a sua mão se mover para cima e para baixo.

— Nota algum detalhe na mão?

Detalhes da mão. Vejamos. Como se não tivesse sido difícil o bastante simplesmente localizá-la e identificá-la, agora ela quer detalhes. Esforço-me o máximo que posso para manter a mão em movimento de Heidi dentro do meu campo de visão, estendendo minha concentração de maneira tão desconfortável em direção à periferia que tenho a impressão de estar tentando descrever alguma coisa na minha própria nuca. Estou prestes a desistir quando percebo que a mão está usando um anel de brilhante com uma esmeralda e relógio Cartier.

— Meu Deus, é a *minha* mão!

— Muito bem, Sarah.

— Estou vendo a minha mão esquerda!

Pareço Lucy anunciando para todo mundo que conseguiu amarrar os sapatos sozinha.

— Bom. Agora, que horas o seu relógio marca?

Ah, sim. A meta. Agora estou tão perto de conseguir aquele café que posso sentir o gosto dele. Ver as horas. Mas enquanto estava ocupada me parabenizando por ver minha mão esquerda e alvoroçando-me com minha iminente recompensa, algo de terrível aconteceu. Minha mão esquerda desapareceu. Tento fazer tudo quanto possa ter feito antes para vê-la de novo, mas eu não tinha seguido uma série prescrita de passos metódicos para encontrá-la e, ao que parece, não consigo replicar a experiência. Ela simplesmente apareceu como que por encanto. E depois desapareceu.

— Perdi a minha mão.

— Ah, não. Tudo bem. Isso acontece. Seu cérebro terá dificuldade em manter a atenção sobre o lado esquerdo. Vou ajudá-la a estendê-la.

— Acho que eu deveria começar a usar meu relógio no braço direito.

— Ok, e como você o colocaria?

Olho para o meu pulso direito e percebo a impossibilidade de levar a cabo essa tarefa.

— Minha mãe?

— Acho que você deveria mantê-lo do lado esquerdo. Será um bom exercício para nós fazermos. E sei que sua mãe está aqui para ajudá-la, e por enquanto isso não é problema, mas tê-la por perto para fazer isso por você não é uma boa solução a longo prazo.

Eu não poderia estar mais de acordo.

— Mas seria bom saber que horas são — digo.

— Que tal usar seu telefone celular? — sugere ela.

Eu adoraria, mas não uso meu celular desde o acidente porque Bob não quer dá-lo para mim. Fico implorando que ele o traga. Minha agenda e meu e-mail estão no meu telefone. E todos os meus contatos. As mesmas informações estavam armazenadas no meu laptop também, mas ele foi totalmente destruído no acidente, junto com o Acura. Portanto preciso mesmo do meu telefone.

Mas Bob fica me tapeando sempre que toco nesse assunto. *Ah, não consigo encontrá-lo. Ah, esqueci-me dele. Ah, vou trazê-lo amanhã.* Ah, ele é tão transparente. Não quer que eu passe tempo concentrada em trabalho enquanto estou aqui. Pensa que eu deveria tirar o trabalho da cabeça e dedicar toda a minha energia mental à minha melhora. Pensa também que se eu fizer um bocadinho de trabalho, isso só servirá para me estressar, e não preciso de nenhum estresse adicional neste momento.

Embora eu concorde com ele em certa medida, e trabalhe arduamente em toda e qualquer tarefa que enfermeiras e terapeutas me peçam para desempenhar, há muito tempo vago aqui no Baldwin. Tenho terapia durante três horas todos os dias. E as refeições também contam como oportunidades para aprender. Por exemplo, Martha sempre esconde minha sobremesa do lado esquerdo da bandeja (e quando não consigo encontrá-la, minha mãe, a boa facilitadora, pega-a para mim). Assim, se incluo as refeições, há talvez mais duas horas. Mas é só isso. Cinco horas por dia. Eu poderia encaixar com facilidade alguns e-mails e telefonemas sem cometer excesso algum. Alguns telefonemas por dia poderiam até reduzir meu nível de estresse.

— Bob não quer me dar meu telefone — digo, denunciando-o.

Heidi vai até a cadeira da minha mãe.

— É este? — pergunta, com o meu celular na mão.

— É! Onde você o encontrou?

— Estava na mesa à sua esquerda.

Pelo amor de Deus. Pergunto-me há quanto tempo ele está metido no buraco negro ao meu lado. Imagino Bob colocando-o ali, pensando: *Ela pode usá-lo se conseguir encontrá-lo.*

— Aqui está — diz ela, entregando-me meu amigo há tanto tempo perdido. — Você não descobriu que horas são, mas achou sua mão e viu seu relógio por alguns segundos. Vou descer e pegar um café para você.

— Sério?

— Sim. Que tipo?

— *Vanilla latte.* Extragrande. Muito, muito obrigada.

— Você fez por merecer. Eu gostaria de mais um, também. Vamos começar com café na reabilitação e avançar até um vinho na minha sala de estar. Combinado?

— Combinado.

— Certo, volto em um minuto.

Ouço o abrir e fechar da porta e fico sozinha em meu quarto. Minha mãe está no shopping, Heidi foi buscar café, tenho meu celular e por alguns instantes percebi minha mão esquerda. Sorrio. Posso ainda não estar bem, mas diria que estou um pouquinho melhor do que não muito bem.

Agora, por onde eu deveria começar? Acho que primeiro vou ligar para Jessica e me inteirar sobre o que aconteceu desde o acidente. Depois Richard. Teremos que traçar uma estratégia que me permita trabalhar daqui da melhor maneira. Depois Carson. Não posso esperar para ouvir suas vozes. Aperto o botão para ligar o telefone, mas nada acontece. Aperto de novo e de novo. Nada. A bateria está descarregada.

E não tenho a menor ideia de onde está o carregador.

Capítulo 12

Minha mãe está demorando uma eternidade. Não consigo imaginar o que poderia estar exigindo tanto tempo dela. É uma coisa estranha, estar desejando ter minha mãe de volta para mim. Parei de investir nessa relação muito tempo atrás. Mas cá estou, sentada na minha cama de hospital, cumprimentando Jessica e Richard, tentando agir com normalidade, desejando que minha mãe ande depressa e chegue aqui. Preciso daquele maldito chapéu.

Jessica me entrega uma enorme e pesada caixa de docinhos de chocolate com manteiga de amendoim, senta-se na cadeira da minha mãe e pergunta como estou.

Em minha melhor voz de todos os dias, sem grande ênfase mas com segurança, digo:

— Bem. Muito melhor — e agradeço pelos doces.

Ofereço-lhes um, mas ambos dizem: "Não, obrigado".

Mergulho na caixa, pego o cubo mais grosso e jogo a coisa inteira na boca. Grande erro. Agora estou incapaz de iniciar uma conversa em meio a todo esse chocolate e manteiga de cacau, e Jessica e Richard não estão falando nada. Apenas me veem mastigar. O silêncio fica mais pesado e mais embaraçoso que o gigantesco volume de docinho na minha boca. Tento mastigar mais depressa.

Minha imagem refletida na expressão facial de Jessica não é bonita. As cicatrizes das incisões, a contusão, a calvície total. Sou um filme de horror, e ela está louca para enterrar a cabeça no ombro de alguém. Suas boas maneiras a impedem de desviar os olhos, mas não tem como esconder que minha aparência a apavora. Esta não é a imagem de saúde e competência que eu tinha esperança de projetar. Onde está minha mãe com aquele chapéu? Finalmente eu engulo.

— Muito obrigada por virem. Eu teria me mantido em contato, mas meu celular estava perdido e meu laptop não sobreviveu ao acidente. Se vocês me enviarem um, posso facilmente trabalhar daqui.

— Não se preocupe com o trabalho, Sarah. Vamos cuidar de tudo até você voltar — diz Richard.

Jessica assente, nojo e terror derramando-se através de seu sorriso nauseado.

— Mas realmente preciso ficar à frente do recrutamento. É um momento decisivo. Minha caixa de entrada deve estar uma loucura.

— Redirecionamos todos os seus e-mails para Jessica e para Carson. Deixe-os tratar do momento decisivo — fala Richard.

— Isso, não se preocupe — diz Jessica, parecendo quase tão preocupada quanto uma pessoa pode parecer.

É claro, eles tinham que encaminhar todos os meus e-mails. Faz sentido. Eles não sabiam por quanto tempo eu ficaria inativa e as decisões pendentes não podem esperar. O tempo pode ser uma floresta petrificada aqui no Baldwin, mas é uma corredeira furiosa na Berkley.

— Sei que ainda não estou fisicamente de volta ao trabalho, mas não há razão para que não possa trabalhar daqui — digo para Richard, olhando para Jessica.

Espere. Estou falando com Richard, mas estou olhando para Jessica. Acabo de me dar conta de que não estou vendo Richard. Ele deve estar parado à direita dela. Minha esquerda. Fantástico. Em minha mente, imagino Richard. Ele tem pouco mais de um metro e oitenta, cabelo grisalho, olhos castanhos, é magro, quase macilento, usa terno azul, gravata vermelha, sapatos oxford. A magreza é nova. De um banco de memória um pouco mais distante, posso também extrair Richard antes de seu divórcio — vinte quilos mais gordo, rosto carnudo e rosado, do tamanho de um melão-cantalupo, pança da meia-idade, terno maior, a mesma gravata vermelha. Imagino o conteúdo de sua geladeira em seu apartamento de solteiro no Ritz — uma embalagem de cervejas Corona, alguns limões, um litro de leite fora da validade. Tento imaginar seu rosto descarnado e pergunto-me se ele parece tão apavorado quanto Jessica.

— Estamos cuidando de tudo, Sarah — diz a voz de Richard.

— E quanto às revisões anuais?

— Carson está tratando disso.

— Até da Ásia?

— Ele as recebeu.

— E a Índia?

— Sim.

— Tudo bem. Se ele tiver qualquer dúvida, ou se precisar de mim para alguma coisa, diga-lhe para entrar em contato comigo.

— Direi.

— Posso ao menos participar de reuniões internacionais por telefone. Jessica, você pode enviar minha agenda e planejar minha inclusão em teleconferências?

Um celular toca. Meu Deus, sinto falta do toque do meu.

— Alô? Sim — diz a voz de Richard. — Ótimo, diga-lhe que ligo de volta em cinco minutos.

Seguindo alguma deixa de Richard que não vejo, Jessica pega sua bolsa no chão e a põe no colo. Os créditos estão rolando, o filme terminou, e ela está pronta para dar o fora daqui.

— Sinto ter que abreviar a visita, mas tenho que retornar a ligação — diz Richard.

— Claro, tudo bem, obrigada por vir. E não se preocupe. Logo estarei fora daqui.

— Ótimo.

— Mas enquanto estou aqui, Jessica, você pode me mandar um laptop e me manter atualizada sobre as reuniões?

— Sarah, estamos sentindo a sua falta — diz Richard. — Mas queremos que não se apresse e que só volte quando estiver cem por cento. Quanto mais cedo você melhorar, mais cedo poderemos jogá-la de volta no fogo. Concentre-se em você mesma, não se afobe com relação ao trabalho. Está tudo sob controle.

— Vou lhe mandar mais docinhos — diz Jessica, como se fosse uma mãe negociando com uma criança, oferecendo uma pífia alternativa para o que a criança quer mas não pode ter.

— Há mais alguma coisa que eu possa fazer por você? — pergunta Richard.

Um computador, um carregador de celular, minha agenda, uma corda salva-vidas para o meu trabalho.

— Não, obrigada.

— Melhoras. Sentimos falta de você — diz Jessica ao recuar.

Agora Richard entra no meu campo de visão.

— Foi bom vê-la, Sarah.

Ele se curva sobre mim e se inclina para me deixar um beijo polido na bochecha. Pelo menos, é o que presumo. Já estou empenhada em retribuir sua bicota inocente na bochecha quando seus lábios ficam surpreendentemente bem diante dos meus, e sem tempo para pensar no que estou fazendo, sapeco-lhe um beijo de boca inteira nos lábios.

Tenho certeza de que seus olhos arregalados e o espanto em seu rosto se igualam aos meus. Meu embaraço corre em busca de uma explicação. Ele devia estar a caminho da minha bochecha esquerda, aquela de cuja existência só tenho conhecimento em teoria. Essa lógica neurológica me satisfaz, mas Richard está olhando para mim como se eu tivesse me esquecido da natureza da nossa relação. Como se eu tivesse ficado louca.

— Ok, então, hum — diz ele, limpando a garganta. — Fique boa logo.

E ambos saem.

Ótimo. Acabo de aterrorizar minha assistente e de assediar sexualmente o meu chefe.

Abro a caixa de docinhos e escolho outro pedaço grande. Eles não me querem de volta a menos que eu tenha me recuperado cem por cento. Mastigo essa informação como mastigo o doce. E se eu não me recuperar cem por cento?

Enfio mais um docinho na boca. E se eu não me recuperar cem por cento? Como outro cubo. Continuo comendo até me sentir enjoada, mas ainda não consigo responder à pergunta e não consigo parar de formulá-la, e assim devoro a caixa inteira. Só que a caixa ainda parece pesada. Sacudo-a e ouço e sinto docinhos batendo contra o lado. O lado esquerdo de que não tenho consciência. Sacudo a caixa de novo, desta vez como se estivesse tentando matá-la, e alguns quadrados aparecem. Como-os.

E se eu não me recuperar cem por cento?

Capítulo 13

— Por favor, diga que há outros — falo.

Minha mãe acaba de experimentar os três chapéus que comprou para mim no shopping. Ainda está usando o terceiro — um chapéu vitoriano de chá absurdamente grande coberto com uma profusão de rosas vermelhas — com um sorriso ligeiramente desapontado.

— O que você quer dizer? O que há de errado com este?

— Você está parecendo a Minnie Pearl.

— Não estou nada.

A etiqueta de preço ainda está pendurada do lado da aba.

— Ótimo. Você parece uma maluca.

— Tenho um igualzinho a este que uso em meus eventos da Red Hat.

Ela tira o chapéu da cabeça e o gira no colo, admirando-o de todos os ângulos. Depois cheira as flores falsas, volta a colocá-lo na cabeça, inclina-o de lado e sorri para mim como se dissesse: *Que tal agora?* Sim, é um chapéu feito para uma senhora louca.

— Você não encontrou mesmo nada além disso?

Em vez de responder, ela dá uma sacudida de ombros à guisa de pedido de desculpas e segura as outras duas opções — um chapéu de cowboy de couro marrom e um chapéu de esqui cor-de-rosa neon.

— Eu estava apressada. É sempre frio aqui. Então pensei que o chapéu de *fleece* seria bom, e, como Bob tem alguns CDs de música country no carro, pensei que você poderia gostar deste estilo.

Pergunto-me qual poderia ter sido seu raciocínio por trás da escolha do Minnie Pearl. Será que ela pensou que eu poderia ser igual a ela? Tenho medo demais dessa resposta para perguntar.

— Vou ficar com o cor-de-rosa.

A não ser pela cor de marcador fluorescente, vou pelo menos me sentir eu mesma em um chapéu de esqui de *fleece*. Bob e eu adoramos esquiar. A família dele possuía uma casa em North Conway, New Hampshire, e eles costumavam passar todos os fins de semana de dezembro a abril nas encostas de Attitash e de Cranmore. Suas lembranças de infância mais felizes são de apostar corrida com os irmãos mais velhos por uma montanha abaixo. Eu, por outro lado, cresci em Cape Cod, onde os morros mais altos são dunas de areia, e nunca passamos férias além da ponte. Só descobri o esqui depois que fui para a faculdade Middlebury em Vermont, onde ele praticamente faz parte do currículo obrigatório.

Meus primeiros dias sobre esquis foram de penosas, gélidas e exaustivas lições de humilhação, e a única razão pela qual reuni coragem para suportar mais um dia de pura tortura foi o fato de já ter comprado um tíquete para o fim de semana e não querer dar meu dinheiro por perdido. Não tinha real expectativa de melhorar, muito menos de gostar daquilo. Mas no segundo dia um milagre aconteceu. De alguma maneira meus membros desajeitados souberam para onde ir e quando ir, e lá fui eu encosta abaixo — sobre meus esquis, e não sobre o meu traseiro. E desde então passei a adorar esquiar.

Bob e eu compramos nossa casa em Cortland, Vermont, um ano depois de termos comprado a casa em Welmont. O pagamento de mais uma hipoteca nos tirou as condições de comprar uma casa maior em Welmont, com um quarto adicional, do qual precisaremos se quisermos algum dia contratar uma babá que more conosco, mas o sacrifício valeu a pena. Durante os meses de inverno — quando vamos da casa para o carro, do carro para escritório e voltamos, e o ar dentro de todos esses lugares é superaquecido, reciclado, e contaminado com vírus da gripe —, esquiar nos fins de semana significa dois dias inteiros respirando ar saudável e fresco da montanha. E durante esses meses de inverno, quando vamos da casa para o carro, do carro para o escritório e voltamos, ficamos sentados. Ficamos sentados no trânsito, sentados às nossas mesas, sentados durante reuniões, e sentados em sofás com nossos laptops no colo. Ficamos sentados durante todas as horas do dia em que estamos acordados, até ficarmos mentalmente cansados demais para continuar sentados por mais um segundo.

Quando vamos para Vermont, enfiamos nossos pés em botas, prendemos as botas aos esquis, e esquiamos. Ziguezagueamos por pistas onduladas, sulcamos a neve por entre retalhos de gelo no fim da tarde e flutuamos em velocidades inebriantes por trilhas de diamante negro abaixo. Curvamo-nos, dobramo-nos e esticamo-nos até ficarmos fisicamente exaustos. Mas essa exaustão, diferentemente daquela que experimentamos por ficar sentados o dia todo, é estranhamente energizante.

E há algo de mágico na combinação de ar de montanha com exercício físico que interrompe a voz repetitiva e insistente dentro de minha cabeça que fala sem parar sobre as coisas que preciso fazer. Mesmo que ela seja completamente irrelevante agora, ainda posso ouvir a lista irritante que estava tocando na minha cabeça pouco antes do acidente.

Você precisa ligar para Harvard antes do meio-dia, você precisa começar as revisões de desempenho do fim do ano, você precisa terminar o programa de treinamento da Business School para os associados de ciência, você precisa chamar o paisagista, você precisa mandar um e-mail para o escritório de Londres, você precisa devolver os livros atrasados para a biblioteca, você precisa devolver à Gap a calça que não serviu em Charlie, você precisa comprar comida para Linus, você precisa pegar a roupa na tinturaria, você precisa comprar o jantar, você precisa marcar uma hora para Lucy no dentista para ver aquele dente, você precisa marcar uma hora para você no dermatologista para ver aquele sinal, você precisa ir ao banco, você precisa pagar as contas, não se esqueça de ligar para Harvard antes do meio-dia, de mandar um e-mail para o escritório de Londres...

Na altura da minha segunda ou terceira corrida montanha abaixo, essa voz que não parava de falar em minha cabeça era silenciada, e uma pacífica gratidão enchia o espaço em que toda essa conversa unilateral e autoritária tivera lugar. Mesmo quando as encostas estão cheias de outros esquiadores, e mesmo quando Bob e eu conversamos enquanto subimos pelo teleférico, esquiar até a base é uma experiência gloriosa de concentrado silêncio. Nenhum rol de lavanderia na minha cabeça, nenhuma tv, nenhum rádio, nenhum telefone, nenhum e-mail. Só o silêncio da montanha. Silêncio. Gostaria de poder engarrafá-lo, levá-lo de volta comigo para Welmont e beber dele muitas, muitas vezes por dia.

Minha mãe me entrega o chapéu. Tento colocá-lo, mas a abertura fica se fechando e não consigo arredondá-la em torno de minha cabeça.

— Não serve.

— Aqui, deixe eu ajudar você — diz minha mãe. Ela estica a abertura e desliza o chapéu em minha cabeça. Ele é macio e confortável contra a minha pele, e tenho de admitir que é agradável.

— Pronto. Você ficou ótima — diz ela, radiante, como se tivesse acabado de resolver meu maior problema. — E Lucy vai adorar a cor.

É estranho ouvir minha mãe falar como quem conhece meus filhos. Ela sabe que Lucy é louca por rosa. É claro, descobrir isso demanda mais ou menos tanto tempo e sensibilidade quanto descobrir que estou careca. Mas mesmo assim. Minha mãe conhece Lucy. Minha filha. Neta dela.

— Vai, sim. Obrigada, está perfeito.

Toco o chapéu em minha cabeça e fecho os olhos. Imagino o fim de um dia todo esquiando, sentada no assoalho da sala de estar diante de um fogo crepitante com Bob, descongelando debaixo de grossas mantas, comendo chili quente e bebendo canecas de cerveja cobertas de gelo. Às vezes jogamos gamão ou cartas, e às vezes vamos cedo para a cama. Às vezes fazemos amor ali mesmo sobre as mantas diante do fogo. Sorrio lembrando-me da última vez. Mas continuo no fulgor dessa lembrança cálida e indistinta apenas por um segundo, porque agora estou ocupada em passar as páginas, tentando lembrar há quanto tempo essa travessura aconteceu.

Meu Deus, acho que faz três anos que não vemos aquela lareira. Pode mesmo fazer tanto tempo? Parece que cada vez que cogitamos fazer a viagem, um milhão de pequenas desculpas conspiram para nos impedir de pôr as malas no carro e rumar para o norte — trabalho, viagem, gravidez, as aulas de caratê de Charlie aos sábados durante o inverno, tênis na primavera, vários projetos aqui e ali na casa, infecções de ouvido de Lucy, estamos ocupados demais, estamos cansados demais. E agora isto.

Cerro os dentes e decido comer, beber e me divertir com Bob na frente daquela lareira após um longo dia de esqui neste inverno. Nenhuma desculpa. A falação na minha cabeça começa a recitar um novo rol de afazeres. *Você precisa melhorar, você precisa sair daqui, você precisa ir para casa, você precisa voltar ao trabalho, você precisa ir a Vermont, você precisa melhorar, você precisa sair daqui, você precisa ir para casa, você precisa voltar ao trabalho...*

Enquanto fico quase hipnotizada por essas ordens interiores, torno-me cada vez mais consciente de outra voz em minha cabeça. A voz é um sussurro sincero e assustado. Eu a reconheço. É a minha voz repetindo sem parar a pergunta importuna que tenho me recusado a responder desde que vi o programa da Ellen, desde que vi Richard e Jessica.

O que vai acontecer se eu não melhorar?

Peço à minha mãe que me fale sobre sua ida ao shopping, na esperança de que sua tagarelice afogue a voz. Ela se lança com alegria à história de sua saída.

O que vai acontecer se eu não melhorar?

Para um sussurro, até que é difícil ignorá-lo.

— MAMÃE! — grita Lucy, saltando à frente de todos os outros.

— Venha para este lado — diz minha mãe.

— Vamos, suba — falo, batendo no espaço de cama junto a mim.

Lucy pula a grade e cai no meu colo. Ela está usando um casaco de inverno sobre uma camisola da Pequena Sereia, tênis com rodas que se iluminam ao impacto de cada passo e chapéu de *fleece* cor-de-rosa. Dou-lhe um enorme abraço e ela me aperta com força, suas mãozinhas enlaçando meu pescoço, o rosto apertado contra meu peito. Deixo escapar um "Humm" feliz, o mesmo som que faço quando sinto cheiro de pão assando ou quando acabei de comer um pecaminoso pedaço de chocolate. Seu abraço é delicioso assim. Depois ela volta a se sentar, a poucos centímetros do meu rosto, e me avalia. Seus olhos se iluminam.

— Estamos iguais, mamãe! — diz, encantada com meu chapéu de esqui cor-de-rosa, exatamente como minha mãe previu.

— Estamos tão elegantes — digo.

— Oi, amor — os outros entram na fila. Todos estão de chapéu: Bob com um boné do Red Sox, Charlie com um gorro azul-marinho, e Linus, adormecido no bebê-conforto, com um barrete de tricô marfim; além, é claro, da minha mãe, a Chapeleira Maluca. Que ideia brilhante. Assim as crianças não vão prestar nenhuma atenção especial à minha cabeça. Lanço um sorriso agradecido para Bob.

— Onde está todo o seu cabelo? — pergunta Lucy, preocupada e perplexa.

Lá se foi a teoria.

— Precisei cortar bem curtinho — respondi.

— Por quê?

— Porque estava comprido demais.

— Ah. Eu gostava dele comprido demais.

— Eu também, ele vai crescer de novo — tranquilizo-a.

Pergunto-me quando a esquerda vai "crescer de novo"; quem me dera ter um nível de confiança semelhante em seu retorno.

— É aqui que você mora agora? — pergunta ela, ainda perplexa e preocupada.

— Não, meu bem, eu moro lá em casa com vocês. Só estou passando um tempinho aqui para um programa especial, aprender algumas coisas novas. É como na escola.

— Porque você bateu a cabeça no carro?

Levanto os olhos para Bob. Não sei quantos detalhes ele compartilhou com as crianças. Ele assente.

— É. Ei, quem pintou suas lindas unhas?

— Abby — responde ela, agora admirando suas unhas cor-de-rosa. — Ela pintou as do pé também. Quer ver?

— Claro.

Olho para Charlie enquanto Lucy começa a desatar os cadarços, preparando-me para o interrogatório mais sofisticado que creio estar vindo. Em geral ele enxergaria os enormes furos das respostas evasivas que dei à entrevista superficial de Lucy e cravaria os dentes nas perguntas. Arrasaria minha estropiada história sobre o corte de cabelo como um pit bull raivoso com um bife suculento. Em vez disso, porém, ele está parado diante de Bob, olhando para o chão. Não olha para mim.

— Ei, Charlie — digo.

— Oi, mamãe — diz ele, braços cruzados, ainda olhando para baixo.

— Como vai a escola?

— Bem.

— O que há de novo?

— Nada.

— Venha aqui — digo, estendendo o braço, convidando-o a se aproximar.

Ele se arrasta em dois passos cuidadosos e para a uma distância de mim que mal pode ser considerada "aqui". Puxo-o para mim e, como ele ainda está olhando para baixo, beijo o alto de seu gorro azul.

— Charlie, olhe para mim.

Ele obedece. Seus olhos são redondos e inocentes, atemorizados e desafiadores, emoldurados por aqueles cílios grossos, pretos. É tão injusto que Lucy não tenha recebido seus cílios.

— Meu amor, mamãe está bem. Não se preocupe, ok?

Ele pisca, mas o desafio atemorizado em seu olhar não se altera. Estou vendendo uma mentira, e ele não está comprando. Algum especialista em crianças disse uma vez ou li em algum lugar que os pais nunca deveriam mentir para os filhos. Nunca ouvi nada tão absurdo. Esse pretenso especialista, sem dúvida, não tem um filho inquisitivo como Charlie. Pensando bem, esse "especialista" provavelmente não tem filhos. Houve dias em que tive que usar desculpas vagas, contar lorotas, e mentir descaradamente uma dúzia de vezes antes do café da manhã. *O que são armas de destruição em massa? Por que você e papai estão brigando? De onde vêm os bebês? O que é isto [segurando um absorvente]?* A verdade é com frequência amedrontadora demais, complicada demais... adulta demais para crianças.

E mentiras são muitas vezes a melhor ferramenta parental de que disponho. Tenho olhos na nuca. Assim seu rosto vai congelar. Isto não vai doer. O Homem-Aranha adora brócolis. Veja, isto aqui [garrafa de spray cheia de água] vai matar os monstros dentro do seu armário. Já estou indo.

Além disso, há aquelas mentirinhas que estimulam e protegem o que é maravilhoso e mágico para as crianças. Papai Noel, o Coelhinho da Páscoa, a Fada do Dente, as princesas da Disney, Harry Potter. Não quero conhecer o pai ou a mãe que diz para uma criança de sete anos que essas coisas não existem.

A verdade é que não existe Papai Noel, não existem mágicos, são os pais que pagam pelos dentes de leite, e poeira de fada é purpurina comprada na loja. Há pessoas no mundo que odeiam os americanos e estão neste minuto tramando maneiras de nos matar, e eu uso aquele absorvente para absorver sangue quando estou menstruada. Para crianças, a verdade dura e fria precisa ser envolvida em uma manta quente e sedosa de mentiras. Ou, neste caso, em um chapéu de esqui de *fleece* rosa-shocking.

— Sinceramente, Charlie, estou bem.

— Está vendo? — pergunta Lucy, apontando os dedos dos pés para o ar como uma bailarina. Suas unhas do pé estão pintadas de um rebelde azul-metálico.

— Estão lindas — digo, mentindo. — Onde está Linus?

— Está no chão perto de mim — diz Bob.

— Pode levantá-lo para eu poder vê-lo?

Espero e nada acontece.

— Bob, pode levantá-lo?

— Já levantei — diz ele com calma.

Seu rosto registra minha Negligência.

— Lucy Pateta, pode descer por um segundo? — peço.

Ela rasteja até o pé da cama, o que é suficiente, e Bob põe o bebê-conforto ao meu lado. Linus está em um sono pesado, respirando longa e profundamente, o bico da chupeta apoiado contra o céu de sua boca aberta, de tal modo que balança de uma forma que deixa pronto para ser sugado. Graças a Deus ele descobriu como fazer isso.

Adoro a maneira como suas bochechas, que são como pêssegos rechonchudos, maduros, deliciosos, pedindo para ser beliscados, tombam bem abaixo de sua linha do queixo quando ele dorme. Adoro suas mãos apertadas, as covinhas que ele tem em vez de nós, as dobras de seus punhos gorduchos. Adoro o som de sua respiração. Meu Deus, eu poderia contemplar este espetáculo a noite toda.

— Quero segurá-lo — digo.

— Você não vai querer acordá-lo — adverte Bob.

— Eu sei, tem razão. Sinto falta de segurá-lo — digo.

— Mamãe, quero me sentar com você — diz Lucy.

— Está bem — digo.

Bob retira Linus e Lucy reassume seu lugar em meu colo.

— Você vai ler pra mim? — pede ela.

— Claro, meu bem. Sinto saudade de ler para você na hora de dormir.

Bob veio munido de livros da hora de dormir, e me entrega um de Junie B. Jones, a mais recente série favorita de Lucy.

Abro na primeira página do primeiro capítulo.

"Capítulo um, 'Coisa desconcertante'."

Hum. O título não poderia ser mais apropriado. Esta página não faz absolutamente qualquer sentido. *B representa Eu simplesmente anos de idade. Quando você consegue ir para último verão. Mamãe pegou e me balançou mundo de adultos para assinado me fez ir.* Continuo correndo os olhos pela página como um alpinista empatado à beira de um precipício, procurando o próximo apoio para o pé e não encontrando.

— Vamos, mamãe. "Meu nome é Junie B. Jones. O B representa Beatrice, mas eu não gosto de Beatrice. Eu simplesmente gosto de B e pronto."

Todos os livros de Junie B. Jones começam da mesma maneira. Lucy e eu a sabemos de cor. Sei que palavras deveriam estar nesta página, mas não as vejo. Vejo *"B representa Eu simplesmente anos de idade"*. Tento pensar no que mais li desde meu acidente. Os cardápios das refeições do hospital e as notícias que rolam no pé da tela na CNN. Não tive problema com nenhum dos dois. Mas o fato é que os cardápios pareceram bastante limitados, e na CNN as notícias aparecem em uma palavra por vez, a partir da direita inferior. Levanto os olhos para Bob, e ele me vê percebendo pela primeira vez que não consigo realmente ler.

— Charlie? Ah, meu Deus, onde está o Charlie? — pergunto, transferindo meu pânico, imaginando que ele saiu do quarto e está perambulando pelo hospital.

— Calma, ele está bem ali — diz Bob. — Charlie, volte para cá. — Mas Charlie não vem.

— Leia, mamãe! — diz Lucy.

— Sabe, Pateta, estou cansada demais para ler esta noite.

Ouço água correndo no banheiro.

— Companheiro, o que você está fazendo? Venha cá — diz Bob.

— Vou pegá-lo — diz minha mãe, surpreendendo-me. Tinha me esquecido de que ela estava aqui.

Charlie corre a toda para uma das cadeiras, sobe nela e começa a bater na vidraça com as mãos abertas.

— Ei, ei, pare com isso — diz Bob.

Ele para por alguns segundos, mas em seguida ou se esquece de que Bob lhe disse para parar, ou não tem como não sucumbir a um impulso irresistível em seu corpo para bater no vidro, e começa a socar a vidraça de novo.

— Ei — diz Bob, mais alto que antes.

— Ei, Charlie, você sabe o que é aquilo ali em frente? É uma cadeia — digo.

Ele para.

— É mesmo?

— Sim.

— É uma cadeia de verdade?

— Uma cadeia de verdade.

— E há bandidos de verdade lá dentro?

— Ah, sim, ela está cheia deles.

— Legal! — diz ele, e juro que posso ouvir a tampa do recipiente de sua imaginação saltar fora.

Ele aperta o nariz contra o vidro.

— Que tipo de bandidos?

— Não sei.

— O que eles fizeram?

— Não sei bem.

— Como foram pegos? Quem pegou eles?

— Eu não...

— Você mora junto com os *bandidos*? — pergunta Lucy, aninhando o rosto no meu peito e agarrando minha blusa com as mãos.

— Eu não moro aqui, Pateta — digo.

— Eles tentam fugir? Quem é que pega eles? — pergunta Charlie.

Como o volume de sua voz está subindo a cada pergunta, agora ele está quase gritando. Linus choraminga e chupa a chupeta.

— Psiu — digo, repreendendo Charlie.

— Psiu — diz Bob, acalmando Linus.

— E se eu levasse Charlie e Lucy ao Dunkin' Donuts lá embaixo por alguns minutos? — pergunta minha mãe.

É exatamente disso que Charlie precisa na hora de dormir. Açúcar.

— Seria ótimo — diz Bob.

— Donuts! — gritam Charlie e Lucy, e Linus choraminga de novo.

— Psiu — faço para todos.

Charlie e Lucy descem correndo da cadeira e da minha cama e saem do quarto atrás da minha mãe como ratos nos calcanhares do flautista de Hamelin. Mesmo depois que a porta é fechada, ainda posso ouvir Charlie metralhando minha mãe com alvoroçadas perguntas sobre criminosos enquanto eles percorrem o corredor até os elevadores. E depois tudo silencia.

— Como vai o trabalho? — pergunto, evitando o aterrorizante tópico do meu aparente analfabetismo.

— Ainda sobrevivendo.

— Bom. E as crianças estão bem?

— Sim. Abby e a sua mãe conseguem mantê-las em sua rotina.

— Que bom.

Bob está conseguindo se manter à tona em sua empresa que afunda, as crianças estão se virando sem mim, e eu estou me recuperando de um traumatismo craniano. Portanto, estamos todos sobrevivendo. Bom. Mas quero muito mais. Preciso de muito mais. Todos nós precisamos.

Você precisa melhorar, você precisa sair daqui, você precisa ir para casa...

— Quero esquiar.

— Ok — diz Bob, concordando com muita facilidade, como se eu tivesse acabado de dizer que queria um copo d'água ou um lenço de papel.

— Nesta temporada — digo.

— Ok.

— Mas e se eu não puder?

— Você vai poder.

— Mas e se eu ainda tiver com essa Negligência Esquerda?

— Você não vai ter.

— Não sei. Isso não parece estar melhorando. E se isso nunca desaparecer? — pergunto, surpresa por ter dado voz a essa dúvida fora de minha cabeça coberta com *fleece*.

Não sei o que espero que Bob me diga, mas começo a chorar, aterrorizada de repente com a ideia de que uma resposta simples e sincera poderia mudar para sempre o curso de nossas vidas.

— Abra um espacinho para mim — diz ele.

Ele se enfia no espaço entre meu corpo e a grade da cama e se deita de lado, olhando para mim. É bom senti-lo tão perto.

— É possível que seu cérebro se cure e a Negligência desapareça? — pergunta ele.

— É, é possível — respondo, ainda chorando. — Mas é também possível que...

— Sendo assim, você vai melhorar. Se uma coisa é possível, Sarah, não importa o que seja, tenho fé absoluta de que você pode fazê-la.

Eu deveria ser grata por ter Bob, e deveria lhe dizer que o amo por me dar esse voto de confiança incondicional. Mas em vez disso escolho discutir com ele.

— Sim, mas não sei como fazer isso. Isso não é como tirar dez em tudo, ou conseguir o emprego que quero, ou cumprir um prazo. Não é algo do tipo "faça essas dez coisas e seu cérebro voltará ao normal".

Quanto mais terapia faço, mais me dou conta de que isto não é uma equação matemática. Ninguém vai me dar garantia alguma. Eu posso melhorar, e posso não melhorar. A terapia pode ajudar, e pode não ajudar. Posso trabalhar com o mesmo afinco com que sempre trabalhei em tudo que fiz, e isso pode não ser mais eficaz do que simplesmente ficar nesta cama rezando. Tenho feito as duas coisas.

— Eu sei. Sei que grande parte disso não está sob o seu controle. Mas alguma coisa está. Faça a terapia. Seja positiva. Use aquele espírito competitivo que eu amo. Pense nisso. Algumas pessoas se recuperam. Você vai permitir que elas a derrotem? De maneira alguma.

Ok, agora ele está falando uma língua que entendo. Enxugo meus olhos. O objetivo não é melhorar. O objetivo é vencer! Sei como fazer isso. Bob e eu fomos cortados do mesmo tecido super-competitivo; nós dois temos fios de uma das camisetas esportivas de Deus costurados em nosso DNA. Em quase todas as facetas de nossas vidas, amamos todas as oportunidades de competir. Nosso primeiro flerte verdadeiro envolveu uma aposta para ver quem conseguiria tirar a melhor nota em finanças (ele ganhou, mas depois me chamou para sair). Nós disputamos o título de "Pessoa com o emprego mais bem-remunerado" ao sair da escola de negócios (esse eu ganhei). Quando Charlie e Lucy sentavam-se ambos em cadeirinhas no carro, costumávamos competir para ver quem acabava de afivelar primeiro uma criança. Quando joga-mos bola, não nos contentamos em arremessá-la para lá e para cá. Contamos os pontos. E a única coisa melhor que esquiar até a base do monte Cortland com Bob é apostar com ele quem faz isso mais depressa.

E o que ganha o vencedor? O vencedor vence. Eram exatamente essas palavras que poderiam levantar o meu moral.

— Acredito em você, Sarah. Você vai melhorar, e vai voltar para casa, e vai voltar para o trabalho, e vamos esquiar neste inverno.

Parece o rol de afazeres que costuma se repetir na minha cabeça, mas muito mais agradável.

— Obrigada, Bob. Eu vou conseguir. Vou vencer isso.

— Claro que vai.

— Obrigada. Eu precisava disso.

— Sempre que quiser — diz ele, e me beija.

— Eu preciso de você — digo.

— Também preciso de você — afirma, e me beija de novo.

Enquanto estamos deitados juntos na minha cama de hospi-tal, esperando que as crianças voltem com seus donuts na hora de dormir, sinto-me sinceramente otimista. Vou vencer isso sem dúvida alguma. Mas quando tento visualizar o "isso" contra o qual estou competindo — os neurônios feridos, inflamação, a ausência da esquerda, as outras pessoas com Negligência Esquerda disputando o mesmo lugar no pódio —, a única imagem que vejo com alguma nitidez sou eu.

Capítulo 14

É a primeira semana de dezembro, quatro semanas após o acidente. Não voltei para casa. Não voltei para o trabalho. Perdi a parte mais importante da temporada de recrutamento na Berkley e o Dia de Ação de Graças. Bem, Bob e minha mãe trouxeram as crianças e um banquete inteiro aqui para o Baldwin, e todos nós jantamos na cantina, de modo que, tecnicamente, não perdi o Dia de Ação de Graças. A refeição caseira estava deliciosa (certamente muito mais deliciosa que o peru acinzentado, o purê de batatas e o molho que vi nas bandejas de plástico diante de alguns pacientes), e estávamos todos juntos, mas não parecia o Dia de Ação de Graças. Parecia triste e esquisito.

Estou sentada em uma sala que eles chamam de academia. Rio um pouquinho comigo mesma cada vez que venho aqui, pensando: *Olha só o que é necessário para me fazer entrar na academia.* Mas não é uma academia no sentido tradicional, não como aquela onde nunca ponho os pés em Welmont. Não há esteiras, pesos ou aparelhos como transport. Há uma máquina parecida com um náutilo, mais alta que Bob, com polias e arreios pendurados no que parece ser o gigantesco braço de aço esticado da máquina. Não quero fazer parte de nada que aconteça naquela coisa.

Além desse aparelho medieval, há duas mesas compridas empurradas contra uma parede. Em uma delas, há uma pilha bem-arrumada de testes de papel, além de uma fantástica variedade de quebra-cabeças, e na outra, há jogos empilhados. Na sala também tem algumas plataformas utilizadas para fazer step e bolas de pilates azuis, que imagino poderem ser encontradas em uma academia real, um conjunto de barras paralelas para prática de caminhada assistida e um grande espelho cobre uma das paredes. E é só.

Na parede, acima da mesa de quebra-cabeças, há um cartaz pelo qual me tornei fascinada. É uma fotografia em preto e branco de um punho posicionado abaixo da palavra *attitude*, atitude, escrita em letras bem vermelhas. A mensagem e a imagem não parecem combinar entre si, mas, quanto mais olho para o cartaz e o reviro em minha mente, mais a combinação me inspira. O punho é poder, força, determinação, luta. E atitude. Uma atitude positiva. Vou adotar uma atitude positiva em minha luta para obter minha vida de volta. Cerro a mão em solidariedade ao punho no cartaz. Sou forte. Sou uma lutadora. Posso fazer isso.

Estou sentada bem em frente à parede com o grande espelho. Passo muito tempo em frente a esse espelho, procurando meu lado esquerdo. Consigo encontrar pedaços de mim de vez em quando. Meu olho esquerdo por um segundo. Os cadarços do meu tênis. Minha mão esquerda. É um esforço prolongado e extenuante para uma recompensa tão minúscula e fugaz. Descobri que é mais fácil encontrar minha mão esquerda do que qualquer outra parte de mim porque posso procurar por meu anel de brilhante. Eu pensava em meu anel como um belo símbolo de meu compromisso com Bob. Agora ele é um belo e cintilante alvo de dois quilates. Eu disse a Bob que minha recuperação provavelmente se beneficiaria de mais joias — um fino bracelete de diamantes para meu pulso esquerdo, um feixe deles balançando em minha orelha esquerda, uma tornozeleira de diamantes, um anel de diamantes no dedo do pé. Bob riu. Eu estava brincando, mas não de todo.

Martha está atrasada, minha mãe está no banheiro, e realmente não me resta nada para ver aqui se não eu mesma no espelho, assim continuo e me examino. Não sou uma bela visão. Sempre faz calor nesta sala, e não estou com meu chapéu de *fleece*. Meu cabelo começou a crescer, mas apenas o bastante para despontar espetado em todas as direções. Pareço um daqueles duendes da sorte com cabelo colorido. Estou sem maquiagem alguma. Por enquanto. Isso é parte do que provavelmente vou fazer aqui hoje. Martha vai pedir que eu me maquie, e vou obedecer, e em seguida minha mãe, que está sempre rondando no segundo plano, vai dar risadinhas ou arfar, dependendo de como o dia está caminhando. Martha me dirá que não apliquei nada na esquerda. A metade esquerda dos meus lábios estará sem nenhum batom, meu olho esquerdo sem máscara, delineador ou sombra, e minha face esquerda sem blush.

Depois vou estudar meu rosto no espelho e tentar realmente ver o que elas veem, e me verei com uma maquiagem completa, com uma aparência bastante boa, a não ser pelo penteado de duende. É um momento assustador e por vezes embaraçoso tomar conhecimento do que elas veem, comparar isso com o que eu vejo. E com o que eu não vejo. Sou incapaz de perceber um continente inteiro de experiências, e nem sequer me dou conta disso. Não me dou conta de que não estou notando a metade esquerda do meu rosto, a metade esquerda de Martha, a metade esquerda daquela página de Junie B. Jones. Para mim, nada está faltando.

O primeiro passo em minha recuperação é passar a perceber minha falta de percepção, lembrar a mim mesma constante e repetidamente que meu cérebro pensa estar prestando atenção à totalidade de todas as coisas, mas que só está atento, de fato, à metade direita delas, e a nada à esquerda. Esqueço-me disso, ao que parece, a cada segundo do dia. Enquanto a parte do meu cérebro normalmente responsável por essa percepção continua de licença, tenho de recrutar outra parte para ser minha própria babá, monitorar cada movimento que faço e entrar em cena sempre que eu precisar de um lembrete.

Olá, Sarah, você pensa que está vendo seu rosto inteiro, mas na verdade só está prestando atenção ao lado direito. Há uma outra metade ali. É a esquerda, pode crer!

Ei, Sarah, essa página que você está olhando? Você está lendo só as palavras do lado direito. E, volta e meia, só o lado direito das palavras. Isso mesmo. Há uma metade esquerda. É por isso que você não está entendendo patavina. Acredite em mim.

Até agora, porém, minha babá interior tem sido muito pouco confiável, em geral nem chega a comparecer ao trabalho. Ela é uma adolescente maluquinha, obcecada pelo namorado. Talvez eu tenha de demiti-la e recomeçar com outra pessoa.

O segundo passo, depois que eu passar a perceber minha falta de percepção, é expandir esse conhecimento em direção à esquerda, estender meu foco e imaginação além do que me parece ser a borda da Terra e encontrar a outra metade. O que era automático e se passava inteiramente nos bastidores — ver o mundo como inteiro e sem costura — é agora um processo laborioso e deliberado de tentar arrastar uma esquerda desconectada para a consciência. Olhe para a esquerda. Examine a esquerda. Vá para a esquerda. Soa bastante simples, mas como posso olhar e examinar ou ir para um lugar que não existe para a minha mente?

Bob não cessa de insistir que eu sou capaz de fazer qualquer coisa em que me empenhe. Mas ele está se referindo à minha velha mente. A nova está avariada e não dá a mínima para a esquerda ou para a reputação de bem-sucedida da velha.

Atitude. Punho. Luta. Posso fazer isso.

A coisa mais estranha de ficar parada em frente a este espelho todo dia é me ver sentada em uma cadeira de rodas. Inválida. Não me sinto inválida, e, no entanto, cá estou. Mas não estou de fato paralítica, graças a Deus. Minha perna esquerda pode se mover.

Os músculos, tendões, ligamentos e nervos da minha perna estão todos conectados, a postos e prontos, à espera de instrução confidencial, como um dos avatares de Charlie no Wii aguardando que ele aperte o botão A. *Vamos, Sarah, aperte o botão A.*

Martha entra na academia e se posta atrás de mim.

— Bom dia, Sarah — diz ela, falando com meu reflexo no espelho.

— Bom dia.

— Você veio até aqui sozinha hoje?

Cá estamos de novo. É assim que Martha e eu começamos cada manhã juntas. Eu sabia que ela faria essa pergunta, e sei que ela sabe qual será a minha resposta, mas faço o meu papel de qualquer maneira. É nosso teatrinho.

— Não — digo, como se eu fosse uma testemunha no tribunal.

— Então como chegou aqui?

Aponto para o culpado reflexo de minha mãe, que agora está parada atrás da Martha.

— Você tentou?

— Não vejo por que eu deveria perder tempo aprendendo a usar uma cadeira de rodas. Vou sair daqui andando.

Atitude. Punho. Luta.

— Quantas vezes vamos passar por isso? Você deveria aproveitar cada oportunidade de usar seu lado esquerdo.

Antes que eu possa pronunciar minha réplica, ela agarra as costas da minha cadeira, me gira e me conduz para fora da academia. Ouço os sapatos da minha mãe batendo no chão rapidamente atrás de nós. Percorremos o longo corredor, passando por meu quarto, até os elevadores e paramos. Martha me gira.

— Ok Sarah, vamos ver você chegar à academia.

— Não quero usar esta coisa.

— Então você vai passar a sua sessão sentada aqui no corredor.

— Ótimo. Eu gosto daqui.

Martha baixa os olhos para mim, as mãos em suas largas cadeiras, a boca apertada. Ranjo os molares para me impedir de lhe mostrar a língua. Esta mulher não evoca meu lado mais atraente.

— Helen, avise se ela mudar de ideia — diz ela, e sai.

— Espere! — chamo-a. — Por que não posso praticar meu lado esquerdo tentando caminhar até o ginásio?

— Você fará isso. Estamos começando com a cadeira — diz ela, parando para ver se deveria continuar andando pelo corredor.

Atitude. Punho. Luta. Ótimo.

— Ótimo.

Martha vem em direção a mim, um saltinho a cada passo de seu Crocs azul-marinho. Põe minha mão esquerda sobre a roda e dá um tapinha nela.

— Está sentindo a sua mão? — pergunta.

— Estou.

— Está sentindo a roda?

— Estou.

— Muito bem, vamos. Até o fim do corredor. Siga a linha.

Uma linha amarela reta está pintada no piso ao longo de todo o corredor, provavelmente para guiar pacientes inválidos como eu. Rolo a cadeira. Rolo a cadeira. Rolo a cadeira. Dou uma trombada na parede. E embora isto seja o que sempre acontece, fico surpresa com a colisão. Não tinha percebido que me desviara da linha amarela, e não tivera absolutamente qualquer percepção da parede antes de me chocar contra ela.

— Você tem que usar a mão esquerda, ou não conseguirá avançar em linha reta — diz Martha.

— Eu sei — digo, em um tom saturado de irritação adolescente.

Eu sei disso, é claro. Compreendo os fundamentos e a física da maneira como se deve usar uma cadeira de rodas. O problema não é esse. O problema é que não consigo sustentar minha atenção na minha mão esquerda ou na roda esquerda ou na parede à esquerda que se aproxima cada vez mais. Sou capaz de colocar a mão esquerda na roda esquerda. Pronto. Mas assim que começo a fazer a roda direita rolar com a mão direita, tudo que está à esquerda desaparece. Puff. Sumiu. E sem qualquer tipo de fumaça para efeitos especiais, despedidas ou fanfarra. Quando estou rolando a cadeira com a mão direita, não fico apenas inconsciente de que não estou mais usando minha mão esquerda, perco realmente a consciência de que a tenho. Parece um problema insolúvel, e é um dever de casa pelo qual não quero começar. Não quero aprender a usar uma cadeira de rodas.

Martha me ajuda e endireita a cadeira.

— Vamos tentar de novo — diz.

Põe minha mão esquerda sobre a roda e dá-lhe um tapinha.

— Está sentindo a mão sobre a roda?

— Estou.

— Certo, continue sentindo-a, continue se lembrando da sua mão esquerda e siga a linha.

Fecho os olhos e imagino minha mão esquerda adornada por seu anel rutilante e apoiada no pneu de borracha. Depois penso no que quero lhe dizer. *Querida mão esquerda, por favor role a roda desta cadeira para a frente.* Mas em vez de simplesmente dizer à minha enfeitada mão para fazer isso em palavras, imagino minha mente transformando essa polida solicitação em uma energia quente e líquida, para depois derramá-la nos nervos que alimentam minha mão esquerda. Imagino estar sentindo esse líquido deliciosamente cálido que flui de minha cabeça, passa pelo meu pescoço e pelo meu ombro esquerdo e desce pelo meu braço até as pontas de meus dedos.

— Muito bem, Sarah, continue assim — diz Martha.

Minha poção mágica deve estar funcionando. Preparo às pressas mais um pouco e envio-o pelo meu braço abaixo.

— Você está conseguindo! — exclama minha mãe, sua voz soando ao mesmo tempo surpresa e emocionada.

Abro os olhos. Não estou mais junto dos elevadores e não bati na parede. Fiz um progresso real. Minha mãe bate nos joelhos um par de vezes e aplaude. Se alguém lhe desse um par de pompons, acho que ela começaria a sacudi-los.

— É isso — diz Martha. — Faça de novo.

Olho para a extensão da linha amarela. Ainda tenho uma longa distância a cobrir. Minha mãe parou de bater palmas, deixando as mãos juntas, o que faz que pareça que ela está rezando. *Ok, Sarah, faça isso de novo.* Derramo mais um pouco de poção na minha mão.

Mas não devo ter seguido a mesma receita de antes porque alguma coisa deu errado. Estou fora da linha amarela, e sinto dor, mas não consigo apontar com precisão o que dói. Levanto os olhos para minha mãe e a careta apertada em seu rosto sugere que seja lá o que for deve machucar. Muito. Percebo então que deve ser minha mão esquerda.

— Pare, pare. Sua mão está presa na roda. Pare — diz Martha.

Martha se agacha e move minha cadeira para trás enquanto tenta desvencilhar minha mão da roda.

— Vou pegar uma compressa de gelo. Helen, você pode levá-la para a academia? Encontro vocês lá. Da próxima vez vamos tentar um pouco de caminhada assistida.

— É claro — diz minha mãe.

Minha mãe me empurra pelo corredor até a academia e me estaciona em frente ao espelho onde eu começara. Meus dedos me matam de dor, mas estou sorrindo. Usei a mão esquerda e fiquei livre da cadeira. Se eu pudesse andar, estaria dando pulos de alegria.

Capítulo 15

Estou sentada na cadeira de rodas (recuso-me a chamá-la de *minha* cadeira de rodas) diante de um espelho de corpo inteiro em meu quarto, tentando vestir a minha calça. Estou nisto há algum tempo. Não posso dizer quanto tempo exatamente porque não estou usando o meu relógio. Essa parte da maratona diária que é "vestir-se" virá depois que eu conseguir me enfiar na minha blusa. Se tiver forças para isso.

Por alguma razão, conseguir vestir tudo que fica abaixo da minha cintura é infinitamente mais fácil do que vestir o que fica acima, e mesmo isto está muito longe de ser fácil. Agora já consigo calçar meias em ambos os pés, sozinha. As unhas do meu pé esquerdo estão pintadas com o vermelho mais berrante que minha mãe conseguiu encontrar na farmácia, e as do pé direito com uma base incolor. Entendo que isso parece esquisito, mas é improvável que eu vá usar sapatos que deixem os dedos à mostra em um futuro próximo. O esmalte vermelho funciona como uma grande bandeira vermelha, como meu anel de brilhante, e me ajuda a perceber meu pé esquerdo. E quando eu o acho, posso enfiar, puxar e torcer minha meia nele com a mão direita.

Uso meias descombinadas também. A lógica é a mesma que explica o esmalte vermelho berrante. Minhas terapeutas estão tentando tornar o lado esquerdo de todas as coisas, inclusive o meu lado esquerdo, o mais interessante e notável possível. Assim, minha meia direita geralmente é uma branca comum, e a esquerda é listrada e multicolorida, ou de bolinhas, ou xadrez. Hoje, ela é verde e coberta de renas. Eu gostaria que fossem todas Rudolphs e que seus narizes se iluminassem.

Já enfiei o pé direito na perna direita da calça, e estou curvada, apoiando o peito em minhas coxas nuas, segurando a cintura aberta de meu jeans com a mão direita, pronta para me lançar sobre o meu pé esquerdo caso o veja, como se estivesse apanhando uma borboleta rara com uma rede. O problema é que, ao que parece, não consigo fazer duas coisas ao mesmo tempo. Ou bem posso ver a meia de renas, ou bem posso usar minha mão direita. Se vejo a meia, assim que tento capturá-la com a mão direita, ela desaparece.

Avistei a meia de renas de novo e decido avançar em cheio sobre ela. Seguro o fôlego e tento laçar o pé com minha calça usando cada gota de determinação que possuo. Mas o pé me escapa, e todas aquelas gotas de determinação perturbam meu senso de equilíbrio, e começo a cair da cadeira de rodas. Estou tombando para a frente, e percebo que não consigo me deter, e percebo também que não há tempo para jogar minhas mãos para a frente para frear minha queda. Minha mão direita ainda está dedicada ao projeto da perna esquerda, e quem sabe por onde anda a minha mão esquerda?

Minha mãe grita e me agarra antes que eu arrebente a cabeça contra o piso de linóleo encardido. Graças a Deus. A última coisa de que preciso é mais um ferimento na cabeça provocado pela tentativa de vestir uma calça.

Minha mãe me apoia contra as costas da cadeira, agarra meu pé esquerdo e o levanta como se eu fosse uma boneca de pano.

— Opa, não sou tão flexível assim — protesto.

— Perdão. Tente fazer isso com as costas apoiadas no espaldar da cadeira.

— Você não deveria me ajudar.

— Se eu não tivesse ajudado, você estaria estirada no chão.

Tem razão.

— Está bem, mas não tão alto. Segure-o aí, consigo vê-lo.

Enfim enfio meu pé de renas e a perna presa a ele na perna esquerda da calça. Estou suando e quero muito fazer uma pausa, mas me olho no espelho — jeans puxado até a altura dos joelhos e nua da cintura para cima. Tenho de continuar.

Em seguida minha mãe me ajuda a levantar o traseiro para enfiá-lo nos fundilhos da calça. Isso demanda vários minutos. Depois ela dá puxões, tentando abotoá-la.

— Essa calça não serve — diz.

— Eu sei. Basta fechar o zíper.

Ela tenta de novo e solta grunhidos para me mostrar o esforço que está fazendo.

— Não consigo — declara, olhando para mim como se eu fosse uma mala abarrotada impossível de fechar.

— Tente agora — digo.

Inspiro profundamente, tentando colar meu umbigo na espinha.

— Você precisa de calças maiores — diz minha mãe, desistindo.

— Não preciso de calças maiores. Preciso emagrecer.

— Quer acrescentar uma dieta à lista das coisas que você precisa fazer aqui? Isso é loucura. Deixe-me comprar um tamanho maior para você.

Vejo-a examinar a etiqueta, seus dedos frios na parte de baixo das minhas costas.

— Pare com isso.

— Sarah, você deveria se aceitar do jeito que é.

— Este é o jeito que sou. Este é o meu tamanho. Não vou ficar maior.

— Mas você está maior.

Aspiro de novo e puxo o zíper, mas não consigo nada.

— Você precisa começar a aceitar sua situação.

— Hum. Você está falando sobre o meu jeans ou sobre alguma outra coisa?

Não é possível que ela, entre todas as pessoas, pense que vai me aconselhar a aceitar a situação. Quando foi que ela aceitou sua própria situação? Quando foi que ela me aceitou? De repente, e para a minha surpresa, estou profundamente emocionada, como se todos os sentimentos complicados que já alimentei em relação à minha mãe estivessem repousando, sem serem examinados ou perturbados; como se ela tivesse acabado de soprar uma grossa camada de poeira sobre uma mesa no sótão, intocada durante trinta anos, lançando cada partícula de dor em turbulento movimento.

— Só a calça — diz ela, percebendo minha agitação e recuando.

— Não vou usar um tamanho maior — digo, vacilando entre a luta e a fuga, a fuga não sendo uma opção plausível.

— Tudo bem.

— Tudo bem.

Olho para o reflexo da minha mãe no espelho, um tornado emocional ainda ganhando força dentro de mim, e me pergunto por quanto tempo vamos conseguir ficar no mesmo quarto e não conversar sobre todas as coisas de que nunca falamos. Ela me entrega meus tamancos pretos Merrel, meus únicos sapatos baixos, de sola de borracha, sem cordões nem fivelas, e, auxiliada pelo espelho e pela meia natalina, enfio um tamanco em cada pé sem ajuda alguma. Pronto. Metade de baixo terminada. Meias de renas, tamancos e meu jeans apertado de zíper aberto e desabotoado.

Por mais competente que eu seja, como uma criança no jardim de infância, ao vestir minha metade de baixo, fracasso redondamente com a metade de cima. A menos que eu consiga um restabelecimento completo, não consigo imaginar quando vou ser capaz de vestir meu sutiã, como costumava fazer todos os dias desde os meus 13 anos. O braço esquerdo pela alça esquerda, o seio esquerdo no bojo esquerdo. Quanto ao fecho nas costas, nem pensar. Meu pobre cérebro ferido se retorce como um contorcionista de circo só de tentar imaginar como esse procedimento funcionaria. Espera-se que eu pelo menos tente executar sozinha cada passo do processo de me vestir, mas quando se trata do sutiã, nem me dou ao trabalho. Minha mãe faz isso para mim, e não contamos para as terapeutas.

Ela segura um de meus sutiãs brancos da Victoria's Secret. Fecho os olhos, excluindo a imagem humilhante de minha mãe tocando meus seios. Mesmo com os olhos fechados, porém, posso sentir seus dedos frios contra a minha pele nua, e como não posso deixar de imaginar o que ela está fazendo, a humilhação entra, senta-se e põe os pés para cima. Como tem feito todos os dias.

Quando isso está terminado, é hora da blusa. Hoje é a minha camisa masculina branca, de tamanho grande, com colarinho abotoado. Enfio o braço direito na manga direita com relativa facilidade, mas depois me entrego à minha mãe para a manga esquerda. Não posso descrever com algum grau de justiça a impossibilidade de encontrar a manga esquerda da camisa com a minha mão esquerda. Acabo jogando a mão esquerda para cima, como se estivesse em aula e tivesse uma pergunta a fazer, atirando muito acima do buraco da manga. Ou encontro a manga esquerda com a mão direita e a agarro, mas, quando tento enfiá-la no braço esquerdo, de alguma maneira acabo puxando a camisa toda para cima da cabeça. A mera sugestão "mão esquerda na manga esquerda" faz meu cérebro espiralar em círculos, deixando-me tonta. É pura loucura.

Assim, agora estou sentada na cadeira de rodas, vestida da cintura para baixo, a camisa toda aberta, meu sutiã e minha barriga de massa de pizza expostos, temendo o que vem em seguida.

Abotoar.

Para abotoar minha camisa de alto a baixo com Negligência Esquerda e uma mão direita, preciso suspender a respiração e exercer o mesmo tipo de concentração singular, intricada, que seria necessária, imagino, para alguém que tentasse desarmar uma bomba. Terminei três dos cinco botões. Pretendo continuar abotoando e estou completamente exausta. Antes de começar o quarto, percebo Heidi no espelho e exalo o equivalente a três botões de ar tenso. Chega.

— Parabéns — diz Heidi, parecendo impressionada.

— Obrigada — digo, sentindo genuíno orgulho de mim mesma.

— Mas por que cargas d'água você tem que vestir isso? — pergunta ela.

— Como assim?

— Por que haveria de usar uma camisa com botões?

— Porque devo aproveitar todas as oportunidades que posso para interagir com a esquerda? — respondo, citando Martha, pensando que a pergunta é um teste.

— Na medida do possível. Vamos ser práticas também.

— Então eu não deveria usá-la?

— Eu não usaria. Eu guardaria minhas blusas de abotoar e usaria apenas blusas de enfiar pelo pescoço.

Penso em meu armário cheio de camisas de colarinho abotoado, as camisas que uso para trabalhar.

— Por quanto tempo?

— Por enquanto.

Faço um inventário mental das camisas penduradas em meu closet — Armani, Donna Karan, Grettacole, Ann Taylor. Bem-passadas, elegantes, caras, profissionais, todas com botões. E isso nem sequer inclui o que talvez esteja pendurado no lado esquerdo. Heidi percebe minha relutância em abraçar sua filosofia.

— Foi assim quando Ben nasceu. Ele sofria de um refluxo horrível. Durante meses, tive seu vômito nos meus ombros, pelas minhas costas, no colo. Era nojento. Tive que parar de usar todas as minhas camisas e suéteres que só podiam ser lavados a seco durante quase um ano. Isso teria me custado uma fortuna, para não falar de todas as viagens de ida e volta ao tintureiro. Em vez disso, passei a usar blusas de algodão, que podiam ser lavadas à máquina. Não foi para sempre. Foi apenas naquela fase da minha vida. Esta não é uma fase para camisas de colarinho abotoado para você. — Ambas olhamos para mim no espelho, e ela diz: — Na verdade, não é uma fase para calças com zíper também.

Dou-me conta de que ela está não apenas sugerindo que eu diga adeus a todas as minhas lindas camisas de trabalho e a todas as minhas calças e jeans. Está sugerindo também que eu me vista de novo. Eu deveria tirar a camisa e o jeans, o que significaria tirar também os sapatos, e não consigo suportar nem a possível sugestão. Começo a chorar.

— Tudo bem. Veja, seu dia é difícil o bastante, não é?

Concordo com a cabeça e choro.

— Certo. Então vamos fazer alguns ajustes possíveis onde podemos. Blusas sem botões, calças com cintura de elástico.

Nossos olhos se desviaram para minha mãe, que está usando calça preta de tecido sintético e elástico na cintura com um suéter branco sem botões e sem forma. Meu choro fica um pouco mais forte.

— Eu sei. Sei que você está acostumada a parecer muito elegante e composta. Mas acho que deveríamos dar mais importância à independência que à moda. A *Vogue* só vai ter que esperar um pouco para fazer uma sessão de fotos com você.

Graça nenhuma.

— Pensa que eu gosto de Crocs? — diz ela, levantando um pé de borracha roxa. — Acredite, eu gostaria muito mais de estar usando sapatos chiques, mas eles são pouco práticos para o que eu faço aqui.

Ela me dá um lenço de papel.

— Mas se estou tentando me recuperar cem por cento, não tenho de praticar tudo o que conseguia fazer antes do acidente?

— Sarah, eu espero que isso aconteça. Espero que você se recupere cem por cento. Mas isso pode não acontecer. Em vez de se concentrar somente em melhorar, talvez você devesse se concentrar também em passar a viver melhor com isso.

Acostumei-me a ouvir e a ignorar expressões desse tipo de atitude derrotista, negativa, de Martha, mas não posso acreditar que agora estou ouvindo isso de Heidi, minha aliada, minha amiga.

— Sei que é uma coisa realmente difícil de aceitar, mas vai ajudar muito sua situação se você conseguir.

Aí está de novo. Aceitar a situação. Estarão ela e minha mãe de conluio? Aceite. Adapte-se. Essas palavras não me encantam nada. Na verdade, tenho grande dificuldade até em considerar essas palavras sem ouvir *Desista. Perca. Fracasse.* Aceite e se adapte. Desista. Perca. Fracasse.

E onde fica o cartaz nisso? Atitude. Punho. Luta. Cerro meu punho e fungo.

— Então você está dizendo que eu tenho que começar de novo? — pergunto, referindo-me ao que estou vestindo agora.

— Não, claro que não. Mas para amanhã, Helen, vamos escolher alguma coisa mais simples, está bem?

— Está bem — diz minha mãe.

— Falta alguma coisa para você ficar pronta? — pergunta Heidi.

— Meu relógio.

Minha mãe entrega a Heidi meu relógio Cartier, e ela o passa para mim. Mas em vez de iniciar o longo processo de colocá-lo, comparo-o com o relógio no pulso de Heidi. O dela é um relógio esportivo de plástico cor-de-rosa, sem fivela. Tem a forma da letra C e parece simplesmente enganchar-se no seu pulso como uma ferradura em torno de uma estaca. E tenho uma ideia.

— Quer trocar? — pergunto, como se estivéssemos na escola primária e eu estivesse lhe oferecendo meu sanduíche de atum em troca do seu de manteiga de amendoim com geleia.

— Não, Sarah, o seu é...

— Complicado demais — digo eu.

— Caro — diz ela.

— Uma fonte diária de irritação. Preciso de um diploma do MIT para lidar com a fivela.

— Eu não poderia — diz ela, mas percebo que está considerando a ideia. — Este é um relógio de trinta dólares. Sua mãe ou Bob poderiam encomendar um para você.

— Tudo bem, mas queria fazer isso agora. Onde foi parar aquele discurso que você fez agora mesmo? Aceite e se adapte. Acho que estou numa fase de relógio de plástico cor-de-rosa.

Um sorriso se insinua em seus olhos.

— Ok, mas quando o quiser de volta, é só me dizer.

— Combinado.

Heidi substitui meu Cartier de diamante e platina por seu relógio de plástico cor-de-rosa. Seguro a borda da abertura na mão direita, encontro meu anel de brilhante na esquerda, e numa só tentativa afortunada, encaixo seu relógio no meu punho esquerdo. Consigo até ver as horas, 11h12. Minha mãe aplaude.

— Uau, Sarah, ele é realmente magnífico — diz Heidi, admirando o Cartier. — Tem certeza?

Penso em todos os minutos torturantes que acabo de poupar.

Aceite e se adapte.

Você está desistindo. Você vai perder. Você vai fracassar.

Atitude. Punho. Luta.

— Tenho certeza. Mas seja o que for que você diga e por mais que eu tenha de trabalhar, nunca vou lhe pedir os seus Crocs.

Ela ri.

— Certo.

Não se preocupe. Não estou desistindo. Digo a meu eu conflituoso. Por vezes, estou apenas exausta demais para lutar.

Capítulo 16

A meditação foi acrescentada à lista de técnicas de reabilitação que podem ou não me ajudar a retornar à minha antiga vida. Por isso medito. Bem, tento. Nunca tive inclinação alguma para meditar; e, mais do que isso, na verdade não consigo sequer imaginar por que alguém haveria de querer meditar. Para mim, meditar é muito parecido com não fazer nada. Não fico fazendo nada. Preencho cada segundo de cada dia com alguma coisa que pode ser feita. Tem cinco minutos? Envie um e-mail. Leia os recados da escola. Jogue as roupas na máquina de lavar. Brinque de esconde-esconde com Linus. Tem dez? Retorne um telefonema, esboce a pauta de uma reunião. Leia uma avaliação de desempenho. Leia um livro para Lucy. Sentar-me de olhos fechados e respirar sem planejar, organizar ou executar coisa alguma? Acho que não.

Assim, quando imagino alguém que medita, não é alguém como eu. Em geral, vejo um monge budista velho e calvo sentado ereto na esteira de bambu de um templo antigo em algum lugar no Tibete, os olhos fechados, a expressão sábia e serena, como se ele guardasse o segredo da paz interior. Embora eu admire a capacidade do meu monge imaginário de alcançar esse aparente estado de satisfação, aposto meu lado direito que ele não tem três filhos, duas hipotecas e quatro mil consultores para administrar.

Mas agora não tenho e-mail algum para enviar, telefonema para dar, recado de escola para ler ou roupa para lavar (não ter roupa para lavar é uma das poucas vantagens de viver em um centro de reabilitação), e as crianças não estão aqui. O Baldwin não tem nada de um templo budista, mas continuo meio calva, e tempo é o que não me falta. Além disso, comecei a temer que assistir a muita televisão durante o dia possa ser danoso para o restante de meu cérebro. Portanto, estou experimentando meditar.

Heidi diz que isso vai me ajudar a ter mais concentração, o que sem dúvida pode me ser útil. Antes do acidente eu conseguia me concentrar em pelo menos cinco coisas ao mesmo tempo. Era um gênio da multitarefa, com muita capacidade cerebral excedente para espalhar à minha volta. Se para me concentrar em cinco coisas ao mesmo tempo antes do acidente eu precisava de cinco litros de combustível cerebral, um litro para cada coisa, agora preciso de quatro litros de combustível cerebral apenas para ficar ciente do lado esquerdo, e só sobra um litro para eu me concentrar em qualquer outra coisa. Além disso, estou completamente sem gasolina, então ter mais foco não me faria mal. E meditar poderia também ajudar a reduzir minha pressão sanguínea e meus níveis de ansiedade, que estão ambos doentia e improdutivamente altos.

Portanto cá estou. Fecho os olhos.

Inspirar. Expirar. Concentrar-me em minha respiração. Respirar. Mais nada. Concentre-se. Respire. Ah, tenho que me lembrar de dizer à minha mãe para pôr alguns cobertores sob uma ponta do colchão no berço de Linus para ajudá-lo a respirar. Bob disse que ele pegou uma gripe horrorosa. Detesto quando as crianças ficam gripadas e não sabem assoar o nariz. Que idade tinham os outros quando aprenderam?

Pobre Linus, provavelmente de agora até maio ele estará sempre com alguma doença. É sempre assim, mal os casacos de inverno saem dos armários, alguém adoece na nossa casa. Todas essas crianças na escola e na creche espirrando e tossindo umas sobre as outras, babando nos brinquedos, limpando o nariz encatarrado com as mãos e pegando umas nas outras, encostando a boca na torneira do bebedouro, compartilhando brinquedos, lanches e germes. Tão nojento.

Pobre Linus. Eu deveria também dizer à minha mãe para deixar a água do chuveiro o mais quente possível e pôr Linus para respirar no vapor. Isso vai ajudar. Sinto falta do nosso chuveiro. O daqui quase não tem pressão e não fica quente por tempo suficiente.

Sinto falta das nossas toalhas de banho. Algodão turco espesso, macio, um luxo. E têm um cheiro delicioso, sobretudo quando recém-saídas da secadora. As daqui são finas, duras e têm um forte cheiro de alvejante industrial. Eu deveria pedir a Bob para me trazer uma toalha de banho.

Espere. O que estou fazendo? Pare de pensar em toalhas de banho. Pare de pensar. Silêncio. Respire. Observe sua respiração. Medite. Isto está sendo muito difícil para mim. Tudo está sendo muito difícil para mim. Acho que nunca trabalhei tanto em algo sem ter sucesso. Não estou tendo sucesso. Estou fracassando. Eu não estou aceitando e nem me adaptando. Simplesmente estou fracassando. Não posso deixar Bob me ver fracassar. Ou o pessoal do trabalho. Como eles iriam me tolerar se eu não voltar a ser como era antes? Tenho que me recuperar. Não vão me aceitar de volta no trabalho a menos que eu me recupere. Não os culpo. Eu também não me aceitaria de volta.

E quanto a Bob? Será que ele vai me aceitar de volta? Claro que vai. Ele pareceria um verdadeiro cafajeste se abandonasse a mulher com lesão cerebral. Mas ele não merece uma mulher com lesão cerebral. Ele se casou com sua companheira, não com alguém que ele tem que vestir, banhar, alimentar e sustentar pelo resto de sua vida. Ele não se propôs a isso. Eu serei a cruz que ele terá que carregar, e ele terá rancor de mim. Ficará empatado por uma mulher com lesão cerebral de quem precisa cuidar, e se sentirá desgraçado, exausto e solitário, e terá um caso, e não vou culpá-lo.

Espere, será que eu posso ao menos transar, assim? Acho que posso. Deveria poder. Todas as partes necessárias ficam bem no meio. Graças a Deus não tenho uma vagina esquerda para tentar encontrar. Mas será que Bob algum dia vai querer fazer sexo comigo deste jeito? De vez em quando eu babo pelo lado esquerdo da boca e não percebo. É muito atraente. E não posso raspar nem minha axila nem minha perna esquerda. Sou um duende da sorte peludo e babão que não consegue andar. Bob e eu quase não estávamos transando antes que isto acontecesse. O que vai acontecer agora? E se ele ficar comigo por obrigação, e nunca mais fizermos sexo?

Sarah, pare. Pare com todos esses pensamentos negativos. Isso não está ajudando. Seja positiva. Talvez uma pessoa mediana não se recupere, ou talvez a maioria das pessoas não se recupere, mas algumas conseguem. Você pode conseguir. Lembre-se. Atitude. Luta. Você pode melhorar. Ainda é possível. Não desista. Respire. Concentre-se. Limpe a sua mente.

Você está certa. Respire. Concentre-se. Respire. Quem eu estou enganando? Estou tão longe de estar melhor. Melhor é uma aldeiazinha enterrada em algum lugar nas profundezas da floresta amazônica que não aparece em mapa algum. Preciso de sorte para chegar lá. Preciso de sorte para chegar a qualquer lugar. Não posso nem andar ainda. Linus é mais capaz que eu. Bob contou que ele está dando passinhos em volta da mesa de centro. E eu ainda estou me arrastando entre as barras paralelas, com Martha comandando cada laborioso movimento que faço. Linus vai andar antes de mim, e não vou voltar para casa a tempo de vê-lo dar seus primeiros passos. Não que eu estivesse lá para ver Charlie ou Lucy darem seus primeiros passos. Estava no trabalho. Mesmo assim. Quero ir para casa.

Pare de pensar! Você deveria estar meditando. Você não vai para casa agora. Não vai para lugar algum e não tem nada para fazer. Só ficar aqui. Respire. Não pense em nada. Parede vazia. Imagine uma parede vazia. Respire. Você não sonhou sempre em ter uma trégua desse tipo para relaxar e recuperar o fôlego?

Sim, mas não pensei em sofrer uma lesão cerebral para ter a chance de me sentar e de ficar pensando em nada no meio do dia. É um preço alto demais a pagar por um pouco de repouso e recuperação, você não acha? Eu poderia simplesmente ter ido passar um fim de semana num spa.

Sarah, você está divagando de novo. Você não consegue mesmo se concentrar.

Será que é assim que se sente uma pessoa como Charlie? Aposto que é. Bob o levou ao médico ontem sem mim. Isso foi duro, não estar lá. Não posso acreditar que ele está sendo avaliado para Transtorno do Déficit de Atenção com Hiperatividade. Por favor, não permita que ele tenha isso. Mas quase desejo que tenha. Pelo menos isso explicaria por que tem tanta dificuldade. E, nesse caso, há alguma coisa que podemos fazer por ele diferente de berrar em seu ouvido o tempo todo. Sim, mas essa coisa consiste em medicá-lo. Vamos drogar Charlie para ele poder prestar atenção. Não quero nem pensar nisso.

Alô! Não pense nisso! Você não deveria estar pensando em nada. Pare de pensar.

Sinto muito.

Não se desculpe. Sossegue. Desligue isso. Imagine-se desligando o interruptor.

Você está certa. Pare de pensar. Respire. Para dentro. Para fora. Muito bem. Para dentro. Para fora. Que bom, estou fazendo isso. Continue fazendo isso.

Certo, mas pare de torcer por você mesma. Você não é sua mãe.

Graças a Deus. Por quanto tempo ela vai ficar aqui? Por que ela está aqui? Não tem uma vida para retomar em Cape Cod? É provável que não. Ela deixou sua vida para trás quando Nate tinha seis anos e se afogou na piscina do vizinho. Mas então por que de repente quer ser parte da minha? Ela não pode simplesmente decidir de uma hora para outra ser minha mãe e prestar atenção em mim depois de todos esses anos. Onde estava quando precisei dela antes? Não, ela teve sua chance de ser minha mãe quando eu precisei de uma. Mas realmente preciso dela agora. Mas não vou precisar. Assim que melhorar, não vou precisar dela e então ela poderá voltar para Cape Cod, que é o seu lugar, e eu posso voltar à minha vida, que é o meu lugar, e podemos ambas voltar a não precisar uma da outra. E isso será melhor para todos.

Abro os olhos. Suspiro. Pego o controle remoto e ligo a tv. Quem estará no programa da Ellen hoje?

Capítulo 17

São pouco mais de dez horas da manhã e já estou tendo um dia muito ruim. Tentei ligar para Bob alguns minutos atrás, mas ele não atendeu. Pergunto-me se sabe.

Estou na academia, sentada à mesa de jogos e quebra-cabeças, ocupada em transferir contas de plástico vermelhas da tigela à minha direita para a tigela invisível à minha esquerda com a colher que seguro na mão esquerda. Meu braço direito está dobrado no cotovelo e envolto numa tipoia, imobilizado contra meu peito. Espera-se que a terapia por contenção induzida me ajude a resistir ao impulso de usar a mão direita, e, como eliminamos a competição, isso deve ajudar a me sentir mais confortável escolhendo usar a mão esquerda. Em geral, porém, faz apenas com que eu me sinta uma mulher sem braços.

Mesmo antes de ter de enfrentar terapia de camisa de força, eu estava me sentindo perturbada e completamente desesperançada. Após alguma reunião que minha equipe médica teve sem mim mais cedo esta manhã, foi decidido que irei para casa daqui a três dias. Na verdade, isso foi menos decidido por eles que formalmente ratificado. Muito antes do meu acidente, minha seguradora calculou, mediante alguma análise de custo-benefício parecida com as análises que muitos consultores da Berkley devem estar fazendo em planilhas de Excel para várias empresas neste instante, que eu deveria ir para casa dali a três dias. Isso estava predeterminado pela interseção de algum código de faturamento com o código da minha condição médica, com apenas uma pequena consideração dedicada ao progresso que eu possa ou não ter feito. Ou talvez estivesse determinado durante todo o tempo pela interseção de Vênus retrógrado em Escorpião. Seja qual for a razão burocrática ou mística sem rosto, esse é o meu destino. Vou para casa daqui a três dias.

Embora minha equipe médica tenha me comunicado a boa-nova com vozes radiantes e sorrisos de teatro amador estampados nos rostos, eu a recebi em silêncio, atordoada, sem expressão. Aqui estou, sentada em uma cama de reabilitação de um hospital de reabilitação, trabalhando todos os dias em minhas sessões de reabilitação, pensando o tempo todo que ficaria aqui até estar reabilitada. Na verdade, isso jamais aconteceria. Fiz papel de boba.

· Aqui está o que aprendi esta manhã. No mundo dos hospitais de reabilitação, se a condição de um paciente está deslizando morro abaixo, ele fica. Todos pensam: *Temos que salvá-lo*. Se, ao contrário, o paciente estiver dando largas e significativas passadas rumo à recuperação, ele fica. Todos têm esperança: *Ainda podemos salvá-lo*. Aceleração, seja morro acima ou morro abaixo, significa mais reabilitação. Mas, se o paciente permanece imóvel, e não há coisa alguma a não ser terreno plano no horizonte, isso significa que ele vai para casa. Todos concordam: *Não vamos perder tempo. Ele não pode ser salvo*. Se a estrada para a recuperação se nivela, a seguradora não vai mais pagar a conta, que, por sinal, é quase tão escarpada quanto o morro que venho tentando escalar.

Eu deveria estar empolgada. Vou para casa dentro de três dias. A tempo do meu aniversário de casamento e do Natal. Estou indo para casa. Estava rezando por este dia. Deveria me sentir triunfante. Em vez disso, porém, nós de terror e incerteza repuxam-se dentro do meu estômago, e sinto ânsias de vômito. O trabalho deles comigo está terminando aqui. Minha seguradora avaliou que meu esforço de reabilitação não é mais um investimento sensato. *Ela não pode ser salva*.

Não é possível. Tem que haver mais para mim. Consigo andar sozinha, mas muito mal e só usando a bengala que me deram. É uma daquelas bengalas de aço inoxidável de uso hospitalar, de vovó, do tipo com quatro pontas emborrachadas. Minha bengala usa Crocs, pelo amor de Deus. Nenhum charme. Não há nada de sutil nela. É uma bengala que grita: *Veja, sofri uma grave lesão cerebral!* Odeio-a e quero aprender a andar sem ela.

Continuo não sendo capaz de ler o que está no lado esquerdo da página sem muita correção, estimulação e lembretes para usar meu marcador de livro vermelho em forma de L. *Examine a esquerda, encontre a margem esquerda, siga adiante até encontrar o marcador de livro vermelho.* Continuo não sendo capaz de me vestir sem ajuda. Preciso de ajuda para escovar os dentes e tomar banho de chuveiro. Como vou cuidar dos meus filhos e da minha casa? Como vou fazer meu trabalho? Não consigo nem soltar a colher que estou segurando na mão esquerda sem instruções profissionais. Quero que o analista da seguradora que decidiu a duração da minha estadia venha aqui agora mesmo e me olhe nos olhos enquanto eu aponto minha colher para sua cabeça e ameaço: "Pareço estar reabilitada para você?"

Martha me explicou que vou continuar trabalhando em casa com as técnicas que aprendi aqui. Heidi me garantiu que vou ter outros terapeutas fazendo o mesmo tipo de trabalho em regime ambulatorial. O dr. Nelson, o médico que supervisiona meu tratamento, disse: *O cérebro é uma coisa engraçada. A gente nunca sabe.* E ele cursou a faculdade de medicina para aprender essas sábias palavras.

Nada do que eles estão me dizendo me soa como boa notícia. Tudo parece um pouco vago e negligente, menos intensivo, menos comprometido com meu progresso, menos comprometido com uma crença em meu progresso. Soa como se eu não estivesse mais a caminho da recuperação. Soa como se, em vez disso, eu tivesse sido desviada para uma estrada sem saída, lenta e esburacada, que dá num prédio abandonado, com tábuas nas janelas, onde todos desistiram de mim.

Os nós dentro de meu estômago enroscam-se e apertam-se. Perco a concentração e deixo cair uma colherada de contas vermelhas. As contas quicam e rolam, caindo da mesa. Enquanto as ouço espalharem-se pelo piso de linóleo e considero a ideia de pegar mais uma colherada, as torções e apertos dissolvem-se em uma raiva quente e ácida, que cava um buraco no meu estômago, infiltrando-se em cada centímetro de mim. Posso até senti-la queimando em minha mão esquerda. Quero me desvencilhar da colher, mas não consigo desfazer meu próprio aperto de kung fu. Assim, o que faço é apertar a mão com toda a força, e sinto minhas unhas se cravando na palma tenra da minha mão. Dói, e penso que talvez esteja até sangrando. Mas não consigo abrir a mão para ver.

— Não vou mais fazer isto. Quero voltar para o meu quarto.

— Está certo. Encha só mais uma colherada. Você está se saindo muito bem — diz Martha.

De que adianta isto? Como esta tarefa ridícula vai mudar o que quer que seja? Por que não ir simplesmente para casa hoje? O que mais três dias nesta prisão vão fazer por mim? Nada. Já foi decidido. *Ela não pode ser salva.*

Meu rosto está afogueado e suado, e lágrimas quentes me enchem os olhos e os fazem arder. Quero enxugar as lágrimas, mas a minha mão direita está indisponível e o melhor que eu poderia esperar da esquerda seria um soco no olho com uma colher.

— Quero voltar para o meu quarto — digo, minha voz ficando embargada.

— Vamos lá, vamos terminar isso primeiro. Você consegue.

— Não quero. Não estou me sentindo bem.

— Ela não está parecendo bem — diz minha mãe.

— O que está incomodando você?

— Meu estômago.

Martha consulta seu relógio.

— Está quase na hora do almoço. Acha que comida vai ajudar? Não. Não acho que almoçar a gororoba da cantina vá ajudar. Dou de ombros.

Ela consulta o relógio de novo.

— Ok, com o tempo que nos resta, que tal você andar de volta até o seu quarto com a sua bengala e sua mãe? Enquanto isso vou pegar um almoço antecipado para você e a encontro lá.

Parece ótimo. Vou passar os próximos vinte minutos percorrendo uma extensão de corredor que deveria me tomar trinta segundos.

— Helen, pode ajudá-la a tirar a tipoia e guiá-la de volta até o quarto?

— Claro — diz minha mãe.

Martha vê minha mão ainda apertando a colher.

— Vou pegar um pouco de sopa para você.

Minha mãe liberta o meu braço direito, entrega-me a bengala de vovó e iniciamos a viagem de volta ao meu quarto. Não tenho mais atitude positiva alguma. Acabou-se o punho. Acabou-se a luta. Não tenho interesse algum em aceitar, me adaptar ou me conformar. Tenho uma lesão cerebral que não foi curada e nenhuma promessa de que venha a sê-lo algum dia. Antes eu tinha uma vida cheia e bem-sucedida. Agora, o que eu tenho?

Tenho uma bengala de vovó na mão direita e uma colher na esquerda.

E mais três dias.

— NÃO ENTENDO QUAL É o problema, Sarah — diz minha mãe.

Estamos de volta ao meu quarto, minha mãe em sua cadeira, eu na cama.

— Estou bem — digo.

— Essa foi uma ótima notícia. Significa que você não está mais em perigo do ponto de vista médico.

— Eu sei.

— E você vai ver, vai se sair muito melhor em sua própria casa.

— Aham.

Estou ansiosa para dizer adeus a este lugar. Em três dias, completam-se cinco semanas que estou aqui, e nunca quis ficar um segundo além do necessário. Não vou sentir saudade desta cama desconfortável, do chuveiro fraco, das toalhas ásperas, da comida insípida, do cheiro difuso de higienizador de mãos e desinfetante, da academia, da vista deplorável do presídio, da Martha. Em especial, não vou sentir saudade dos arrepiantes sons noturnos de hospital que me fazem acordar sobressaltada e me mantêm de olhos arregalados e inquieta toda noite — os gemidos de dor insuportável, os gritos desvairados e apavorados de alguém que desperta de um pesadelo, provavelmente revivendo o acidente horripilante que precipitou sua admissão aqui, os uivos de coiote da jovem mãe privada da linguagem e do seu recém-nascido, os chamados urgentes feitos por meio do sistema de intercomunicação, veiculando suas desalentadoras mensagens tácitas de que alguém — talvez alguém no quarto ao lado, talvez alguém com uma lesão cerebral igual à minha — acaba de morrer. Não, não vou sentir saudade alguma deste lugar.

Mas imaginei que sairia em condições muito diferentes. Segundo a cena que venho encenando em minha cabeça há semanas, meu êxodo sempre se deu mais ou menos assim: com lágrimas de alegria nos olhos de todos, eu abraçaria cada membro da minha equipe médica e lhe agradeceria por seu papel em minha plena recuperação, prometendo manter-me em contato. Depois, acompanhada pelo tema musical de *Carruagens de fogo*, e acenando com a mão esquerda, eu caminharia com confiança e sem bengala através do saguão, que estaria lotado de terapeutas, médicos e pacientes, todos aplaudindo. A equipe não estaria cabendo em si de orgulho, os pacientes estariam cheios de esperança, e eu seria uma inspiração para todos. Na extremidade do saguão, as portas automáticas se abririam, e eu sairia para um dia claro e ensolarado. Para a liberdade e para minha antiga vida.

E, esquecendo de modo conveniente que meu carro está destruído, chego até a me imaginar voltando para casa dirigindo meu Acura. Mas agora, sentada em meu quarto, com três dias pela frente, apertando, sem controle, uma colher na mão esquerda enquanto espero que Martha volte com a sopa, exausta da jornada embaraçosamente curta e dependente de uma bengala pelo corredor, sinto-me mais do que ridícula por ter algum dia construído uma fantasia tão rebuscada e depois acreditado nela.

— E eu vou continuar ajudando você com a terapia — diz minha mãe.

Não é um oferecimento ou uma pergunta. É a afirmação de um fato, sua ajuda é inevitável. Olho para ela, tentando avaliá-la. Está usando calça preta de elástico na cintura enfiada em imitações de botas de lã pretas, um suéter branco de tricô, óculos de aros pretos, brincos de bolinhas vermelhas pendurados nas orelhas e batom da mesma cor. Ainda posso ver a jovem que ela foi sob a maquiagem e a velhice em seu rosto, mas não tenho ideia de qual teria sido sua aparência entre uma coisa e outra.

Lembro-me do tom de ruge rosa-pêssego que ela usava em suas bochechas sardentas, sua sombra de olhos favorita, verde, as mechinhas de cabelo fino em volta de suas orelhas que sempre escapavam de seu rabo de cavalo, o movimento de suas narinas quando ela ria, o brilho de seus pálidos olhos azuis, o cheiro de seu batom (mais o de Marlboro Lights ou de chicletes) que persistia sobre minha boca depois que ela me beijava.

Tenho quase certeza de que ela parou de usar qualquer maquiagem ou de fazer qualquer coisa com o cabelo depois que Nate se afogou. Sei que não houve mais risadas de movimentar as narinas, nem beijos cheirosos. Mas não tenho lembrança específica de sua aparência, ou de como ela mudou após 1982. Quando começou a ter pés de galinha? E como alguém adquire pés de galinha se nunca ri ou sai de casa? Quando o cabelo dela começou a ficar grisalho, e quando ela o cortou na altura do queixo? Quando ela começou a usar óculos? Quando parou de fumar? Quando começou a usar batom de novo?

E não acho que ela tenha quaisquer lembranças específicas de mim, e da aparência que eu tinha ou de como mudei depois de 1982. Ela não passou nenhum dos milhares de minutos entediantes do último mês compartilhando histórias nostálgicas de minha infância. Porque, na maior parte do tempo, a partir de 1982, ela não testemunhou minha infância.

Após enterrarem seu único filho homem, minha mãe se enterrou em seu quarto, e meu pai se enterrou nas obras que construía, quando não estava no posto dos bombeiros. Enquanto minha mãe não fazia nada além de sentir a perda de Nate, meu pai não sentia absolutamente nada. Estoico e emocionalmente distante antes da morte de Nate, agora estava emocionalmente liquidado para sempre. Mas, ao menos fisicamente, meu pai acabou retomando suas funções junto a mim. Cortava a grama e levava o lixo para fora, lavava a roupa e comprava mantimentos, pagava as contas e taxas para minhas atividades depois da escola. Sempre tive comida no meu prato e um teto sobre minha cabeça. Mas nenhuma parte da minha mãe jamais retornou. E era sempre da minha mãe que eu mais precisava.

Ela não notava se eu fosse para a escola usando roupas sujas, ou dois números abaixo do meu. Não comparecia a meus jogos de futebol nem às reuniões de pais e mestres. Não me guiou ou confortou durante o ano e meio que passei obcecada por Richie Hoffman, inteiramente absorvida por ele. Não me falou sobre sexo seguro ou sexo bom. Esquecia-se do meu aniversário. Não elogiava meus boletins perfeitos nem comemorou minhas admissões em Middlebury e em Harvard. Quando eu tinha vinte anos e meu pai morreu, preferiu ficar sozinha, e não deu a Bob as boas-vindas ao que restava de nossa lamentável familiazinha quando eu tinha 28.

Suponho que eu era parecida o suficiente com Nate para ser sempre um latejante lembrete de desgosto inconsolável. Creio que posso compreender, em especial agora, tendo meus próprios filhos, o horror paralisante de perder um. Mas ela não tinha um filho. Ela tinha dois. E eu não morri.

Minha infância depois que Nate morreu não foi fácil, mas fez de mim o que sou hoje: forte, ferozmente independente, compelida a ter sucesso, decidida a ter importância. Eu tinha conseguido deixar meu passado para trás, mas agora ele está sentado na cadeira em frente a mim, dizendo-me que não vai arredar o pé daqui. Ela percebe que a estou avaliando. Um sorriso nervoso se insinua em seus lábios vermelhos, e espero para dar a bofetada.

— Não, acabou. Eu vou para a minha casa, então você vai para a sua. Todos vão para casa.

— Não, vou ficar. Vou ficar para ajudá-la.

— Não preciso da sua ajuda. Não preciso da ajuda de ninguém.

Agora Martha está parada na minha frente, segurando uma bandeja de almoço, sobrancelhas levantadas.

— Se eu precisar de alguma coisa, pedirei a Bob.

— Bob me pediu para ficar e ajudar a cuidar de você — diz minha mãe.

Olho para ela, sem voz, um acesso de raiva incontida socando-me o peito por dentro. Martha e Heidi se encontraram sem mim esta manhã e decidiram que vou embora daqui a três dias, e Bob e minha mãe se encontraram sem mim sabe Deus quando e decidiram que preciso de alguém que cuide de mim e que minha mãe será esta pessoa. Traição e impotência escoiceiam e gritam enquanto afundam nas camadas profundas e escuras do meu intestino, onde, mesmo tendo vivido ali durante anos, não se sentem em casa e não conseguem se lembrar de onde fica a saída.

— Desde quando você se importa comigo? Você não se importa comigo desde que Nate morreu.

Seu rosto perdeu toda a cor, exceto pelos lábios vermelhos. Sentada em sua cadeira, sua postura fica extremamente tensa, como um coelho percebendo o perigo, preparando-se para correr e salvar a própria pele.

— Isso não é verdade — diz ela.

Normalmente eu recuaria. Não conversamos sobre Nate ou minha infância. Não conversamos sobre ela e eu. Normalmente eu optaria por não dizer nada e por comer minha sopa como uma boa menina. E depois ela continuaria sendo a boa mãe e enxugaria o caldo que sem dúvida escorrerá do lado esquerdo do meu queixo. E eu seria a boa filha, sorriria e lhe agradeceria. Mas estou farta desse fingimento. Muito farta.

— Você nunca me ajudou com meu dever de casa, ou com namorados, ou a ir para a faculdade, ou a planejar meu casamento. Você nunca me ajudou com coisa alguma.

Parei, armada com milhares de outros exemplos, pronta para matar se ela tentasse me impingir uma história reinventada.

— Estou aqui agora — diz ela.

— Bem, não quero você aqui agora.

— Mas Sarah, você...

— Você não vai ficar.

— Você precisa de ajuda.

— Então vou consegui-la de alguma outra pessoa, como sempre fiz. Não preciso de você.

Lanço um olhar penetrante para ela, desafiando-a a me contradizer, mas já encerrei a conversa. Ela está chorando. Martha lhe estende uma caixa de lenços de papel. Minha mãe assoa o nariz e dá batidinhas nos olhos enquanto continua chorando. Fico parada, observando-a, encorajando-a em meu silêncio incontrito. Bom. Estou contente por ela estar chorando. Não me sinto mal por isso. Não me arrependo. Ela tem razão para ter vontade de chorar. Tem razão para se arrepender.

Mas, por mais que uma parte de mim queira vê-la coberta de alcatrão e penas no centro da cidade, só consigo sustentar essa postura irredutível e impiedosa por um ou dois minutos, depois me sinto mal. Ela me ajudou durante as últimas cinco semanas. Estava aqui todos os dias. Ajudou-me a andar e a comer, a tomar banho e a me vestir, a ir ao banheiro. Precisei dela. E ela está aqui agora.

Mas não posso passar por cima de trinta anos de abandono e simplesmente fingir que ela não escolheu não ser minha mãe durante a maior parte da minha vida. Não suporto mais vê-la chorar, mas não vou me permitir pedir desculpas ou concordar com seu plano de ficar. Nós duas paramos por aqui. Vou voltar para casa e para a minha vida, e ela vai voltar para a dela. Agarro minha bengala de vovó com a mão direita, apoio-me nela, e penduro as pernas no lado da cama.

— Aonde você vai? — pergunta Martha.

— Vou ao banheiro — digo, plantando os dois pés no chão. Martha avança para se postar ao meu lado, parecendo um guarda.

— Não me ajude. Não preciso da ajuda de ninguém.

Ela para, levanta as sobrancelhas para mim de novo, depois recua e sai do meu caminho. Percebo que Martha deve estar pensando que eu sou uma pirralha mimada e uma péssima filha, mas não me importo com o que qualquer pessoa daqui pense sobre mim. Bem, importo-me com o que Heidi pensa de mim, mas ela não está aqui neste momento. E neste momento, sou uma pirralha mimada e péssima filha firmemente decidida a chegar ao banheiro sem a ajuda de ninguém.

Mas andar com uma perna esquerda que aparece e desaparece é muito frustrante e complicado. Mesmo dar um passo adiante com meu pé direito exige uma fé consciente e contínua na existência do meu lado esquerdo, porque, quando esse pé direito está no espaço entre aqui e ali, estou apoiada apenas na perna esquerda. Minha perna e meu pé esquerdos têm que ser ativados de forma apropriada, chegando a um meio-termo entre flexão e extensão, responsável por me equilibrar e sustentar todo o meu peso na vertical — uma tarefa formidável para um apêndice que não tem absolutamente lealdade alguma comigo.

Por vezes penso que seria mais fácil pular com o pé direito para ir de um lugar para outro, mas ainda não tive coragem de tentar. Logicamente, pular funcionaria, mas de algum modo eu simplesmente sei que acabaria estatelada no chão. Na verdade, prever esse desfecho não deveria me dissuadir de experimentar, já que, de qualquer maneira, na maioria das vezes acabo mesmo estatelada no chão. Tenho equimoses grandes e coloridas espalhadas pelo corpo todo. É inacreditável que não tenha fraturado um quadril ou deslocado o joelho. Graças a Deus tenho ossos fortes e juntas frouxas. Acho que compreendo que pular não é uma solução prática a longo prazo para a minha mobilidade.

É aí que a bengala de vovó ajuda. Antes de dar um passo com um pé ou com outro, dou um passo avançando a bengala com a mão direita, ganhando alguma estabilidade e segurança. Depois desloco o máximo possível meu peso para minha mão direita a fim de diminuir a carga sobre minha perna esquerda não confiável, e dou um passo com o pé direito, fazendo-o encontrar a bengala.

Agora minha perna esquerda está um pouco atrás de mim, e o truque é primeiro lembrar que tenho uma perna esquerda e acreditar que ela está em algum lugar atrás de mim. Depois tenho que encontrá-la e trazê-la para junto do meu corpo. A maneira natural de fazer isso, obviamente, seria levantá-la do chão e dar um passo adiante. Mas, para a consternação do meu orgulho, não é o que faço. Eu só levanto a perna esquerda e tento andar como uma pessoa normal (bem, uma pessoa normal com bengala de vovó) quando estou sobre a esteira na academia e alguém está me vigiando. Se levanto a perna esquerda do chão, posso perder a noção de onde ela está em um piscar de olhos, e depois não posso prever quando ela fará contato com o chão, e sempre adivinho que isso acontecerá um pouco cedo demais ou tarde demais, e acabo fazendo alguma coisa esquisita e dolorosa comigo mesma que se conclui comigo estatelada no chão.

Por isso arrasto o pé esquerdo. É muito mais seguro, e minhas chances de progresso se elevam de modo considerável se minha perna esquerda nunca perde a conexão com o chão. Sei que isso parece patético, mas estou usando calça preta com cintura de elástico igual a da minha mãe, um chapéu de *fleece* rosa-shocking, meias desemparelhadas e nenhuma maquiagem. Acho que é seguro dizer que a vaidade não é mais minha maior preocupação. Além disso, este não é o momento para ser ousada. Se eu cair, Martha e minha mãe virão correndo me levantar. E não quero a ajuda de ninguém.

Avance a bengala. Dê um passo. Arraste o pé. Respire.

Avance a bengala. Dê um passo. Arraste o pé. Respire.

Posso senti-las me observando. *Não pense nelas, Sarah. Você não pode se dar ao luxo de se distrair. Você está andando para o banheiro. Você está andando para o banheiro.*

Avance a bengala. Dê um passo. Arraste o pé. Respire.

Minha mãe assoa o nariz. Ela não vai para casa comigo. Ela pensa que pode simplesmente aparecer e bancar a minha mãe. Não é assim. É pouco demais, é tarde demais. *Pare com isso. Não pense nela. Você está andando para o banheiro.*

Avance a bengala. Dê um passo. Arraste o pé. Respire.

Não posso acreditar que Bob falou sobre isso com ela sem falar comigo antes. Não posso acreditar que ele *decidiu* isso com ela em vez de decidir o exato oposto comigo. O que ele estava pensando? *Não pense nisso agora. Converse com ele depois. Você está andando para o banheiro.*

Avance a bengala. Dê um passo. Arraste o pé. Respire. Respire.

Cheguei ao banheiro, e tenho vontade de gritar *Consegui!* e *Estão vendo? Não preciso de vocês!*, mas seria prematuro comemorar e provavelmente imprudente me vangloriar. Ainda não fiz o que vim fazer aqui, e tenho quilômetros a percorrer antes de fazer xixi.

Respiro fundo, preparando-me para soltar a bengala de vovó a fim de agarrar a barra de apoio de aço inoxidável junto à privada. Estou no momento apavorante entre bengala e barra, sinto-me como uma trapezista lançando-se de um trapézio e tentando alcançar o próximo, muito acima do chão, sob o risco de sofrer um acidente catastrófico ao mais ligeiro erro de cálculo. Mas consigo.

Respire.

Próximo passo. *Querida mão esquerda, preciso que você encontre o cós da minha calça e da calcinha e as puxe para baixo. Sei que é pedir muito, e detesto lhe dar esse incômodo, mas minha mão direita está ocupada mantendo-nos longe do chão. E não quero pedir ajuda a ninguém. Por isso preciso realmente que você faça isto. Por favor.*

Nada acontece. Onde está minha mão esquerda? Ela tem que estar em algum lugar. Encontro meu anel de brilhante e depois a mão. Ah, não. Ainda estou segurando aquela maldita colher. *Querida mão esquerda, por favor solte a colher. Você tem que soltar a colher para poder encontrar o cós da calça e da calcinha e puxá-las antes que eu faça xixi. Por favor, solte a colher.*

Nada acontece. *Solte. Largue. Abra. Desdobre-se. Relaxe. Por favor!*

Nada. Estou prestes a perder. Tenho a impressão de estar tentando persuadir uma criança de dois anos exausta, desobediente e voluntariosa a ser sensata e a cooperar. Tenho vontade de berrar. *Escute aqui, mão, faça o que estou dizendo agora mesmo ou vai passar o resto do dia de castigo!*

Realmente preciso fazer xixi, e não sou lá muito boa para segurá-lo, mas recuso-me a pedir ajuda. Posso fazer isso. Fui aluna da Harvard Business School, sei como resolver problemas. Resolva este problema.

Ok. Fique com a colher. Tudo bem. Vamos usá-la. *Querida mão esquerda, encontre o cós da minha calça e da calcinha e puxe-as para baixo com a colher.*

Para a minha surpresa, isso funciona. São necessárias várias tentativas, calma e persuasão, e estou feliz por não haver ninguém aqui para testemunhar esse processo, mas, a muito custo, consigo puxar a calça e a calcinha até as coxas com uma colher. Quase lá. Desesperadamente agarrada à barra de apoio com a mão direita, abaixo-me sobre o assento da privada. Doce alívio.

O resto é relativamente fácil. Limpo-me com a mão direita, levanto a calcinha e a calça de maneira tortuosa com a mão direita enquanto continuo sentada; agarro a barra de apoio, levanto-me, e me jogo da barra para minha bengala de vovó. Depois me viro e dou alguns passinhos até a pia. Apoio a pélvis contra ela e solto a bengala.

Como venho treinando na terapia todo dia, exploro a esquerda da torneira para encontrar o botão da água quente com a mão direita. Abro a água quente e lavo a mão direita. Não me dou ao trabalho de tentar lavar a mão esquerda. Enxugo a mão na calça, agarro minha bengala com firmeza e ando para fora do banheiro.

Avance a bengala. Dê um passo. Arraste o pé. Respire.

Estou quase lá. *Está vendo? Você não precisa da Martha. Não precisa de mais reabilitação alguma no Baldwin. E definitivamente não precisa da sua mãe.*

Ouço Martha rindo. Contra meu melhor julgamento, desvio os olhos da bengala e do pé. Levanto-os e vejo que Martha está rindo de mim. E minha mãe está tentando não fazer o mesmo.

— O que é tão engraçado? — pergunto?

— Talvez você queira reconsiderar a ajuda que sua mãe lhe ofereceu — diz Martha.

Isso foi a gota d'água para minha mãe, e agora estão ambas às gargalhadas.

— O que é? — pergunto.

Minha mãe tapa a boca com a mão como se estivesse tentando se conter, mas olha para Martha e se dá por vencida, rindo ainda mais.

— Onde está sua mão esquerda? — pergunta Martha, enxugando os olhos com a parte carnuda da mão.

Não sei. Um formigamento, prelúdio de um embaraço irrecuperável, me toma de assalto enquanto procuro minha mão esquerda. Onde está minha mão esquerda? Não tenho a menor ideia. Ignoro as risadas delas e o fato não estar concentrada o suficiente em ficar de pé no meio do quarto, e tento encontrar meu anel de brilhante. Mas não o vejo em parte alguma.

Azar. Ignore-as. Estou prestes a continuar, voltando para minha cama, quando de repente me dou conta de estar sentindo um metal liso contra a minha coxa. Minha coxa nua. Olho para baixo e examino a esquerda.

Meu braço esquerdo está enfiado na minha calça.

Capítulo 18

Estou na academia, sentada a uma das mesas compridas, copiando a figura de um gato. Termino e pouso o lápis, satisfeita. Heidi examina o desenho com cuidado.

— Você realmente é boa — diz ela.

— Fiz o gato inteiro?

— Não, mas o que desenhou é muito melhor do que eu poderia fazer.

— O que foi que deixei escapar?

— A orelha esquerda, os bigodes esquerdos e as patas esquerdas.

Examino os dois desenhos, indo e voltando entre o gato original e o meu. Aos meus olhos, eles parecem exatamente iguais.

— Ah — digo, em tom de desalento.

— Mas você fez os dois olhos e o lado esquerdo do focinho e da boca, e a parte esquerda da maior parte do corpo. Está muito bom, Sarah. Você está incluindo muito mais coisas do que quando chegou aqui — diz ela, folheando as páginas dos desenhos que copiei até hoje de manhã.

Melhorei. Mas *realmente bom* é de fato um grande exagero. Charlie e Lucy seriam capazes de copiar o gato inteiro. E eu ainda não consigo. E hoje é meu último dia.

Heidi põe a próxima folha sobre a mesa. Uma imagem elaboradamente detalhada de uma praça urbana com prédios, carros, pessoas, uma fonte, pombos, muito mais complexa do que qualquer figura que fui solicitada a reproduzir durante minha estada aqui. Pego o lápis, mas fico paralisada, sem saber onde pousá-lo no papel. Tenho de encontrar o lado esquerdo da cena inteira. Depois tenho de desenhar tudo o que está nesse espaço enlouquecedoramente fugidio, incluindo o enlouquecedoramente fugidio lado esquerdo de cada coisa que encontrar ali. Depois, tenho que encontrar o lado esquerdo de cada coisa no lado direito da cena — o lado esquerdo de cada carro, de cada pombo, de cada pessoa, o lado esquerdo da fonte. Vejo um homem passeando com uma porção de cachorros à direita da fonte, mas sinto-me irresistivelmente atraída por um outro que segura vários balões vermelhos à direita dele, e o passeador de cachorros desaparece. Não consigo atinar de que maneira eu deveria fazer isto. Provavelmente esta é a figura que eu deveria ser capaz de copiar no meu último dia, se tivesse me recuperado plenamente, tirada das páginas finais de algum manual de reabilitação, centenas de páginas depois do capítulo em que fiquei atolada de modo irremediável.

— Qual é o problema? — pergunta Heidi.

— Não consigo fazer isto — digo, o pânico se intensificando no fundo da minha boca.

— Claro que consegue. Tente começar com os prédios.

— Não. Não posso fazer isso. Não consigo nem copiar um gato.

— Você foi ótima com o gato. Faça uma coisa de cada vez.

— Não posso. Não posso ir para casa assim, Heidi. Como vou fazer tudo que preciso?

— Acalme-se. Você ficará bem.

— Não estou bem. Não estou. Não consigo nem copiar um gato.

— Você desenhou a maior parte do gato...

— Estudei em Harvard, e agora sou uma idiota que não consegue copiar um gato — digo, engolindo as lágrimas.

Antes do acidente, eu podia compreender com rapidez o que estava em qualquer folha de papel — análises de custo complexas, organogramas, árvores de decisão.

Agora, uma página do *Onde está Wally?* de Charlie provavelmente me derrotaria. Volto a olhar para a figura, à caça do sujeito com os balões vermelhos. Wally desapareceu.

— Espere um segundo — diz Heidi.

Ela surrupia da mesa a figura da praça, provavelmente para impedir que eu me derreta ainda mais, e sai correndo da academia. Tento segurar o choro até que ela volte, como se meus destemperos precisassem de plateia para ser mais vigorosos. Aonde ela foi? Talvez esteja procurando uma tarefa mais fácil, algo que eu possa dominar de pronto e que me deixe satisfeita, de modo que possamos terminar minha última sessão de maneira positiva, com a sensação de dever cumprido. Ou talvez tenha ido correndo falar com o dr. Nelson e suplicar-lhe que revogue a decisão de me mandar para casa. *Ela não consegue nem copiar um gato!*

— Muito bem — diz ela, voltando para sua cadeira junto da minha com uma bolsa de lona na mão. — Dê uma olhada nesta figura.

Ela centra uma folha de papel branca na mesa em frente a mim. Vejo duas casas simples, uma na metade superior do papel e a outra na de baixo. Cada uma tem duas janelas e uma porta da frente. São idênticas em todos os aspectos.

— Em qual você preferiria viver? — pergunta Heidi.

— São iguais — respondo.

— Certo, mas se você tivesse que escolher uma, em qual você moraria?

— Não importa.

— Então escolha uma para mim.

Estudo as casas gêmeas novamente, procurando alguma sutileza que poderia me ter escapado, uma vidraça extra em alguma janela, ou uma telha a menos em um dos telhados. Nada, são iguais.

— Está certo — digo, apontando para a de cima.

Heidi sorri, encantada, por alguma razão desconhecida, com minha escolha de uma residência hipotética. Pega meu marcador de livro vermelho em forma de L e o põe sobre o papel.

— Ok, examine a esquerda. Encontre a margem vermelha.

Meus olhos arrastam-se ao longo da página branca até que vejo o vermelho. Então passo a movê-los da margem vermelha para a direita e fico estupefata com o que encontro desenhado na página, tão inequívoco, tão óbvio. Vejo duas casas simples, idênticas em todos os aspectos, a não ser pelo fato de que a metade esquerda da casa de baixo está em chamas.

— Ah, meu Deus — digo.

— Está vendo? — pergunta Heidi.

— A casa de baixo está pegando fogo.

— Isso! E você escolheu a de cima.

— E daí? As probabilidades eram iguais.

— Não foi um acaso. Seu cérebro viu a figura inteira. Acontece apenas que você nem sempre tem consciência do que está vendo na esquerda. Mas sua intuição lhe disse para escolher a casa de cima. Você precisa dar ouvidos a essa intuição. Você não é idiota, Sarah. Sua inteligência está intacta.

Acredito. Mas de que adianta meu cérebro ver a figura inteira? Se ele não compartilha o que sabe comigo de tal maneira que eu possa ter consciência, de que me serve isso?

— Você tem tanta sorte. Há tantas pessoas aqui que não são mais capazes de pensar, não podem se lembrar de ninguém, nem falar, nem se mover. Imagine se você não pudesse conversar com

Bob ou com seus filhos, ou se não conseguisse se lembrar deles ou abraçá-los.

No último mês, vislumbrei muitas vezes a insondável devastação a que o corpo e a mente humana podem sobreviver. Na cantina, nos corredores, no elevador, no saguão, eu testemunhava a falta de braços e pernas, a falta de pedaços do crânio, rostos deformados, memórias apagadas, linguagem suprimida, tubos e máquinas sustentando a nutrição e a respiração. Sempre me forçava a desviar os olhos e dizia a mim mesma que estava sendo polida por não ficar olhando. Na verdade, porém, não queria ver alguém em condições piores do que as minhas porque não queria explorar um centímetro da perspectiva que Heidi acabara de propor — que eu tinha sorte.

— E você poderia ter morrido com facilidade, Sarah. Você poderia ter morrido naquele acidente, ou na cirurgia, ou depois da cirurgia. Você poderia ter se chocado com outro carro e matado mais alguém. E se seus filhos estivessem no carro com você? Você tem tanta sorte.

Olho-a nos olhos. Ela está certa. Tenho andado tão concentrada no que há de horrível, injusto e aterrorizante em minha condição que não havia reconhecido o que há de positivo nela, como se os aspectos positivos tivessem estado sentados em silêncio, sozinhos na borda extrema do lado esquerdo de minha condição, presentes, mas completamente ignorados. Não sou capaz de copiar um gato inteiro. Mas posso reconhecê-lo, nomeá-lo, sei que som ele faz e que impressão causa, e consigo copiar a maior parte dele, o bastante para que qualquer pessoa que o veja saiba o que desenhei. Tenho sorte.

— Obrigada, Heidi. Obrigada por me lembrar.

— De nada. Você vai ficar bem. Sei disso. E...

Ela se inclina, enfia a mão na bolsa de lona e me apresenta uma garrafa de vinho branco com uma festiva fita vermelha amarrada no gargalo.

— Tchan! Para a próxima vez que nos encontrarmos, na minha sala de estar ou na sua.

— Muito obrigada — digo, sorrindo. — Mal posso esperar.

Ela põe a garrafa de vinho em cima da casa em chamas sobre a mesa e me dá um abraço.

— Confie na sua intuição. Ela a guiará — diz, retendo-me em seu abraço.

— Obrigada, Heidi. Muito obrigada por tudo — digo, e aperto-a com um pouco mais de força com o braço direito.

Seu telefone celular vibra. Ela me solta e lê uma mensagem de texto.

— Tenho que dar um telefonema. Volto já, e vamos aprontar você para voltar para casa.

— Está bem.

Sozinha na academia pela última vez, deixo meu olhar vagar pela sala. Adeus, barras paralelas. Adeus, espelho. Adeus, cartaz. Adeus, mesa de jogos e quebra-cabeças, adeus tigelas e contas. Adeus... espere.

Volto ao cartaz. Alguma coisa está diferente. Estou ciente apenas de que alguma coisa nele está diferente, mas durante alguns segundos não sei apontar com precisão o quê, então vejo, tão inequívoco, tão óbvio, como a casa em chamas.

A figura no cartaz é de duas mãos, não uma. E as mãos não estão cerradas em punhos individuais, prontos para a batalha. Elas se apertam. É um aperto de mãos. E a palavra em letras vermelhas acima das mãos não é *attitude*. A palavra acima das mãos apertadas é *gratitude*, gratidão.

Começo a chorar, amando esse cartaz para o qual venho olhando de maneira completamente errada. Penso em Heidi, em Bob e em meus filhos e até em Martha e na minha mãe, e em todo o amor que recebi e em tudo que tenho. Acho que meu cérebro viu o cartaz inteiro e insistiu em chamar minha atenção para ele, tentando mostrá-lo para mim. Uma parte de mim, muda, inconsciente e intacta, sempre soube o que esse cartaz dizia. *Obrigada por compartilhar isto comigo.*

Vou para casa hoje, incapaz de copiar um gato inteiro, mas capaz de ver este cartaz inteiro, e cheia de gratidão.

Capítulo 19

Bob na direção, levando-nos para casa. Nossa casa! Até andar no fusquinha da minha mãe, em que nunca estive antes, é como já estar em casa. Estou em um carro outra vez! Ali está o Museum of Science! Rota 93! Estou na Mass Pike! Lá está o rio Charles! Saúdo a passagem de cada marco conhecido da paisagem como se tivesse acabado de topar com um velho e querido amigo, e sinto o alvoroço crescente que toma conta de mim sempre que estou indo do Logan para casa após uma longa viagem de trabalho. Mas, hoje, multiplique esse alvoroço por dez. Estou quase lá. Estou quase em *casa*!

Tudo parece intensificado. Até a luz da tarde. Até a luz vespertina que banha o mundo aqui fora parece excepcionalmente brilhante e magnífica aos meus olhos, e vejo agora por que os fotógrafos preferem a luz natural. Tudo parece mais vibrante, mais tridimensional, mais vivo do que qualquer coisa que vi durante um mês sob a iluminação interior chapada, fluorescente, do Baldwin. E não é apenas a beleza nítida da luz exterior que me encanta. A luz do sol brilhando através do para-brisa parece deliciosamente cálida em meu rosto. Hum. Luz fluorescente não faz isso. Não há comparação.

E o ar no Baldwin era sempre viciado e estagnado. Quero sentir ar de verdade novamente, seu frescor revigorante (mesmo que um pouco poluído por dióxido de carbono) e seu movimento. Abro uma brecha na janela. O ar gelado entra no carro assoviando e dança através de meu cabelo curto. Aspiro-o, encho os pulmões e solto um suspiro de beatitude.

— Ei, está frio — diz Bob, voltando a fechar minha janela com o interruptor principal de comando dos vidros.

Olho por minha janela fechada, mas dentro de segundos não consigo resistir à ânsia de sentir a brisa turbulenta de novo. Aperto o botão, mas minha janela não se move. Aperto, aperto, aperto.

— Ei, minha janela está emperrada — digo, em tom de queixa e acusação, percebendo que Bob deve ter apertado o botão para travá-la, decidindo por todos no carro que as janelas devem continuar fechadas. Agora sei o que as crianças sentem quando faço isso com elas.

— Ouça, antes de chegarmos em casa, quero falar sobre a sua mãe — diz Bob, ignorando a minha queixa. — Ela vai ficar conosco por um pouco mais de tempo.

— Eu sei, ela me disse — respondo.

— Ah. Bom — diz ele.

— Nããão, nada bom. Não quero que ela fique. Não preciso dela. Vou ficar bem — digo.

Ele não diz nada. Talvez esteja refletindo sobre isso. Ou talvez esteja satisfeito por finalmente ter minha forte opinião sobre o assunto (que ele já deveria ter pedido há muito tempo), e concorde comigo cem por cento. Talvez esteja sorrindo e concordando com a cabeça. Mas não tenho a menor ideia do que ele esteja fazendo ou pensando. Como estou mesmerizada demais pelo cenário fora de minha janela para redirecionar minha atenção para a esquerda, não sei o que seu silêncio significa. Ele está no banco do motorista. É uma voz no carro quando fala, e é um chofer invisível quando está em silêncio.

— Sarah, você ainda não pode ficar sozinha em casa. Não é seguro.

— Estou bem. Posso me virar.

— Do que precisamos... de uma espécie de programa em 12 passos para você? Você ainda não está em condições de ficar em casa sozinha. Todos os médicos e terapeutas disseram.

— Então podemos contratar alguém.

— Na verdade não podemos. Você esgotou todo o seu tempo de licença médica e de férias, e seu seguro por incapacidade não corresponde nem à metade do que recebia antes. Estou agarrado a meu emprego pelas unhas. Contratar alguém é caro, e sua mãe está aqui, e é de graça.

Bem, minha mãe pode não cobrar por hora de trabalho, mas garanto que, se ela ficar, eu pagarei muito caro por isso. Tem que haver outra solução. Compreendo como nossa situação financeira está ficando apavorante. Ganho mais do que Bob, e agora minha renda está drasticamente reduzida, e não posso apontar com precisão alguma quando exatamente no futuro vou poder tê-la de volta. A possibilidade de que eu nunca venha a tê-la novamente valsa pelo assoalho de meus pensamentos atemorizados, pelo menos uma vez por dia, exibindo saltos e piruetas de tirar o fôlego, ocupando o centro do palco por tempo demais antes de se retirar para os bastidores. Preciso ter meu salário de volta. Isso tem que acontecer. Mesmo que Bob consiga se agarrar a seu emprego, e que a economia melhore, não teremos condições de manter nosso padrão de vida sem minha contribuição integral.

Tenho que confessar que andei rezando para que Bob perdesse o emprego. Até mais especificamente, andei rezando para que ele perdesse o emprego *e* não conseguisse encontrar outro por quatro meses. Sei que isso é brincar com fogo, e de todo modo não parece o tipo de prece a que Deus daria qualquer atenção, mas vejo-me alimentando com desespero esse desejo várias vezes por dia. Se Bob fosse demitido agora, ele receberia o salário de quatro meses como indenização, e se não arranjar outro emprego de imediato, poderá ficar em casa comigo. E se ele ficar em casa comigo, não vamos precisar da ajuda da minha mãe, e então ela pode saltar em seu fusquinha e dirigir de volta para Cape Cod. E ao fim de quatro meses, quando Bob começar em seu emprego novo, estável e até melhor remunerado, eu estarei não só em condições de ficar sozinha em casa, como também estarei pronta para voltar à Berkley. Até agora, porém, nada disso está acontecendo. Se Deus está me ouvindo, ele tem um plano diferente.

— Por que não Abby? Talvez Abby possa passar mais algum tempo por aqui — digo.

Silêncio de novo. Olho pela janela. A neve espessa nas árvores e nos campos rebrilha ao sol do fim da tarde. Não notei neve alguma na cidade, mas agora que nos aventuramos pelos subúrbios a oeste, há árvores, campos de golfe e espaços abertos em que a neve pode se depositar de maneira pacífica, sem ser empurrada para o lado ou removida.

— Abby vai nos deixar logo após o Natal para um estágio como professora em Nova York.

— O quê?

— Eu sei. É um péssimo momento.

— É o pior momento imaginável!

— Eu sei, e ela teve muita dificuldade em se decidir, mas eu disse a ela para ir. Disse que você gostaria que ela fosse.

— Por que foi dizer uma maluquice como essa?

— Sarah...

— Por que você não me falou sobre isso?

— Eu sabia que isso a deixaria estressada.

— Merda! — digo, completamente estressada.

— Certo. Portanto, sem Abby e sem tempo para encontrar uma substituta, e com sua mãe sempre dando a entender que não tem pressa alguma de ir embora, eu pedi para ela ficar. Precisamos dela, Sarah.

Continuo a olhar pela janela, a paisagem passando zunindo enquanto nos aproximamos rapidamente de casa. Quase em casa. Quase em casa com minha mãe e logo sem Abby. Agora o sol está diretamente no nível dos nossos olhos no céu, pendurado logo abaixo do ponto em que o visor o bloquearia, cegando-me. Seus raios através do para-brisa, que pareciam gloriosamente cálidos sobre meu rosto no início da viagem, agora estão desconfortavelmente quentes, e sinto-me como uma formiga debaixo de uma lupa, prestes a ser incinerada.

— Será que eu poderia, por favor, ter controle sobre a minha própria janela?

Aperto o botão e o mantenho apertado, abaixando totalmente o vidro. O ar frio nos fustiga dentro do carro. Parece maravilhoso por alguns segundos, mas depois fica frio demais e ventoso demais, mas deixo a janela como está, decidida a impor minha vontade com relação a alguma coisa.

Bob pega a nossa saída e em seguida viramos à direita para entrar na Main Street, em Welmont. O centro da cidade está todo enfeitado para o Natal. Há guirlandas penduradas nos postes de luz, grinaldas e luzes contornam as vitrines das lojas e, embora apagada a essa hora, a magnífica árvore em frente à prefeitura, uma pícea de duzentos anos, tem todos os seus galhos até o topo envoltos em cordões de luzes coloridas. Agora o sol está baixo, não mais cegando. Vai escurecer a qualquer momento e a Main Street ficará incandescente, com uma alegria natalina de cartão-postal. Perto do dia mais curto do ano, a noite cai em um piscar de olhos, lembrando--me de como tudo pode mudar em um instante despercebido.

Bob pega a Sycamore Street. Subimos o morro, fazemos a curva e entramos na Pilgrim Lane. Ele para na entrada da nossa garagem, e aí está.

Minha casa.

Capítulo 20

Lembro-me de chegar em casa depois que Charlie nasceu, entrando no vestíbulo pela porta da frente, olhando para a cozinha e para a sala de estar mais à frente, e pensando que tudo tinha mudado. Claro, eu estava vendo as mesmas mesa e cadeiras na cozinha, o mesmo sofá marrom e o sofazinho de dois lugares combinando, a mesma vela no meio da mesma mesa de centro, nossos sapatos no chão, nossos quadros nas paredes, a pilha de jornais perto da lareira, tudo exatamente como deixáramos dois dias antes. Até as bananas na tigela sobre a bancada da cozinha continuavam amarelas. A única coisa que de fato mudara era eu. Eu deixara a casa 48 horas antes como uma enorme mulher grávida e voltei (só um pouco menos enorme) como mãe. No entanto, de algum modo, a casa em que eu vivera durante quase um ano parecia estranha, como se fôssemos conhecidos sendo formalmente apresentados pela primeira vez.

Tenho essa mesma sensação hoje. Só que, desta vez, não foi apenas eu que mudei. Enquanto avanço devagar pelo vestíbulo, a bengala de vovó na mão direita, Bob guiando-me à esquerda, tenho a sensação esmagadora, mas não específica, de que há alguma coisa diferente apodera-se de mim. Em seguida, uma a uma, cada diferença se revela.

A primeira mudança que se manifesta é laranja. Listras de um laranja vivo estão salpicadas por toda a cozinha. As paredes, os portais, a mesa, os armários, o piso, tudo está coberto de grafites de um laranja vivo, como se o fantasma de Jackson Pollock tivesse nos feito uma inspirada visita. Ou, mais provavelmente, como se alguém tivesse dado a Charlie um tubo de tinta laranja e se esquecido dele a tarde toda. Mas antes que eu grite pedindo que alguém vá pegar toalhas de papel e uma garrafa de alvejante, começo a compreender que as listras não são tinta e não são acidentais. Fita adesiva de um laranja vivo delineia o lado esquerdo do portal. Corre pela borda esquerda dos armários, pelo lado esquerdo da geladeira. Cobre a maçaneta da porta que dá para o quintal. E quem sabe quantas outras tiras de fita adesiva estão pregadas em superfícies que não estou nem percebendo? Provavelmente muitas, muitas mais.

Depois noto o corrimão instalado na parede junto à escada, de aço inoxidável como as barras de apoio do Baldwin e completamente diferente da bonita balaustrada de carvalho do outro lado. Creio que isso era necessário. A balaustrada está à direita de quem sobe, mas à esquerda de quem desce, e portanto completamente ausente. Há também novos portões, do tipo mais industrial, instalados ao pé e no alto da escada, que primeiro suponho serem para Linus, que já está andando, mas depois penso que podem também ser para mim. Nem eu nem ele temos permissão para subir ou descer sem a supervisão de um adulto. Deixaram minha casa à prova de bebê e à prova de Sarah.

Minha bengala de vovó e meu pé direito dão os primeiros passos na sala e pousam em um piso que parece completamente desconhecido.

— Onde estão os tapetes? — pergunto.

— No sótão — diz Bob.

— Ah, sim — digo, lembrando que Heidi nos dissera que teríamos que nos livrar deles.

Três tapetes orientais caros e feitos à mão. Risco de tropeções. Enrolados e levados embora. Pelo menos o assoalho de madeira de lei está em boas condições. Na verdade, está brilhando, imaculado. Examino a extensão da sala. A menos que estejam agrupados em algum lugar à minha esquerda, não vejo carrinhos Matchbox, tiaras, peças de quebra-cabeças, bolas, Legos, creions, cereais, biscoitos, copinhos nem chupetas espalhados por todo o assoalho.

— As crianças ainda moram aqui? — pergunto.

— Hã?

— Onde está toda a tralha delas?

— Ah, sua mãe mantém isso aqui muito arrumado. Todas as coisas delas estão em seus quartos ou lá embaixo, no quarto de brincar. Não podemos deixá-la tropeçar em brinquedos.

— Ah.

— Vamos sentar você no sofá.

Bob substitui minha bengala pelo seu antebraço, tem sua outra mão sob a minha axila e me dá o que as terapeutas no Baldwin chamariam de auxílio moderado à parte superior do corpo. Afundo na almofada confortável e exalo. Levamos provavelmente 15 minutos para caminhar da entrada da garagem até a sala de estar, e estou morta. Tento não pensar com que facilidade, com que grau de inconsciência, eu entrava em casa às pressas, e quanta coisa conseguia fazer durante 15 minutos. Normalmente eu já teria ligado meu laptop, ouvido as mensagens na secretária eletrônica, examinado a correspondência, estaria com a tv ligada, com o café sendo preparado e pelo menos uma das crianças aos meus pés ou no meu quadril.

— Onde estão todos? — pergunto.

— Abby foi pegar Charlie no basquete, e Linus e Lucy devem estar em algum lugar da casa com sua mãe. Pedi a ela para mantê-los fora da sala até que eu a instalasse. Deixe-me ir buscá-los.

Agora estou de frente para o caminho pelo qual vim, e o outro lado da sala e o jardim de inverno além dele, que estavam escondidos nas sombras da minha Negligência Esquerda durante a viagem de vinda, se mostram. Nossa árvore de Natal está de pé e decorada, fulgurando com cordões de luzes coloridas, um anjo rodopiando no topo. É uma árvore grande este ano, maior que de costume, com bem mais de três metros. Nossa sala de estar tem um teto abobadado e um pé-direito de pelo menos seis metros, e sempre compramos a árvore mais alta à venda. Mas todo ano, um pouco antes de fazermos a compra, eu hesito. *Você acha que ela é um pouco grande demais?* E Bob sempre responde: *Quanto maior melhor, meu bem.*

O fato de eu não ter notado a árvore assim que entrei na sala me deixa bastante desalentada. Uma coisa é ignorar um pedaço de frango no lado esquerdo do meu prato, ou palavras impressas do lado esquerdo de uma página, mas acabo de passar batido por um pinheiro de três metros de altura coberto de luzes pisca-pisca e enfeites brilhantes. Nem o cheiro fresco do pinheiro, de que tanto gosto e que percebi, chamou minha atenção para a árvore. Sempre que penso que minha deficiência talvez seja sutil e não um problema tão grande, experimento alguma coisa assim, uma evidência incontestável do contrário. A extensão da minha Negligência é sempre maior do que penso. *Sinto muito, Bob, às vezes maior não é melhor.*

As portas duplas que dão para o jardim de inverno estão fechadas, o que é incomum quando não há alguém lá. Bob ou eu vamos para lá e as fechamos quando temos que dar um telefonema de trabalho e precisamos abafar a loucura do resto da casa, mas em outras circunstâncias nós as mantemos abertas. Gosto de passar algum tempo lá sozinha nas manhãs de domingo, de pijama, tomando café na minha maior caneca de Harvard, lendo o *New York Times* em minha poltrona favorita, absorvendo o calor do café através das palmas das minhas mãos e sentindo no rosto o calor do sol. Na minha fantasia, passo uma manhã inteira de domingo nesse santuário, sem ser perturbada, até que termino tanto o café quanto o jornal e depois, no meu melhor mundo imaginário, fecho os olhos e mergulho em um esplêndido cochilo.

Isto nunca acontece. Provavelmente consigo passar ali apenas 15 minutos de cada vez antes que Linus chore, Lucy grite ou Charlie faça uma pergunta, antes que alguém precise de alguma coisa para comer ou de alguma coisa para fazer, antes que meu celular vibre ou que meu laptop anuncie a chegada de um e-mail, antes que eu ouça alguma coisa se quebrar ou algo se derramar, ou — entre todas as coisas a que mais me chama a atenção — o som sinistro de tudo ficando de repente silencioso demais. Apesar de tudo, mesmo 15 minutos podem ser uma bem-aventurança.

Ocorre-me que agora eu deveria ser capaz de realizar essa fantasia com muita facilidade. De segunda a sexta-feira, as crianças estarão na escola e na creche, e eu não estarei no trabalho. Terei seis horas inteiras de tempo ininterrupto. E talvez leve exatamente seis horas por dia durante cinco dias para ler cada palavra do jornal de domingo inteiro, mas não me importo. Estou animada com o desafio. Hoje é quinta-feira. Amanhã vou experimentar meu primeiro dia em meu retiro no jardim de inverno.

De onde estou sentada, no sofá, dou uma olhada pelas vidraças das portas duplas e noto que o jardim de inverno parece ter sido redecorado. Minha poltrona de leitura favorita foi virada e empurrada contra a parede, e não vejo a mesa de centro de maneira alguma. Vejo um vaso no chão com um tipo de planta de folhas verdes que parece precisar ser regada, caso em que, se eu for a responsável por isso, ela estará morta dentro de uma semana. Pergunto-me de onde isso teria vindo. E aquilo, é uma cômoda?

— Mamãe! — grita Lucy, correndo até o topo da escada.

— Mais devagar — diz minha mãe, que vem atrás dela segurando Linus.

Fico sem fôlego por um segundo, e juro que meu coração para. Ouvir minha mãe servir de mãe para Lucy, vê-la tomar conta do meu bebê em casa carregando-o no quadril, ver minha mãe aqui, morando em minha casa. Vivendo na minha vida. Acho que não consigo lidar com isso.

Lucy abre os dois portões, mal diminuindo a marcha, avança aos pulos pela sala e mergulha no meu colo.

— Devagar, Pateta — diz Bob.

— Ela está bem — digo.

Ela está descalça, sorrindo, os olhos extasiados enquanto quica para cima e para baixo no meu colo. Ela está mais do que bem.

— Mamãe, você está em *casa*! — diz ela.

— Estou! Isso é novo? — pergunto, referindo-me ao vestido de princesa da Disney que ela está usando.

— É, a vovó comprou pra mim. Eu sou a Bela. Não sou bonita?

— A mais bonita.

— Linus é a Fera.

— Ah, Linus é engraçadinho demais para ser a Fera. Acho que ele é o lindo Príncipe — digo.

— Não, ele é a Fera.

— Bem-vinda ao lar — diz minha mãe.

A adolescente dentro de mim levanta sua cabeça quente e suplica em sua voz desagradável e chorosa que eu finja que não a ouvi.

— Obrigada — digo, meu tom quase inaudível, a solução conciliatória da adulta dentro de mim.

— Que achou da árvore? — pergunta Bob, radiante.

— É enorme, está linda. Estou surpresa por você não tê-la posto no jardim de inverno este ano, para manter Linus longe dela — digo, imaginando que eles têm passado o tempo todo protegendo os irresistíveis enfeites de vidro e cerâmica.

— Não sobrou espaço algum lá, com a cama — diz Bob.

— Que cama?

— O sofá-cama. É lá que sua mãe está dormindo.

— Ah.

Acho que isso faz sentido. Ela precisa dormir em algum lugar, e não temos um quarto extra (se tivéssemos, teríamos uma babá morando em casa e minha mãe não precisaria ficar aqui). Por alguma razão, contudo, eu vinha imaginando que ela estava no sofá-cama do porão, provavelmente porque, com a porta do porão fechada, eu poderia fingir que ela não está aqui. Já no jardim de inverno, mesmo com as portas fechadas, eu ainda poderei vê-la através das vidraças. Ela está aqui. Talvez possamos comprar persianas.

Mas onde vou ler meu jornal, tomar meu café e tirar meu cochilo restaurador? Que foi feito do meu retiro? A adolescente dentro de mim está ultrajada. *Ela roubou meu espaço sagrado!* Sinceramente não sei se vou conseguir suportar isso.

— Mamãe, vou dançar para você ver! — diz Lucy.

Ela pula no chão e começa a girar com os braços acima da cabeça. Minha mãe pousa Linus em meu colo. Ele parece mais pesado do que eu me lembrava. Vira a cabeça, levanta os olhos para os meus, toca meu rosto, sorri e diz:

— Mamã.

— Oi, meu amor — digo, e o aconchego mais estreitamente com o braço.

— Mamã — diz ele de novo, afagando-me o rosto muitas vezes.

— Oi, doçura. Mamãe voltou para casa.

Ele se aninha no meu colo, e nós dois assistimos ao bailado de Lucy.

Ela chuta os pés descalços, sacode os quadris e rodopia, encantada por exibir a roda da sua saia vermelha e dourada, e todos nós aplaudimos e pedimos mais. Sempre afetada, ela fica muito feliz e nos agradece com um bis.

Meu olhar viaja por cima da cabeça de Lucy e através da cozinha, até as janelas que dão para o quintal. As luzes estão acesas lá fora. Vejo o balanço e a casinha de brinquedo envoltos em neve. Vejo um boneco de neve usando um dos chapéus de inverno de Bob, um nariz de cenoura e pelo menos cinco braços de graveto. Vejo um trenozinho redondo de plástico vermelho no topo de um modesto morrote e um confuso emaranhado de pegadas e rastros de trenó.

E nenhum presídio em parte alguma.

Sob alguns aspectos, tudo em minha vida mudou de maneira drástica; em outros porém, ela está exatamente igual. Brincadeiras de inverno no quintal, Lucy dançando, os dedos de Linus no meu rosto, Bob rindo, o cheiro de pinheiro de Natal. Com isto eu posso lidar. E absorvo tudo.

Capítulo 21

De fato, a maior mudança por aqui não é a fita adesiva laranja nas paredes ou minha mãe dormindo no jardim de inverno. Charlie tem TDAH. Transtorno do Déficit de Atenção com Hiperatividade. Bob me deu a notícia quando estávamos na cama na primeira noite que passei em casa; disse que o médico tinha certeza e que os sintomas de Charlie são clássicos, mas não severos, e chorei baixinho nos seus braços enquanto ele me tranquilizava até eu adormecer, garantindo que Charlie ficaria bem.

Charlie está tomando Concerta. A substância do comprimido é a mesma da Ritalina, mas parte dela é liberada de maneira constante durante 12 horas. Ele toma um comprimido todos os dias com o café da manhã. Dizemos que é vitamina, não remédio, para que ele não pense em si mesmo como doente, incapacitado ou avariado. Até agora, ele não se queixou de nenhuma dor de cabeça ou perda de apetite, e a srta. Gavin diz estar notando uma diferença positiva em seu comportamento na escola.

Começamos também a fazer vários ajustes no "estilo de vida" que devem ajudá-lo a melhorar. Modificamos a dieta — acabaram-se os cereais açucarados, as balinhas de goma, os picolés saturados com os corantes Vermelho nº 40 e Azul nº 2, acabaram-se os refrigerantes e o fast-food. Ele não está propriamente entusiasmado com esta mudança particular e não o censuro. Até eu sinto falta das balinhas de goma. Ele tem uma lista impressa de Coisas a Fazer de manhã e de tarde em um quadro pregado à parede do seu quarto, para poder conferir todos os dias o que precisa executar antes de ir para a escola e antes de ir para a cama. E as Regras de Charlie estão escritas em um pedaço de papel preso com ímãs à geladeira:

Não bater.

Não gritar.

Não interromper.

Ouvir e fazer o que lhe mandam.

Fazer o dever de casa sem se queixar.

Com a orientação da srta. Gavin, Bob e eu também planejamos um programa de incentivos — Momentos Bola de Gude. Charlie começa cada dia com seis bolas de gude em uma caneca. Cada bola vale dez minutos de tv ou videogames. Se ele seguir todas as regras sem infração, às cinco horas pode assistir a uma hora de tv. Mas para cada infração que comete, perde uma bola.

Hoje ele está tendo um dia típico. São quatro horas e ele já perdeu a metade de suas bolas de gude. Arrancou o iPod de Lucy das mãos dela e deu-lhe uma batida na cabeça com ele quando ela tentou agarrá-lo de volta. Minha mãe teve que lhe pedir três vezes para pegar o casaco no chão e pendurá-lo no gancho do vestíbulo. E eu estava falando ao telefone com minha terapeuta ocupacional quando ele me crivou com uma saraivada de *mãe, mãe, mãe, mãe, mãe, mãe*. Eu deveria ter tirado uma bola para cada *mãe*. Mas ele estava desesperado para jogar Super Mario e já sei que é melhor não esgotar as bolas de gude antes de enfrentarmos o dever de casa.

Estamos sentados à mesa da cozinha, seu dever na frente dele, meu dever de paciente ambulatorial na minha frente, nós dois com vontade de estar fazendo alguma outra coisa. Sei que ele está rezando para não perder o resto de suas bolas. Eu espero não perder as minhas junto com ele. Bob está no trabalho e minha mãe e Linus estão em uma aula de dança da Lucy. A tv está desligada, a casa está em silêncio, a mesa está limpa.

— Muito bem, Charlie, vamos tratar de fazer isso. Quem começa?

— Você — diz ele.

Arrumo a bandeja de café bem em frente a mim. Ela está vazia e dividida ao meio por uma linha vertical de fita adesiva laranja.

— Muito bem, pode ir — digo.

A tarefa de Charlie é jogar até cinco bolas de borracha vermelhas, cada uma mais ou menos do tamanho de uma tangerina, no lado esquerdo da minha bandeja. Minha primeira tarefa é identificar quantas bolas há ali.

— Pronto — diz ele.

Começo o meu dever de casa contornando a borda inferior da bandeja com a mão direita, movendo-a para a esquerda até sentir o ângulo reto do canto inferior esquerdo. Um desconforto me invade sempre que cruzo minha própria linha mediana com a mão direita e a deixo em algum lugar na desconhecida Terra da Esquerda. A sensação me faz lembrar um exercício de confiança de que participei certa vez em uma oficina para os funcionários da Berkley. De pé, olhos fechados, fui solicitada a tombar para trás, confiando que meus colegas me apanhariam. Lembro-me daquela fração de segundo antes de me permitir cair, sem ser capaz de ver ou de controlar como e onde pousaria, não querendo rachar a cabeça no piso duro durante um exercício bobo, quando o senso comum e um instinto primitivo diziam: *Não faça isso*. Mas, em algum lugar dentro de mim, fui capaz de apertar o botão "anular". E, é claro, meus colegas me ampararam. Passo por uma experiência semelhante quando minha mão transpõe a linha laranja. Medo instintivo, coragem interior, fé cega.

Agora examino o terreno à direita da minha mão direita, o que parece natural e fácil, embora venha a ser o lado esquerdo da bandeja.

— Quatro — digo.

— Acertou! Muito bem, mamãe! — diz Charlie. — Toque aqui! Encontrar as bolas é a parte mais fácil de meu dever de casa e não merece comemoração, mas não quero desencorajar o apoio dele. Sorrio e lhe dou uma rápida palmada na mão.

— Toque aqui com a sua mão *esquerda* — diz Charlie.

Ele adora me fazer trabalhar. Como preciso encontrar minha mão esquerda para a próxima parte do exercício de qualquer maneira, faço o que ele pede e começo a procurá-la. Encontro-a pendurada ao meu lado e consigo levantá-la, mas não sei ao certo exatamente onde ela está agora. Charlie está esperando, a mão com os dedos abertos posicionada no alto como meu alvo. Mas ele está usando sua mão direita, que está à minha esquerda, por isso é difícil não perdê-la de vista. Charlie poderia ser o terapeuta ocupacional mais irredutível que já tive. Sem um fiapo de confiança de que vou conseguir, sacudo o braço esquerdo a partir do ombro. Não encontro sua mão e acerto-lhe um tapa bem no peito.

— Mamãe! — diz ele, rindo.

— Perdão, meu bem.

Ele dobra meu braço no cotovelo como se eu fosse uma de suas personagens, abre meus dedos, balança o braço e dá uma ruidosa e satisfatória palmada na minha mão.

— Obrigada. Ok, vamos ao próximo passo — digo, ansiosa para terminar.

Agora tenho que pegar uma das bolas vermelhas com a mão esquerda e apertá-la. A palma da minha mão ainda está ardendo com a palmada de Charlie, o que é um agradável golpe de sorte porque isso impede que a minha mão desapareça, e sou capaz de movê-la para a bandeja com relativa facilidade. Tateio a superfície e agarro a bola mais próxima. Em seguida dou-lhe um débil apertão.

— Muito bem, mamãe! Agora ponha ela de volta na bandeja.

É aí que fico emperrada. Não consigo soltar a bola. Vou levá-la para a cama comigo, sem sequer me dar conta da passageira extra que carrego, e acordar na manhã seguinte com ela ainda aninhada em minha obstinada mão, a menos que alguém venha e a arranque com misericórdia de mim.

— Não posso. Não consigo soltá-la.

Sacudo a mão na tentativa de afrouxá-la, mas ela está apertada demais. Tento relaxá-la. Nada acontece. Meu cérebro sempre preferiu segurar a soltar.

— Charlie, pode me ajudar?

Ele tira a bola da minha mão com dificuldade, joga-a na bandeja e a empurra para o outro lado da mesa. Agora é a sua vez.

— Eu gostaria de ter o seu dever de casa. O seu é fácil — diz Charlie.

— Não é fácil para mim — digo.

Ele alinha meu marcador de página vermelho na margem esquerda da folha de seu dever para eu poder acompanhá-lo, e nós dois começamos a ler. Dentro de segundos, porém, a coisa mais notável que ele está fazendo não é ler ou escrever. É se remexer. Ele se sacode no assento de sua cadeira, move-se para trás e para a frente, fica de joelhos, volta a se sentar, balança as pernas. Antes do meu acidente, eu sempre entrava no processo do dever de casa de Charlie várias horas após o seu início, quando ele já fora derrotado por ele. Nessa altura, seu corpo era uma massa apática que não se parecia em nada com este caótico e ondulante feixe de energia que estou testemunhando agora.

— Você vai cair dessa cadeira. Sossegue.

— Desculpe.

Seu moto-perpétuo interior se aquieta por um minuto, mas em seguida alguma coisa o belisca, e todas as engrenagens começam a se mover novamente com força total.

— Charlie, você está se mexendo.

— Desculpe — repete ele, e me olha com seus lindos olhos, querendo saber se está prestes a perder mais uma bola de gude.

Mas posso ver que ele não está agindo ou desobedecendo de modo consciente. Não vou puni-lo por estar irrequieto. Mas está claro que ele não pode dedicar sua energia mental às palavras na página quando há tanta coisa ricocheteando pelo seu corpo.

— Que tal se nos livrássemos da sua cadeira? Você pode fazer seu dever de pé? — pergunto.

Ele empurra a cadeira para trás e fica de pé, e percebo a diferença no mesmo instante. Está batendo um pé no chão, como se estivesse marcando o tempo como um cronômetro, mas o restante de sua movimentação desapareceu. E está respondendo às perguntas.

— Pronto! — exclama ele, jogando o lápis na mesa. — Posso ir jogar Mario agora?

— Espera aí, espera aí — digo, ainda lendo a terceira pergunta. *Jane fez dois gols no primeiro jogo e quatro gols no segundo jogo. Quantos gols ela fez ao todo?* Verifico suas respostas.

— Charlie, as três primeiras respostas estão erradas. Volte aqui.

Ele geme e bate o pé.

— Está vendo, sou burro.

— Você não é burro. Não diga isso. Você acha que eu sou burra?

— Não.

— Isso mesmo. Nenhum de nós é burro. Nossos cérebros trabalham de uma maneira diferente do da maioria das pessoas, e temos que descobrir como fazer eles funcionarem. Mas não somos burros, entendeu?

— Tá — diz ele, mas na verdade não está acreditando nada em mim.

— Muito bem. Mas por que você fez tudo tão depressa?

— Não sei.

— Você tem muito tempo para jogar Mario. Não precisa se apressar. Vamos diminuir a velocidade e fazer um problema de cada vez juntos. Leia o primeiro problema de novo.

Eu o leio de novo, também. *Billy tem 2 centavos em seu bolso esquerdo e 5 centavos no bolso direito. Quantos centavos Billy tem ao todo?* Olho para Charlie, na expectativa de que ele esteja olhando de volta para mim, calmo e preparado para a minha próxima instrução, mas em vez disso ele ainda está lendo. E seus olhos parecem estar focalizados lá pelo final da página.

— Charlie, é difícil se concentrar em uma pergunta de cada vez quando há tantas na página?

— É.

— Pois bem, tenho uma ideia. Vá buscar a tesoura.

Traço uma linha horizontal sob cada problema com o lápis de Charlie. Ele volta à mesa com a tesoura, exatamente aquilo que lhe pedi, o que por si só é uma vitória significativa.

— Recorte cada pergunta ao longo das linhas que tracei.

Ele obedece.

— Agora empilhe-as como um baralho e entregue-as para mim.

Passo-lhe primeiro o problema número sete. Ele bate o pé e lê.

— Oito? — pergunta.

— Acertou!

Seu rosto se ilumina. Eu lhe proporia uma batida de mãos, mas não quero distraí-lo ou fazê-lo perder o embalo. Viro outra carta.

Ele a lê e conta, sussurrando, enquanto aperta um dedo de cada vez na mesa.

— Seis?

— Isso!

Sem outras palavras para seduzir-lhe a atenção, ele vê apenas aquele único problema, e não fica confuso com nenhuma outra informação. Dou-lhe todas as dez "cartas de problema", e ele acerta todos os dez. Terminamos tudo em cerca de 15 minutos. Um recorde no número 22 de Pilgrim Lane.

— Pronto, Charlie, não temos mais nenhum cartão. Você fez todos eles.

— Acabei?

— Acabou. Um trabalho impressionante.

Um orgulho jubilante transparece em cada centímetro do seu rosto. Ocorre-me que ele se parece comigo.

— Posso ir jogar Mario?

— Pode. Mas sabe de uma coisa? Isso foi tão formidável que acho que você ganhou três bolas de gude de volta.

— Mesmo?!

— Mesmo. Pode jogar durante uma hora inteira se quiser.

— Urru! Obrigado, mamãe!

Ele sai correndo da cozinha, depois volta correndo.

— Ei, mãe? Você pode falar com a srta. Gavin sobre as cartas de problema, e eu ficar de pé? Quero estudar sempre assim.

— Claro, meu bem.

— Obrigado!

Ele desaparece de novo, tão depressa quanto reaparecera, e ouço seus passos descendo a escada do porão como um rufar de tambor.

Olho para o dever passado pela srta. Gavin, recortado em tiras, e faço votos de que ela compreenda. Podemos colar as tiras de volta umas nas outras, se ela fizer questão. Nossos cérebros são conectados de maneira diferente, e temos que descobrir como fazê-los funcionar.

Ouço os bipes familiares do Super Mario e imagino a expressão pouco familiar de satisfação consigo mesmo no rosto de Charlie. Continuo sentada à mesa da cozinha, esperando que minha mãe e as duas outras crianças voltem para casa, também me sentindo satisfeita. Como uma supermãe.

Capítulo 22

É a noite do nosso aniversário de casamento, e Bob e eu estamos saindo para jantar no Pisces, nosso restaurante favorito em Welmont. Estou eufórica. Não haverá comida servida em bandejas de plástico ou tiradas de recipientes de isopor; não haverá macarrão com queijo ou nuggets de frango no menu; não haverá crianças gritando ou se queixando ou pais suplicando-lhes para comer macarrão com queijo ou nuggets de frango; e haverá sal e uma lista de vinhos em cada mesa. Faz tanto tempo que não me deleito com uma refeição civilizada e uma companhia civilizada. Minha boca já está cheia d'água.

— Todo mundo está na rua esta noite — diz Bob enquanto avançamos aos poucos pela Main Street, desesperados para achar uma vaga para estacionar, seguindo pedestres que dão a impressão de estar prestes a entrar num carro para ir embora, aborrecendo todos os motoristas atrás de nós.

Passamos por uma vaga para deficiente físico, que está vazia e é tão tentadora, mas não temos licença para estacionar nessas vagas e não quero uma. Pela mesma razão pela qual chamamos os comprimidos de Concerta de Charlie de vitaminas, não quero ter placas especiais ou qualquer tipo de adesivo ilustrado com aquele bonequinho na cadeira de rodas. Eu não sou uma bonequinha na cadeira de rodas. Bob apoia essa filosofia e aplaude minha autoimagem saudável; neste instante, porém, eu gostaria de poder usar aquela vaga. Bob reduz a marcha e se aproxima muito devagar do Pisces, depois para, em fila dupla, bem em frente à porta.

— Por que você não desce aqui, e eu continuo dando voltas? — pergunta ele.

— Claro, vou pular fora e entrar correndo — digo, sem me mexer.

— Ah, sim — diz Bob, dando-se conta de que não salto e corro mais para lugar algum. — Eles realmente deveriam ter um manobrista.

Finalmente encontramos uma vaga em frente à loja de queijos, a quatro quadras de distância. Quatro longas quadras.

— Que horas são? — pergunto.

— São 6h45.

Nossa reserva é para as sete. Quinze minutos para andar quatro quadras. Vai ser apertado. Olho para os meus pés. Eu queria usar saltos, mas Bob e minha mãe insistiram que eu calçasse tamancos. Eles parecem ridículos com meu vestido, mas graças a Deus não impus minha vontade. Eu nunca andaria quatro quadras com saltos sete e meio.

Bob abre a minha porta, solta meu cinto de segurança (sem dúvida perderíamos a nossa mesa se eu mesma tivesse que abri-lo), iça-me pelas axilas, levanta-me, retira-me do carro e me planta na calçada, onde minha bengala de vovó está em posição de sentido, à minha espera. Agarro minha bengala e Bob agarra meu braço esquerdo.

— Pronta, *m'lady*? — pergunta ele.

— Vamos.

E partimos, um par de tartarugas correndo para seu jantar. Nunca andei devagar antes. Não ando com passo descansado, não passeio. Engato a quinta marcha e vou. Nesse aspecto, não sou uma exceção por aqui. Creio que a maioria dos bostonianos anda depressa e com determinação. Temos coisas a fazer, coisas importantes, muitas delas, e estamos atrasados. Não temos tempo para vadiar, conversar fiado ou sentir o perfume das rosas. Isso pode soar presunçoso, rude ou até pouco esclarecido, mas não é. É mais provável que estejamos sendo práticos e responsáveis, e apenas tentando acompanhar o ritmo de tudo que é exigido de nós. Além disso, de novembro a maio aquelas rosas não estão em flor. Faz muito frio na rua, e andamos o mais depressa que podemos para voltar para algum lugar aquecido.

Nesta noite a temperatura caiu para cerca de seis graus abaixo de zero, e o vento que varre a Main Street é de endurecer a alma. Não me ajuda muito o fato de ter abotoado apenas os dois botões de cima do meu casacão de lã antes de desistir, usando a justificativa de que *mal passaremos um segundo ao ar livre*. Se eu não tivesse Negligência, não hesitaria em correr, mas tenho, por isso vamos nos arrastando. Avance a bengala, dê um passo, arraste o pé, respire.

As calçadas avermelhadas são irregulares de maneira imprevisível e ficam mais baixas e depois voltam a subir a cada cruzamento, tornando este terreno muito mais desafiador do que os corredores com listras amarelas do Baldwin ou o assoalho sem tapetes da nossa sala de estar. A cada vez que dou um passo e arrasto o pé, agradeço a Deus por minha bengala e por Bob. Sem os dois, eu estaria estatelada no chão frio e duro, humilhada e atrasada para o jantar.

Mais do que de costume, porque estamos na semana que antecede o Natal, as calçadas parecem esteiras transportadoras de consumidores movendo-se em alta velocidade. Os compradores que vêm na nossa direção passam por nós em uma marcha invejável, enquanto os que vêm atrás ficam bloqueados e aguardam impacientes em nossos calcanhares que uma ligeira brecha na pista de sentido contrário lhes permita nos ultrapassar. É a população típica — mulheres com unhas recém-feitas e cabelos recém-penteados, sacolas de butiques de roupa penduradas em um ombro; bolsa vulgar mas cara pendurada no outro; e adolescentes, sempre em grupos de três ou mais, carregando iPods e iPhones e tomando Frappuccinos Mocha, todo mundo gastando muito dinheiro.

Nos poucos momentos aqui e ali em que ouso dar uma olhada na multidão que se aproxima, noto que ninguém olha diretamente para mim. Todo mundo que passa por nós está fixamente concentrado em algum ponto preciso e distante à sua frente ou olha para o chão. Uma insegurança embaraçada cresce em meu estômago e depois se esforça para se esconder. Vamos enfrentá-la. Posso não ter um bonequinho na cadeira de rodas tatuado na testa, mas sou uma deficiente física. Estas pessoas não olham para mim porque isso seria muito constrangedor. Quase digo a Bob que quero ir para casa, mas depois me lembro que, em sua maioria, as pessoas que andam pelo centro de Welmont (inclusive eu) não costumam encarar ninguém, em especial quando estão tentando avançar por uma calçada repleta em uma noite fria, o que é sem dúvida a situação de todos. Não é nada pessoal. A insegurança embaraçada em meu estômago pede desculpas e se retira, deixando apenas um frio intenso e uma fome crescente. A uma quadra de distância, o Pisces nos chama.

BOB TIRA MEU CASACÃO, LEVA-ME em segurança até minha cadeira e senta-se em frente a mim. Ambos suspiramos e sorrimos, agradecidos por estarmos inteiros, finalmente aquecidos e prestes a comer. Tiro meu chapéu de *fleece* cor-de-rosa, penduro-o no cabo da minha bengala e me descabelo com os dedos, como se estivesse coçando a barriga de um cachorro. Embora não esteja nada comprido, meu cabelo agora está longo o suficiente para parecer que ganhou um corte intencional, e não que está crescendo depois de ter sido raspado porque precisei de uma neurocirurgia de emergência. Surpreender meu reflexo nos espelhos de casa parecendo Annie Lennox ainda me provoca um sobressalto e, por uma fração de segundo, a dúvida: *Quem é essa pessoa?* Mas o choque e a dissociação diminuem a cada vez. Como acontece com todas as mudanças que me foram impingidas no último mês, estou me acostumando a ela, redefinindo o normal. Adoro que meu cabelo fique ótimo sem eu precisar escová-lo, secá-lo, alisá-lo, borrifá-lo, ou fazer com ele o que quer que seja. Simplesmente o lavo, seco com a toalha, desarrumo-o um pouco e estou pronta. Eu deveria ter raspado a cabeça há muitos anos.

Como sempre nas noites de sábado, o Pisces está cheio, parecendo ser à prova de recessão. De onde estou sentada, posso ver um jovem casal de namorados, uma mesa de homens sérios e mulheres de terninho e uma grande mesa de mulheres animadas e ruidosas — é a noite delas. E há eu e Bob.

— Feliz aniversário, meu bem — diz Bob, entregando-me uma caixinha branca.

— Ah, querido, não comprei nada para você.

— Você voltou para casa. Era tudo que eu queria.

Isso é carinhoso. Mas eu também ainda não comprei nada para lhe dar de Natal, e como agora acabo de lhe dar a "volta para casa", é melhor pôr mãos à obra. Estudo a caixa branca por um segundo antes de abrir a tampa, grata porque ele, por um cuidado piedoso ou por falta de tempo, a deixou desembrulhada para mim. Dentro há uma pulseira de prata de lei com três discos do tamanho de moedas de dez centavos pendurados. Três berloques gravados: Charlie, Lucy, Linus.

— Muito obrigada, querido. Adorei. Quer colocá-la no meu braço para mim?

Bob inclina-se sobre nossa mesinha e levanta meu pulso esquerdo.

— Não, quero usá-la no pulso direito, onde posso vê-la.

— Mas é para o esquerdo. O tilintar dos berloques será bom para ajudar você a encontrar a mão esquerda.

— Ah, então tá.

Então não é apenas um afetuoso presente de aniversário de casamento, uma joia sentimental. É um instrumento terapêutico para minha Negligência. Um charuto nunca é só um charuto. Ele aperta o fecho e sorri. Eu sacudo o ombro direito, o que por sua vez move automaticamente meu ombro esquerdo, e de fato ouço meu pulso tilintar. Sou uma ovelha com um sino pendurado no pescoço.

— Sabe, se você está tentando me ajudar a reconhecer minha mão esquerda, brilhantes chamam mais atenção do que prata — digo, fazendo uma sugestão não muito sutil para futuras joias reabilitantes.

— Sei, mas não fazem barulho. E podemos acrescentar mais berloques aos diferentes elos.

Já vi essas pulseiras tilintantes repletas de enfeites nos pulsos de outras mulheres — corações, cachorros, ferraduras, anjos, borboletas, representações de cada filho. Não sou uma colecionadora. Não possuo bibelôs, estatuetas, bonequinhos, lembranças de Elvis, moedas, selos, nada disso. Olho para o sorriso satisfeito no rosto de Bob e vejo que agora passarei a colecionar berloques de prata. Pergunto-me se Annie Lennox usa uma dessas coisas.

— Obrigada.

O iPhone de Bob toca contra a superfície da mesa, e ele o pega.

— Trabalho — diz, lendo uma mensagem de texto, sua expressão transitando entre crescentes estágios de preocupação. — Não. Ah, não. Ah, caramba — diz ele.

Digita uma resposta com o dedo indicador, fazendo muito mais pressão que o necessário, o rosto contraído em uma careta. Para de digitar, mas agora está dando batidinhas na tela e rolando-a, provavelmente lendo um e-mail, o semblante ainda preso à má notícia que viera naquela mensagem de texto. Agora está digitando de novo.

Seu cabelo, normalmente liso e com um corte militar, está precisando de um corte, fazendo um topete na testa e ondulando junto às orelhas e na nuca. Ele também deixou crescer a barba, o que nunca me agrada porque esconde seu bonito rosto e arranha a pele delicada das crianças quando ele as beija. Parece cansado, mas não cansado por falta de sono, embora eu tenha certeza de que não tem dormido o bastante. Pobre Bob.

Acabei de estudar o rosto de Bob, mas como ele ainda está absorto no que quer que seja, decido observar as pessoas. O jovem casal perto de nós está compartilhando uma garrafa de champanhe. Pergunto-me o que estariam comemorando. A moça solta uma risada contagiante. O rapaz inclina-se sobre a mesa e lhe dá um beijo. Ela toca a face dele e explode de novo em uma risada.

Sorrio, influenciada pela energia romântica dos dois. Volto a Bob, querendo compartilhar o jovem casal com ele, e reconheço a intensidade hipnótica, impenetrável de sua concentração. Ele realmente foi embora. Seu corpo pode estar sentado à minha frente, mas esse Bob é um holograma, um avatar do verdadeiro Bob. Meu sorriso desaparece. Espero e espero. A intromissão do trabalho em nossas vidas pessoais não é um fenômeno incomum, e nunca me incomodou no passado. Um mês atrás, estaríamos ambos sentados aqui de cabeça baixa, enfeitiçados por nossos telefones, dois avatares jantando. Mas não tenho mensagem alguma para enviar ou e-mail para ler, nem ninguém para quem telefonar, e estou me sentindo cada vez mais solitária, embaraçada e entediada. O jovem casal na mesa ao lado irrompe mais uma vez em uma risada ruidosa, e quase os mando calar a boca.

Nossa garçonete aparece, arrancando Bob de seu transe, salvando-me de mim mesma. Apresenta-se, anuncia os pratos do dia e pergunta se gostaríamos de beber alguma coisa.

— Vou tomar o Shiraz da casa — digo.

— Verdade? — pergunta Bob.

Sacudo os ombros e sorrio, perguntando-me se ele vai tentar me obrigar a tomar um refrigerante. Não tenho permissão para beber álcool e tenho certeza de que Martha não aprovaria. Sei que ainda tenho de transpor quatro quadras até o carro depois do jantar, e provavelmente não deveria beber se depois vou usar a bengala de vovó, mas é só um copo. Quero ter um jantar normal com meu marido, e em geral pediria uma taça de vinho. De fato, normalmente dividiríamos uma garrafa, e só vou tomar um copo, de modo que não estou sendo tão irresponsável assim. Quero comemorar, e isso vai me relaxar. Mereço relaxar por um minuto. A única coisa que tenho feito atualmente é olhar para a esquerda, examinar a esquerda, encontrar a esquerda. Quero segurar uma taça de um delicioso vinho tinto na mão direita e brindar ao meu aniversário de casamento com meu encantador, ainda que um tanto cabeludo e rude, marido. Quero comer, beber e me divertir como o jovem casal ao nosso lado.

— O mesmo para mim — diz Bob. — Talvez possamos pedir a comida agora, também.

Sabemos o menu de cor, o que vem a calhar esta noite, porque isso significa que não preciso me esforçar para ler a página esquerda, ou o lado esquerdo da página direita, ou pedir a Bob para lê-los para mim. Pedimos o de sempre.

— Está de volta? — pergunto, apontando o queixo para o seu telefone.

— Sim, me desculpe. Parece que vai haver outra leva de demissões. Só espero que minha cabeça não role.

— Será que isso seria de fato a pior coisa? — pergunto. — Você vai receber uma indenização, certo?

— Não necessariamente.

— Mas todos os outros estão recebendo de três a quatro meses.

— É, mas esse poço vai secar, se é que ainda não secou.

— Mas digamos que você receba quatro meses, isso não seria tão mau.

— Não seria tão bom, Sarah. Investi muito ali para ver que foi tudo em vão. Tenho que me segurar lá. A economia vai dar uma virada em algum momento. Tenho que me segurar até que isso acabe.

Parece que enquanto estive rezando para que Bob perdesse seu emprego, ele estava rezando para mantê-lo. Não sei se Deus é um bom matemático, mas acho que andamos nos cancelando um ao outro, como quando eu voto nos democratas e ele nos republicanos. Compreendo e admiro seu empenho em ter sucesso e em nunca desistir. Tive essa mesma vontade natural de vencer, mas enquanto eu a tinha no sangue, no qual os níveis variam por vezes, a de Bob está enraizada na medula dos ossos.

— Que fizemos no nosso aniversário de casamento ano passado? — pergunto, na esperança de desviar nossa conversa do trabalho de Bob.

— Não me lembro. Viemos aqui?

— Não consigo me lembrar. É provável que sim.

Casamo-nos em Cortland, Vermont, nove anos atrás. Escolhemos a semana antes do Natal por ser uma época do ano tão festiva e mágica por lá. Luzes, fogueiras, canções de Natal e festividades, tudo parecia estar celebrando a nossa união além do dia santo que se aproximava. E passamos a lua de mel esquiando em trilhas largas, recém-compactadas, durante uma semana inteira, sabendo que todas as outras pessoas e seus filhos chegariam depois do Natal.

A desvantagem de termos nos casado nessa época do ano é que nosso aniversário tende a ficar perdido em meio a todo o alvoroço que envolve a preparação do Natal quando se tem filhos pequenos. Para mim, é também a época das avaliações de desempenho do fim do ano, o que significa que estou ainda mais estressada e preocupada que de costume. Assim, nossos aniversários de casamento não têm sido propriamente eventos monumentais.

Desistimos de nossas lembranças senis e falamos sobre as crianças. Falo um pouco sobre minha terapia ambulatorial, evitando com cuidado falar sobre a Berkley ou sobre minha mãe. Enquanto isso, a intervalos de poucos segundos, Bob lança um olhar para o seu telefone, pousado ali na mesa diante dele, em plena vista, silencioso, mas pedindo para ser tocado. Ele parece torturado, como um alcoólatra em recuperação olhando para seu martíni favorito. Estou prestes a sugerir que ele ou lhe dê uma nova checada ou o guarde quando nossa comida chega.

Pedi o filé grelhado com raiz-forte, purê de batatas e aspargos assados, e Bob escolheu as vieiras de Nantucket com risoto de abóbora. Tudo tem aparência e cheiro maravilhosos. Estou faminta e pronta para pôr mãos à obra, mas em seguida sinto-me confusa e embaraçada, percebendo que não refleti devidamente sobre a escolha do meu prato.

— Querido, não posso comer isto — digo.

— Há alguma coisa de errado com a comida?

— Não, há alguma coisa de errado comigo.

Seu olhar sobe e desce entre mim e minha refeição intacta, tentando adivinhar sobre o que estou falando, usando o mesmo raciocínio analítico que ele aplica a qualquer trabalho de alta prioridade, em vão. De repente percebe.

— Ah. Pronto, vamos trocar por um minuto — diz.

Põe seu prato no lugar do meu, e eu como algumas de suas vieiras e um pouco de seu risoto enquanto ele corta a minha carne. Sinto-me ridícula vendo-o cortar de maneira caprichosa todo o meu filé em pedaços do tamanho de uma garfada, como se eu fosse uma criança incapaz. O jovem casal perto de nós explodiu em mais uma risada. Olho discretamente para eles por sobre o meu ombro, meu ego inseguro supondo que devem estar rindo de mim, a mulher de 37 anos que não é capaz de cortar a própria carne. A moça ainda está rindo, enxugando as lágrimas nos olhos, e o rapaz sorri ao levantar sua taça de champanhe. Não consigo imaginar o que pode ter sido tão engraçado, mas é claro que não fui eu. Eles estão absortos um no outro, e provavelmente nem notaram que Bob e eu estamos ali. Preciso me acalmar.

— Aqui está — fala Bob, destrocando nossos pratos.

— Obrigada — digo, ainda me sentindo um pouco envergonhada.

Espeto um pedaço de meu filé pré-cortado e o levo à boca. Bob faz o mesmo com uma vieira.

— Que tal? — pergunta Bob.

— Perfeito.

Terminamos o jantar e, satisfeitos demais para querer sobremesa, pedimos a conta. Pensando bem, meu copo de vinho não foi a melhor ideia, não porque eu esteja me sentindo tonta (embora esteja, só um pouquinho), mas porque agora preciso ir ao banheiro, e não há possibilidade alguma de eu conseguir me segurar até chegarmos em casa. Mas não quero usar um banheiro público. Tento tirar isso da cabeça e pensar em alguma outra coisa. *Realmente quero ir logo para Vermont. Realmente quero voltar para o trabalho. Realmente quero ir para casa e ir ao banheiro.* Não adianta. Não vou conseguir me segurar por quatro longas quadras mais a viagem de carro. Se eu achei que uma mulher de 37 anos precisando que o marido corte a sua carne parecia embaraçoso, imagine a visão de uma mulher de 37 anos se molhando no meio do Pisces. Com essa o jovem casal ao nosso lado iria sem dúvida gargalhar.

— Bob? Preciso ir ao toalete.

— Hum, ok. Vamos até lá.

Passamos perto do jovem casal, que posso jurar que ainda não nos nota, pelo labirinto de mesas, por um ponto apertado onde bloqueamos uma garçonete com uma bandeja cheia de comida e com um olhar maldisfarçado de impaciente irritação, e entramos em um corredor vazio. Avance a bengala. Dê um passo. Arraste o pé. Respire. Segure.

Paramos em frente à porta do toalete feminino.

— Você se vira bem a partir daqui? — pergunta Bob.

— Não vai entrar comigo?

— No banheiro feminino? Não posso entrar aí.

— Claro que pode. Ninguém vai se importar.

— Ótimo, então vamos entrar no banheiro masculino.

— Não. Está bem. Mas e se eu precisar de você lá dentro?

— Se for o caso me chame.

— E você vai entrar se eu chamar?

— Se você me chamar eu entro.

— E vai ficar esperando bem aqui na porta?

— Sim. Vou ficar aqui.

Bob segura a porta aberta e entro de modo cuidadoso. As pias estão à minha frente e à direita, o que significa que as cabines devem estar em algum lugar à minha esquerda. É claro. Examine a esquerda, olhe para a esquerda, vá para a esquerda. Encontro-as. Há três cabines comuns e uma para deficientes físicos. Esta última é grande, com bastante espaço para eu entrar e me virar, e seria a cabine que qualquer das minhas terapeutas me diria para usar. Mas ela é também a mais distante, e realmente preciso fazer xixi. E não sou deficiente.

Escolho a primeira cabine e empurro a porta com um passo adiante da minha bengala de vovó. Ela se abre e depois se fecha, batendo em minha bengala. Vou avançando pouco a pouco até não poder me mexer mais e agora estou parada rente à privada. Pela primeira vez na vida, gostaria de ser homem.

Mas como não sou homem, inicio o lento e árduo processo de tentar me virar e me sentar. É nesse ponto que as barras de apoio no Baldwin e aquelas instaladas em nossos banheiros de casa sempre aparecem como que por encanto no lugar certo, no ponto preciso em que necessito desesperadamente me agarrar. Não há essas barras situadas de maneira tão generosa em um banheiro público. A porta não tem maçaneta, só uma frágil lingueta de metal, e o rolo de papel higiênico fica em algum lugar à minha esquerda, e portanto completamente inútil para mim.

Depois de dar muitas batidas aqui e ali, de muito resmungar e murmurar comigo mesma, consigo me virar e fazer minha meia-calça e minha calcinha escorregarem para baixo. Ouço o papel higiênico girar na cabine ao lado da minha. Ótimo. Quem quer que esteja lá com certeza não pode imaginar o que estou fazendo. *Esqueça-se dela. Falta pouco.* Decido que meu melhor caminho para o assento da privada é escorregar a mão, lenta e de forma cuidadosa, pela minha bengala abaixo, como um bombeiro descendo do poste, até aterrissar. Por milagre, pouso direto no assento.

Quando termino, percebo, para meu completo horror, que estou presa ali. Devo ter empurrado minha bengala para a frente durante o processo de aterrissagem, porque agora ela está apoiada na porta da cabine, fora do meu alcance. Tento visualizar como seria levantar sem ela, sem uma barra de apoio, sem um auxílio moderado à parte superior do meu corpo fornecido por uma terapeuta altamente gabaritada, sem Bob, mas quando o faço vejo-me ou caindo de cabeça contra a porta da cabine ou caindo para trás, dentro da privada.

— Bob? — grito.

— Oi, não, é a Paula. — diz a mulher na cabine ao lado da minha.

Paula dá descarga.

— Booob?!

Ouço a porta da cabine de Paula se abrir e seus passos em direção à pia.

— Olá, como vai você? Bonito vestido — diz Bob.

— Hã? Eu... hã? — diz Paula.

— Desculpe-me, é nosso aniversário de casamento e não conseguimos ficar separados — diz ele.

Rio e ouço os sapatos da Paula saírem correndo do banheiro. A porta da cabine se abre de maneira suave, derrubando minha bengala sobre mim. Agarro-a. E lá está Bob, sorrindo para mim.

— Você chamou?

— Pode me ajudar a sair daqui?

— Terminou?

Ele me levanta pelas axilas e me arrasta para fora da cabine.

— Você deveria ter visto a expressão no rosto daquela mulher — diz.

Nós dois caímos na gargalhada.

— Ela não poderia ter saído daqui mais depressa — digo.

Ambos rimos mais ainda.

A porta do banheiro se abre. A moça da mesa ao lado da nossa entra. Lança um olhar sobre Bob me segurando em pé pelas axilas, baixa os olhos para os meus pés, arfa, gira sobre os calcanhares e sai correndo.

Bob e eu olhamos para baixo. Minha calcinha e minha meia estão molemente enroladas nos meus tornozelos. Nós dois nos esquecemos delas. Fazia muito tempo que eu não ria com tanto abandono nos braços de Bob.

— Bem, querida, acho que não nos esqueceremos nunca deste aniversário — diz Bob.

— Não, acredito que nunca.

Capítulo 23

— Vamos — diz Bob.

Ele está usando seu blusão e calça de esqui, os óculos espelhados pendurados num cordão preto em volta do pescoço, e seu mais jovial otimismo. Segura o grande presente de Natal que meu deu: esquis novos. Eles são lisos e brilhantes, ostentando um desenho de espirais cor de ferrugem sobre um branco imaculado. São magníficos, e normalmente eu me sentiria tonta à visão de esquis novos em folha, imaginando como seria andar neles, ansiosa para chegar quanto antes às encostas. Mas agora a única coisa que sinto é pressão.

— Não estou preparada — digo.

É o terceiro dia depois do Natal e estamos em Vermont. Linus está tirando uma soneca, e Charlie e Lucy estão no vestíbulo vestindo-se para um dia de aulas de esqui. Estou sentada à nossa mesa de jantar, ainda de pijama, com o *New York Times* aberto na minha frente. Bob veio passar o fim de semana aqui e minha mãe, as crianças e eu vamos passar toda a semana de férias escolares. Bob não está muito entusiasmado com a ideia de me deixar aqui durante uma semana inteira sem ele e em uma casa que não foi, de modo profissional, deixada à prova de Sarah, mas estou convencida de que uma semana em Vermont será bom para mim. Uma semana em Vermont sempre me faz bem.

— A ideia foi sua — diz Bob.

— Eu nunca disse que queria esquiar — respondo.

— Então por que estamos aqui em cima, se você não quer esquiar?

— Gosto daqui.

— Vamos, acho que você deveria experimentar.

— Como vou esquiar? Não consigo nem andar.

— Talvez seja mais fácil que andar.

— Como isso seria possível?

— Não sei, talvez a coisa que vai reconectar você com a esquerda não seja pegar bolas numa bandeja. Talvez seja voltar a fazer as coisas de que gosta.

Talvez. Talvez esquiar despertasse aquela parte adormecida do meu cérebro que parece não ficar nem um pouco animada com a ideia de pegar bolas vermelhas. Talvez eu pudesse simplesmente me jogar Mount Cortland abaixo em meus novos esquis, e meus apêndices esquerdos e direitos trabalhariam naturalmente de comum acordo, transportando-me em segurança à base. Ou talvez, e de maneira mais provável, eu caísse e quebrasse a perna ou rompesse os ligamentos do joelho, ou até desse uma guinada para fora da pista e me chocasse com uma árvore. Minha terapia das bolas vermelhas pode não ser a fórmula mágica para minha recuperação, mas pelo menos não envolve o risco de me fazer acabar em uma cadeira de rodas e de me deixar ainda mais dependente da minha mãe do que já estou.

— O que pode acontecer de pior? — pergunta Bob.

Duas pernas quebradas. Outra lesão cerebral. Morte. Bob, entre todas as pessoas, deveria ter o bom senso de não me fazer uma pergunta extrema, carregada de desgraça. Inclino a cabeça e levanto as sobrancelhas. Bob vê que escolheu a tática errada.

— A única maneira de saber se você pode cavalgar de novo é voltando a se sentar na sela.

Um clichê cowboy pouco convincente. Sacudo a cabeça e suspiro.

— Vamos. Faça uma tentativa. Podemos ir bem devagar. Vamos ficar na encosta mais suave, com as crianças. Vou me agarrar a você e ficar contigo o tempo todo.

— Bob, ela não está apta a esquiar. Poderia quebrar uma perna — diz minha mãe.

Ela está parada atrás de mim, na cozinha, lavando a louça do café da manhã. Fez panquecas de leitelho com salsicha. Parece estranho ter minha mãe aqui, preparando o café da manhã para minha família. E também parece estranho ouvi-la vir em minha defesa, ter a mesma opinião que eu. Mas tenho que admitir: suas panquecas são deliciosas e, ao expressar sua preocupação, ela me dá a melhor desculpa possível para ficar em casa de pijama. *Sinto muito, minha mãe está dizendo que não posso ir.*

— Você não vai quebrar nada. Prometo. Vou ficar ao seu lado — diz Bob.

— É cedo demais. Você está me pressionando — falo.

— Você está precisando de uma pressãozinha. Vamos. Acho que fará bem a você.

Esquiar seria bom para mim. Mas, mesmo que eu subtraia a possibilidade de morte ou de ferimento grave, continuo só conseguindo me ver em um emaranhado de pernas e esquis, meus esquis pulando fora a cada queda embaraçosa, a impossibilidade de me equilibrar em meu pé esquerdo em um morro escorregadio enquanto tento enfiar de novo a bota direita nas fixações, e o pensamento igualmente impossível de me equilibrar no meu pé direito enquanto tento enfiar um desinteressado pé esquerdo, dedos primeiro, nas fixações do meu esqui esquerdo. Isso não me parece divertido nem por um segundo. E está longe de ser o que chamo de esquiar.

— Não quero.

— Você sabe, foi você que disse que queria esquiar este ano — diz Bob.

— Nesta *temporada* — corrijo. — Eu quero. Eu vou. Mas não hoje.

Ele olha para mim com as mãos nos quadris, pensando.

— Certo, mas você não pode ficar enfiada na toca para sempre — diz ele, e olha para minha mãe por um segundo. — Tem que voltar para todas as coisas que costumava fazer, seu trabalho, esquiar. Vamos levá-la para aquela montanha nesta temporada, Sarah.

— Ok — digo, sabendo que sua intenção é boa, mas me sentindo um pouco mais ameaçada do que inspirada.

Bob apoia meus esquis novos na mesa da cozinha em frente ao lugar em que estou sentada, provavelmente para que eu possa vê-los e pensar no que estou perdendo, as consequências de minha decisão. Dou um beijo de despedida nele e nas crianças, desejo-lhes um dia divertido e seguro, e ouço-os enfiar sua calça de nylon com um ruge-ruge e andar de modo desajeitado com suas botas pesadas lá fora.

Depois que ouço o carro sair da garagem, dou um suspiro e me preparo para passar uma agradável e tranquila manhã lendo. Procuro o ponto em que interrompi a leitura do jornal. Leio umas duas palavras e olho para meus novos e reluzentes esquis do outro lado da mesa. *Parem de ficar olhando para mim. Não iremos hoje.* Leio mais umas duas palavras. Minha mãe está lavando pratos e panelas na pia. Não consigo me concentrar. Preciso de um café.

Dei para Bob de presente de Natal uma cafeteira nova, a melhor do melhor, top de linha, para fazer *cappuccino, café mocha latte* e *latte macchiato.* Foi insanamente cara, então não foi uma aquisição inteligente, dada a nossa atual situação financeira, mas não pude resistir à tentação. Com o toque de um único botão em seu painel de aço inoxidável polido, ela mói grãos, espuma leite, e faz café exatamente na temperatura, volume e força desejados. A máquina é autolimpante, gaba-se de ser a cafeteira mais silenciosa disponível hoje em dia e fica muito, muito linda pousada na bancada da nossa cozinha. É como a criança perfeita — bem-arrumada e bem-educada, faz tudo que queremos, executa suas tarefas sem que sequer precisemos pedir, e só nos dá alegria.

Ontem Bob e eu tomamos absurdos litros de café. Devo ter feito xixi pelo menos uma dúzia de vezes, inclusive as três que exigiram pit stops no caminho para Cortland (Bob estava prestes a colocar uma fralda em mim), e fiquei na cama de olhos arregalados, a cafeína ainda me correndo nas veias, incapaz de frear meus pensamentos alvoroçados por horas depois que devia estar profundamente adormecida. Mas valeu a pena.

Como nenhum de nós dois podia suportar a ideia de passar o fim de semana longe de nosso novo bebê, trouxemos a Impressa conosco para Vermont. Infelizmente, porém, esquecemos de trazer grãos de café, e o armazém mais próximo daqui que vende um café digno da Impressa fica em St. Johnsbury, cerca de trinta quilômetros ao sul. Por mais que eu anseie por outro *latte macchiato* perfeito e por aspirar aquele rico e confortador aroma em toda a casa, a maneira mais rápida de obter uma xícara de café esta manhã (e aliviar a dor de cabeça provocada pela abstinência de cafeína que está torcendo seus parafusos nas minhas têmporas) é recorrer ao B&C's Café.

— Mamãe? — chamo por sobre meu ombro direito para a cozinha atrás de mim, onde ela está lavando os pratos. — Pode ir ao B&C's e comprar um *latte* desnatado grande para mim?

Ela nos seguiu ontem à noite em seu fusquinha para podermos dispor de um carro para nos movimentar por aqui quando Bob se ausentar durante a semana.

— Isso fica na cidade?

— Fica.

Tudo fica na cidade. Há apenas um sinal de trânsito em Cortland, e um punhado de estradinhas que levam à cidade, à montanha ou à autoestrada. E a cidade propriamente dita não é mais que uma curta seção da Main Street pontilhada sobretudo por graciosas lojinhas que vendem colchas, queijo cheddar, doces e xarope de bordo. A cidade tem também uma loja de material esportivo, um único posto de gasolina, uma igreja, uma biblioteca, a prefeitura, um par de restaurantes, uma galeria de arte e um café, o B&C's. Minha mãe está aqui há menos de 24 horas e já parece à vontade com o lugar, mesmo sem o GPS de Bob. Uma criança de cinco anos poderia ter imaginado a cidade. Que diabo, até uma mulher de 37 anos com Negligência Esquerda poderia provavelmente navegar sem incidentes até a cidade e voltar.

— Você ficará bem aqui sem mim? — pergunta ela.

— Ficarei ótima. São só alguns minutos.

Ela não está convencida.

— Estou lendo o jornal. Linus está dormindo. Ficarei muito bem.

— Ok — diz ela. — Já volto.

Ouço a porta se fechar atrás dela e depois o carro saindo da garagem. Sorrio, sabendo que dentro de minutos terei um copo de café fumegante. E nesses mesmos poucos minutos, Charlie e Lucy provavelmente começarão sua aula de um dia inteiro de duração, e Bob estará subindo ao cume no teleférico quádruplo. Estou surpresa por não me sentir abandonada ou com uma pontinha de inveja. A vista que se tem no cume do Mount Cortland das copas das árvores cobertas de neve, das majestosas Green Mountains, dos lagos glaciais e dos vales ondulantes mais abaixo é de tirar o fôlego. Banhado na luz suave das primeiras horas da manhã, o mundo inteiro visto do alto parece silencioso, pacífico e imóvel. Glorioso. Vou chegar lá. Eu vou.

Nesse meio-tempo, com Linus dormindo e todos os outros fora, está silencioso, pacífico e imóvel aqui. Olho através das portas de correr que dão para o quintal — 12 mil metros quadrados de prado contíguos a uma área de reserva florestal. Um ziguezague de pegadas de animais, provavelmente veados, recortam o liso cobertor de neve. Não há nenhuma cerca de estacas para impedir a entrada de animais silvestres, engaiolar nossos filhos aqui dentro ou obstruir a vista panorâmica. A casa vizinha mais próxima só pode ser vista da frente, e apenas depois que as folhas de todos os bordos caírem. A vida aqui é privada, tranquila, expansiva. Gloriosa.

Estou lendo este mesmo jornal há seis dias. Agora a seção de negócios. A última. Aleluia. Para ser justa e honesta, não li cada palavra de todas as outras seções. Li a maior parte dos artigos da primeira página. Isso me tomou o domingo passado inteiro e quase toda a segunda-feira. São colunas densas e trabalhosas, e em geral tratam de assuntos de âmbito nacional e internacional sobre miséria, corrupção, ruína e crítica política. Sinto-me informada depois de completar a leitura dessas páginas, mas não necessariamente mais feliz graças ao esforço.

Pulei toda a seção de esportes. Não estou nada interessada na NFL, NHL, NBA — em nenhuma liga ou associação do que quer que seja. Nunca estive. Nunca leio as páginas de esporte e não estou a fim de começar agora em troca de alguma necessidade perfeccionista de provar que sou capaz de ler o jornal de domingo *de cabo a rabo*. Pulei também as resenhas de livros (já que o jornal constitui um desafio suficiente) e a seção de moda (já que estou relegada a calças com cintura de elástico e tamancos). Meu eu pré-acidente meneia a cabeça em desaprovação, sacode o dedo indicador e me chama de preguiçosa. Mas o eu pós-acidente lhe ordena, em um tom de voz firme e peremptório, levar as coisas menos a sério e calar a boca. A vida pode não ser curta demais para se ler o *New York Times* de domingo inteiro, mas a semana certamente é. Pelo menos para mim. Pule, pule e pule!

A seção de negócios é de longe a minha favorita e não só por ser a última. Como os consultores da Berkley prestam serviço a todo tipo de indústria em praticamente todas as nações desenvolvidas, a maioria das colunas nesta seção é de alguma maneira pertinente a algum caso passado, presente ou futuro da empresa. Quase todos os artigos são uma provinha do suculento, picante, agridoce mundo corporativo que eu amava e em que habitava. Wall Street, comércio com a China, indústria automotiva, as grandes indústrias farmacêuticas, a tecnologia de células a combustível, cotas de mercado, fusões e aquisições, lucros, prejuízos, IPOs. Na seção de negócios eu me sinto em casa.

E provavelmente porque gosto do conteúdo, essa me parece a seção de leitura mais fácil. Urrul! Levanto os olhos para meus lustrosos esquis novos. Talvez a teoria da terapia pelo esqui de Bob tenha algum fundamento — talvez a cura e o funcionamento normal pudessem vir mais facilmente se eu mergulhasse em alguma coisa que gosto de fazer, em vez de me aplicar zelosamente a executar os movimentos de alguma tarefa desprovida de significado, emocionalmente vazia.

— Sei que vocês estão morrendo de vontade de ir, mas preciso de mais tempo — digo para meus esquis. Juro que eles pareceram desapontados.

Notei que agora consigo ler todas as palavras na página, e este empolgante progresso não se limita à seção de negócios. Além do marcador de página vermelho, vertical, que levei comigo do Baldwin para casa, uso agora um segundo marcador. Um comum, de cartolina branca, da Welmont Books, mantido horizontalmente sob a linha do texto que estou lendo. Quando chego ao fim dela, examino a esquerda por meio das palavras que acabo de ler até chegar ao vermelho, em seguida deslizo o marcador branco para baixo e começo a ler a linha seguinte. Quando faço isso, sinto-me como se eu fosse o retorno do carro em uma máquina de escrever, e até faço soar aquele *ding* na minha cabeça cada vez que volto à esquerda e desloco-me para baixo.

Sem o marcador horizontal, volta e meia eu ficava irremediavelmente perdida na página quando me esforçava para retornar à margem esquerda. Eu chegava ao marcador vermelho, mas, como um mau nadador que pretende nadar em linha reta através de uma forte corrente oceânica, meu foco desviava para cima ou para baixo do caminho, indo parar por vezes a parágrafos inteiros de distância das palavras que acabara de ler. E eu sempre percebia que estava em algum lugar ao norte ou ao sul do meu destino pretendido porque a frase que estava lendo de repente ficava sem sentido. O marcador de livros adicional me mantém na mesma linha. O interessante é que a ideia de usar esse segundo marcador não veio de Martha, Heidi, Bob ou de qualquer um de meus terapeutas ambulatoriais. Veio de Charlie. É assim que ele lê. E agora é assim que nós lemos.

Usando essa técnica, considero que a precisão da minha leitura e, portanto, da minha compreensão, voltou ao normal. Uma novidade incrivelmente fantástica. Tão incrivelmente fantástica, na verdade, que eu deveria estar aos pulos (de maneira metafórica, é claro) e telefonando para Richard para lhe contar que estou recuperada e pronta para voltar ao trabalho. Mas ainda não contei minha novidade incrivelmente fantástica para ninguém, nem mesmo para Bob.

Não compreendo a razão do meu próprio sigilo, tão pouco característico. Acho que é porque sei que ainda não estou pronta. Meu ritmo de leitura ainda é muito, muito mais lento do que era. E onde eu costumava ler na diagonal, agora não ouso fazê-lo. Leio palavra por palavra, o que é excelente para a precisão, mas letal para a eficiência. Leia, examine, *ding*, abaixe, leia. Funciona, mas é um processo entediante, e eu nunca seria capaz de acompanhar o volume diário de e-mails e de toda a papelada da Berkley nessa marcha. Meu trabalho já requer de setenta a oitenta horas por semana, executado em velocidade máxima. Não há margem para ir mais devagar. Portanto seria prematuro anunciar meu retorno. É mais prudente ficar quieta.

Mas a verdadeira razão pela qual hesito em revelar ao mundo minha descoberta relacionada à leitura não parece emanar de uma cautela responsável ou de um medo de que eu nunca consiga recuperar o ritmo. E, por certo, não provém da minha modéstia ou necessidade de privacidade. De fato, em geral eu me gabo de maneira inteiramente desavergonhada de meus sucessos, em um nível que beira o intolerável, em especial para Bob, que sempre se sente orgulhoso ao sabê-los. Mas não sinto vontade de contar para ninguém, e até que eu a sinta, vou respeitar meus instintos e manter minha novidade incrivelmente fantástica para mim mesma.

Chego ao fim da seção de negócios e viro a última página do jornal. Terminei! *Bem, exceto pelos esportes, a moda e as resenhas de livros.* Psiu. *Isso não chega a ser motivo de comemoração.* Psiu. *Você levou sete dias! Deveria ser capaz de ler isso em uma única manhã.* Psiu, psiu, psiu! Expulso meu eu pré-acidente da minha cabeça e insisto em desfrutar a glória deste momento. Estou em Vermont, o sol está brilhando, a casa está silenciosa, e terminei o

New York Times de domingo. Sorrio para meus esquis, tentando compartilhar minha proeza com alguém. Juro que eles sorriem de volta. A única coisa que falta neste momento é um café quente. Onde está minha mãe? Ela já deveria estar de volta.

Sentindo-me incapaz de esperar mais um minuto por alguma forma de cafeína e encorajada por meu progresso na leitura, decido caminhar até a geladeira para pegar uma Coca-Cola diet. Se Bob acha que estou pronta para esquiar por seiscentos metros de trilhas na vertical, então eu deveria ser capaz de caminhar uns dois metros na horizontal até a cozinha, certo? Pego minha bengala de vovó, e nós duas manquejamos pelos poucos passos que separam a mesa de jantar da geladeira. Encontro o puxador da porta, que fica do lado esquerdo e que não está sequer destacado com fita adesiva de cor berrante. Até agora, tudo bem. Solto a vovó e invisto no puxador. Agarro-o. Abro a porta, mas como estou parada bem em frente à geladeira, a única coisa que consigo é bater a porta contra mim mesma. Empurro a porta, fechando-a. Tenho de sair do caminho primeiro. Para a esquerda. Usando o puxador como barra de apoio, arrasto-me para o lado o bastante para permitir que a porta se abra, e puxo-a de novo.

Mas aqui está a diferença importante entre barras de apoio de hospital e puxadores de porta de geladeira. Barras de apoio não se movem. Posso me apoiar, oscilar, empurrar e puxar com todo o meu peso e aquela barra (como Bob na maioria das discussões) não sai um centímetro do lugar. Não é o que acontece com um puxador de porta de geladeira depois que ela é aberta. Compreendo que este é um fato óbvio, mas é um fato do qual nunca dependi fisicamente, por isso não considerei seu significado antes de puxar.

À medida que a porta se abre, meu braço e meu corpo vão com ela, e sou jogada de modo inesperado para a direita, os pés ainda plantados no chão, cada músculo do meu braço superesticado, tremendo com o esforço de manter essa posição desajeitada. Olhando para o chão e, agarrada ao puxador de maneira desesperada, reúno minha força e inteligência para tentar me jogar de novo na vertical, mas superestimo a força inversa necessária, e acabo inclinada demais para trás e bato a porta. Tento de novo e faço exatamente a mesma coisa. Tento várias vezes. Balanço para o lado e tombo para trás. E cada vez que balanço para o lado, tenho um provocante vislumbre das latas prateadas de Coca diet na prateleira de cima. Jogo-me para trás, a porta se fecha e elas desaparecem.

Suando e arfando, decido me dar um minuto para recobrar o fôlego. Apesar da seriedade com que estou me lançando a esta empreitada, deixo escapar uma risadinha. Céus, transformei-me em Laverne De Fazio. Ok, Sarah, vamos. Tem que haver uma maneira de chegar lá.

Desta vez, quando puxo, dou um passinho rápido e me arrasto para a frente. Isso me impede de tombar para o lado, mas agora estou imprensada entre a porta, a que ainda me agarro, e as prateleiras dentro da geladeira. Não é o ideal, mas é um progresso. Estou face a face com cinco latas de Coca diet.

Por causa da maneira como estou me mantendo em pé, não sei ao certo se posso soltar o puxador da porta com a mão direita sem me esborrachar no chão. Sem mais ninguém em casa, não quero correr esse risco. Assim, é a mão esquerda ou nada. As bordas geladas das prateleiras da geladeira pressionam meu ombro, cotovelo e pulso esquerdos, o que é desconfortável mas também uma sorte, porque a estimulação sensorial me torna consciente da existência do meu braço e da minha mão esquerda. Mas quando envio à minha gelada mão esquerda a mensagem: *Querida mão esquerda, por favor estenda-se e pegue uma Coca diet*, ela não se mexe. Está imprensada contra a prateleira. Tento libertá-la diminuindo a tensão com que me agarro ao puxador da porta, mas, quando o faço, começo a balançar. Reteso-me e volto à antiga posição. Penso e não chego a lugar algum. Estou emperrada na geladeira. *Muito bem. Você está mesmo em apuros desta vez.*

Contemplo as latas de Coca diet, a centímetros do meu nariz. Tão próximas e tão inalcançáveis. Quando tento arquitetar um plano que me permita pegar uma Coca ou sair da geladeira (ou ambas as coisas, de fato), noto por acaso um saco atrás das latas. É o saco de grãos de café! Nós nos lembramos de trazê-lo! Como Bob pôde deixar de vê-lo aqui?

Isso me deixa completamente enlouquecida. Bob nunca foi bom para achar as coisas que está procurando na geladeira. Um exemplo típico (e estou sempre em outro cômodo da casa quando ele o faz):

Sarah, temos algum vidro de ketchup?

Na prateleira de cima!

Não estou vendo!

Ao lado da maionese!

Não vejo nenhuma maionese!

Olhe na porta!

Não está na porta!

Toque em tudo!

Acabo ouvindo o alarme da geladeira tocar, anunciando que a porta foi deixada aberta por um tempo longo demais, e decido que é hora de ir salvá-lo. Ando até a geladeira, onde ele ainda está procurando, olho para a prateleira de cima por um segundo, estendo o braço, pego o ketchup (que estava ao lado da maionese) e entrego para ele. É como se ele sofresse de Negligência da

Geladeira. Depois de tudo que me fez sofrer esta manhã, ele deveria ter que passar por alguma espécie de programa de reabilitação.

Depois que acabo de imaginar o sermão e a zombaria a que vou submeter Bob quando ele chegar em casa, sorrio, empolgada e orgulhosa de mim mesma. Eu achei o saco de café! Vou usar a Impressa! *Sim, mas você é uma mulher de 37 anos presa em uma geladeira*. Psiu.

Estou com um senso de determinação renovado. Esta missão agora não é por uma reles lata de Coca diet fria. É pelo Santo Graal da cafeína — um *latte* quente, recém-preparado. É hora de progredir, Sarah. Vamos. Você foi aluna da Harvard Business School. Resolva o problema.

Inclino a cabeça para a frente com a intenção de derrubar as latas que não me interessam mais, como se minha cabeça fosse uma bola de boliche e elas fossem os pinos. Derrubo-as em duas tentativas, um feito respeitável. Depois estico o pescoço o máximo possível, e mordo o topo enrolado do saco de café. Peguei!

Agora, sair daqui. Decido que tenho de andar para trás. Parece simples, mas não tenho confiança alguma de que será. Não ando para trás desde o meu acidente. Tenho impressão de que andar para trás não é uma habilidade que as terapeutas do Baldwin considerem necessária. Claro que elas não preveem que um de seus pacientes ficará emperrado em uma geladeira mordendo um saco de grãos de café. Preciso dizer a Heidi que elas deveriam acrescentar isso a seu programa de exercícios.

Lá vou eu. Dou um passo para trás com o pé direito, mas antes que possa sequer pensar sobre o que fazer em seguida, meu impulso para trás me força a balançar para o lado. A porta se escancara depressa demais, e a força arranca minha mão do puxador. Caio de costas e bato a parte de trás da cabeça no piso de ladrilhos.

Já me esborrachei no chão tantas vezes recentemente que cair não chega a me perturbar. A dor, os inchaços, as contusões, a indignidade — aprendi a tirar tudo isso de letra. Tudo é parte da deliciosa experiência cotidiana de ter Negligência Esquerda. Assim, não é a queda propriamente dita que me faz chorar.

Choro porque abri a boca durante a queda e deixei o saco cair, e ele se abriu ao bater no chão, espalhando meus preciosos grãos de café por todo o piso. Choro porque não sou capaz de andar dois metros na horizontal até a geladeira e pegar uma Coca diet. Choro porque não consigo dirigir eu mesma até o B&C's. Choro porque gostaria de estar esquiando com Bob. Choro porque agora vou ficar estatelada no chão até que alguém venha me salvar.

Enquanto me deixei levar pela minha orgia de autopiedade no piso, esqueci que Linus está tirando uma soneca, e meus gemidos patéticos o acordam. Ele chora comigo.

— Desculpe-me, bebê! — grito para o segundo andar. — Não chore! Está tudo bem! A vovó vai chegar logo!

Mas o som da voz de sua mãe fingindo tranquilidade em outro andar não é o que Linus quer. Ele quer sua mãe. Quer que ela suba ao segundo andar e o pegue. E eu não posso. Choro.

— Meu Deus, o que aconteceu? — diz a voz da minha mãe.

— Estou bem — digo, com um soluço.

— Você está machucada? — Ela está de pé ao meu lado, um copo de café na mão.

— Não. Vá pegar Linus. Estou bem.

— Ele pode esperar um minuto. O que aconteceu?

— Tentei pegar café.

— Consegui o seu café. Por que não esperou por mim?

— Você demorou demais.

— Ah, Sarah, você é sempre tão impaciente — diz ela. — Vamos levantar.

Ela me puxa pelos braços para uma posição sentada, afasta os grãos de café de um ponto no piso ao meu lado e se senta. Entrega-me o copo de café.

— Isso não é do B&C's — digo, não vendo rótulo algum no copo.

— O B&C's está fechado.

— Em um sábado?

— Para sempre. O lugar está vazio e há uma tabuleta de "aluga-se" na janela.

— De onde veio isso? — pergunto.

— Do posto de gasolina.

Tomo um gole. É horrível. Volto a chorar.

— Quero ser capaz de comprar meu próprio café — choramingo.

— Eu sei. Eu sei que você quer.

— Não quero ser impotente — digo, meu choro se intensificando quando me ouço dizer a palavra *impotente*.

— Você não é impotente. Precisa de um pouco de ajuda. Não é a mesma coisa. Deixe-me ajudá-la a ficar totalmente de pé.

— Por quê? Por que você está me ajudando?

— Porque você precisa.

— Por que você? Por que agora? Por que você haveria de querer me ajudar agora?

Ela tira o copinho de café da minha mão e o substitui pela sua mão. Aperta-a e me olha nos olhos com uma firmeza que nunca vi nela antes.

— Porque quero estar na sua vida novamente. Quero ser sua mãe. Sinto muito não ter estado lá para você quando estava crescendo.

Sei que não fui uma mãe naquele tempo. Quero que você me perdoe e me deixe ajudá-la agora.

De maneira alguma! Ela teve a chance dela, e abandonou você. O que dizer de todos aqueles anos em que você precisou dela? Onde ela estava então? Ela é egoísta demais, preocupada demais consigo mesma. Agora já é tarde demais. Você não pode confiar nela. Ela teve a chance dela.

Psiu.

Capítulo 24

— Vamos — digo com a boca cheia de pasta de dente. — Fique.

Bob e eu estamos no nosso banheiro. Estou apoiada na pia, preparando-me para ir para a cama. Ele está de pé atrás de mim, aprontando-se para dirigir de volta para Welmont. Está também vigiando minha escovação, como fez há poucos minutos com Charlie e Lucy.

Não podemos deixar as crianças escovarem os dentes sem supervisão parental. Charlie irá para o banheiro e se esquecerá do que foi fazer lá. Desenhará nas paredes com creions de banho, desenrolará todo o papel higiênico no chão em um monte irreversível ou iniciará a Terceira Guerra Mundial com a irmã. Lucy nunca se esquece de por que foi mandada para lá, mas é dissimulada. Vai molhar a escova de dente e pendurá-la de volta no lugar, e passar os vinte minutos seguintes praticando diferentes expressões faciais e conversando consigo mesma no espelho. De modo que não podemos mandá-los para o banheiro sozinhos e esperar qualquer tipo de higiene dental aconteça.

Nós os mantemos concentrados na tarefa com lembretes verbais. *Escove os dentes de cima. Vá até os últimos lá atrás. Foi rápido demais, você ainda não acabou.* Às vezes cantamos "Brilha, brilha, estrelinha", e eles escovam pela duração da música. E Bob passa o fio dental para eles.

Agora é a minha vez. Eu também não sou capaz de escovar os dentes apropriadamente sem supervisão. Está cedo para eu me preparar para ir para a cama, mas Bob quer me deixar pronta antes de ir embora.

— Não posso — diz ele. — Você não está escovando o lado esquerdo.

Olhando para o meu rosto no espelho, movo a escova a esmo dentro da boca, na esperança de fazer um contato incidental com o lado esquerdo. Deus sabe que não é de propósito que eu não consigo chegar lá. A menos que me concentre com muita intensidade, não tenho consciência alguma de que o lado esquerdo do meu rosto existe. E no fim do dia é muito difícil me concentrar com muita intensidade no que quer que seja.

Não importa qual seja a hora do dia, a inexistência do lado esquerdo do meu rosto gera consequências muito pouco desejáveis. Por vezes babo pelo lado esquerdo da boca, e não me dou conta disso até que alguém (minha mãe) me enxugue com um guardanapo ou um dos babadores do Linus. Embora um fio de baba deslizando pelo queixo talvez seja bonitinho em Linus, tenho certeza de que não me favorece nada.

Sou famosa também por acumular sem saber pedaços de comida parcialmente mastigados na bolsa entre meus dentes e a face interna das bochechas, como se fosse um esquilo juntando nozes para o inverno. Uma vez que isso é não somente nojento como pode provocar sufocação, minha mãe faz uma checagem várias vezes ao dia. Quando sou flagrada em crime de armazenamento, ela ou remove a comida com o dedo ou me entrega um copo d'água e me pede para bochechar e cuspir. De uma maneira ou de outra, a solução é tão nojenta quanto o problema.

E tenho uma dispendiosa coleção de cosméticos que não veem mais a luz do dia. Máscara, delineador e sombra em um olho só, blush em uma face só e lábios coloridos de vermelho-rubi apenas do lado direito deixam todo mundo com medo de mim. Pedi Bob para me maquiar uma vez — fiquei pronta para perambular no distrito da luz vermelha. Como minhas opções pareciam estar limitadas a parecer uma louca desvairada ou uma prostituta, decidi que, pelo bem de todos, era melhor manter minha maquiagem dentro da gaveta.

Nem é preciso dizer, portanto, que escovar meus dentes do lado esquerdo não é meu forte. Bob sempre me força a fazer uma honrosa tentativa, depois escova para mim. Mexo a escova de um lado para outro, espeto acidentalmente o fundo da garganta e fico nauseada. Tenho ânsia de vômito sobre a pia, cuspo, e entrego a escova para Bob.

— Mais alguém vai trabalhar? — pergunto.

— Duvido. Talvez Steve e Barry.

A direção da companhia de Bob disse a todos na véspera do Natal que o trabalho seria suspenso na semana entre o Natal e o ano-novo — férias forçadas e não remuneradas para toda a equipe, um esforço para poupar despesas durante uma semana de poucos negócios para muitas empresas todos os anos, mesmo fora da recessão. Pelo que Bob me contou, Steve e Barry são dois *workaholics,* insanos até para os nossos padrões. Steve detesta a mulher e não tem filhos, e Barry é divorciado. Claro que vão trabalhar. Não têm nada melhor a fazer.

— Isso é loucura. Fique. Tire a semana de folga. Esquie com as crianças, assista a filmes comigo junto da lareira. Durma. Relaxe.

— Não posso. Tenho uma tonelada de coisas para fazer e esta é a oportunidade perfeita para pôr tudo em dia. Agora pare de falar para eu poder escovar seus dentes.

Por causa de todas as demissões, Bob está com poucos auxiliares e vem fazendo o trabalho de três outros empregados, além do seu. Fico assombrada por vê-lo conseguir fazer isso, mas também preocupada com o preço que está lhe custando. Fora o tempo que passa ajudando a mim e às crianças de manhã antes da escola e à noite antes de irmos para a cama e das poucas horas que dorme cada noite, ele não faz outra coisa senão trabalhar, chegando facilmente a 18 horas por dia. Trabalha dia e noite e temo que em algum momento não aguente mais o tranco.

Levanto a mão direita, indicando que preciso cuspir.

— Então você vai trabalhar de graça em vez de passar a semana conosco — digo.

— Eu adoraria ficar, Sarah, mas tenho que fazer tudo que puder para manter essa empresa e meu emprego vivos. Você sabe que preciso fazer isso.

Cada vez que minha mãe traz a correspondência em nossa casa e vejo os envelopes brancos empilhados na bancada da cozinha, o buraco escuro e amedrontador no meu estômago fica mais fundo, mais escuro e mais amedrontador. Mesmo que Bob mantenha seu emprego e seu salário, se eu não voltar para o trabalho, estaremos vivendo acima de nossas possibilidades. As contas continuam chegando como uma implacável tempestade de inverno, e a neve começa a nos invadir. E se Bob perder o emprego sem ter outro engatilhado antes que eu tenha condições de voltar à Berkley, vamos ter de começar a fazer algumas escolhas melancólicas e amedrontadoras. Meu coração acelera, reconhecendo o que minha mente é medrosa demais para imaginar.

— Eu sei. Eu entendo. Só gostaria que você pudesse ficar. Quando foi a última vez em que nós dois pudemos tirar uma semana de folga ao mesmo tempo? — pergunto.

— Não sei.

Não temos umas férias da família de uma semana ou umas férias viajando juntos sem as crianças desde que Lucy era bebê. Sempre que eu podia tirar uma semana, Bob não podia. E vice-versa. E, na maioria das vezes, acabávamos tirando uns dias pingados de folga, por motivos de força maior, que dificilmente poderiam ser considerados férias. Em geral era quando Abby estava fora ou doente. Com exceção deste ano, quando usei todos os meus dias na cama do adorável Baldwin Resort Hotel, nunca usei todos os dias de férias a que tinha direito em um dado ano. Bob também nunca usa todos os seus. E esse tempo não pode ser transferido para o ano seguinte; se não o usamos, está perdido para sempre.

Pela primeira vez, ocorre-me que esse comportamento é absurdamente pecaminoso. Nossos patrões se dispõem a nos pagar para passarmos cinco semanas por ano juntos, longe de nossas mesas, reuniões e prazos finais, e todo ano nós respondemos basicamente: *Obrigado, mas preferimos trabalhar.* O que há de errado conosco?

— Tem certeza? A empresa não pode naufragar ou ser salva esta semana, ou não teria suspendido o trabalho. Você está exausto. Fique. Esquie. Descanse. Uma semana de folga seria tão bom para você.

— Abra — diz ele, fio dental enrolado nos dedos e parecendo um pouquinho satisfeito demais por ter o poder de me fazer calar a boca.

Eu coopero, e ele começa a passar o fio entre meus dentes. Não tenho a menor condição de fazer isso eu mesma. Provavelmente teria mais sorte treinando meu dedão do pé direito para segurar uma ponta do fio enquanto o passo com a mão direita do que tentando fazer minha mão esquerda participar da tarefa. Mas não estou disposta a ficar parecendo um chimpanzé para o bem da minha saúde dental. Por isso agradeço a Deus por Bob passar o fio para mim, ou eu provavelmente chegaria aos quarenta banguela.

Observo seus olhos concentrados no interior da minha boca. Antes de deixar o Baldwin, eu chorava cada vez que imaginava Bob cuidando de mim assim. Afligia-me pela perda imaginada de nossa parceria de igual para igual, pela lamentável carga imposta a ele como meu cuidador, embaraçada por nosso deplorável destino. Mas agora, quando o vejo realmente cuidando de mim, não sinto nada do que imaginei. Observo sua calma e terna concentração, e meu coração incha com um amor cálido e agradecido.

— Não posso, meu bem. Sinto muito. Volto no fim da semana.

Meu eu pré-acidente aceita, compreendendo que é uma questão de vida ou morte. Ele está fazendo exatamente o que eu teria feito. Mas neste momento estou mais preocupada com ele do que com seu emprego e posso ver aquilo que meu eu pré-acidente não enxerga — que ele e seu emprego são, na verdade, duas coisas separadas. Depois que termina com meus dentes, caminhamos juntos até a cama e ele tira meu pijama da cômoda.

— Braços para cima — diz, no mesmo tom brincalhão que ambos usamos com as crianças.

— Que tal? — pergunto, não sabendo se meu braço esquerdo obedeceu à ordem.

— Diga você.

Ele bate em minha pulseira de berloques, e ouço o tilintar vindo de algum lugar perto das minhas coxas, não de cima da minha cabeça. Não fico surpresa. Sempre que peço a meus dois braços, minhas duas mãos ou meus dois pés para fazerem alguma coisa ao mesmo tempo, é como se os lados competissem para ver quem consegue fazer aquilo, e o lado direito sempre vence. Quando o meu cérebro ouve *braços para cima*, o revólver dispara, e meu braço direito corre a toda para a reta final enquanto o braço esquerdo, sabendo que não tem a menor condição de competir, não se dá ao trabalho de avançar um centímetro além da linha de partida, paralisado no lugar, assombrado com as magníficas habilidades do meu braço direito.

— *Vamos, braço esquerdo, para CIMA!*

Imagino meu braço esquerdo respondendo numa voz parecida com a de Bisonho. *Por que me dar ao trabalho? O braço direito já está lá.* Gostaria que meu lado esquerdo compreendesse que isso não é uma competição.

Bob puxa meu suéter de lã sem botões sobre minha cabeça, pelo meu braço esquerdo abaixo e o tira. Em seguida leva a mão às minhas costas para tirar meu sutiã. Ele nunca tinha um segundo de hesitação ao abrir meu sutiã quando éramos namorados, mas agora fica atrapalhado. Acho que é um problema de motivação. O lado de seu rosto está próximo do meu enquanto ele tenta soltar os ganchos. Dou-lhe um beijo na bochecha. Ele para de mexer em meu sutiã e me olha nos olhos. Dou-lhe um beijo nos lábios. Não é um beijo gentil ou um obrigada-por-escovar-e-passar-fio-dental-nos-meus-dentes. Todo o meu desejo — desejo de me recuperar, desejo de ter meu emprego de volta, desejo de esquiar, desejo de que Bob fique, desejo que ele saiba o quanto eu o amo — está nesse beijo. Ele responde à altura, e juro que posso sentir seu beijo nos dedos do meu pé esquerdo.

— Você não está tentando me seduzir para que eu fique, está? — diz ele.

— Você não vai ficar — digo e beijo-o de novo.

Ele arranca meu sutiã sem esforço adicional algum, ajuda-me a deitar e tira minha calça e minha calcinha. Despe-se e deita-se sobre mim.

— Faz muito tempo que não fazemos isso — diz.

— Eu sei.

— Tinha receio de que pudesse machucá-la — diz ele, afagando meu cabelo.

— Contanto que você não soque minha cabeça contra a cabeceira da cama, estarei bem — respondo e sorrio.

Ele ri, revelando como está nervoso. Ponho a mão atrás do seu pescoço e o puxo para mim para mais um beijo. É tão bom sentir seu peito nu, largo, forte e macio, contra o meu. E o seu peso sobre mim. Tinha me esquecido do quanto gosto da sensação de seu peso sobre mim.

Não tinha pensado em tudo isso antes de beijá-lo, mas, mesmo na mais passiva das posições, preciso usar ativamente meu lado esquerdo. Minha perna direita está enrolada em torno dele, mas a esquerda está simplesmente deitada ali na cama, um pedaço de carne sem vida, nem um pouquinho excitado, e minha assimetria torna difícil para Bob entrar nos eixos, por assim dizer. E embora eu esteja disposta a tentar os mais extravagantes instrumentos de reabilitação e técnicas para ler, andar e comer, recuso-me a permitir que qualquer tipo de régua vermelha, fita laranja, bengala de vovó ou acessório terapêutico para o sexo entre em meu quarto. Quero uma transa normal com o meu marido, por favor.

— Sinto muito, não consigo encontrar minha perna esquerda — digo, sentindo-me de repente tomada pelo desejo de que ela fosse uma prótese e eu pudesse simplesmente me desvencilhar da coisa inútil e jogá-la no chão.

— Tudo bem — diz ele.

Conseguimos ir adiante, e noto que Bob está segurando minha perna esquerda, empurrando-a para cima com a mão sob o meu joelho, equilibrando-me, fazendo-me lembrar de como segurava minha perna quando chegava a hora de empurrar durante o parto de nossos bebês. Minha mente divaga para lembranças de partos — contrações, epidurais, estribos, episiotomias. Caio em mim e saio dessa, percebendo que essas fantasias são completamente inapropriadas e contraproducentes para o que estou fazendo.

— Desculpa por estar com a perna tão peluda — digo.

— Shh.

— Desculpa.

Ele me beija, provavelmente para me calar, e isso funciona. Todos os pensamentos intrusos e acanhados se dissolvem, e eu me derreto em seu beijo, sob seu peso, com a sensação deliciosa que ele me dá. Talvez isto não seja sexo perfeitamente normal, mas é normal o bastante. E perfeito a seu modo, de fato.

Depois Bob se veste, me ajuda a pôr o pijama, e ficamos deitados um junto do outro.

— Sinto falta de fazer isso com você — diz ele.

— Eu também.

— Que tal marcar um encontro em frente a um fogo crepitante quando eu voltar?

Sorrio e concordo. Ele consulta o relógio.

— É melhor eu ir. Tenha uma ótima semana. Vejo vocês no sábado.

— Venha sexta-feira.

— Estarei aqui no sábado de manhã bem cedo.

— Tire a sexta de folga. Venha sexta de manhã.

— Não posso. Realmente tenho que trabalhar.

Mas como ele fez uma pausa muito breve antes de falar, sei que há uma racha na armadura.

— Vamos decidir no pedra-papel-tesoura — digo.

Ficamos nos olhando por um segundo, ambos lembrando o que aconteceu depois da última disputa.

— Ok — diz ele e me puxa para uma posição sentada em frente a ele.

Ambos levantamos os punhos fechados.

— Um, dois, três e já! — digo.

O papel de Bob embrulha a minha pedra. Perdi. Ele não comemora sua vitória.

— Vou tirar meio dia de folga na sexta-feira. Vou subir logo ao entardecer — diz ele.

Estendo a mão, puxo-o para mim e dou-lhe um abraço com um braço só.

— Obrigada.

Ele me aconchega sob uma grossa manta de *fleece* e um edredom.

— Você está bem? — pergunta.

Não é minha hora de deitar, mas não me importo de vir cedo para a cama. Tenho dormido muito desde que voltei do Baldwin, pelo menos nove horas por noite e mais uma ou duas horas de sesta todas as tardes, e estou adorando. Pelo que me lembro, é a primeira vez que não me sinto exausta ao me levantar de manhã.

— Estou. Por favor, dirija com cuidado.

— Pode deixar.

— Amo você.

— Eu também amo você. Tenha bons sonhos.

Ouço os sons que ele faz ao sair e depois observo os feixes de seus faróis deslizarem pelas paredes do quarto quando arranca e se afasta. São mais de oito horas, mas posso ver os galhos e os troncos dos bordos e pinheiros pela janela, silhuetas negras contra um céu azul cremoso. Deve haver uma brilhante lua no céu esta noite. Acho que não existe nenhum poste de luz em toda Cortland.

Bob deixou uma fresta na porta, provavelmente para que minha mãe possa me ouvir se eu precisar pedir ajuda. A luz do fogo que ainda arde na lareira penetra através da abertura. Ouço o crepitar da madeira enquanto mergulho no sono em tons de cinza.

Capítulo 25

É segunda-feira de manhã e minha mãe está tirando os pratos do café da manhã. Comi mingau de aveia com xarope de bordo e morangos e tomei um *latte*, e as crianças e minha mãe comeram ovos mexidos, bacon e *muffins* ingleses, e tomaram suco de laranja. Minha mãe acredita piamente em um café da manhã quente e vigoroso, o que é novidade para mim. Cresci comendo cereais com sabor de chocolate, biscoitos recheados e refresco com sabor de fruta.

Tenho aprendido muito sobre minha mãe desde que saí do Baldwin. Ela também acredita em orações de agradecimento antes das refeições, em usar chinelos ou meias e nunca sapatos ou pés descalços dentro de casa, que toda a roupa lavada precisa ser passada (inclusive toalhas e roupas de baixo), que todo mundo deveria respirar ao menos 15 minutos de ar fresco todos os dias, seja qual for o tempo, que as crianças têm "coisas" demais e veem tv demais, que Bob é um "bom homem" mas que está cavando sua sepultura precocemente com tanto trabalho, e que Deus tem um plano. Com exceção da passagem de roupas obsessiva, concordo com suas opiniões e maneira de viver (mesmo que não as coloque em prática) e fico surpresa ao ver como somos parecidas.

Mas apesar de estar descobrindo tanta coisa sobre ela, pouco sei do que ela pensa a meu respeito, exceto que acredita que preciso da sua ajuda. Vejo-me querendo saber mais, estudando-a à procura de pistas, incapaz de perguntar, como se estivesse de volta à escola secundária, embasbacada atrás da cabeça de Sean Kelly na sala de aula, perguntando a mim mesma em meu silêncio tão desajeitado se ele gosta de mim. Será que minha mãe acha que sou uma boa esposa? Uma boa mãe? Tem orgulho de mim? Acredita que vou me recuperar completamente? Fico me perguntando.

E quanto mais fico sabendo, mais perguntas isso parece suscitar, em especial sobre o passado. Onde estava essa mulher durante minha infância? Onde estavam minhas regras, refeições quentes e roupas passadas? Pergunto-me se ela sabe quantas horas da *Família Sol-Lá-Si-Dó* eu assistia, quantos jantares de sanduíche de salsichão com maionese comi diante da tv e sem oração de agradecimento enquanto ela permanecia enclausurada em seu quarto e meu pai trabalhava no turno da noite no posto dos bombeiros. Por que eu não era suficiente para ela? Gostaria de saber.

A previsão do tempo no Mount Cortland esta manhã é de ventos fortes, e todos os teleféricos que vão até o cume ficarão parados. Embora isso não afete Charlie e Lucy, que estão nas encostas para iniciantes, decidimos sossegar e ficar em casa hoje. Supus que eles estariam loucos para ver um filme ou jogar um videogame, uma vez que não fazem isso desde que subimos de carro para cá na sexta-feira, mas os dois querem sair e brincar no quintal.

— Macacão para a neve, chapéus, luvas, botas — digo, quando apostam corrida até o vestíbulo.

— Onde estão as coisas de praia? — grita Charlie, referindo-se à caixa com pás, baldes e forminhas, tão adequados para brincar na areia quanto na neve.

— Já está tudo lá fora — grita minha mãe. — Charlie, espere! Sua vitamina!

Ele volta à cozinha, o macacão fazendo ruge-ruge e as botas pesadas batendo no chão e engole de modo obediente o seu Concerta.

— Muito bem. Podem ir — diz minha mãe.

Nós os observamos pela janela panorâmica. Lucy, usando um de seus muitos conjuntos de asas de fada sobre o casaco como uma mochila, está juntando gravetos em um balde vermelho. Charlie corre para mais perto da mata e começa a rolar na neve. Enquanto isso, Linus anda para lá e para cá em volta da mesa de centro da sala, ainda usando seu pijama com pés, prendendo trens magnéticos uns nos outros.

— Vou levar Linus para tomar um pouco de ar fresco lá fora daqui a alguns minutos — diz minha mãe.

— Obrigada.

Ela se senta na cadeira ao meu lado, à minha direita, seu lugar favorito para se posicionar, pois assim pode ter certeza de que a vejo. Segura sua caneca de chá de ervas na mão e abre a revista *People*. Tenho o *New York Times* de ontem aberto na minha frente. Estou procurando a página C5, uma continuação do artigo que comecei a ler ontem na primeira página sobre o custo da guerra no Afeganistão. Não consigo encontrá-la.

— Sei que você tem esse xodó pelo *Sunday Times*, mas há maneiras mais fáceis para se informar e praticar sua leitura.

— Diga-me que não está querendo afirmar que a revista *People* é o que preciso.

— Estou só comentando. Você poderia terminar de ler isto hoje — diz ela, virando a página para efeito de ênfase.

Ela não compreende. Não se trata de ler qualquer coisa ou de pegar a saída mais fácil. Trata-se de ler o que em geral leio. Ler o *Times* de domingo é ter minha vida de volta.

— Você não vai saber nada sobre a Angelina Jolie depois de ler tudo isso — diz minha mãe, com um sorrisinho afetado.

— Conseguirei sobreviver de alguma maneira — respondo.

Ainda rindo de sua piadinha, minha mãe abre uma caixinha de remédio de plástico, joga um punhado de comprimidos brancos e amarelos na palma da mão e engole cada um com um gole de chá.

— Para que servem? — pergunto.

— Isto? — pergunta ela, sacudindo a caixinha. — São as *minhas* vitaminas.

Espero maiores explicações.

— São minhas pílulas da felicidade. Meus antidepressivos.

— Ah.

— Não sou eu mesma sem elas.

Durante todo esse tempo, nunca me ocorreu que ela poderia sofrer de depressão nervosa. Meu pai e eu costumávamos dizer um ao outro e a todos que perguntavam por minha mãe que ela ainda estava sofrendo, ou passando por momentos difíceis, ou não se sentindo bem naquele dia, mas nunca usávamos a palavra *deprimida*. Eu pensava que sua falta de interesse pelo que restara de sua família, por mim, era uma escolha. Pela primeira vez, considero a possibilidade de uma história diferente.

— Quando começou a tomá-las?

— Cerca de três anos atrás.

— Por que não foi a um médico mais cedo? — pergunto, presumindo que ela precisava do remédio há muito mais tempo.

— Seu pai e eu nunca pensamos nisso. Nossa geração não ia ao médico por causa de sentimentos. Íamos por causa de ossos quebrados, para uma cirurgia ou para ter bebês. Não acreditávamos em depressão. Nós dois pensávamos que eu precisava apenas de tempo para viver meu luto, e depois seria capaz de pôr um sorriso no rosto e seguir adiante.

— Isso não aconteceu.

— Não, não aconteceu.

Em toda a minha limitada experiência com minha mãe, nossas conversas sempre deslizaram pela superfície e não foram a lugar algum. É uma coisa tão pequena, ouvir minha mãe admitir o que nunca esteve em discussão, que ela não era feliz e que nunca seguiu adiante, mas sua franca confissão me estimula a continuar a conversa, a mergulhar em nossas águas profundas e escuras. Respiro fundo, sem saber que profundidade poderia ter o poço, ou com o que eu poderia me deparar pelo caminho.

— Você notou alguma diferença quando começou a tomar os comprimidos?

— Ah, de imediato. Bem, depois de um mês, mais ou menos. Foi como se estivesse dentro de uma nuvem escura, poluída, e ela enfim tivesse se dispersado e se afastado. Tive vontade de fazer coisas de novo. Comecei a cuidar do jardim novamente. E a ler. Ingressei em um clube do livro e uma associação de mulheres, a Red Hat. E comecei a sair para fazer caminhadas na praia todas as manhãs. Tinha vontade de me levantar a cada manhã e de fazer alguma coisa.

Três anos atrás. Charlie tinha quatro anos e Lucy dois. Bob ainda estava apaixonado por sua nova empresa, fazendo projeções para sua carreira, e eu ainda trabalhava na Berkley — escrevendo relatórios, viajando para a China, assegurando o sucesso e a longevidade de uma empresa de muitos milhões de dólares. E minha mãe estava fazendo jardinagem de novo. Lembro-me da sua horta. E estava lendo e passeando pela praia, mas não estava tentando restabelecer contato com sua única filha.

— Antes de começar a tomar o remédio, eu não tinha vontade de me levantar de manhã. Estava paralisada por vários "e se". E se eu tivesse prestado mais atenção em Nate na piscina? Ele ainda estaria aqui. Eu era a mãe dele, e não o protegi. E se alguma coisa acontecesse com você? Eu não merecia ser sua mãe. Não merecia viver. Pedi a Deus que me deixasse morrer em meu sono todas as noites durante quase trinta anos.

— Foi um acidente. Não foi sua culpa — digo.

— Às vezes penso que seu acidente foi minha culpa também — diz ela.

Encaro-a, sem compreender o que poderia estar querendo dizer com isso.

— Eu sempre rezava pedindo a Deus um motivo para estar na sua vida novamente, uma maneira de conhecer você de novo.

— Mamãe, por favor, Deus não me deu uma pancada na cabeça e levou embora o lado esquerdo de tudo para você poder entrar de novo em minha vida.

— Mas estou na sua vida porque você levou uma pancada na cabeça e perdeu o lado esquerdo de tudo.

Deus tem um plano.

— Sabe, você poderia simplesmente ter me telefonado.

E não envolvido Deus em uma lesão cerebral debilitante.

— Eu queria. Eu tentei, mas cada vez que pegava o telefone, ficava paralisada antes de terminar de discar. Eu não conseguia imaginar o que poderia dizer que fosse suficiente. Tinha medo de que você me odiasse, de que fosse tarde demais.

— Não tenho ódio de você.

Essas palavras escapolem da minha boca sem ponderação consciente, como se eu estivesse respondendo de maneira mecânica, como ao dizer *"Bem"* quando nos perguntam *"Como vai?"*. Mas nos momentos de silêncio que se seguiram, percebo que elas são verdadeiras e que não foram ditas apenas da boca para fora. Em minha complexa teia de sentimentos não tão admiráveis em relação a minha mãe, nem um fio é de ódio. Estudo-a e noto uma mudança palpável em sua energia, como se seu nível de vibração nervosa tivesse baixado. Não desaparecido, mas diminuído de modo considerável.

— Lamento tanto ter faltado a você, Sarah. Vivo com tanto pesar. Não ter tomado conta de Nate com mais atenção, não ter chegado a ele antes que fosse tarde demais, ter perdido todos esses anos com você, não ter começado a tomar antidepressivos mais cedo. Gostaria que essas companhias farmacêuticas fabricassem um comprimido antirremorso.

Compreendo esse desejo sincero e avalio o rosto da minha mãe — as linhas de ansiedade, que na verdade mais se parecem trincheiras de ansiedade, cavadas entre suas sobrancelhas e por toda a sua testa, a dor em seus olhos, o pesar gravado em cada traço. A cura para sua dor não está em algum remédio controlado aprovado pela Administração de Alimentos e Medicamentos. Minha mãe não precisa de mais um comprimido em sua caixinha. Ela precisa de perdão. Precisa do meu perdão. E embora *"Não tenho ódio de você"* e *"Não foi sua culpa"* tenham vindo como oferecimentos espontâneos, sinceros, sei que são, no máximo, apenas paliativos. "Ela não é feia" não é o mesmo que "ela é bonita" e "ele não é burro" não é o mesmo que "ele é inteligente". A cura da minha mãe de uma vida inteira de pesar reside nas palavras *"Eu te perdoo"*, pronunciadas somente por mim. Intuitivamente sei disso, mas alguma parte de mim, velha, ferida e precisando ela própria de uma cura, resiste a essa generosidade e não permite que essas palavras deixem a minha cabeça. E mesmo então, antes que pudessem ser pronunciadas, elas teriam que fazer a longa viagem da minha cabeça para o meu coração, para que pudessem ganhar a sinceridade de que precisariam para ser eficazes.

— Sinto pesar, também — é o que digo, sabendo que o peso do remorso de uma jovem irmã deve parecer infinitesimal comparado ao de uma mãe, um grão de poeira pousado em meus ombros comparado a um planeta inteiro no dela. — Ainda sinto falta dele.

— Eu também. Todos os dias. E ainda estou triste. Mas a tristeza não me engole inteira como antes. E há alegria agora. Vejo um pouco do Nate de um ano em Linus, e vejo muito dele em você e em Charlie. Cura a minha alma testemunhar pedaços dele ainda vivos.

Observo Linus puxando uma dúzia de trens ligados uns aos outros pela borda da mesa de centro. Eu tinha só três anos quando Nate tinha a idade de Linus, e não me lembro dele o bastante, seja fisicamente ou em personalidade, para ver uma semelhança neste momento. Pergunto-me o que a minha mãe vê. Olho pela janela e vejo Charlie brincando à distância, construindo uma montanha de neve. Lembro do espírito aventureiro de Nate, sua determinação, sua imaginação. Charlie tem todos esses traços. E eu também.

— E quanto a Lucy? Vê alguma coisa de Nate nela?

Lucy está brincando perto da casa. Suas luvas no chão, ela está polvilhando purpurina em vários ninhos feitos com gravetos, pedras e pinhas, pelo jeito lares para as fadas dos bosques em que acredita.

— Não. Essa criaturinha adorável é singular.

Nós duas rimos. Gosto do som do riso da minha mãe. Gostaria que ela tivesse encontrado essas pílulas quando eu era criança, que eu não estivesse descobrindo o som do riso da minha mãe aos 37 anos e ao preço de uma lesão cerebral traumática. Olho para sua caixinha de comprimidos. De repente me ocorre que ela tomou muito mais comprimidos do que seriam prescritos apenas para depressão. Para o que mais poderia estar tomando remédio? Eu gostaria de saber.

Capítulo 26

É quinta-feira e todos estão tendo uma ótima semana de férias. Passei os dois primeiros dias pisando em ovos com minha bengala após me dar conta de que tínhamos nos esquecido de trazer o Wii conosco de Welmont, supondo que esse lapso iria precipitar um desastre monumental envolvendo lágrimas, acessos de fúria e talvez obrigar Bob a fazer uma remessa urgente pela Federal Express, mas as crianças nem sequer perguntaram pelo console de videogame. Charlie e Lucy têm ficado fora de casa, ou se contentado em jogar jogos de "antigamente" com minha mãe e comigo, jogos que não exigem um lado esquerdo, como vou-fazer-um-piquenique, estou--pensando-em-um-animal e pedra-papel-tesoura (até as crianças sempre ganham de mim). Minha mãe também comprou 12 latinhas de massinha, e temos passado horas rolando e esculpindo (e Linus regalou-se saboreando uns pedacinhos sem autorização).

Não me esqueci de trazer a caneca de bolas de gude, mas não temos precisado disso também. Com todo o tempo que estão passando ao ar livre, as crianças chegam ao fim do dia exaustas e tenho ficado feliz em lhes permitir assistirem ao canal a cabo infantil durante uma hora antes de ir para a cama, de graça. E a atenção de Charlie pareceu normal a semana toda. Isso poderia ser atribuído a seu Concerta, mas minha mãe e eu achamos que ele se beneficia a olhos vistos com tanto tempo livre fora de casa, com o fato de não estar confinado por paredes, cercas ou um assento de sala de aula, com tanta atividade física e com dias que não passa correndo de uma obrigação para outra.

E, para ser sincera, acho que tenho me beneficiado por estar desplugada e livre de horários também. A única coisa que vi na tv a semana toda foi *Ellen*. Não chequei as notícias no pé da tela da

CNN nem assisti a noticiário algum, e não sinto falta. Sinto falta do trabalho, é claro, mas não daquele nervosismo que resulta de ter de reagir o dia todo e a qualquer segundo ao próximo telefonema urgente, aos trinta e-mails inesperados que chegam enquanto estou em uma reunião, ou a qualquer crise imprevista que está, sem dúvida, vindo em minha direção antes das seis horas da manhã. Tenho certeza que é eletrizante, mas é igualmente eletrizante observar a família de veados que se detém para nos dar uma espiada ao cruzar o campo no quintal.

Hoje de manhã minha mãe levou Charlie e Lucy para a montanha, onde terão aulas de esqui, e carregou Linus junto para dar uma volta. Após muitas súplicas sinceras, cedi ao desejo de Charlie de trocar os esquis por um snowboard. Ele teve a primeira aula ontem e ficou absolutamente fascinado. Snowboard é o que há de mais legal e fui proclamada a mãe mais legal que já existiu por lhe permitir tornar-se um irado praticante do esporte.

Hoje durante o café da manhã ele pediu permissão para faltar à aula e praticar por conta própria, argumentando com muita habilidade, mas eu disse que não. Como não sabemos praticar snowboard, Bob e eu não poderíamos lhe oferecer qualquer ajuda nas encostas (supondo que eu volte a elas). Ele precisa aprender bem as habilidades básicas e acredito que isso demanda mais de um dia. Ele afirma que já sabe tudo, e que a aula de hoje vai ser CHATA, mas Charlie sempre possui mais confiança do que habilidade, e até mais impaciência, e não quero que quebre o pescoço. Depois ele ficou amuado, mas não cedi. Por fim, tentou ganhar Lucy para a sua causa, na esperança de me atacar em grupo, mas Lucy gosta das suas aulas. Ela é cautelosa e sociável e prefere estar sob os olhos vigilantes e o encorajamento entusiástico dos instrutores. Quando finalmente percebeu que era a aula ou nada, ele desistiu, mas tomou-me o status da mãe mais legal que já existiu. Pelo menos eu o possuí por um dia.

Estou sentada à mesa da cozinha pintando um quadro do quintal, com as tintas a óleo do bonito estojo de pintura que minha mãe me deu de presente de Natal. Do lado de fora, o estojo é uma caixa de madeira lisa e simples, mas dentro dele há uma série de tintas a óleo, pastéis, acrílicos, lápis de carvão e pincéis — uma festa de cores e de possibilidades criativas. Espremi poças viscosas de preto de fuligem, branco de titânio, amarelo cádmio, azul ultramar, terra de siena queimada, terra de úmbria crua, carmim alizarin, e verde phthalo em minha paleta de vidro, e misturei outras tantas combinações com minha espátula de aço inoxidável. Algumas de minhas misturas resultaram em lama, mas outras se combinaram como que por mágica divina em novas cores que cantam, explodem e vivem.

Já se parecendo com uma pintura a óleo, a paisagem do nosso quintal é uma inspiração fácil — o campo coberto de neve protegido à distância por bordos e pinheiros, as colinas onduladas atrás deles, o céu azul enevoado acima, nosso galpão pintado de vermelho vivo, o velho catavento em forma de galo de cobre verde empoleirado no telhado. Faz anos que não seguro um pincel, mas o ato de pintar me chega sem esforço, como andar de bicicleta (embora eu tenha certeza de que andar de bicicleta não é o melhor exemplo disso para agora). Pintar é uma questão de ver. É uma questão de nos concentrarmos além das rápidas e sujas suposições que os olhos e as mentes costumam fazer e ver o que de fato está ali. É uma questão de despender tempo em cada detalhe. Vejo o céu, que não é simplesmente azul, mas de muitos azuis, brancos e cinzas, mais branco onde toca os morros e mais azul no alto da abóbada. Vejo os três diferentes tons de vermelho que a luz do sol e a sombra produzem no galpão; à distância, sobre os morros, sombras de nuvens dançam como fantasmas enfarruscados.

Estudo minha tela e sorrio, satisfeita com o que criei. Solto o pincel no vidro de picles onde estão os outros pincéis que já usei e empurro a tela para o lado para deixá-la secar. Tomo um golinho de café, que agora está gelado, e pouso os olhos na paisagem. Após alguns minutos, fico cansada do quintal e quero alguma outra coisa para fazer. Minha mãe deve estar para chegar. Ela me disse para não ficar vagando pela casa enquanto estivesse fora, e, embora eu esteja com muita vontade de ir me deitar no sofá, aprendi a lição daquela vez que "vaguei" até a geladeira. Decido limitar minha próxima atividade a alguma coisa que possa ser feita no lugar em que estou sentada.

Meu *New York Times* de domingo está sobre a mesa, bem ao meu alcance. Puxo-o para mim e começo a retirar seções, procurando pela Semana em Revista. Misturada às páginas dobradas, encontro a revista *People* da minha mãe. Pego-a e estudo a capa. Meu eu pré-acidente não poderia sequer acreditar que estou me detendo nisto. Ah, que diabo. Deixe-me ver o que Angelina Jolie anda aprontando.

Empurro o jornal para o lado e abro a revista, observando *en passant* fotografias de astros e as pequenas legendas que dizem quem foi visto com quem. Já percorri algumas páginas quando minha mãe irrompe na sala, bufando, com Linus nos quadris.

— Você está bem? — pergunto.

— Ele está ficando tão pesado — diz ela.

Ele é pesado, parecido no tamanho e na forma com um peru de Natal, mas na verdade emagreceu desde que começou a andar. Minha mãe o põe no chão, tira-lhe as botas e abre o zíper de seu casaco. Em seguida solta um suspiro de alívio e olha para mim. Seu rosto se ilumina.

— Arrá! — exclama, pegando-me com a boca na botija.

— Eu sei, eu sei.

— Não é ótimo?

— Ótimo é um pouco demais.

— Ora, vamos, é divertido. Digamos que é um prazer culpado. Não há nada de errado em ler um pouco por prazer.

— O *Times* de domingo me dá prazer.

— Ah, por favor! A expressão do seu rosto quando você está lendo aquilo é mais sofrida do que a de Charlie fazendo seu pior dever de casa.

— É mesmo?

— É. Parece que você está na cadeira do dentista.

Hum.

— Mas não posso substituir o *New York Times* pela *People*. Continuo precisando saber das notícias.

— Tudo bem, mas isto aqui pode ser um bom exercício para você, também. Por exemplo, diga o nome de todas as pessoas que estão nesta página — diz ela, de pé, atrás de mim.

— Renée Zellweger, Ben Affleck, não sei quem é essa mulher, e Brad Pitt.

— Katie Holmes, casada com Tom Cruise. Mais alguém?

Passo os olhos pela página de novo.

— Não.

— Ninguém perto do Brad Pitt? — pergunta ela em tom de desafio, dando a entender que não espera um sim ou um não, mas um nome como resposta.

Sem tentar descobrir quem é, chuto a resposta mais provável.

— Angelina.

— Não — diz ela, incitando-me com seu tom a tentar de novo. Hum. Não vejo ninguém. Ok. Olhe para a esquerda, examine a esquerda, vá para a esquerda. Imagino que estou procurando meu marcador de livro vermelho, embora não o tenha aqui. Veja só. Aqui está ele.

— George Clooney.

Eu não pensaria que mesmo uma lesão cerebral traumática poderia me impedir de notá-lo.

— Verdade, isto será um bom exercício para mim — digo, apreciando os olhos maliciosos, sorridentes de George.

— Muito bem, estou orgulhosa de você — diz minha mãe.

Ela nunca disse que estava orgulhosa de mim antes. Não disse quando me formei na faculdade, nem quando fui para a Harvard Business School, nem quando consegui meu emprego incrível, nem por minhas habilidades como mãe, nem de longe tão impressionantes mas ainda assim adequadas. A primeira vez que ela diz estar orgulhosa de mim é por ler a revista *People*. Esta talvez seja a coisa mais estranha de que uma mãe já se orgulhou.

— Sarah, está bonita — diz minha mãe, sua atenção se desviando para minha pintura.

— Obrigada.

— É verdade, você tem talento. Onde aprendeu a fazer isto?

— Tive algumas aulas na faculdade.

— Você é realmente boa.

— Obrigada — digo de novo, vendo prazer em seu rosto diante do que pintei.

— Gosto até da maneira como o lado esquerdo das coisas está faltando ou desaparece aos poucos.

— Onde?

— Em toda parte.

Olhe para a esquerda, examine a esquerda, vá para a esquerda. Encontro a borda esquerda da tela com a mão direita e em seguida desloco minha atenção através da pintura da esquerda para a direita. A primeira coisa que noto é o céu — tela branca completamente intacta na margem esquerda, passando pouco a pouco a um cinza enevoado, chegando quase a um azul de dia claro quando atinjo a borda direita. Tem-se quase a impressão de que uma manhã brumosa estava se limpando da esquerda para a direita através do horizonte. Os bordos não têm galhos à esquerda, os pinheiros só metade de suas agulhas verdes. E embora a mata estenda-se de fato quilômetros além do que os olhos podem ver em ambas as direções, em minha pintura ela só cresce à direita. O lado esquerdo da cada morro ondulado achata-se, e o lado esquerdo do galpão parece se dissolver no nada. Esqueci de pintar o catavento inteiro. Ele está plantado na metade esquerda do telhado do galpão.

Suspiro e pego um pincel que estava de molho em meu vidro de picles.

— Bem, isto será um bom exercício, também — digo, perguntando a mim mesma por onde começar a preencher as lacunas.

— Não, não faça isso. Deveria deixar assim. Está bom desse jeito.

— Está?

— É interessante de se ver, um tanto perturbador ou misterioso, mas não amedrontador. Está bom. Você deveria deixá-la assim.

Olho para minha pintura de novo e tento vê-la com os olhos da minha mãe. Tento, mas agora em vez de notar apenas o lado direito de tudo, noto todas as coisas que faltam. Todas as coisas erradas.

Omissões. Falhas. Negligência. Lesão cerebral.

— Mais tarde quer ir assistir ao fim da aula das crianças e almoçar no pavilhão? — pergunta minha mãe.

— É claro — respondo.

Continuo a olhar para minha pintura, as pinceladas, o sombreado, a composição, tentando ver o que minha mãe vê.

Tentando ver o que é bom.

Capítulo 27

Estou sentada com minha mãe em um compartimento dentro do pavilhão na base de Mount Cortland, meu ombro direito apertado contra a janela que dá para o lado sul da montanha. Minha mãe, sentada à minha frente, tricota um nada prático mas adorável suéter de lã marfim para Linus, que está deitado em seu carrinho com capota. Fico pasma ao vê-lo conseguir dormir com toda a atividade e barulho que há aqui. É quase hora do almoço e a sala começa a ficar lotada de esquiadores tagarelas e esfomeados, todos batendo suas botas pesadas no assoalho de madeira. Não há tapetes, cortinas ou qualquer tipo de tecido decorativo no pavilhão, nada para absorver o som, por isso todos os passos de bota e todas as vozes ricocheteiam pela sala inteira, criando uma reverberação dissonante que vai acabar me dando uma dor de cabeça.

Minha mãe notou um livrinho de quebra-cabeças tipo caça-palavras ontem na fila do supermercado, e lembrando-se de que Heidi costumava me dar exercícios semelhantes no Baldwin, comprou-o. Ela agarra qualquer oportunidade que encontra de ser minha terapeuta. Estou trabalhando em uma das páginas agora, e achei onze das vinte palavras. Suponho que as outras nove estejam escondidas em algum lugar no lado esquerdo, mas não estou a fim de procurá-las. Prefiro devanear olhando pela janela.

Ela está voltada para um dia claro e ensolarado que se torna ainda mais claro graças ao reflexo do sol em tanta brancura, e meus olhos apertados levam um minuto para se adaptar. Olho em volta procurando as crianças em suas aulas na pista Rabbit, acima do Tapete Mágico, e avisto Charlie no meio da encosta com seu snowboard. Ele cai para trás sobre o traseiro e para a frente sobre os joelhos a poucos segundos de intervalo, mas durante os poucos segundos entre uma queda e outra, enquanto está realmente de pé, parece estar se movendo muito bem, e a coisa parece divertida. Que bom que ele tem ossos jovens e cerca de um 1m20 de altura, não ficando muito longe do chão em que cai a todo instante. Não posso imaginar como eu ficaria dolorida, machucada e esgotada se caísse o mesmo número de vezes. Penso sobre os dois últimos meses. Bem, talvez seja capaz de imaginar.

Depois localizo Lucy parada no alto da esteira, provavelmente esperando por instrução. Diferente de seu destemido irmão, ela não moverá um esqui por iniciativa própria sem permissão expressa. Como ela continua não fazendo nada, e perdi Charlie de vista, minha atenção deriva para a direita, como tende a fazer, para a base de Fox Run e Wild Goose Chase, minhas duas pistas favoritas. Observo os esquiadores, gotas indistintas de vermelho, azul e preto navegando em um mar branco até embaixo, depois serpenteando na fila para o teleférico quádruplo diante de mim.

Gostaria de estar lá. Observo um casal, que presumo serem marido e mulher, parar lado a lado bem junto da minha janela. Suas faces e narizes estão cor-de-rosa, e eles estão sorrindo e conversando. Não consigo compreender o que estão dizendo. Por alguma razão quero que olhem para cima e me vejam, mas eles não o fazem. Viram-se para a montanha e entram na fila do teleférico, avançando alguns passos de cada vez, preparando-se para subir de novo. Eles me fazem lembrar de Bob e eu. Tudo à minha volta está me bombardeando os sentidos, provocando uma ânsia quase esmagadora de pegar meus esquis novos e lustrosos e subir nessa montanha — os sons do pavilhão, o cheiro de batata frita, a intensa luminosidade lá fora, imaginar a sensação do frio ar de montanha dentro dos meus pulmões e contra minhas faces e meu nariz, observar a euforia compartilhada do jovem casal ao terminar uma excelente descida. Quero estar lá fora.

Você vai estar. Mas não estou tão segura de mim mesma. Tenho tido bastante dificuldade para andar em pisos planos, não escorregadios, com o auxílio de minha bengala de vovó. *Você VAI estar*, insiste meu eu pré-acidente, seu tom não deixando qualquer espaço para qualquer outra possibilidade aceitável. Meu eu pré-acidente é muito pragmático, e ocorre-me que, como Charlie, ele tem mais confiança do que elementos para respaldá-la. *Você vai estar.* Desta vez é a voz de Bob em minha cabeça, segura e encorajadora. De maneira relutante, acredito nele.

— O que é aquilo? — pergunta minha mãe.

— O quê? — pergunto, com receio de ter dito em voz alta alguma coisa do que estava pensando.

— Ali. Aquela pessoa descendo a montanha sentada.

Examino as gotas na encosta e não vejo do que ela está falando.

— Onde?

— Ali — diz, apontando. — E há um esquiador de pé atrás dela.

Finalmente localizo o que ela vê. Mais perto agora, parece que a pessoa da frente está sentada em um trenó preso a um esqui, e a pessoa atrás está esquiando e segurando algum tipo de alça presa ao trenó, provavelmente conduzindo-o.

— Deve ser um deficiente físico — digo.

— Talvez você pudesse fazer aquilo — diz minha mãe, sua voz alvoroçada quicando pela mesa até mim como uma bola de pingue-pongue.

— Não quero.

— Por que não?

— Porque não quero esquiar sentada.

— Bem, talvez haja uma maneira de você fazer isso de pé.

— Sim, chama-se esquiar.

— Não, me referi a uma maneira especial.

— Você quer dizer uma maneira limitada.

— O que quero dizer é que talvez haja uma maneira para você esquiar agora.

— Não quero esquiar agora, a menos que possa fazê-lo da maneira normal. Não estou preparada. Não quero ser uma esquiadora deficiente.

— Você é a única que está usando essa palavra, Sarah.

— Não importa. Não temos nenhum equipamento "especial", não vou investir milhares de dólares em algum tipo de trenó que, para início de conversa, não quero usar.

— Talvez eles os tenham aqui. Por favor, senhorita!

Minha mãe chama a atenção de uma jovem que está passando por nossa mesa. Ela usa o blusão de esqui vermelho e preto que identifica a equipe de Mount Cortland.

— Está vendo aquela pessoa esquiando sentada ali adiante? Ela alugou aquele equipamento aqui?

— Sim, é da AEDNI, Associação de Esportes para Deficientes da Nova Inglaterra — diz ela. Lança os olhos na minha bengala. — É no prédio ao lado. Posso levá-las lá se quiserem.

— Não, muito obrigada — digo, antes que minha mãe tenha uma chance para começar a guardar nossas coisas. — Só curiosidade, obrigada.

— Gostariam de mais alguma informação?

— Não, estamos satisfeitas, obrigada — digo.

— Certo. Bem, a AEDNI fica aqui ao lado, caso mudem de ideia — diz ela e se afasta.

— Acho que deveríamos dar uma olhada — diz minha mãe.

— Não quero.

— Mas você anda louca para esquiar.

— Aquilo não é esquiar, é sentar.

— Parece mais com esquiar do que ficar sentada neste compartimento. É ao ar livre. É uma maneira de descer a montanha.

— Não, muito obrigada.

— Por que não fazer uma tentativa?

— Não quero.

Gostaria que Bob estivesse aqui. Ele teria encerrado esta conversa em dois tempos. O "esquiador" e o guia atrás dele param diante da nossa janela. O guia usa um blusão vermelho e preto igual ao da moça com quem acabamos de falar. Um instrutor. As pernas do "esquiador" estão presas uma à outra e ao trenó. O "esquiador" provavelmente é paralítico da cintura para baixo. Eu não sou paralítica. Ou talvez o "esquiador" tenha sofrido uma amputação, e uma ou ambas as pernas são próteses. Eu tenho minhas duas pernas. O "esquiador" e o instrutor conversam durante um minuto. O "esquiador" tem um enorme sorriso no rosto. Em seguida o instrutor guia o "esquiador" direto para a frente da fila, onde ambos embarcam no teleférico quádruplo com muito mais facilidade do que eu esperava.

Vejo-os subindo montanha acima e acompanho sua ascensão até que a cadeira deles fica pequena demais para eu distingui-la. Passo a meia hora seguinte antes do almoço observando pessoas ziguezagueando com seus esquis e snowboards pela Fox Run e pela Wild Good Chase. Mas, para ser sincera, não estou apenas observando a atividade na montanha com olhos passivos. Estou procurando o "esquiador" sentado e seu guia. Mas não os vejo de novo.

Continuo a lançar olhares furtivos pela janela durante todo o almoço, mas ainda assim não os avisto. Devem ter passado para outro conjunto de pistas. Dou mais uma olhada quando estamos guardando nossas coisas para voltar para casa. Ainda não os vejo.

Se fecho os olhos, porém, posso ver o rosto sorridente do "esquiador".

Capítulo 28

Aproxima-se o fim de janeiro e Bob e eu estamos de volta à sala de aula do primeiro ano da srta. Gavin. Desta vez, porém, ela nos forneceu cadeiras de adulto, e meus sapatos são provavelmente tão feios quanto os dela. O ano escolar na Escola Primária de Welmont é dividido em trimestres, e estamos mais ou menos na metade do segundo. A srta. Gavin pediu um encontro conosco para conversar sobre o progresso de Charlie antes que os próximos boletins sejam enviados aos pais.

Assim que nos sentamos, Bob estende o braço e segura minha mão esquerda. A srta. Gavin nos dirige um sorriso amável, provavelmente interpretando nossas mãos dadas como um sinal de que estamos nervosos e nos preparando para o impacto de notícias desencorajadoras, um amável oferecimento de apoio emocional. Embora eu detecte um elemento de solidariedade ansiosa no toque de Bob, penso que ele está segurando a minha mão sobretudo para mantê-la parada.

A maior parte do tempo, meu braço esquerdo pende reto do meu ombro, inútil, mas não chamando atenção para si mesmo. Recentemente, porém, minha mão esquerda começou a demonstrar interesse pelas conversas e a fazer gestos sem o meu conhecimento.

Meus terapeutas ambulatoriais, Heidi, minha mãe e Bob, todos pensam que é uma boa evolução, um sinal positivo de que a vida retorna a meu lado esquerdo, e concordo, mas para mim é também um novo sintoma assustador, porque é como se o titereiro fosse outra pessoa que não eu. Por vezes os gestos são pequenas expressões que acrescentam uma ênfase apropriada ao que estou dizendo; outras vezes, porém, são movimentos completamente

desconectados de qualquer conteúdo decifrável da minha fala —
meu braço parece simplesmente vagar a esmo, e até de maneira
espasmódica. Ontem, durante uma discussão envergonhadamente
apaixonada sobre um episódio da série *Kate Plus 8* com minha
mãe, minha mão esquerda passeou até o meu seio esquerdo e lá
ficou. E eu só soube disso depois, porque, após compartilhar uma
longa gargalhada com Bob à minha custa, minha mãe me deixou
saber qual era a piada e tirou minha mão do meu peito para mim
(já que não fui capaz de tirá-la de lá por minha própria vontade).
Portanto Bob poderia estar segurando minha mão em um gesto
de apoio amoroso, mas é provável que esteja mais preocupado em
impedir que eu comece a me apalpar diante da srta. Gavin. Seja
qual for a razão, sinto-me agradecida.

— Ficamos tão satisfeitos ao saber que voltou para casa, senhora
Nickerson — diz a srta. Gavin.

— Muito obrigada.

— Como está passando? — pergunta ela.

— Bem.

— Que bom. Fiquei tão preocupada ao saber o que aconteceu.
E com sua ausência tão prolongada de casa, temi também que o
comportamento de Charlie fosse afetado e ele ficasse ainda mais
para trás.

Faço um sinal de assentimento e espero que ela entre em porme-
nores sobre a lista de suas alterações de comportamento e a significativa extensão de seu declínio. Bob aperta a minha mão. Ele
está esperando, também.

— Mas ele está se saindo muito bem. Eu diria que ele fica melhor
durante as manhãs do que à tarde, e isso talvez ocorra porque a
ação máxima do remédio se dá logo depois que o toma, de manhã,

e vai se reduzindo à medida que o dia avança, ou talvez porque ele esteja cansado à tarde, mas de modo geral posso sem dúvida ver uma melhora.

Ufa! Esperava o tempo todo ouvir esse tipo de notícia sobre Charlie, mas não ousava expressar isso em voz alta. Ele está tão melhor em casa — terminando seu dever em menos de uma hora e sem maiores negociações ou drama, lembrando-se de calçar os sapatos se lhe mando calçar os sapatos, não perdendo mais da metade de suas bolas de gude do dia —, mas não sabíamos se qualquer dessas melhoras de comportamento em casa estava se repetindo na sala de aula. Bob dá uma sacudidela feliz na minha mão, e esperamos que a srta. Gavin fale mais sobre os detalhes e a extensão da melhora de Charlie.

— Ele está seguindo mais instruções, e na maioria das vezes é capaz de terminar os exercícios que dou à classe.

Ela entrega a Bob uma pilha de papéis brancos. Ainda segurando minha mão esquerda, Bob me passa folha por folha. Cada uma tem o nome de Charlie no alto, escrito a lápis com sua letra. Na maior parte delas, Charlie respondeu a todas as questões, o que por si só é uma façanha digna de nota, e pelo que posso ver, só uma, duas ou três das cerca de dez questões de cada página estão erradas. *Ótimo trabalho!, Muito bem! e Bom trabalho!* estão escritos com marcador vermelho no alto de quase todas as folhas, com pontos de exclamação extras e carinhas sorridentes acrescentadas a muitos. Acho que nunca vi o trabalho de Charlie ser elogiado antes.

— Aqui está o último — diz Bob.

É uma folha de problemas simples de matemática. *100%!!!* está escrito e circulado no alto. Uma nota perfeita para o meu belo menino imperfeito.

— Podemos levar isto para casa? — peço, com um sorriso exultante.

— É claro — diz a srta. Gavin, sorrindo-me de volta.

Não vejo a hora de trocar expressões de entusiasmo diante desta página particular de probleminhas de soma e subtração com minha mãe, que ficará igualmente empolgada, e prendê-la com ímãs no centro da porta da geladeira. Ou talvez devamos emoldurá-la e pendurá-la na parede da sala de jantar.

— É um enorme progresso, não acha? — pergunta a srta. Gavin.

— Da água para o vinho — diz Bob.

— Deixo-o usar uma ficha amarela extragrande para bloquear as questões abaixo da que está respondendo. Recortar as questões em tiras individuais tomava muito tempo, e as outras crianças ficavam interessadas em seu "projeto de arte" e de repente todo mundo queria recortar suas folhas também. Assim, não me incomodo que vocês façam isso em casa, mas aqui usamos as fichas amarelas, e parece estar funcionando bem.

— Certo, talvez assim fique mais fácil para nós, também. Ele fica sentado ou de pé? — pergunto.

— Eu lhe disse que pode fazer como preferir, e ele ficava sobretudo de pé, mas agora voltou a se sentar. Concordo que ficar de pé o ajuda a se manter concentrado no que está fazendo, mas algumas das outras crianças estavam implicando com ele por causa disso. Alguns dos meninos andaram caçoando dele.

Quem? Quem está implicando com ele? Dê-me nomes, quero nomes.

— De que maneira? — pergunta Bob.

— Bem, quando ele ficava de pé, alguém puxava sua cadeira para trás, para que, ao se sentar de novo, ele caísse no chão. Um dia, um deles pôs um cupcake de chocolate do lanche na cadeira de

Charlie, e depois de terminar seu trabalho ele se sentou no bolinho. Caçoaram dele, dizendo que o chocolate era cocô. Começaram a chamá-lo de Calça de Cocô.

Sinto como se a srta. Gavin tivesse acabado de me dar um pontapé no peito com seu sapato feioso. Meu pobre Charlie. Olho além dela e percebo o cartaz das "estrelas da soletração". O retrato de Charlie foi acrescentado ao elenco de personagens. Ele tem os olhos apertados por um sorriso exagerado. Há quatro outras fotos de meninos no quadro. Eles também sorriem. Um minuto atrás, eu teria dito que eram todos umas graças, mas agora vejo uma quadrilha de monstrinhos corrompidos. Maçãs podres. Por que Charlie não nos falou sobre nada disso?

— O que fez em relação a isso? — pergunta Bob.

— Repreendo as crianças que estão caçoando dele quando percebo, mas tenho certeza de que a maior parte disso se passa abaixo do alcance do meu radar. E infelizmente os castigos parecem estimular as crianças ainda mais.

Posso imaginar. Advertências verbais, não sair na hora do intervalo ou ser mandado para a sala do diretor só vão pôr lenha na fogueira. Mas certamente há alguma coisa que podemos fazer. Fantasias implausíveis de vingança começam a se desdobrar na minha mente. Olho por olho, cocô por cocô. Aperto minha raiva impotente no cabo da minha bengala. Bengaladas. Bengaladas funcionariam para mim.

— Mas e então? Charlie tem simplesmente que aguentar isso? — pergunta Bob. — Que tal transferir as crianças que o estão importunando para outra parte da sala?

— Fiz isso. Ele pode ficar de pé sem que ninguém o perturbe, mas parece que está preferindo ficar em sua cadeira enquanto trabalha. Creio que simplesmente quer ser como todos os outros.

Sei como ele se sente.

— Sei que não deveria usar essa palavra no mundo politicamente correto de hoje, mas acha que algum dia ele será "normal"? — pergunto.

Meu coração estremece. Sei que estou perguntando sobre Charlie, mas sinto minha própria pergunta como se dissesse respeito a mim. Serei algum dia completamente normal? Verei algum dia "100%" escrito no alto da minha folha? A srta. Gavin faz uma pausa, e posso ver que escolhe as palavras com cuidado antes de abrir a boca. Sei que sua resposta será apenas a opinião de uma jovem professora sobre um jovem aluno, baseada em uma experiência muito limitada com ele, mas meu coração, impermeável a essa lógica, sente que de alguma maneira a verdade tanto sobre Charlie quanto sobre meu destino repousa no que ela está prestes a dizer, como se ela estivesse prestes a pronunciar uma profecia. Aperto minha bengala.

— Creio que entre a medicação e os ajustes comportamentais e dietéticos como os que vocês vêm fazendo, e todo o reforço positivo e o apoio que está recebendo, o TDAH de Charlie não o impedirá de realizar seu pleno potencial acadêmico. Realmente aplaudo vocês dois por terem agido tão rapidamente. Muitos pais passariam um longo tempo me ignorando ou culpando a mim e ao sistema escolar antes de fazer o que vocês fizeram para ajudá-lo.

— Obrigado. É um alívio tão grande ouvir isso — diz Bob. — Mas e quanto aos outros aspectos da vida de uma criança normal, como integrar-se ao grupo?

Ela hesita.

— Só entre nós? — pergunta, ainda hesitando. — Tenho um aluno que rói as unhas de maneira obsessiva até o toco, outro que não consegue parar de enfiar o dedo no nariz, uma aluna que cantarola enquanto trabalha e outra que gagueja. Todo ano as crianças com dentes salientes são apelidadas de "Pernalonga" e as que usam óculos são chamadas de "quatro-olhos". Sei que todos os pais querem que seus filhos se adaptem, e nenhum merece caçoadas, mas a experiência de Charlie me parece bastante normal para um aluno do primeiro ano.

Sorrio, libertando todo o medo e desejo de vingança do meu coração, substituindo-os por uma aceitação de braços abertos e uma empatia que se estendem primeiro a Charlie com sua ficha amarela, sua caneca de bolas de gude, seus resultados abaixo de 100% e seus fundilhos manchados de chocolate. Depois se expande para incluir toda a sua diversificada turma de primeiro ano, com todos os seus tiques malucos, idiossincrasias e deficiências. E depois chega à srta. Gavin e seus sapatos feiosos, por possuir paciência e coragem para lhes ensinar e lidar com eles todos os dias. E, como tenho um pouco mais, estende-se para me incluir. Uma mulher de 37 anos cujo marido lhe segura a mão esquerda para que ela não agarre inconscientemente o próprio seio.

— E o normal é superestimado, se querem saber minha opinião — diz a srta. Gavin.

— Concordo — digo.

A srta. Gavin sorri. Mas inquieto-me com o futuro de Charlie. Quando os outros alunos pararem de enfiar o dedo no nariz, as crianças com dentes salientes começarem a frequentar um orto-dontista, as que usam óculos passarem a usar lentes de contato, será que o TDAH de Charlie continuará fazendo dele um excluído? Esportes são excelentes para proporcionar a integração em um grupo, mas Charles tem muita dificuldade em esperar sua vez, manter-se na devida posição, jogar de acordo com as regras — todas qualidades necessárias para se ter sucesso no futebol, no basquete, no *t-ball*. Ele já não gosta de praticar nenhum desses esportes, mas é criança demais para perceber que são opcionais. Nós o matriculamos em tudo que é oferecido para sua idade, e ele comparece aos treinos e aos jogos assim como comparece à escola, porque o mandamos fazê-lo e o levamos lá. Mas chegará a uma idade, que talvez não esteja muito distante, em que, se não melhorar, provavelmente vai preferir abandonar esses esportes. E perderá todas aquelas oportunidades de se integrar e formar as amizades duradouras que fazer parte de uma equipe propicia. É uma pena não vivermos perto de uma montanha. Provavelmente ele floresceria em uma equipe de snowboarding.

— Portanto, continuem o que estão fazendo em casa. Eu queria apenas que soubessem que ele está se saindo muito melhor aqui. Creio que todos vocês ficarão muito orgulhosos com o boletim dele desta vez — diz a srta. Gavin.

— Muito obrigado. Ficaremos — diz Bob.

As CRIANÇAS DA TURMA DE Charlie estavam brincando lá fora no intervalo durante nosso encontro. Como só deverão voltar para suas salas dentro de alguns minutos, Bob e eu decidimos ir até lá e dizer oi a Charlie antes que Bob me leve para casa e volte ao trabalho. Vamos até a beira do longo caminho de pedras até que ambos paramos para observar uma grande comoção irrompendo perto dos balanços. Parece que duas crianças estão brigando, e uma professora está tendo enorme dificuldade em apartá-las. Todas as outras atividades no pátio ficaram suspensas; todos observam para ver o que vai acontecer. Do ponto onde Bob e eu estamos parados, não consigo divisar os rostos das duas crianças, mas no instante seguinte reconheço um dos dois casacos. O casaco de esqui laranja North Face de Charlie.

— Charlie! — grito.

Bob solta minha mão esquerda e corre em direção a ele. Cada músculo do meu corpo quer correr para Charlie também, mas meu cérebro avariado não permite. Meu filho está em perigo, ou em apuros, ou ambos, ao alcance dos meus olhos, e não posso ir até ele seja para salvá-lo ou para repreendê-lo. Agora Bob está no chão com Charlie, e a professora arrasta a outra criança pela mão. Eu avanço a bengala, dou um passo, arrasto o pé e respiro, frustrada cada vez que movo uma perna e impaciente cada vez que arrasto a outra, furiosa comigo mesma por ainda não estar lá.

— O que aconteceu? — pergunto quando por fim os alcanço.

Charlie dá pontapés na neve suja com suas botas e não diz nada. Seu nariz está escorrendo e ele respira com dificuldade pela boca. O rosto e as unhas estão imundos, mas não vejo nenhum sangue.

— Vamos, responda à sua mãe — diz Bob.

— Ele disse uma coisa feia — fala Charlie.

Olho para Bob. Esse deve ser um dos meninos que andaram caçoando dele. Tento examinar a esquerda para ver que menino a professora deteve, mas não consigo encontrá-los.

— Aquele menino o xingou? — pergunto.

Charlie para de chutar o chão e levanta os olhos para mim.

— Não — diz ele. — Ele xingou você. Chamou você de aleijada bocó.

Paro, atordoada, incapaz de começar a fazer o discurso clichê pré-embalado que toda mãe tem no bolso do avental sobre a inocuidade das palavras. Tento examinar a esquerda de novo, perguntando-me se o menino poderia ser o tal que enfia o dedo no nariz ou o gago, mas ainda não consigo vê-lo. Volto a Charlie.

— Obrigada por me defender — digo, amando-o. — Mas você não deveria brigar por isso.

— Mas... — diz Charlie.

— Nada de "mas". Nada de luta. Depois, aquele menino nem sabe do que está falando. Sou a aleijada mais inteligente que ele já viu.

Capítulo 29

De nosso compartimento no pavilhão da base, minha mãe e eu passamos a última hora observando Bob e Lucy esquiarem juntos na pista Rabbit. Depois de muita amofinação, muito gemido, súplica e negociação — e finalmente porque de fato dominou os fundamentos na última semana do recesso de fevereiro —, Charlie por fim realizou seu desejo de sair do morrote onde são dadas as aulas. Volta e meia nós o avistamos descendo a toda pela Fox Run. Nunca consigo ver seu rosto, mas imagino que esteja sorrindo de orelha a orelha.

— Acho que vou voltar para casa — diz minha mãe, as sobrancelhas franzidas, enfrentando algum tipo de dor.

— Está se sentindo mal? — pergunto.

— Não é nada. Acho que o sol está me dando um pouco de dor de cabeça. E não dormi bem. Quero tirar um cochilo com Linus. Você quer ir?

— Não, vou ficar.

— Tem certeza?

— Tenho. Você tem certeza de que está bem? — pergunto.

— Só preciso me deitar. Ligue para mim se precisar.

Ela recolhe as latas de massinha, os livros de papelão e os caminhões com que Linus estava brincando e joga tudo na bolsa de fraldas. Depois desliza para fora do compartimento, afivela Linus no carrinho e sai.

É de manhã, ainda cedo, e o pavilhão está sossegado. Olho pela janela, mas não vejo Bob, Lucy ou Charlie. Minha mãe deixou comigo o bloco de desenho e lápis, o livro de caça-palavras e a última revista *People*. Mas já dei uma olhada nessa edição e não estou com disposição para desenhar. Deveria caçar palavras. Meu terapeuta ambulatorial acha que esse tipo de exercício pode me ajudar a encontrar as letras mais à esquerda no teclado do meu computador, e preciso acelerar minha datilografia se quiser voltar ao trabalho. Como isso é sem sombra de dúvida o que quero fazer, deveria resolver todos os quebra-cabeças deste livro. Mas não estou a fim.

Sem um destino específico em mente, decido sair para andar um pouco. Não há de fato lugar algum para se ir a pé, exceto o estacionamento, e esse provavelmente não é o lugar mais seguro para o passeio de alguém que não percebe com facilidade informação proveniente da esquerda e não consegue sair com facilidade do caminho. Mas estou cansada de ficar sentada neste compartimento e raciocino que um pouco de ar fresco me fará bem.

Minha bengala e eu saímos do pavilhão, e no mesmo instante sinto-me animada pelo ar frio e pelo sol quente. Sem planejar ir para lá, e continuando a ir mesmo depois de perceber para onde estou indo, ando até o prédio ao lado. Paro apenas para ler a tabuleta na porta. ASSOCIAÇÃO DE ESPORTES PARA DEFICIENTES DA NOVA INGLATERRA. Depois subo pela rampa de deficientes e entro.

Fico surpresa ao ver que o aspecto é o de um típico pavilhão de esqui — assoalho de pinho, bancos de madeira, tigelas de vidro expostas em um balcão cheio de aquecedores de mão, protetores labiais e filtro solar, um rack de metal cheio de óculos de sol polarizados. Acho que eu estava esperando alguma coisa mais parecida com um hospital de reabilitação. Há apenas uma pessoa na sala além de mim, um rapaz de cadeira de rodas para quem eu daria uns vinte e poucos anos. Pelo seu cabelo batido e idade, suponho que é um veterano da guerra do Iraque. Parece confiante e relaxado, como se tivesse estado aqui dezenas de vezes antes.

Está ocupado ajustando as correias em volta das pernas e não parece me notar.

— Posso ajudá-la? — pergunta um homem que veste o blusão vermelho e preto da equipe e exibe um sorriso entusiástico.

— Estou só dando uma olhada — digo, tentando não o olhar nos olhos.

— É uma esquiadora? — pergunta ele.

— Era.

Ambos lançamos um olhar para minha bengala de vovó e inclinamos solenemente a cabeça.

— Sou Mike Green — diz ele.

Ele sustenta seu sorriso afável e alegre, esperando que eu retribua dizendo o meu nome, mas sinto-me bastante relutante em abdicar do meu anonimato. Seus grandes dentes brancos, que parecem mais brancos graças ao contraste com sua pele bronzeada de esquiador — um marrom dourado em todo o rosto, exceto pela máscara pálida, no formato de óculos de sol, em volta dos olhos; uma espécie de quati às avessas —, não mostram sinal de recuo.

— Sou Sarah Nickerson — digo, dando-me por vencida.

— Sarah! Temos estado à sua espera! Que bom que enfim você veio!

Agora ele sorri para mim como se fôssemos velhos amigos, deixando-me constrangida e sentindo que é hora de me desculpar e ir arriscar a sorte esquivando-me de carros no estacionamento.

— À minha espera?

— Sim. Conhecemos sua encantadora mãe algumas semanas atrás. Ela já preencheu quase todos os formulários para você.

Ah, agora entendo. Claro que ela fez isso.

— Sinto muito, ela não precisava ter feito isso.

— Não se desculpe. Estamos prontos para levá-la à montanha quando quiser. Mas tem razão. Você não é mais uma esquiadora. Pelo menos por enquanto.

Começou. Começou a conversa inspiradora e persuasiva de vendedor sobre o maravilhoso e milagroso trenó. Começo a pensar em maneiras eficazes de interrompê-lo e comunicar-lhe polidamente "*Não, nem em um milhão de anos, senhor*", sem o insultar e antes que ele gaste muito de sua energia e do meu tempo.

— O apropriado para você é o snowboard — diz ele, absolutamente sério.

Isso não é de maneira alguma o que eu esperava ouvir. Não em um milhão de anos.

— O apropriado para mim é o quê?

— O snowboard. Podemos pôr você em um snowboard hoje se estiver disposta.

— Mas não sei como praticar snowboard.

— Eu vou ensinar você.

— É um snowboard normal? — pergunto, vendo a saída.

— Tem um ou outro acessório extra, mas, sim, é um snowboard comum — diz ele.

Lanço-lhe o mesmo olhar que Charlie e Lucy me dão quando lhes digo que brócolis é uma delícia.

— Afinal de contas, o que é normal? Todo mundo precisa de equipamentos para descer pela montanha. O normal é superestimado, se quer saber minha opinião — diz ele.

O normal é superestimado. Exatamente as palavras que a srta. Gavin usou ao falar sobre Charlie. E concordei com ela. Minha expressão se suaviza, como se eu estivesse considerando como brócolis poderiam ficar deliciosos se polvilhados com um pouco de parmesão, e Mike vê a sua oportunidade.

— Vamos, deixe-me mostrá-lo para você.

Minha intuição me diz para confiar nele, que esse homem sabe muito mais sobre mim do que meu nome e tudo quanto minha mãe possa lhe ter contado.

— Ok.

Ele bate as mãos uma na outra.

— Ótimo. Siga-me.

Ele passa pelo veterano na cadeira de rodas e vai até o vão da porta que dá para uma sala adjacente, depressa demais para que eu o acompanhe. Espera na soleira, observando-me caminhar. Avaliando-me. Avance a bengala, dê um passo, arraste o pé. Provavelmente está reconsiderando toda a sua ideia do snowboard. Avance a bengala, dê um passo, arraste o pé. Provavelmente está pensando que o trenó seria mais apropriado para mim. Avance a bengala, dê um passo, arraste o pé. Posso sentir o olhar do veterano sobre mim, e provavelmente ele concorda. Levanto os olhos para a parede à minha frente e noto o cartaz de uma pessoa na montanha sentada em um trenó, seu guia esquiando atrás dela. O pânico começa a correr pela minha cabeça, quer eu queira quer não, suplicando a cada parte de mim que seja sensata e diga a Mike que não posso acompanhá-lo, que tenho de ir embora, que meu marido está à minha espera no pavilhão, que preciso voltar para meus caça-palavras, que deveria estar em algum outro lugar agora mesmo, mas não digo nada e o acompanho à sala adjacente.

A sala parece um depósito abarrotado de equipamentos modificados de esqui e snowboard. Vejo montes de bastões de esqui de alturas variadas com esquis em miniatura afixados à base, hastes de madeira com bolas de tênis enfiadas nas pontas, todos os tipos de botas e peças de metal. Quando fico face a face com uma longa fileira de trenós apoiados contra a parede diante de mim, meu pânico chega às raias do insuportável e transforma-se em um completo acesso de fúria.

— É com este que eu gostaria que você começasse.

Enquanto examino o campo à minha esquerda, tentando situar Mike, seus dentes brancos e o trenó com que ele quer me iniciar, sinto-me cada vez mais tonta. Eu deveria ter ficado no pavilhão com a minha revista *People* e meus caça-palavras. Deveria ter ido para casa com a minha mãe e tirado um cochilo. Mas quando o encontro, ele não está parado perto de nenhum dos trenós. Está diante de um snowboard. Meu pânico declina e se acalma, mas permanece cético e em alerta e não está nada embaraçado ou contrito pelo alarme falso.

Pelo pouco que sei sobre snowboards, este parece basicamente normal. Um corrimão de metal está aparafusado na tábua em frente às fixações das botas, elevando-se até a altura aproximada da cintura, lembrando-me uma barra de apoio. Sob os demais aspectos, porém, parece um snowboard comum.

— Que tal? — pergunta ele.

— Não é horrível. Mas não compreendo por que você acha que posso andar num snowboard.

— Você não consegue controlar sua perna esquerda, certo? Então vamos quase nos livrar dela. Vamos prendê-la no lugar junto da sua perna direita sobre a tábua, e, onde você for, não precisa arrastá-la, levantá-la ou conduzi-la para lugar algum.

Parece atraente.

— Mas como eu me viraria?

— Ah, esta é mais uma razão para você praticar snowboard. Esquiar é uma questão de equilibrar-se ora à esquerda, ora à direita, mas no snowboard o equilíbrio se desloca para trás e para a frente.

Ele demonstra empurrando os quadris para a frente e depois empinando o traseiro para fora, dobrando os joelhos em ambas as posições.

— Aqui, dê-me suas mãos, faça uma tentativa.

Ele fica de frente para mim, segura minhas mãos e mantém meus braços firmes em frente a mim. Tento copiar o que ele fez, mas mesmo sem um espelho diante de mim para me ver, percebo que o que estou fazendo lembra mais Martin Short imitando posturas sexuais do que alguém equilibrando-se num snowboard.

— Mais ou menos isso — diz ele, tentando não rir. — Imagine que você está agachada sobre o assento de uma privada pública em que não quer se sentar. Essa é a posição para trás. Depois imagine que você é um homem fazendo xixi na mata à distância. Essa é a posição para a frente. Tente de novo.

Ainda me agarrando às suas mãos, estou prestes a balançar para a frente, mas fico paralisada, sentindo-me esquisita por fingir fazer xixi em Mike.

— Desculpe-me, minha descrição é um pouco grotesca, mas funciona. Para a frente e na ponta dos pés, para trás e sentada nos seus calcanhares.

Faço mais uma tentativa. Jogo o lado direito do quadril para a frente e depois para trás, para a frente e para trás. E, de modo diferente do que acontece quando movo a perna esquerda ou minha mão esquerda, quando movo o lado direito, o lado esquerdo vai com ele. Sempre. Se é assim que se governa um snowboard, parece que eu sou capaz de fazer isso.

— Mas o que faço para parar? Como eu controlaria minha velocidade?

— Esta barra do condutor é para o seu equilíbrio, para você se sustentar como está fazendo com minhas mãos agora. Mas, para começar, é também para um de nós, instrutores, agarrar. Se subirmos hoje, vou descer de snowboard de frente para você, e vou controlar a velocidade em que você segue. Quando estiver conseguindo se equilibrar, vamos passá-la para um destes.

Ele me mostra outro snowboard. Este não tem uma barra de apoio, e a princípio não noto nada de especial nele, depois Mike passa uma corda preta por um anel de metal preso ao bico da tábua.

— Em vez de me impulsionar contra você pela frente, vou me agarrar a esta corda por trás de você e ajudar a regular sua velocidade.

Imagino um cachorro na correia.

— Depois, a partir daí, você continuará por conta própria.

Ele arranca a corda do anel como se dissesse *Tchan! Um snowboard normal!*.

— Mas como vou evitar colidir com outras pessoas na pista? Quando estou concentrada em alguma coisa, não vejo nada à minha esquerda.

Ele sorri, reconhecendo que conseguiu fazer com que eu me imaginasse na montanha.

— Essa é a minha tarefa até você conseguir fazer isso por si mesma. E, quando experimentar sem a barra do condutor, vai poder usar um *outrigger*, se quiser — diz ele, agora segurando um bastão de esqui com um pequeno esqui preso à ponta. — Isto lhe daria um ponto de contato adicional com o chão, como sua bengala, proporcionando alguma estabilidade extra a você.

— Não sei — digo.

Procuro outra *objeção*, mas não consigo encontrar nenhuma.

— Vamos experimentar. O dia está lindo, e eu adoraria levar você lá — diz ele.

— Você disse que minha mãe preencheu a *maioria* dos meus formulários? — digo, recorrendo à última objeção possível.

— Ah, sim. Há umas duas perguntas regulamentares que sempre fazemos e que só você pode responder.

— Ok.

— Quais sãos seus objetivos a curto prazo nos esportes de inverno?

Penso. Alguns minutos atrás, meu único objetivo era andar um pouco.

— Hum, descer o morro em um snowboard sem matar a mim nem a mais ninguém.

— Ótimo. Podemos fazer isso facilmente. E quanto a objetivos a longo prazo?

— Acho que praticar snowboard sem precisar de ajuda alguma. E um dia, quero voltar a esquiar.

— Perfeito. E quanto a objetivos de vida, agora? Quais são seus objetivos de vida a curto prazo?

Não vejo como essa informação poderia afetar de alguma maneira minha habilidade no snowboard, mas, como tenho uma resposta pronta, ofereço-a a ele.

— Voltar ao trabalho.

— O que você faz?

— Eu era a vice-presidente de recursos humanos em uma firma de consultoria estratégica em Boston.

— Opa! Soa impressionante. E quais são seus objetivos a longo prazo?

Antes do acidente, eu alimentava a esperança de ser promovida a presidente de recursos humanos nos próximos dois anos. Bob e eu estávamos economizando para comprar uma casa maior em Welmont com pelo menos cinco quartos. Planejávamos contratar uma babá que morasse conosco. Mas agora, desde o acidente, esses objetivos parecem um pouco irrelevantes, se não ridículos.

— Ter minha vida de volta.

— Muito bem, Sarah, estou feliz por você ter vindo. Está pronta para descer de snowboard comigo?

Livre de toda a angústia desnecessária, meu pânico está agora aninhado em um cobertor macio e dormindo em paz. Meu eu pré-acidente não está dando pulinhos com essa ideia, mas tampouco está argumentando contra ela. E Bob não está aqui para influir. Portanto depende de mim.

— Certo, vamos.

MIKE ME PUXA PELA BARRA do condutor para o Tapete Mágico e subimos, ambos de pé sobre nossos próprios snowboards, pela inclinação ligeira mas constante da pista Rabbit. O Tapete Mágico é como uma esteira transportadora, e as pessoas nele — em sua maioria crianças, alguns pais, um ou dois instrutores, Mike e eu — me fazem pensar em malas no aeroporto ou em produtos de supermercado, viajando sobre uma faixa de borracha preta, à espera de serem escaneados.

Olho à minha volta procurando Bob e Lucy, querendo que me vejam e rezando para que isso não aconteça ao mesmo tempo. O que Bob vai pensar quando me vir num snowboard de deficiente físico? Vai pensar que me entreguei à minha Negligência Esquerda e desisti de lutar? Terei desistido? Isto é acomodação ou fracasso? Será que eu deveria ter esperado até me recuperar o suficiente para esquiar como costumava fazer? E se isso nunca acontecer? Será que minhas únicas escolhas aceitáveis são ficar sentada em um compartimento do pavilhão ou esquiar como eu fazia antes do acidente, sem nada entre uma coisa e outra? E se alguém do trabalho tiver vindo passar o fim de semana aqui e me vir? E se Richard estiver aqui e me vir agarrada a uma barra de apoio, guiada por um instrutor da AEDNI? Não quero que ninguém me veja assim.

O que estou fazendo? Esta pode ter sido uma decisão realmente impulsiva, ruim de verdade. Quando nos aproximamos do topo — que não é o topo de nada, mas apenas o fim arbitrário do Tapete Mágico, visível do compartimento onde eu estava sentada em segurança nos fundos do pavilhão antes de sair bisbilhotando —, a tagarelice ansiosa em minha cabeça fica mais alta e forte, florescendo em um pânico completo.

Mudei de ideia. Não quero fazer isto. Não quero praticar snowboard. Quero voltar para o meu compartimento e trabalhar nos meus caça-palavras. Quero estar no pé do morro. Mas agora estamos no alto do ascensor, e não há Tapete Mágico para descer. E, ao contrário das crianças que ficam paralisadas de medo por suas próprias razões, legítimas ou irracionais, não posso decidir abandonar minha tábua e transpor andando a distância moderada até embaixo. Minha bengala ficou lá dentro do prédio da AEDNI, e não posso imaginar que Mike se disporia a me ajudar a descer o morro a pé sem pelo menos fazer uma tentativa honesta com o snowboard.

Mike me puxa para o lado, para que eu não provoque um engavetamento no alto da esteira transmissora. Depois se vira, colocando-se de frente para mim e pondo as mãos na barra do condutor.

— Pronta? — pergunta, mostrando todos os dentes em um sorriso alvoroçado.

— Não — respondo, cerrando os meus, tentando não gritar.

— Claro que está. Vamos começar deslizando um pouco para a frente.

Ele se inclina para baixo do morro, e começamos a nos mover. Quer eu goste disso ou não (e decididamente não gosto), estou prestes a andar de snowboard.

— Ótimo, Sarah! Como está se sentindo?

Como estou me sentindo? Sinto excitação e terror revolvendo-se dentro do meu peito como roupas na secadora. A cada segundo me sinto dominada por uma coisa e depois pela outra.

— Não sei.

— Vamos tentar nos virar. Lembre-se, fazer xixi na mata para ir para a esquerda, agachar-se sobre a privada para ir para a direita. Para a frente e na ponta dos pés, para trás e sobre os calcanhares. Vamos tentar para a frente primeiro.

Balanço os quadris para a frente, e começamos a nos virar para a esquerda. E isso parece totalmente errado. Tranco meus joelhos, arrumo os quadris sobre as coxas e fico ereta. Perco todo o controle sobre meu equilíbrio, mas em seguida sinto Mike me corrigindo, e ele me impede de cair.

— O que aconteceu? — pergunta ele.

— Não gosto de virar à esquerda. Não posso ver para onde estou indo antes que já estejamos lá, e isso me assusta.

— Não se preocupe. Vou estar atento ao lugar para onde estamos indo. Prometo que não vamos bater em ninguém nem em nada, combinado?

— Não gosto de ir para a esquerda.

— Ok. Vamos deslizar um pouco, e, quando você estiver pronta, volte a ficar sobre seus calcanhares e vire para a direita.

Ele cutuca para trás na barra do condutor, e começamos a deslizar morro abaixo juntos. Depois de alguns segundos, volto a ficar sobre meus calcanhares, agachando-me sobre a privada imaginária, e viramos para a direita. Volto meus quadris para a posição neutra e deslizamos para a frente. Decido fazer isso de novo. *Agachar, calcanhares, neutro, para a frente. Agachar, calcanhares, neutro, para a frente.*

— Excelente, Sarah! Você está praticando snowboard!

Estou? Paro um pouco de me concentrar no passo a passo do que estou fazendo e começo a me dar conta da totalidade dos meus movimentos. *Deslizar, virar, deslizar. Deslizar, virar, deslizar.*

— Estou praticando snowboard!

— Como se sente? — pergunta ele.

Como me sinto? Embora Mike esteja mantendo meu equilíbrio e controlando minha velocidade, sou eu que decido quando nos viramos e quando deslizamos morro abaixo. Sinto-me livre e independente. E ainda que esteja segurando uma barra para deficientes, e snowboards normais não tenham essas barras, não me sinto anormal ou deficiente. Andar com Negligência é tão trabalhoso e espasmódico, obrigando-me a quilômetros de esforço para me deslocar uns míseros metros. Enquanto deslizamos morro abaixo em nossos snowboards, sinto-me fluida, graciosa e natural. Sinto o sol e a brisa no meu rosto. Sinto alegria.

Chegamos ao pé do morro, ainda de frente um para o outro. Olho para o rosto sorridente de Mike e vejo meu reflexo em seus óculos de sol polarizados. Meus dentes parecem tão grandes e meu sorriso tão alvoroçado quanto os dele. Como me sinto? Sinto que Mike jogou uma enorme pedra através da parede de vidro dos meus preconceitos, atingindo-a de cheio, estilhaçando meu medo em um milhão de fragmentos brilhantes na neve à minha volta. Sinto-me desafogada e mais do que agradecida.

— Acho que quero fazer isso de novo.

— Maravilha! Vamos lá!

Agora em terreno plano, Mike solta uma das suas botas das fixações e me reboca pela barra do condutor até o Tapete Mágico. Como ele é da AEDNI, vamos direto para a frente, furando toda a fila.

— Mamãe! Mamãe!

É Lucy, parada na fila ao lado de Bob, atrás de nós. E Charlie está com eles. Mike me puxa para junto deles, e apresento-lhe minha família.

— Olhe só para você! — diz Bob, surpreso por me ver, mas radiante. Não há vestígio de decepção ou de crítica em suas palavras ou nos seus olhos, onde sempre posso ver sua verdade.

— Olhe para mim! — digo, explodindo de orgulho infantil. — Estou praticando snowboard, igualzinho ao Charlie!

Charlie me olha de alto a baixo, inspecionando a validade dessa afirmação, detendo-se na mão enluvada de Mike, que repousa na barra do condutor, decidindo se minha declaração exige ressalvas, se meu entusiasmo requer uma prova de realidade.

— Legal! — exclama.

— Ela acaba de fazer sua primeira descida e foi esplêndida. Nasceu para isso — diz Mike.

— Íamos dar mais uma descida antes do almoço — diz Bob. — Você pode vir conosco?

— Podemos nos encaixar aqui?

— É claro — diz Mike, e me puxa para a fila atrás de Lucy.

Subimos pelo Tapete Mágico e nos reunimos no topo.

— Preparada? — pergunta Mike.

Faço que sim com a cabeça. Ele se inclina para trás, e começamos a deslizar. *Deslizar, virar, deslizar.*

Sorrio enquanto avançamos, sabendo que Bob e as crianças estão se demorando atrás para me observar, sabendo que Bob provavelmente está sorrindo também. Estou no topo da pista Rabbit, não no cume, e estou sobre um snowboard para deficientes e não sobre esquis, mas nada nesta experiência parece menos que ótimo, menos que perfeito. Estou na montanha com minha família. Estou aqui.

Deslizar, virar, deslizar. Sorrir.

Capítulo 30

É manhã de segunda-feira. Sei que é segunda-feira porque voltamos de carro de Cortland para Welmont ontem à noite, portanto era a noite de domingo. Estamos no início de março e faz quatro meses que estou sem trabalhar, o que significa também que faz quatro meses que existo fora do horário rigoroso que definia de maneira minuciosa meus Quem, O quê, Quando, Onde e Por quê para cada hora do dia que eu passava acordada. Sei que estamos no fim de semana porque nos encontramos em Vermont, e reconheço as segundas e as sextas-feiras porque ou acabamos de voltar ou estamos fazendo as malas para partir novamente, mas os dias entre uma e outra começaram a se confundir. Na altura da quarta-feira, não vou saber se estamos na terça ou na quinta. E isso não tem muita importância.

Também sei que é segunda-feira porque Linus não foi para a creche hoje. Ele ainda vai de terça a sexta, mas não vai mais nas segundas-feiras — um dos muitos esforços que estamos fazendo para economizar dinheiro. Charlie e Lucy estão na escola, Bob está no trabalho, e Linus e minha mãe foram ao mercado. Estou sozinha em casa, ainda de pijama, sentada em minha poltrona favorita no jardim de inverno. Meu espaço sagrado.

Estou lendo a revista *The Week* em vez do *New York Times* de domingo. Estou farta do *New York Times* de domingo. Descobri *The Week* na sala de espera do consultório do dentista pediátrico, e gosto muito. Ela me informa sobre os principais assuntos da semana em três rápidas páginas e inclui opiniões dos editoriais e colunistas de jornais importantes como o *New York Times*. Dedica até uma página a nós, fãs envergonhados da *People*, dando as últimas "notícias" de Hollywood. Todos os artigos começam e terminam na mesma página, e a revista toda contém quarenta páginas manejáveis de maneira prazerosa.

Ela possui as mesmas qualidades que aprecio em meus consultores favoritos da Berkley — eficiente mas sistemática, indo direto ao ponto. Enquanto passo a página e me detenho nesta comparação, lembro-me de repente da regra 80/20.

Considerada uma verdade universal e um dos dez mandamentos para os consultores da Berkley, a regra 80/20 é um princípio econômico segundo o qual 20% de esforço produzem 80% do valor. Essencialmente, ela significa que para qualquer coisa que qualquer pessoa faça, apenas 20% de fato importam. Para nossos consultores, que precisam dar uma resposta ao cliente em poucas semanas e por isso não podem se dar ao luxo de passar o próximo ano estudando o problema de uma empresa particular, a regra 80/20 lhes lembra de se concentrar nos 20% de informação que são vitais e ignorar os 80% que provavelmente são irrelevantes (nossos consultores de maior prestígio são os que têm uma percepção intuitiva do que devem considerar e do que devem ignorar).

Os editores da *The Week* basicamente selecionam para mim os 20% das notícias que interessam em uma revistinha bem organizada. Vou terminar esta edição inteira até amanhã, se não hoje, o que significa que terça-feira já estarei bastante informada dos acontecimentos da semana no mundo todo, o que deixa o resto da minha semana livre e desimpedido para eu fazer alguma outra coisa. Essa regra 80/20 é genial.

Olho pelas janelas para nosso quintal suburbano e depois, pelas portas duplas, para a sala de estar, e suspiro, incapaz de pensar o que essa outra coisa poderia ser. Só posso solucionar um número limitado de caça-palavras, só posso encontrar e apanhar numa bandeja um número limitado de bolas vermelhas. Minha terapia ambulatorial, que acontecia duas vezes por semana, está encerrada. Não porque estou plenamente recuperada (não estou) ou porque a abandonei (não o fiz), mas porque nossa seguradora só paga por dez semanas e meu tempo se esgotou. Como um ser humano com uma molécula de razão, um fragmento de compaixão e um coração pôde estabelecer e sustentar um limite tão prematuro, está acima da minha compreensão.

Após esperar ao telefone pelo que pareceram dez semanas para falar com um ser humano de carne e osso na nossa seguradora, exprimi minha franca indignação para uma pobre funcionária do serviço de atendimento ao cliente chamada Betty, que, tenho certeza, não teve participação alguma na criação dessa norma e sem dúvida não pode influir em nada para mudá-la. Mas descarregar me fez bem. Portanto, assim é. Se eu quiser me restabelecer 100%, daqui para a frente isso dependerá 100% de mim.

Termino de ler a *The Week*. E agora? Estou surpresa por minha mãe ainda não ter voltado com Linus. Ele não para mais quieto agora, correndo sempre que tem uma chance, apenas porque detesta ficar parado, e é de uma teimosia ímpar, traço que, segundo minha mãe, veio diretamente de meu DNA. *Ele tem a quem puxar*, diz ela. Espero que cuidar dele não lhe esteja sendo difícil demais. Ela tem sido maravilhosa com as três crianças, fazendo malabarismos com os horários delas, preparando suas refeições, lavando todas as suas roupas. Ela gosta do tempo que passa com elas, mas na maior parte dos dias, lá pelas quatro horas, posso ver que está exausta. Sinto-me mal por vê-la trabalhando tanto, mas não posso imaginar como estaríamos nos virando sem a sua ajuda.

Aninho-me na poltrona funda, fecho os olhos e absorvo o relaxante calor de estufa do jardim de inverno. Mas não estou cansada nem com vontade de tirar um cochilo. Gostaria que fosse sábado.

Se fosse, eu estaria em Vermont e poderia praticar snowboard. Não vejo a hora de voltar.

O telefone toca. Como sempre faz antes de me deixar sozinha em casa, minha mãe me entregou o telefone, mas não o vejo aconchegado na almofada perto de mim onde geralmente o mantenho. Ele toca de novo. Sigo a direção do som e o localizo na mesinha suplementar em frente a mim, e lembro-me agora de que Linus andou brincando com ele e deve tê-lo deixado ali. A menos de um metro e a quilômetros de distância.

Eu poderia me levantar e andar com a bengala até a mesa, mas sem dúvida não antes que o telefone dê mais quatro toques. Eu deveria deixar a secretária eletrônica responder ao chamado, mas estava justamente querendo alguma coisa para fazer. Vou tentar derrotar a máquina. O telefone toca de novo. Só me restam três toques.

Agarro a bengala pela haste e escorrego a mão até segurar um dos seus pés emborrachados. Em seguida, estendo o braço e jogo seu punho sobre a mesa. Sacudo a bengala até encaixar o telefone dentro do U do punho. Toque número quatro. Dou um puxão na bengala, e o telefone voa da mesa e me atinge bem no joelho. Ui. O telefone toca aos meus pés. Abaixo-me, apanho-o, aperto o botão e quase grito *"Ganhei!"* em vez de dizer *"Alô"*.

— Olá, Sarah, é Richard Levine. Como vai você?

— Vou bem — digo, tentando não parecer ofegante ou com dor.

— Ótimo. Estou ligando para saber como vai você e perguntar se estaria pronta para discutir a possibilidade de sua volta ao trabalho.

Como vou? É quase meio-dia, estou de pijama e a façanha que mais me orgulhou no meu dia foi conseguir reaver o telefone com minha bengala antes do sexto toque.

— Vou muito bem, estou muito melhor.

Estaria eu preparada para considerar a minha volta? Minha mãe provavelmente salientaria que não sei coordenar os passos necessários para trocar uma fralda, como poderia coordenar recursos humanos? Mas Bob diria que estou pronta. Ele me diria para ir em frente. E Betty do serviço de atendimento ao cliente de nossa seguradora também diria que estou em boas condições. Meu eu pré-acidente está abrindo garrafas de champanhe e me dando tapinhas no ombro, quase me empurrando porta afora.

— Eu gostaria muito de conversar sobre a minha volta.

— Ótimo. Quando pode vir aqui?

Deixe-me ver. Eu estava planejando sair para dar uma volta no quarteirão esta tarde antes de fazer a minha sesta, minha mãe está voltando do mercado, o que significa que provavelmente possuo um novo livro de caça-palavras, e há um novo episódio de *Ellen* para assistir.

— A qualquer hora.

— Que tal amanhã às dez?

— Perfeito.

— Ótimo, então estaremos à sua espera.

— Vejo você amanhã.

Desligo o telefone, aninho-o na almofada e absorvo as consequências iminentes da inesperada conversa junto com o calor do sol. Ambos me fazem suar. Estou pronta para conversar sobre minha volta ao trabalho. Mas estou pronta para voltar? Desanquei a pobre Betty do serviço de atendimento ao cliente, censurando sua política criminosa de interromper minha terapia antes que eu estivesse 100% recuperada. Antes que eu estivesse 100% pronta. Então até que ponto estou recuperada e pronta? Posso ler e digitar, mas devagar. Caminho mais devagar ainda. Tenho receio de me atrasar para reuniões e prazos, de não perceber algum documento decisivo colocado do lado esquerdo da minha mesa, de me esquecer de abrir arquivos armazenados do lado esquerdo do meu computador. Penso na regra 80/20. Terei chegado sequer aos 20%?

Sempre me orgulhei de ser uma perfeccionista, de pôr os pingos em 100% de meus is, de dar conta de tudo. Mas e se menos de 100% fosse suficiente? E se eu estiver 20% recuperada, e isso for o bastante para que eu volte ao trabalho? Talvez seja. Eu trabalho com recursos humanos, um trabalho de escritório. Não é como realizar cirurgias (o que requer duas mãos) ou dançar foxtrote (o que requer dois pés). Posso não estar 100% melhor e ainda ser brilhante em meu trabalho. Não posso?

Estou sentada em minha poltrona favorita em meu espaço sagrado, meu coração aos pulos, cada batida estimulada por partes iguais de euforia e medo, perguntando-me se minha autoproclamada aptidão é otimismo razoável ou mentira risível. Olho para nosso quintal pela janela e suspiro, incapaz de tender o suficiente para uma resposta ou para a outra. Acho que vou descobrir amanhã.

Capítulo 31

Dou mais uma olhada no relógio. Passaram-se quatro minutos desde que vi as horas pela última vez. E ainda estamos às voltas com minha calça. Continuo encolhendo a barriga e minha mãe continua puxando com força, mas não há como fechar até o fim o zíper da calça do meu terninho preto de lã.

— Acho que você deveria usar esta — diz minha mãe, segurando uma de minhas muitas idênticas calças pretas de tecido sintético com elástico na cintura.

— Acho que você deveria tentar mais uma vez — digo.

— Este zíper não vai subir mais do que isso.

— Tudo bem. Como o paletó é abotoado, isso vai ficar coberto.

Passamos para a blusa. No tempo que eu levava para me vestir da cabeça aos pés sem esforço memorável algum, consigo abotoar dois dos botões de minha blusa por mim mesma. Abotoo mais um, sem respirar e rangendo os dentes, antes de transferir todo o projeto para minha mãe. Consulto o relógio. Não posso me atrasar.

Minha mãe termina com os botões da blusa e depois do paletó. Afivela o colar de contas de turquesa em volta do meu pescoço e a pulseira de berloques que tilinta em volta do meu pulso esquerdo. Pego os brincos cravejados de diamantes. Ela os prende em minhas orelhas furadas e enfia as tarraxas. Aplica base e pó bronzeador em todo o meu rosto, passa uma leve sombra rosada sobre minhas pálpebras, arranca alguns fios rebeldes de minhas sobrancelhas e do meu queixo e colore meus lábios com um *gloss* sutil. Olho no espelho e aprovo seu trabalho.

Chegamos a um impasse, porém, em relação aos sapatos. Recuso--me a usar os tamancos (ou sua outra sugestão — tênis brancos!), e minha mãe se recusa a me levar de carro até o trabalho se eu decidir usar sapatos de salto.

— Tenho de parecer completamente composta. Preciso ser a imagem do poder e da sofisticação.

— Que poder e sofisticação você vai representar quando tropeçar e cair de cara no chão?

Infelizmente, não é uma previsão implausível. Decido não correr o risco de sofrer essa humilhação particular e opto por uma solução conciliatória. Sapatilhas sem salto. Minha mãe prefere as solas de borracha aderentes dos tênis às solas "escorregadias" das sapatilhas, mas consente e as pega para mim. Pronto. Com exceção do meu penteado *à la* Annie Lennox, do qual aliás gosto muito, estou muito parecida com o que era quatro meses atrás. Uma executiva sofisticada, poderosa e, o mais importante, não incapacitada.

Até que agarro o punho da minha bengala de vovó. Não há nada de poderoso ou sofisticado nesse acessório, mas infelizmente não posso prescindir dele. Gostaria de já ter progredido para uma bengala comum. Uma bela haste de madeira e um elegante punho de bronze despertam associações bem mais atraentes que o áspero aço inoxidável e a borracha cinza — um distinto cavalheiro com uma ligeira e inconsequente claudicação em contraposição a uma frágil vovó recuperando-se de uma recente substituição protética do quadril. Minha mãe se oferece para enfeitar vovó para a ocasião, amarrando uma bonita echarpe de seda no punho, mas não quero chamar nenhuma atenção desnecessária para ela. É melhor simplesmente ignorá-la e fazer votos de que todos possam seguir o meu exemplo.

As crianças já saíram, deixando a cozinha estranhamente silenciosa. Hoje Bob as levou cedo para a escola e a creche, dando a mim e a minha mãe espaço e tempo ininterruptos para nos aprontarmos. Engulo uma xícara de café. Estou ansiosa demais para comer. Consulto o relógio.

— Vamos embora.

Estou tensa desde que acordei, e creio que minha mãe está assim também, mas a operação de me vestir, embora eu estivesse apenas oferecendo orientação, proporcionou a nós duas uma atividade para a qual canalizar nossa energia nervosa. Agora estamos no carro, a caminho de Boston. Sou uma passageira amarrada a meu assento e minha ansiedade está presa dentro do carro sem nada para fazer e nenhum lugar para onde ir, claustrofóbica e expandindo-se exponencialmente a cada segundo.

Meus ombros estão encolhidos, meu pé direito aperta o pedal imaginário do acelerador no piso e meus nervos gritam: *Vamos, corra, vamos chegar lá, não posso me atrasar!* Enquanto isso, minha mãe foi para um lugar calmo na direção oposta, dirigindo mais devagar que de costume, procedendo com uma cautela extra neste dia criticamente importante, arrastando-se em segurança na primeira pista da autoestrada enquanto todo mundo em Massachusetts parece passar zunindo por nós. Ela é a tartaruga, e eu sou a lebre. Nas melhores circunstâncias, nunca fomos talhadas para ir juntas para o trabalho de manhã.

Estou quase deixando de me dar conta disso quando percebo onde estamos, e todos os pensamentos confusos, apavorados dentro de mim se aquietam de modo estranho. Arrepios me sobem pela espinha e descem pelo braço. Não há nada de significativo neste trecho da Mass Pike, nenhum marco importante, saída ou placa, seja a leste ou a oeste, nada que outra pessoa notaria. Foi aqui que aconteceu, foi aqui que perdi o controle do carro. Foi aqui que toda a minha vida mudou.

Quero mostrar o ponto para minha mãe, mas antes que consiga coordenar meus pensamentos com minha voz, já o deixamos para trás, e depois parece não valer a pena compartilhá-lo. Decido me calar, tanto sobre o local do meu acidente quanto sobre a maneira de dirigir da minha mãe. Vamos chegar lá. Estamos indo depressa o bastante.

ESTAMOS NA GARAGEM DO PRUDENTIAL e tomamos o elevador para o piso do shopping.

— Ok, mamãe, posso ir sozinha a partir daqui. Onde você quer que eu vá encontrá-la?

— Não vou entrar com você?

Estou tentando me apresentar como independente, confiante e pronta. Não exatamente as três palavras que virão à mente das pessoas se eu entrar de volta no trabalho pela primeira vez com a minha mãe.

— Não, pode ir fazer algumas compras. Vamos nos encontrar na praça de alimentação quando eu terminar. Eu ligo para você.

— Mas eu queria ver onde você trabalha.

— Uma outra hora. Por favor.

Sei que feri seus sentimentos, mas há coisas demais em jogo e não quero sequer que alguém suspeite que minha mãe me trouxe de carro para o trabalho. Quero que pensem que vim eu mesma dirigindo.

— Tem certeza? — pergunta minha mãe.

— Tenho. Já estou grandinha. Eu ligo para você.

— Está bem. Vou comprar uns macacões maiores para o Linus na Gap.

— Perfeito.

— Boa sorte — diz ela e me dá um abraço, surpreendendo-me.

— Obrigada.

Dirijo-me para a área além das lojas, seguindo a rota que percorri milhares de vezes, até a sala de espera da Berkley, aninhada em um canto privado, exclusivo do shopping. A área de recepção está exatamente como era — cadeiras macias, modernas, cor de creme, e uma mesa de centro de vidro, tudo arranjado como uma pequena sala de estar, o *New York Times* e o *Wall Street Journal* do dia disponíveis sobre a mesa, um dispendioso arranjo de flores frescas pousado sobre a alta e imponente mesa de recepção, BERKLEY CONSULTING gravado em letras douradas na parede atrás dela. Heather, nossa recepcionista, senta-se atrás da mesa sobre uma plataforma, de modo a ficar muito acima do piso, olhando para baixo, reforçando a impressão de respeitabilidade que a Berkley quer imprimir em seus visitantes.

— Bom dia, Heather.

— Seja bem-vinda, Sarah!

— Obrigada. É bom estar de volta. Estou aqui para falar com Richard.

— Sim, eles vão recebê-la na sala Concord.

— Ótimo. Muito obrigada.

Passo pela mesa da Heather, fazendo o possível para minimizar o óbvio arrastar do meu pé esquerdo.

— Ah, Sarah? A sala Concord é por ali — diz ela, apontando para a direção oposta e como se estivesse falando com uma senhora idosa encantadora, mas obviamente confusa. Maldita bengala.

— Eu sei. Quero dizer oi para uma pessoa primeiro.

— Ah, perdão.

Ando pelo longo corredor, mais devagar do que nunca, e tenho a impressão de ter voltado para casa. A previsível ordem dos escritórios à medida que passo, as fotografias aéreas emolduradas das principais cidades do mundo nas paredes, a iluminação, o tapete, tudo parece convidativo e confortável em sua familiaridade. Penso que poderia topar com Jessica no caminho, mas não estava de fato planejando dizer oi para ninguém nesta excursão incidental. Paro em frente à minha sala.

Abro a porta e acendo as luzes. A tela do meu computador está apagada, não há papéis sobre a minha mesa. Os retratos de Bob e das crianças estão exatamente no mesmo ângulo em que os deixei. Até minha suéter preta de lã ainda está pendurada em minha cadeira, pronta para dias em que sinto frio e que preciso de um agasalho extra, em geral nos meses de verão, com o ar-condicionado no máximo.

Pensei que gostaria de entrar, sentar em minha cadeira, ligar o computador, apreciar a visão das pessoas em Boylston Street pela janela durante um minuto, mas não dou um passo com minha sapatilha lá dentro. Senti-me em casa na área de recepção e no corredor, mas minha sala, onde provavelmente passei mais horas nos últimos oito anos do que em minha verdadeira casa, parece de algum modo estranha demais, como se fosse agora a cena de um crime sob investigação e, embora não haja fita de isolamento alguma, é melhor não entrar e não mexer em nada. Apago as luzes e fecho a porta em silêncio.

Quando cedi ao impulso de ir até minha sala, imaginei que seria um desvio rápido. Eu deveria ter sido mais prudente. O escritório da Berkley em Boston é a sede mundial da companhia, um espaço corporativo enorme e espalhado, e minha sala não poderia ser mais distante da sala Concord. Faço minha pulseira tilintar e encontro o relógio de Heidi em meu pulso esquerdo. Merda.

Quando acabo de percorrer o caminho até a sala Concord — mova a bengala, dê um passo, arraste o pé, respire —, todos já estão lá, sentados, tomando café, à minha espera, e agora observando minha grandiosa entrada, bengala de vovó na mão. Eu deveria ter chegado aqui mais cedo. O que estava pensando?

— Entre, Sarah — diz Richard.

Richard e Carson estão sentados na extremidade direita da longa mesa de conferência de dez lugares. Examino a esquerda. Gerry e Paul, dois dos diretores administrativos, estão sentados em frente a Richard e a Carson, e Jim Whiting, um dos sócios, está sentado ao lado de Paul. Pelo calibre do grupo, extraio duas rápidas conclusões. Um, esta decisão é muito importante. E dois, esta decisão será tomada em menos de dez minutos. Talvez eu acabe aqui antes que minha mãe encontre a Gap infantil.

Posso perceber também pelo silêncio polido e pelos sorrisos hesitantes que todos estão preocupados, se não surpresos e desalentados, com meu andar e minha bengala. Respiro fundo, reúno toda a coragem que posso e aperto a mão de todos antes de me sentar à cabeceira da mesa. Tenho um ótimo aperto de mão — firme, mas não esmagador, confiante e cativante — e rezo para que ele cancele o estrago causado pela primeira impressão que devem ter tido de mim.

Recuso o café ou a água que Richard oferece, não querendo correr o risco de deixar nada escorrer pelo canto esquerdo da minha boca, mas sentindo muito não poder dizer sim a ambos. Estou extenuada e com a garganta seca após a longa caminhada através da Berkley, e beber alguma coisa me faria bem. Estou também me sentindo pegajosa debaixo dos braços e sob o sutiã, e assim gostaria muito de poder tirar o paletó de lã, mas não ouso dar esse espetáculo secundário. Além disso, ele está escondendo o zíper aberto de minha calça. Com a minha mão direita encontro a esquerda e a prendo entre os joelhos. Um bocadinho atrasada, suada, sedenta e rezando para que minha mão esquerda não se solte e faça algo inapropriado ou que sugira incapacidade; sorrio para Richard, como se estivesse numa reunião de negócios como qualquer outra, pronta para começar.

— Bem, Sarah, temos vários grandes projetos para começar no próximo trimestre, e experimentamos uma rotatividade de pessoal inesperada. Carson vem fazendo um excelente trabalho substituindo-a nos últimos meses, mas não podemos nos permitir de maneira alguma continuar avançando de maneira claudicante.

Sorrio, lisonjeada. Imagino os recursos humanos arrastando-se por aí com sua própria bengala de vovó durante os últimos quatro meses, incapaz de funcionar totalmente sem mim.

— Por isso queríamos conversar com você e ver se está se sentindo pronta para se jogar de novo no trabalho.

Quero mergulhar de novo. Sinto falta da minha vida aqui — do ritmo rápido, da alta intensidade, de contribuir para uma coisa importante, sentir-me poderosa e sofisticada, ser produtiva. Olho de pessoa em pessoa, tentando decifrar em que medida elas acreditam que estou pronta para voltar, ver se a expressão ou a linguagem corporal de alguém reflete o entusiasmo que sinto tomar conta de mim, mas não estou obtendo o reforço positivo que quero. Gerry e Paul estão de braços cruzados, e todos estão com cara de jogador de pôquer. Todos, exceto Jim. Apertei a mão de Jim um momento atrás, mas agora não o vejo em lugar algum. É possível que ele tenha escapulido, que tenha recebido uma mensagem e tido de ir a algum lugar mais importante. É mais provável, porém, que tenha empurrado sua cadeira para trás, mesmo ligeiramente, ou que as batidas da caneta de Carson estejam atraindo meu foco de maneira excessiva para o lado direito da sala, ou quem sabe ele ainda esteja aqui, sentado no buraco negro de minha Negligência.

A quem estou enganando? Estou lidando com mais do que uma claudicação pronunciada. Minha mãe teve que me vestir e me trazer de carro, minha mão esquerda está presa entre meus joelhos, tenho receio de tomar uma xícara de café na frente de quem quer que seja, estou exausta por causa da caminhada do meu escritório até esta sala de conferência, e não faço ideia de onde o sócio administrador possa estar. Seja qual for a porcentagem em que estou pronta, ela não é suficiente. Penso no volume de trabalho que eu costumava processar a cada dia, o volume de trabalho esperado de mim. Dado meu nível atual de recuperação e capacidade, simplesmente não há horas suficientes no dia. E por mais que eu queira mergulhar de volta, não estou disposta a comprometer a qualidade do trabalho de que a empresa precisa ou minha reputação para entregá-lo.

— Realmente quero voltar, mas, sendo honesta com todos aqui, não estou pronta para voltar em tempo integral. Sou capaz de fazer tudo, mas ainda levo um pouco mais de tempo para isso.

— Que tal meio período? — pergunta Richard.

— Haveria de fato essa opção? — pergunto.

A Berkley não possui nenhum empregado em tempo parcial. Se a pessoa trabalha aqui, eles a possuem. Não parte dela. Possuem-na inteira.

— Sim. Compreendemos que você pode precisar de um pouco mais de tempo antes de recobrar por completo o seu ritmo, mas seria mais eficiente e produtivo para nós tê-la de volta, mesmo em meio período, do que tentar encontrar, recrutar e treinar uma nova pessoa.

Imagino a análise de custo-benefício realizada por um de nossos analistas. De alguma maneira os meus números, mesmo em tempo parcial, devem ter se mostrado mais atraentes que os de um novo vice-presidente de RH, pelo menos para o próximo trimestre. Pergunto-me que fator de desconto eles usaram para levar em conta a Negligência Esquerda.

— Só para esclarecer, tempo parcial significa quantas horas por semana?

— Quarenta — diz Richard.

Eu sabia que a resposta seria essa antes de fazer a pergunta. Na maioria das empresas, quarenta horas correspondem a tempo integral, e vinte seriam meio-período. Sei que eu poderia enfrentar vinte. Mas esta é a Berkley. Eu precisaria trabalhar em tempo integral para ter a produtividade esperada de um tempo parcial, mas provavelmente seria capaz disso. Oitenta horas de tempo e esforço pelo trabalho e a remuneração correspondentes a quarenta horas. Bob e eu realmente precisamos da minha renda, mesmo de parte dela.

— E quando querem que eu comece?

— Idealmente, de imediato.

Eu estava com a esperança de que ele dissesse no mês que vem, dando-me mais tempo para me recuperar, mas a urgência desta reunião e o número de mandachuvas na sala haviam me levado a desconfiar de que precisavam de alguém funcionando a pleno vapor nesse cargo hoje mesmo. Penso nas bolas com que fazia malabarismos todo dia — bolas caras, frágeis, pesadas, insubstituíveis —, mal conseguindo mantê-las todas no ar, amando cada minuto carregado de adrenalina do jogo. E agora aqui estou, de volta à Berkley, e Richard me traz uma braçada delas. Minha mão direita está pronta para apanhá-las, mas a esquerda está presa entre meus joelhos.

— Bem, o que você diz? — pergunta Richard.

Aqui estou, de volta à Berkley, e Richard disse as palavras de boas-vindas que venho rezando para ouvir todos os dias durante quatro meses. Estou parada na soleira da porta da minha antiga vida. A única coisa que tenho que fazer para reivindicá-la é entrar.

Capítulo 32

— Vou recusar o convite.

A animação no rosto de Bob converte-se em espanto, como se eu tivesse lhe contado que ganhamos na loteria e, no momento seguinte, que dei o bilhete premiado a uma mulher sem-teto que mendiga uns trocados na esquina da Fairfield com Boylston.

— Você perdeu a cabeça?

— Não — respondo, insultada. Bem, na verdade perdi um pouco dos meus miolos direitos, mas esta provavelmente não é a melhor hora para ser literal.

— Então por que cargas d'água você haveria de fazer isso?

— Não estou pronta.

Ele coça repetidamente as sobrancelhas e a testa, como faz sempre que as crianças esgotam sua paciência e está tentando conseguir um segundo de calma. Só que a crianças nem estão em casa. Estamos sozinhos, sentados um em frente ao outro na mesa da cozinha.

— Eles acham que você está — diz ele.

— Eles não sabem o que nós sabemos.

Não sabem o quanto é difícil para eu ler todas as palavras em todas as páginas, em especial as que ficam do lado esquerdo da página esquerda. Não sabem o tempo que levo para encontrar as letras no lado esquerdo do teclado do computador. Não sabem que meu escritório teria que ser decorado com fita adesiva laranja e cartazes me lembrando de OLHAR PARA A ESQUERDA. Não sabem o tempo que eu levei para ir do meu escritório à sala Concord e que colidi com vários portais e um vaso de planta pelo caminho, e não sabem que Jim desapareceu para mim na metade da reunião porque estava sentado muito à minha esquerda. Não me viram cair ou babar ou tentar tirar o casaco.

— Eu realmente acho que você está preparada — diz Bob.

— Não estou.

Bob tem me encorajado com firmeza desde o acidente, trilhando com confiança a linha estreita entre otimismo e negação, determinação e desespero. Em certos dias esse é exatamente o empurrão moral de que preciso para continuar avançando; em outros, porém, como hoje, ele parece estar mais desconectado da realidade do que eu estou do lado esquerdo da sala.

Mesmo tempo parcial na Berkley seria volume demais, sob pressão demais, como ter de ler o *Times* de domingo em um dia só. Posso imaginar bem demais os erros dispendiosos, as omissões, o embaraço, os pedidos de desculpa. Meu ego e eu poderíamos suportar sofrer tudo isso, mas, na esteira do meu sofrimento, os consultores sofreriam, os clientes sofreriam, e a Berkley sofreria. Ninguém ganharia.

— Foi exatamente isso que você disse sobre esquiar. E agora está na montanha todo fim de semana — diz Bob.

— Não estou esquiando, estou fazendo snowboard.

— O importante é que está lá de volta. E essa tem sido sua melhor terapia. Acho que voltar ao trabalho será tão bom para você! Qual é a pior coisa que poderia acontecer?

— Eu fracassaria de modo abominável.

— Não vai fracassar. Precisa ao menos tentar.

— Você tentaria?

— Sem dúvida alguma.

— Não, você não tentaria. Não voltaria a menos que estivesse em plena forma.

— Eu tentaria. E você vai chegar lá. Não vai saber como está a menos que faça uma tentativa.

— Sei que não posso esquiar, e não tentei.

— Isso é diferente de esquiar.

— Eu sei.

— Isso é realmente importante.

— Eu sei.

Ele começa a coçar as sobrancelhas e a testa de novo. E agora a veia da sua têmpora está pulsando, como faz quando ele tenta argumentar com Lucy para tirá-la de um de seus ataques de fúria, uma meta impossivelmente vã, como tentar convencer um furacão a mudar de curso ou amainar-se em uma branda tempestade tropical. Eu consigo ignorá-la, mas Bob não pode resistir a tentar fazer alguma coisa. Ele fala e sua veia pulsa. Ela chora e esperneia. Às vezes é possível fazer suas birras cederem distraindo-a, mas em geral elas têm que seguir seu curso até que Lucy se acalme o bastante para ser capaz de se expressar com palavras.

— Estou me descabelando aqui, Sarah. Não dou conta sozinho. Não temos condições de manter este estilo de vida sem você. As aulas particulares das crianças, a creche, nossos financiamentos estudantis, as hipotecas. E não sei por quanto tempo sua mãe vai abdicar da vida por nós. Talvez devêssemos começar a pensar em vender a casa de Vermont.

— Ou talvez devamos vender esta — proponho.

— Nesse caso, onde iríamos morar? — pergunta Bob, fingindo admitir minha ideia, mas em um tom condescendente.

— Vermont.

Ele olha para mim como se eu tivesse sugerido que vendêssemos um de nossos rins, mas essa me parece ser uma ideia razoável, que já foi vaga e fragmentada, mas há algum tempo vem se aglutinando pouco a pouco em minha mente. Nossa hipoteca da casa de Welmont e o custo de viver aqui são nossas maiores despesas. Poderíamos levar mais de um ano para encontrar um comprador para nossa casa em Vermont, mas mesmo com a economia em crise, o valor dos imóveis em Welmont vem se mantendo estável. Nossa casa aqui tem modestos quatro quartos, e a maioria das pessoas que procura Welmont quer mais espaço, mas está bem-conservada e causaria boa impressão. Provavelmente seria vendida de imediato.

— Não podemos morar em Vermont — diz Bob.

— Por que não? O custo de vida lá é praticamente nulo comparado ao daqui.

— Isso é porque não há nada lá.

— Há muita coisa lá, sim.

— Não os nossos empregos.

— Conseguiríamos empregos.

— Fazendo o quê?

— Não sei, ainda não pensei nisso.

Mas é o que quero. Não acontece muita coisa no Reino Nordeste de Vermont. Não encontramos lá os Estados Unidos corporativos. Aquilo é a Nova Inglaterra rural, só esparsamente povoada, sobretudo por artistas, esquiadores, entusiastas de mountain bike, ex-hippies, fazendeiros e aposentados.

— Eu poderia abrir uma cafeteria — digo, pondo a cabeça para funcionar.

— O quê?

— Uma cafeteria. O B&C's fechou e Cortland precisa de uma boa cafeteria.

— Talvez o B&C's tenha fechado porque Cortland não comporta uma boa cafeteria.

— Talvez o negócio simplesmente não tivesse uma boa administração.

— É uma ideia ridícula de negócio.

— Que há de tão ridículo? Será que o Starbucks é um negócio ridículo?

— Então você quer abrir um Starbucks?

— Não, eu...

— Você quer competir com o Starbucks?

— Não.

— Quer ser a rainha do café do condado de Cortland?

— Isso não tem graça nenhuma.

— Nada disso tem graça, Sarah. Gosto muito de Vermont também, mas somos jovens e ambiciosos demais para viver lá em tempo integral. É um lugar para férias. Nossa vida é aqui. Nossos empregos estão aqui.

Não vejo por que tem que ser assim.

— Você sabe, nós dois poderíamos ficar sem emprego aqui em breve. Não vejo por que não podemos pelo menos dar uma olhada em Vermont.

— Mais uma vez, fazendo o quê? Você quer dirigir os recursos humanos na Mary's Maple Syrup Company?

— Não.

— Quer que eu vá vender passagens para o teleférico na montanha?

— Não. Eu não sei o que há lá.

— Não há nada lá.

— Você não sabe. Não examinamos.

— Então quer recusar seu emprego na Berkley e procurar um em Vermont?

— Quero.

— Esta é uma conversa completamente louca.

— Talvez.

— Não, é.

— Certo, então estamos tendo uma conversa louca.

Bob, um amante do risco, com uma mente brilhante para negócios e espírito empreendedor, deveria estar aberto para este tipo de discussão. Deveria também saber que algumas das melhores ideias, das maiores inovações e dos negócios mais bem-sucedidos do mundo foram a princípio objeto de resistência e percebidos como loucos. Ele parou de coçar o rosto e suas têmporas não estão mais latejando. Está olhando para mim como se não soubesse quem eu sou. Seus olhos estão solitários e amedrontados.

— Sinto muito, Sarah. Não quero ter esta conversa. E não quero pressioná-la. Sei que você ainda está passando por muita coisa, mas acho que não deveria deixar essa oportunidade escapar. Se você esperar, eles terão que encontrar outra pessoa, e poderão não lhe oferecer isso de novo. Esse é seu caminho de volta. Precisamos que você volte para a Berkley.

Esta última frase mais parece uma ordem do que um apelo. Mas, assim como não pôde me mandar de volta para o esqui, ele não pode me mandar de volta para o trabalho. Minha obstinada independência sempre foi uma parede de tijolos que Bob tenta derrubar. Passados todos esses anos, é divertido ver que ele ainda tenta. Por mais que queira em alguns momentos, como agora, Bob nunca foi meu patrão. Para o bem ou para o mal, temos desfrutado um casamento de parceria de igual para igual. Em geral isso é um trunfo, algo de que nos orgulhamos, mas às vezes é, de maneira comprovada, difícil ter dois capitães no mesmo navio, com dois pares de mãos no leme. Quando Bob quer ir para esquerda, e eu para a direita, um de nós tem que transigir, do contrário corremos o risco de bater de frente nas rochas diante de nós e afundar.

— Sei que está com medo. Eu também ficaria. Mas você é corajosa. Veja o que é capaz de enfrentar e de conquistar. Tenho tanto orgulho de você. Se consegue reunir força e coragem para travar batalha com sua Negligência todos os dias, sei que tem força e coragem para voltar ao trabalho. Sei que é amedrontador, mas acredito em você. Eles acreditam. Você pode fazê-lo. Você está pronta.

A ideia de voltar para a Berkley agora é assustadora. Mas não como foi deslizar no snowboard pela primeira vez, como tentar andar sem uma bengala, ou como Martha de péssimo humor. E não é por essa razão que não quero voltar. Desde que deixei a escola de negócios, tenho mantido a cabeça abaixada e corrido a mil quilômetros por hora, consumindo a carne de cada dia até o osso, avançando por uma estrada rumo a uma única meta. Uma vida de sucesso. E não apenas um sucesso trivial. Eu buscava o tipo de sucesso que meus colegas de classe de elite invejariam, o tipo que meus professores apresentariam a futuros alunos como um exemplo brilhante de realização, o tipo a que até os cidadãos excepcionalmente prósperos de Welmont aspirariam, o tipo de que Bob teria orgulho. O tipo de vida bem-sucedida a olhos nus, que seria em todos os aspectos o exato oposto da destruída, vergonhosa vida da minha infância.

E então arrebentei o meu carro. Pela primeira vez em quase uma década, parei de correr a mil quilômetros por hora pela estrada. Tudo parou. E embora muito da calma dos últimos quatro meses tenha sido uma experiência penosa e aterrorizante, ela me deu uma chance de levantar a cabeça e de dar uma olhada à minha volta.

E estou começando a me perguntar: o que mais existe? Talvez sucesso possa ser alguma outra coisa, e talvez haja outra maneira de chegar lá. Talvez haja uma estrada diferente para mim, com um limite de velocidade mais razoável. Se é porque não posso, porque tenho muito medo, porque algo dentro de mim mudou, ou se é por uma mistura dessas três coisas, não sei dizer, mas não quero voltar para a Berkley. Não quero voltar para aquela vida. A mesma intuição que me levou para Mike Green e o snowboard está me levando para algum outro lugar. E eu confio nela.

— Não vou voltar para a Berkley.

Capítulo 33

É sábado de manhã bem cedo, os pica-paus ainda não começaram a tocar percussão nos bordos e nos pinheiros, nem os teleféricos a operar na montanha. Linus acaba de pular do meu colo e agora está deitado no chão com um caminhão em uma das mãos, Coelhinho na outra, chupeta na boca, ainda de pijama, assistindo a um vídeo de *Vila Sésamo* com o volume quase desligado. Charlie e Lucy, por enquanto, brincam quietinhos em seus quartos. Minha mãe e eu estamos sentadas no sofá em frente a um fogo suavemente crepitante, gozando deste pacífico começo de dia. Bob ficou em Welmont; disse que tinha muito trabalho a fazer neste fim de semana, mas desconfio que continua furioso comigo e não quer contribuir com nenhum momento agradável para minha "ideia sem pé nem cabeça" de morar aqui. Aspiro o cheiro de meu *latte* antes de tomar mais um gole quente. Humm. Eu diria que ele está sentido falta de um neste exato momento.

Ostensivamente, estou fazendo um caça-palavras, mas estou sobretudo saboreando meu café, relaxando diante do fogo e observando minha mãe. Ela tricota um xale vermelho vivo, muito concentrada em suas agulhas, volta e meia nomeando baixinho a ordem dos pontos. Ela se detém para massagear o ombro.

— Você está bem? — pergunto.

— Acho que meu braço está dolorido de tanto carregar o Linus.

Ela está apertando parte de cima do braço esquerdo. Tenho quase certeza de que costuma carregar Linus com o direito.

— Talvez você esteja tensionando os ombros enquanto tricota — sugiro, embora sua postura não pareça tensa.

— Acho que é Linus.

Ela fricciona o braço, do ombro ao cotovelo, algumas vezes e depois volta a tricotar. O xale pende de suas agulhas sobre seu colo e o sofá como uma manta. Parece estar quase pronto e imagino que lhe ficará bonito, complementando seu cabelo prateado, seus óculos de aros pretos e o batom vermelho que gosta de usar.

— Você deve sentir falta de suas amigas da Red Hat — digo.

— Sinto — diz ela, sem levantar os olhos ou parar de estalar as agulhas. — Mas falo com elas toda hora.

— Fala?

Nunca a vejo ao telefone.

— Falamos por Skype.

— Você usa Skype?

— Aham.

Esta é a mulher que perdeu o advento do micro-ondas, do videocassete, e do controle remoto da televisão, todos que ainda a deixam atrapalhada. Ela não tem seu próprio celular nem laptop, e não tem um sistema de navegação GPS em seu carro. Mas usa Skype?

— Como chegou sequer a saber o que é Skype? — pergunto.

— Eu vi na *Oprah*.

Eu devia ter adivinhado. As três fontes de toda a informação que minha mãe recebe são a Oprah, a Ellen e a revista *People*. A esnobe acadêmica que existe em mim quer subestimá-la, mas tenho que reconhecer o seu mérito. Ela transpôs um longo caminho em quatro meses. Usa o GPS de Bob como uma profissional e dirigia todo dia para Boston na hora do rush enquanto eu estava no Baldwin. Consegue encontrar o controle remoto certo (temos cinco) e aperta a combinação correta de botões para trocar os inputs do cabo para vídeo e para Wii (até Abby se confundia com isso). Atende o celular que Bob lhe deu para usar enquanto está conosco sempre que lhe ligamos. E, ao que parece, faz ligações por Skype no computador da nossa casa.

— E quanto à sua casa? Deve estar sentindo falta de estar na sua própria casa — digo.

— Sinto falta de alguns aspectos. De vez em quando sinto falta da tranquilidade e da minha privacidade. Mas se estivesse lá, sentiria falta das vozes das crianças, de suas risadas e de toda a atividade daqui.

— Mas e quanto a todas as suas coisas? E sua rotina?

— Tenho uma rotina aqui e uma porção de coisas. Lar é onde a gente vive. Agora, estou vivendo com vocês, portanto isto é o lar para mim.

Lar é onde a gente vive. Penso naquele cartaz no fim de Storrow Drive em Boston: *SE VOCÊ MORASSE AQUI, ESTARIA EM CASA AGORA*. Olho pelas janelas, para a beleza natural de nosso terreno aberto, a manhã cinzenta enchendo-se de cor à medida que o sol se levanta sobre os morros. Eu gostaria muito de morar aqui. E penso que as crianças adorariam. Mas Bob está certo. Não podemos simplesmente nos mudar para cá e desarraigar todo mundo sem um plano concreto para nossa subsistência. Imagino um cartaz na fronteira de Vermont: *SE VOCÊ VAI MORAR AQUI, TERÁ QUE ENCONTRAR EMPREGOS. Empregos reais*, ouço a voz de Bob acrescentar em minha cabeça.

— Mas eu gostaria de voltar para lá no verão. Sentiria falta do meu jardim e das praias. Gosto do verão em Cape Cod — diz minha mãe.

— Você acha que vou estar melhor no verão?

— Ah, acho que estará muito melhor até lá.

— Não, o que quero dizer é: acha que terei voltado a ser como era antes que isso acontecesse?

— Não sei, meu bem.

— Todos os médicos parecem pensar que, se eu não estiver plenamente recuperada até o verão, provavelmente não ficarei mais.

— Eles não sabem tudo.

— Sabem mais do que eu.

Ela verifica sua fileira.

— Aposto que eles não sabem se equilibrar num snowboard — diz ela.

Sorrio, imaginando uma apavorada e vacilante Martha presa a uma tábua na Fox Run, caindo de cheio sobre seu traseiro a cada metro.

— Nada é impossível — diz ela.

Os médicos e terapeutas provavelmente teriam me dito também que eu ainda não podia praticar snowboard, que isso não seria possível. No entanto, é o que estou fazendo. *Nada é impossível.* Permaneço imóvel e absorvo as palavras da minha mãe até sentir que penetraram na parte mais profunda de mim, de onde não podem se desprender. Minha mãe estala suas agulhas, mantendo-se concentrada na confecção de seu xale, por isso não percebe que a observo, amando suas palavras sábias, orgulhosa dela por ter feito tudo o que lhe foi necessário fazer para estar aqui, agradecida porque veio de qualquer maneira e depois ficou para me ajudar mesmo quando eu lhe disse, de forma não muito gentil, que voltasse para casa. Graças a Deus ela me ignorou.

Estendo o braço e aperto seu pé, enfiado numa meia.

— Que foi? — pergunta ela, levantando os olhos de seu ponto.

— Nada — digo.

Ela volta ao xale. Tomo um gole do meu café e observo o fogo, gozando de mais um momento agradável. Estou em casa com minha mãe.

Capítulo 34

Uma típica tempestade *nor'easter* abateu-se sobre toda a Nova Inglaterra no dia de São Patrício, e enquanto em Welmont os trinta centímetros de neve foram sobretudo um inconveniente a suportar para todos com mais de 18 anos — aulas canceladas, voos atrasados, estradas lamacentas, tráfego lento, acidentes de carro —, aqui em Cortland os mais de cinquenta centímetros de neve foram bem recebidos por todos como uma fofa e branca bênção dos céus. As condições na montanha neste sábado ensolarado e sem vento não poderiam ser melhores.

Tenho feito toda sorte de progressos estimulantes em meu snowboard. No fim de semana passado, Mike removeu minha barra do condutor, e em seu lugar agora uso apenas um único bastão na mão direita. O bastão tem um pequeno esqui, quase imperceptível, preso à extremidade, que me dá a segurança de estabilidade adicional e me põe em contato com o solo, mais ou menos como um *outrigger* faz para uma canoa, ou como minha bengala de vovó faz para o meu caminhar. Mas meu bastão *outrigger* é significativamente mais descolado que minha bengala. Nada nele faz pensar em uma anciã.

Estou também presa, por uma corda que passa por um anel no bico da minha tábua, às mãos de Mike, que agora segue em um snowboard atrás de mim. Ele deve parecer um Papai Noel segurando as rédeas de suas renas, o que me transformaria em Corredora, Dançarina ou Rudolph, mas na verdade não me importo com o que podemos parecer aos olhos de qualquer outra pessoa. Do lugar onde estou, vejo um snowboard normal e um magnífico rastro de neve recém-compactada. De sua posição atrás de mim, Mike mantém minha velocidade sob controle com suas rédeas e grita palavras de incentivo, lembretes sobre técnica e avisos sobre qualquer coisa que esteja acontecendo à nossa esquerda. Ele diz que talvez eu queira continuar segurando o bastão, mas que até o fim da temporada provavelmente serei capaz de praticar snowboard sozinha, o que é ao mesmo tempo empolgante e quase inimaginável. Por enquanto, porém, ainda não percebo trechos de gelo, curvas na pista ou outras pessoas em esquis ou snowboards à minha esquerda, a menos que Mike os mostre para mim (e por vezes nem assim); por isso sei que, por enquanto, ainda não estou pronta para deixar de acreditar em Papai Noel.

Avançamos da pista Rabbit para minhas pistas intermediárias favoritas, e estou satisfeitíssima por ter escapado do Tapete Mágico e do morrote para iniciantes e passado para a montanha de verdade. Neste momento, estamos no meio da Fox Run. Estou com olhos e ouvidos abertos para Charlie. Volta e meia eu o vejo em sua tábua, encantado por me ver, depois ainda mais encantado por me deixar para trás. Ele dá a impressão de que a prática de snowboard não requer esforço algum. Não sei que impressão eu dou ao fazer isto, mas imagino que o extraordinário esforço e concentração que estou exercendo são visíveis. Mais uma vez, porém, não me importo com a impressão que dou. Pode não parecer que tiro o snowboard de letra, mas essa é a minha sensação.

Embora a neve esteja imaculada, eu esteja gostando das ultrapassagens de Charlie, tenha completa confiança em Mike para me manter em segurança e esteja me sentindo uma Shaun White, não estou experimentando a pura alegria visceral e a paz que em geral tomam conta de mim quando estou na montanha. Estou concentrada na minha técnica e na sensação da tábua sobre a pista com extrema atenção, mas uma pequena parte de meu foco está ouvindo um monólogo dramático que se desenrola em minha mente.

E se Bob estiver certo? E se a Berkley for o único caminho de volta? E se eu estiver abrindo mão da minha única chance de retornar a uma vida real? Talvez morar em Vermont seja uma ideia louca.

Sento-me sobre os meus calcanhares e viro à direita. Mas estou um pouco recuada demais sobre os calcanhares quando a borda da minha tábua fica presa e eu desabo, caindo em cheio sobre o meu traseiro. Mike para ao meu lado e me ajuda a levantar.

— Você está bem? — pergunta ele.

— Estou — respondo, embora saiba que tanto meu cóccix quanto meu ego estão machucados.

Aponto o bico da minha tábua para a base da montanha e estamos deslizando de novo.

O que Bob e eu iríamos fazer aqui? Não quero abrir uma cafeteria, vender passagens de teleférico ou abrir uma galeria de arte (ideia da minha mãe). Talvez não haja nada aqui para nós. Será que morar aqui significa abandonar nossos estudos dispendiosos e pagos a duras penas, tudo que quisemos realizar, toda a contribuição que pretendíamos dar ao mundo, tudo com que sonhamos?

— Ei, Goofy!

É Charlie. Ele me chama de Goofy porque ponho meu pé direito à frente na tábua, e as pessoas que fazem isso são chamadas de *goofy-footed*. Ele pensa que isso é uma rebelião. Acho que o apelido me assenta perfeitamente. Desta vez Charlie não desacelera, e vejo apenas as costas de seu blusão laranja quando passa a toda por mim. Sorrio.

— Exibido!

Talvez eu esteja simplesmente inválida, apavorada e tentando arrastar Bob para baixo comigo. Talvez eu esteja tentando fugir e me esconder. Estou louca.

Estarei louca?

Minha tábua está apontada diretamente para baixo, e já estou descendo na maior velocidade com que me sinto confortável quando a ladeira mergulha de modo abrupto e eu acelero. Meu coração fica aos pulos e cada músculo de meu corpo se retesa. Mike percebe meu pânico e puxa a corda com força, e, em vez de uma queda dolorosa, reduzo minha velocidade para uma parada suave.

— Está tudo bem? — grita Mike às minhas costas.

— Sim. Obrigada.

Gostaria que ele pudesse puxar da mesma maneira as rédeas dos meus pensamentos descontrolados. Prosseguimos morro abaixo.

Não quero voltar para a Berkley. Tem que haver outra escolha. Um outro sonho para minha vida. Sei disso como sei que a neve é branca. Mas o quê? Onde? Poderíamos ter uma vida plena e bem-sucedida aqui? Parece impossível.

Desloco meu peso para os dedos dos pés. Para minha surpresa, não fico paralisada e não caio. Realinho meu peso sobre os quadris e continuo morro abaixo. Acabo de fazer uma perfeita virada para a esquerda.

Nada é impossível.

Talvez, mas devo confiar na minha intuição ou em Bob? Devo retornar à minha antiga vida ou começar uma nova? É loucura minha pensar que eu poderia voltar para minha vida antiga? É loucura querer alguma outra coisa? Não sei o que fazer. Preciso de algum tipo de sinal.

Deus, por favor, envie-me um sinal.

Terminamos nossa última descida da tarde, minha mente ainda desfiando dúvidas e temores sem oferecer qualquer resposta, deixando toda a pilha emaranhada e suja amontoada no chão bem diante dos meus olhos, dando-me dor de cabeça. Pela primeira vez desde que fui apresentada ao snowboard, fico satisfeita por ter terminado por hoje. Mike e eu dirigimo-nos para o prédio da AEDNI, onde posso devolver meu equipamento e reaver minha bengala de vovó.

Me sento em um banco de madeira e retiro meu capacete. Encontro minhas botas e minha bengala.

— Você pareceu um pouco hesitante hoje — diz Mike.

— É verdade.

— Tudo bem. Em alguns dias você se sentirá mais corajosa do que em outros. Como qualquer pessoa, certo?

— Certo.

— E em alguns dias você verá grandes progressos, e em outros não.

Concordo com a cabeça.

— Não desanime, ok? Virá amanhã?

— Antes de qualquer outra coisa.

— É assim que se fala! Ah, tenho aqueles folhetos para a sua amiga. Estão na minha mesa. Pode esperar aqui um minuto? — pergunta Mike.

— É claro.

Ofereci-me para transmitir informações sobre a AEDNI para Heidi, de modo que ela possa levá-las ao conhecimento dos seus pacientes. Não tenho nenhum dado científico ou clínico para sustentar isto, mas acho que o snowboard é o instrumento de reabilitação mais eficaz que já experimentei. Ele me força a me concentrar em minhas capacidades e não na minha incapacidade, para superar enormes obstáculos, tanto físicos quanto psicológicos, ficar em pé naquela tábua e descer montanha abaixo. E cada vez que desço a montanha inteira, ganho uma real confiança e uma sensação de independência que não senti em nenhum outro lugar desde o acidente, uma sensação de verdadeiro bem-estar que fica comigo por muito tempo depois que o fim de semana termina. E praticar snowboard com a AEDNI pode ter um efeito terapêutico mensurável e duradouro sobre pessoas como eu ou não, mas é muito mais divertido do que desenhar gatos e apanhar bolas vermelhas de uma bandeja.

Mike volta com uma pilha de folhetos na mão.

— Desculpe ter demorado tanto. Fiquei preso ao telefone. Nosso diretor de desenvolvimento está se mudando para o Colorado e estamos tendo uma incrível dificuldade em encontrar alguém para substituí-lo. Que pena você não morar aqui durante o ano todo. Seria perfeita para o cargo.

Tenho feito desejos olhando para estrelas, batido na madeira, catado moedinhas no chão e rezado a Deus por causa de uma coisa ou outra ao longo de toda a minha vida. Mas nunca antes recebi uma resposta mais óbvia, direta e arrepiante. Talvez seja apenas um feliz acaso. Talvez Mike Green seja um anjo na Terra. Talvez Deus esteja jogando um osso para uma pobre Goofy. Mas cá está ele. Cá está o sinal.

— Mike, você, mais do que qualquer pessoa, deveria saber — digo. — Nada é impossível.

Capítulo 35

— Não há um Mangia em Vermont — diz Bob.

Não digo nada. Estamos todos amontoados no carro de Bob, indo jantar no Mangia, meu restaurante familiar favorito em Welmont. Mas não concedo ponto algum para Welmont por causa do Mangia. Não faltam restaurantes decentes em Vermont. Normalmente, não posso ver Bob quando ele dirige, mas por alguma razão meu campo de visão expandiu-se para incluir parte de seu perfil, o bastante para que eu veja seu polegar direito dando batidinhas na tela do seu telefone.

— Pare! — grito.

Ele aperta os freios. Meu cinto de segurança trava e aperta meu peito quando cambaleio para frente. No meio de uma longa fila de carros a menos de 60km/h, tivemos sorte de não levar uma batida na traseira.

— Não, não o carro. Guarde o telefone — digo.

— Nossa, Sarah, você me assustou. Pensei que havia alguma coisa errada. Tenho que fazer uma chamada rápida.

— Você não aprendeu nada com o que aconteceu comigo?

— Sarah — diz ele, no tom de voz que sugere: por favor, não seja superdramática e ridícula.

— Você quer acabar como eu?

— Não tenho como dar uma resposta correta para essa pergunta — diz ele.

— Então vou respondê-la para você. Não. Você não quer acabar como eu. E também não quer matar mais alguém, quer?

— Pare, você vai assustar as crianças.

— Guarde o telefone. Nada de telefone no carro, Bob. Estou falando sério. Nada de telefone.

— É uma chamada rápida, e preciso pegar o Steve ainda hoje.

— Nada de telefone! Nada de telefone! — entoam Charlie e Lucy do banco de trás, adorando a chance de dizer ao pai o que fazer.

— É uma ligação de dois segundos. Eu já poderia ter dado cabo nisso.

— Estamos a dez minutos do Mangia. Não pode esperar dez minutos? Será que Steve e o importante mundo dos negócios não podem esperar dez minutos por você?

— Podem — diz ele, pronunciando a palavra com uma calma exagerada, uma tentativa de disfarçar sua crescente irritação. — Mas estaremos no restaurante e não estou fazendo nada agora.

— Você está DIRIGINDO!

Eu costumava encher minhas viagens para o trabalho e de volta para casa com telefonemas (e até mensagens de texto e e-mails no para-e-anda do trânsito lento). Agora nunca mais voltarei a usar meu telefone no carro (supondo que algum dia serei capaz de dirigir de novo). De todas as lições que aprendi e ajustes que tive que fazer após essa experiência, Nunca Usar Telefone no Carro talvez seja a mais essencial.

— Que me diz disto? — pergunto. — Você poderia conversar comigo agora. Vamos ter uma boa conversa de dez minutos, e, depois que chegarmos ao restaurante e o carro estiver estacionado, você pode fazer sua ligação e todos nós o esperaremos.

— Ótimo.

— Muito obrigada.

Bob dirige e não abre a boca. As crianças pararam a cantoria. Nós seis ficamos parados durante todo o tempo de um sinal vermelho com o rádio desligado e nenhum DVD tocando, e o silêncio parece opressivo. Ele não entende isso, o que a princípio me preocupa, mas, através do catalisador do seu silêncio, eu passo rapidamente da preocupação à fúria. Quando temos que esperar diante de mais um sinal vermelho, e ele ainda não diz nada, e a fúria que sinto por ele não entender por que não quero que use o telefone no carro se converte em fúria por ele não entender por que não quero voltar para a Berkley ou por que quero morar em Vermont. Nosso carro desacelera enquanto o que está à nossa frente vira à direita, e não consigo acreditar que ele não me entende.

— Sobre o que você quer conversar? — finalmente pergunta Bob, o Mangia agora só a umas duas quadras de distância.

— Nada.

Capítulo 36

Minha mãe e eu estamos fazendo hora com Linus em uma loja de brinquedos de Welmont enquanto Lucy está na aula de balé mais adiante na rua e Charlie está no treino de basquete no centro comunitário do outro lado da cidade. Livre de seu carrinho, Linus está no céu brincando na mesa dos trenzinhos, engatando e desengatando trens, empurrando-os pelos trilhos, através de túneis e por sobre pontes. Ele poderia passar o dia inteiro fazendo isso, mas só temos mais cerca de vinte minutos antes que a aula de Lucy termine, e minha mãe e eu já estamos resignadas ao drama que será a saída da loja de brinquedos.

Eu lhe direi na voz alegre de quem anuncia algo muito divertido que está na hora de irmos embora. Sem se deixar enganar por um segundo sequer, ele vai perder a cabeça no mesmo instante e tentará surrupiar o maior número de trenzinhos que suas mãozinhas gordas conseguirem agarrar. Em seguida minha mãe e eu explicaremos de modo tolo para uma criança de um ano completamente perturbada, desprovida de compreensão racional, que os trens pertencem à loja e têm que ficar aqui. Ele se jogará no chão, tentando resistir ao nosso plano de ir embora por meio de desobediência civil, e teremos que arrancar os trens de sua mão e carregá-lo porta afora inteiramente insubmisso, rígido como uma tábua e aos berros. Será medonho. Por enquanto, porém, ele é um menininho encantador em estado de pura beatitude.

— Olhe só para isto — diz minha mãe, segurando um rebuscado vestido de princesa coberto de pedraria e cheio de babados.

— Ela adoraria, mas não precisa dele.

Lucy tem uma mala inteira cheia de fantasias.

— Eu sei, mas ela ficaria tão lindinha nele.

Estou parada em frente ao mostruário de jogos Wii, procurando o We Ski & Snowboard, mas não o encontro em lugar algum. Poderia encomendá-lo on-line, mas na verdade quero esse jogo para mim mesma e estava com a esperança de poder jogá-lo hoje com as crianças.

— Mamãe, pode me ajudar a procurar o videogame de snowboard?

Antes de desistir, quero me assegurar de que ele não está escondido em algum lugar à esquerda. Ela se aproxima e para ao meu lado, põe as mãos nos quadris, aperta os olhos e olha para o mostruário.

— O que estou procurando? — pergunta.

— We Ski and Snowboard.

— Não o vejo — diz ela. — Temos que ir agora. Preciso comprar meu remédio controlado na farmácia.

A drogaria fica na mesma rua, três quadras adiante.

— Vá você, vamos esperá-la aqui — digo, querendo tanto dar mais tempo a Linus com os trens que ele ama quanto me poupar da caminhada.

— Tem certeza? — pergunta ela.

— Sim, ficarei bem.

— Ok, volto logo.

Não vendo nenhum videogame que as crianças queiram ou que já não tenhamos e reconhecendo que certamente não *precisamos* de nenhum deles, continuo examinando as prateleiras perto da mesa dos trenzinhos. Eles têm todos os jogos de tabuleiro clássicos de que me lembro da minha infância — Candy Land, Chutes and Ladders, Yahtzee, Clue, Sorry — além de muitas outras prateleiras com jogos de que nunca ouvi falar. Vago além dos jogos e paro para admirar o mostruário da Alex — tintas, argila de modelar, colas, fios, fantoches, contas, origami —, eu ficaria enlouquecida por todas essas coisas quando era criança. Lucy gosta de todo tipo de artesanato, mas, se estivesse aqui, estaria exatamente onde minha mãe estava, provavelmente cobiçando o mesmo vestido que ela me mostrou.

Olho para a mesa dos trenzinhos atrás de mim. Linus não está lá. Provavelmente está parado em algum lugar à minha esquerda. Olhe para a esquerda, examine a esquerda, vá para a esquerda. Nada de Linus.

— Linus?

Dou uma volta completa em torno da mesa. Ele não está ali.

— Linus, onde está você? Linus?

Ouço minha própria voz soando assustada e isso me assusta ainda mais. Avanço a bengala, dou um passo e me arrasto para dentro do campo visual da adolescente atrás da caixa registradora.

— Você viu um garotinho de um ano? — pergunto.

— Vi, ele está junto da mesa dos trenzinhos.

— Não está lá agora. Não consigo encontrá-lo. Você pode me ajudar?

Não espero que ela responda. Viro-me e começo a andar pela loja.

— Linus!

Onde ele poderia estar? A loja é relativamente pequena, antiquada e desatravancada, com a maioria dos brinquedos expostos em prateleiras contra as paredes. Não há corredores compridos com brinquedos empilhados até o teto. Não é uma loja da rede Toys "R" Us. Mesmo que ele estivesse se escondendo, eu deveria ser capaz de vê-lo. Procuro debaixo das fantasias, atrás dos fantoches, perto dos carros e dos caminhões, sua segunda área predileta da loja. Olhe para a esquerda, examine a esquerda, vá para a esquerda. Ele não está em lugar algum.

— Senhora, ele não está na loja — diz a mocinha.

Ah, meu Deus.

Rumo para a porta o mais depressa que posso. Quando a abro, uma campainha de bicicleta soa. A porta é pesada, pesada demais para Linus abri-la sozinho. Havia alguns adolescentes na loja mais cedo. Ele deve ter se esgueirado com eles. Lembro-me de ter ouvido a campainha tocar. Algum tempo atrás. Ah, meu Deus.

Olho para a extensão da calçada. Há grupos de pedestres espalhados por ela toda. Olho através de todas as pernas. Não o vejo.

— Linus!

Viro meu corpo e olho na outra direção. Não o vejo. Ah, meu Deus. Começo a andar pela calçada, rezando para ter escolhido a direção certa, odiando-me por não ser capaz de correr.

— Linus!

Supondo que ele não tenha sido sequestrado (Deus não permita), para onde iria? As coisas de que mais gosta no mundo são trens, carros e caminhões, especialmente os barulhentos. Os que estão em movimento. O tempo, o som e a própria vida parecem se enevoar à minha volta quando paro e olho para a rua. Main Street. Movimentada no fim da tarde com motoristas cansados, motoristas falando aos seus celulares, motoristas que não esperam ver um bebê de um ano andando pela pista. Paro na beira da calçada, examinando a rua para o horror que minha mente imagina, minhas pernas paralisadas no lugar. De fato, cada centímetro de mim está paralisado no lugar — meu lado esquerdo, meu lado direito, meu coração, meus pulmões, até meu sangue —, como se cada movimento, cada parte viva de mim tivesse parado para testemunhar o que está prestes a se desdobrar, como se sua própria existência estivesse ameaçada. Não consigo vê-lo em lugar algum. Ele desapareceu. Não posso respirar.

— Sarah!

Olho, olho. Não o vejo. Minha visão se estreita. Detalhes e cores se dissolvem. Meus pulmões viram pedra. Estou sufocando.

— Sarah!

Minha mente registra a voz da minha mãe. Olho para o outro lado da rua esmaecida e ao longo da calçada, mas não a vejo.

— Sarah!

Sua voz está mais alta agora e vem da minha esquerda. Viro-me e vejo-a correndo pela calçada em direção a mim, segurando Linus no quadril. Ar e vida me invadem o corpo de volta.

— Linus!

Ela me alcança antes que eu consiga me mexer.

— Saí da farmácia e por acaso olhei para o outro lado. Ele estava prestes a sair andando pela rua — diz ela, a voz ofegante e trêmula.

— Ah, meu Deus.

— O que aconteceu?

— Não sei. Em um minuto ele estava junto dos trens, no minuto seguinte...

Minha garganta seca. Não consigo dizer isso. Não consigo revivê-lo, ainda que seja apenas o que poderia ter acontecido e felizmente não aconteceu. Caio no choro.

— Venha cá, sente-se — diz ela, levando-me para o banco do lado de fora da loja de queijos.

Sentamo-nos, e minha mãe passa Linus para mim. Seguro-o com força no colo e beijo seu rosto muitas vezes enquanto choro. Minha mãe está ofegante, os olhos arregalados e voltados para a rua, mas não parecem estar realmente vendo coisa alguma exceto a cena que se desenrola em sua mente. Um caminhão passa ruidosamente por nós.

— Caminhão! Caminhão! — exclama Linus, encantado.

Aperto-o com mais força. Minha mãe sai de seu transe e consulta o relógio.

— Temos que ir pegar Lucy — diz ela.

— É verdade — digo, enxugando os olhos. — O carrinho dele ainda está na loja de brinquedos.

Dou uma olhada em meu lindo menino antes de passá-lo de volta para o colo da minha mãe. Ele está completamente ileso e alheio ao que poderia ter acontecido. Beijo-lhe o pescoço e aperto-o mais uma vez. Em seguida noto suas mãos.

— E temos que devolver esses trens.

Mais tarde nessa noite, sentindo-me inquieta, saio da cama, entro furtivamente no quarto de Linus e fico vendo-o dormir em seu berço. Ele está deitado de costas, vestindo um pijaminha azul, com um braço acima da cabeça. Ouço sua respiração de sono profundo. Mesmo anos depois daqueles frágeis meses que se seguem ao nascimento, ainda dá alívio e paz aos meus ouvidos maternos ouvir os sons dos meus filhos respirando quando estão dormindo. Sua chupeta laranja está na boca, a borda sedosa de seu cobertor favorito toca-lhe a bochecha e Coelhinho está atravessado relaxado sobre seu peito. Ele está cercado por todo tipo de parafernália de segurança de bebê imaginável, e no entanto nada disso o protegeu do que poderia ter acontecido hoje.

Muito obrigada, Deus, por tê-lo mantido em segurança. Imagino o que poderia ter acontecido hoje, depois me imagino parada aqui agora, mas olhando para um berço vazio. A imagem me tira o fôlego, e mal posso me manter em pé aqui e pensá-la. *Obrigada,*

Deus, por mantê-lo em segurança. E embora eu acredite que seja sempre polido e uma boa política agradecer a Deus pelas bênçãos e milagres da vida, sei que desta vez deveria também estar agradecendo a uma outra pessoa.

Saio do quarto de Linus da maneira mais silenciosa possível, dirijo-me para o térreo e atravesso a sala de estar até o jardim de inverno. Estou prestes a bater quando penso ter ouvido uma das crianças. Ah, não, provavelmente acordei Linus. Após ouvir mais um pouco, porém, percebo que o som está vindo de detrás das portas duplas.

— Mãe? — pergunto e entro sem permissão.

Ela está deitada na cama, enroscada sob sua colcha, cercada por uma quantidade de lenços de papel amassados. Está chorando.

— Qual é o problema? — pergunto.

Ela se vira de frente para mim, puxa mais um lenço da caixa e o aperta contra os olhos.

— Ah, o dia de hoje me deixou emotiva.

— A mim também — digo.

Ando até ela e me sento na beira da cama.

— Acho que meu coração não teria suportado se tivesse acontecido alguma coisa com ele — diz ela.

— Eu também.

— Você não sabe, Sarah. Espero que você nunca saiba como é isso.

Percebo agora que para minha mãe o dia de hoje não envolveu Linus apenas.

— Eu não deveria ter deixado você sozinha na loja de brinquedos — diz ela.

— Não, eu é que devia ter tomado conta dele.

— Eu deveria ter ficado lá.

— Você estava presente na hora H. Você o encontrou. Ele está bem.

— E se eu não o tivesse visto? Fico pensando no que poderia ter acontecido.

— Eu também.

— Eu deveria ter ficado com você.

Ela começa a soluçar.

— Está tudo bem, mamãe. Ele está bem. Acabei de dar uma olhada nele. Está dormindo e sonhando com trens. Estamos todos bem.

— Sinto muito não ter estado lá para você.

— Você estava.

— Não, para você. Todos aqueles anos. Sinto muito.

Ela puxa o último lenço da caixa e assoa o nariz enquanto chora. Não há lenços de papel suficientes para a dor com que tem vivido. Envolvo-lhe o pescoço com a mão direita e estreito-a contra mim.

— Está tudo bem, mamãe. Eu a perdoo. Você está aqui agora. Obrigada por estar aqui agora.

Seu corpo amolece enquanto a seguro em meu abraço. Quando ela finalmente se acalma, deito-me a seu lado e adormeço.

Capítulo 37

Heidi abre a garrafa de vinho que me deu no meu último dia no Baldwin e serve um copo para cada uma. Depois leva os dois copos enquanto eu "levo" minha bengala. Posso senti-la me observando enquanto me movo da cozinha até a sala.

— Seu andar está muito melhor — diz ela. — Muito mais desembaraçado e o arrastamento diminuiu muito.

— Obrigada — digo, surpresa pelo elogio.

Uma porção de coisas está muito mais fácil e menos arrastada agora do que quatro meses e meio atrás — encontrar a comida no lado esquerdo do prato, enfiar o braço esquerdo na manga esquerda, digitar, ler. Mas as melhoras não acontecem da noite para o dia. Elas são lentas, pequenas, sorrateiras e envergonhadas, e só se acumulam em algo notável após semanas e meses, não dias. De modo que não percebo que meu andar melhorou desde o Baldwin. É bom ouvir.

Sentamo-nos no sofá, e Heidi me passa o meu vinho.

— À sua constante melhora — diz ela, erguendo seu copo.

— Certamente vou brindar a isso — digo. Seguro meu copo diante de mim, mas espero que Heidi bata o seu no meu (eu provavelmente erraria o alvo e derramaria todo o vinho sobre ela).

Ela o faz, e bebemos à minha constante melhora. Provavelmente ela é a única profissional de saúde nesta altura que acredita de verdade que isso é possível. Todos os outros ou não dizem nada, evitando fazer qualquer tipo de previsão concreta, ou dizem que *talvez*, mas em seguida afogam o *talvez* em uma lista de ressalvas, restrições e discursos, tipo *não quero lhe dar nenhuma falsa esperança*. E a negação é um grande problema. Ninguém quer que eu viva em negação, que eu continue acreditando que poderia melhorar quando as probabilidades estão de modo esmagador contra isso. Que Deus não permita. Mas, afinal, talvez Heidi não mantenha sua esperança em minha plena recuperação como uma terapeuta ocupacional. Talvez acredite nessa possibilidade por ser minha amiga. Em se tratando de Negligência, prefiro sempre a esperança de uma amiga ao prognóstico cauteloso de um fisiatra.

— Como andam as coisas no Baldwin? — pergunto.

— Mais ou menos na mesma. Temos uma nova mulher com Negligência. Ela tem 62 anos, teve um AVC. A dela é muito mais grave do que a sua, e ela tem alguns outros déficits. Está conosco há três semanas e continua completamente inconsciente do que tem, pensa que está perfeitamente saudável. Vai ser um verdadeiro desafio reabilitá-la.

Penso naqueles primeiros dias no Baldwin, quando eu era a nova mulher com Negligência. Parece que foi há um milhão de anos e não apenas ontem. Sem saber mais nada sobre essa mulher com Negligência, sinto uma conexão com ela, como quando ouço falar de alguém que estudou em Middlebury ou na Harvard Business School, ou quando conheço alguém de Welmont. Por mais diferentes que sejamos, compartilhamos uma experiência de vida semelhante.

Há momentos agora em que esqueço que tenho Negligência Esquerda, mas não é por causa de uma inconsciência dela, como no início. Sei que a tenho. Por isso não tento andar sem minha bengala, pensando que minha perna esquerda funciona. Sei que preciso de ajuda para me vestir, por isso não tento fazê-lo sozinha e depois sair de casa só com metade da camisa no corpo e arrastando a perna esquerda da calça atrás de mim. E não uso o fogão porque sei que é perigoso (não que o usasse muito antes). Sei que preciso me lembrar constantemente de que há um lado esquerdo, de que tenho um lado esquerdo, de que devo olhar para a esquerda, examinar a esquerda e ir para a esquerda, e mesmo que o faça há uma boa chance de que ainda esteja registrando somente o que está à direita.

Mas quando não estou andando, lendo ou procurando as cenouras em meu prato, quando estou relaxando no jardim de inverno, conversando com as crianças ou tomando um copo de vinho no sofá com uma amiga, sinto-me perfeitamente saudável. Não tenho a impressão de que há alguma coisa errada comigo. Não sou uma mulher com Negligência. Sou Sarah Nickerson.

— Como vai Martha? — pergunto.

— Ah, ela morre de saudade de você — responde Heidi, sorrindo.

— Tenho certeza.

— Estou feliz por finalmente termos encontrado tempo para fazer isso — diz ela.

— Eu também.

Heidi me ligou para saber como eu estava pelo menos uma vez por semana desde que saí do Baldwin. Ela também passou por aqui muitas vezes, em geral quando vinha trazer Charlie depois do basquete. Mas entre seu horário de trabalho, minhas viagens para Vermont todo fim de semana e os dias de férias escolares, não havíamos tido tempo para nosso encontro marcado em torno de uma garrafa de vinho até agora, quase fim de março.

— Gosto muito da sua casa — diz ela, correndo os olhos pela sala de estar.

— Obrigada.

— Não posso acreditar que você poderia se mudar daqui.

— Eu sei. Será uma grande mudança se acontecer.

— Fale-me sobre o emprego.

— É o cargo de diretor de desenvolvimento da AEDNI. Eu seria responsável por desenvolver e fortalecer suas estratégias para levantar fundos. Encontrar patrocinadores corporativos, doadores, alavancar relações para ajudar a promover o programa, obter subvenções. Serão vinte horas por semana, e eu poderia trabalhar pelo menos a metade delas em casa.

— Parece o emprego perfeito para você.

— Realmente. Todas as habilidades para negócios que acumulei na Harvard Business School e na Berkley me permitem fazer bem o trabalho. E minha deficiência me dá a empatia e a experiência de alguém que se beneficiou da AEDNI para fazer o trabalho com paixão. Eu estaria dando uma contribuição necessária para uma organização importante em que acredito. E a carga horária é perfeita.

— E Bob? Ele poderia trabalhar na AEDNI também? — pergunta ela.

— Não, não. A organização é basicamente voluntária. E ele ia querer alguma outra coisa, de qualquer maneira.

Heidi consulta o seu relógio. Meu antigo relógio. Ele fica bem nela.

— Onde está Bob? — pergunta, dando-se conta de que está tarde.

As crianças e minha mãe já estão na cama.

— Ainda no trabalho.

— Puxa, tarde da noite.

— Pois é.

Não entro em detalhes. Embora não seja atípico para Bob passar por períodos de até um mês em que precisa trabalhar toda noite até tarde, este período particular começou assim que eu recusei o emprego na Berkley, e a sincronia parece exata demais para poder ser atribuída a uma coincidência. Ele poderia estar fazendo horas extras para assegurar que, como o arrimo da nossa família, não será demitido, ou poderia estar sob uma pressão ainda mais extrema para ajudar sua fraca companhia a sobreviver por mais um dia, mas creio que ele está simplesmente evitando a mim e ao trabalho que me foi oferecido em Vermont.

— Quando vocês iriam?

— Bem, a AEDNI precisa da minha resposta o quanto antes, mas eu não precisaria começar até o outono. Portanto temos algum tempo.

— Nesse caso, o que vai dizer a eles?

— Quero dizer sim, mas não posso a menos que Bob se sinta confiante de que pode encontrar alguma coisa lá, também. Vamos ver. Se não der certo, tenho certeza de que poderei encontrar alguma coisa por aqui — digo, na verdade sem convicção alguma.

— E quanto à sua mãe? Ela iria com vocês?

— Ela vai voltar para Cape Cod para passar o verão, mas voltará para morar conosco em setembro, depois do Dia do Trabalho.

— E o que ela acha de morar em Vermont?

— Ah, ela gosta muito de lá. Mais do que daqui.

— E como você fará para ter ajuda no verão?

— Se estivermos em Vermont, a sobrinha de Mike Green passará o verão em casa, de férias da faculdade, e vai precisar de um emprego de tempo parcial. Ela foi babá durante anos, está estudando enfermagem, e Mike acha que será ótima comigo e com as crianças. E se estivermos aqui, a Abby voltará de Nova York em maio e disse que pode ser nossa babá durante o verão.

— Parece que você está com tudo arranjado, exceto Bob.

— É.

Tudo exceto Bob.

Capítulo 38

É o último fim de semana de março, e enquanto a maior parte do país desfruta o início da primavera, Cortland está, como todos os anos, comemorando seu Forever Winter Festival. Bob, Charlie, Lucy e eu acabamos de almoçar no pavilhão principal depois de uma manhã toda nas encostas. Minha mãe e Linus passaram a manhã no festival, e agora Bob e as crianças querem ir, mas estou me sentindo cansada demais. Decidimos que Bob vai me deixar em casa para uma sesta, e ele e as crianças irão sem mim.

O festival é um evento de uma semana de duração, típico das cidadezinhas de Vermont e uma grande diversão para toda a família. Há concursos de bonecos de neve, fogueiras e biscoito com marshmallow, chocolate quente e cones com raspadinha, esqui no gelo do lago, corridas de esqui cross-country e música ao vivo. E toda a indústria local vende seus produtos na feira do festival — xarope de bordo, doces, geleias de fruta, queijos, mantas, pinturas, esculturas. Estamos no carro e leio o folheto do festival em voz alta para deixar as crianças empolgadas.

— Olhem só, vai haver corridas de trenós puxados por cães hoje!

— Talvez eu possa ser um condutor profissional desses trenós — diz Bob.

— Oba! — gritam Charlie e Lucy.

— E pesca no gelo — digo, tentando permanecer no assunto do festival.

— Eu poderia ser um pescador em lagos congelados — diz Bob.

— Oba! — aplaudem Charlie e Lucy.

— Bob — digo.

— Eu poderia também criar vacas no quintal e fazer sorvete!

— Oba! — gritam as crianças, rindo.

Rio também, mas só porque não consigo deixar de imaginar Bob com as mangas da camisa enroladas, tentando ordenhar uma vaca.

— E eu poderia ter meu próprio caminhãozinho de sorvete, e seria o sorveteiro!

— Oba! — gritam elas.

— Faça isso aí, papai — diz Lucy.

— Isso, seja um sorveteiro! — diz Charlie.

— Os votos foram dados, meu bem. Sou o mais novo sorveteiro de Vermont. Vou precisar de um caminhãozinho branco e de um chapéu.

Mais uma vez, dou uma gargalhada, imaginando Bob com o chapéu. Acrescentei também suspensórios vermelhos.

É agradável brincar com esse assunto. Nossas conversas sobre o emprego de Bob e Welmont *versus* Cortland têm sido carregadas e estressantes, sem ter levado por enquanto a decisão alguma. Agora pelo menos ele está aberto à ideia, e procurando de modo efetivo um emprego em Vermont. Mas é exigente. Se não estava encontrando nada adequado para si em Boston, a cada dia que passa tenho menos fé de que vai encontrar alguma coisa que lhe pareça aceitável aqui.

Paramos na entrada da nossa garagem, e Bob me ajuda a descer com o carro ainda ligado.

— Consegue se virar a partir daqui? — pergunta ele, entregando-me a bengala.

— Consigo, tudo bem. Pode trazer um pouco de *fudge* para casa?

— Pode deixar. Vou ficar olhando para ter certeza de que você entrou.

Caminho pela trilha de cascalho até a porta da frente. Solto a bengala, giro a maçaneta e abro a porta. Em seguida me viro e me despeço com um aceno enquanto Bob sai. Estou me sentindo melhor e mais confiante para ficar de pé sem me apoiar na bengala ou segurar em alguma coisa, e a sensação de ficar parada apenas sobre meus dois pés, mesmo por poucos segundos, é emocionante.

Ao atravessar o vestíbulo, ouço um som sibilante, agudo. Parece o apito dos trens movidos a bateria de Linus, mas ele deveria estar bem no meio das três horas de sono que dorme à tarde. Seria melhor que não estivesse acordado brincando com trens.

— Mamãe? — chamo, mas não muito alto, para o caso de ele estar dormindo, como deveria.

Entro na sala. Minha mãe está adormecida no sofá. Linus deve estar lá em cima em seu berço. Bom. Mas o som sibilante está mais alto aqui. E constante. Talvez o botão de um de seus trens eletrônicos tenha ficado emperrado. Olho pela sala à procura do trem, mas não vejo nenhum. O local está limpo e todos os brinquedos de Linus estão guardados. Verifico a tv. Está desligada.

Vou com minha bengala até a caixa de brinquedos de Linus e ouço. O assobio não parece estar vindo dos brinquedos. Ouço novamente, tentando localizar o som. Não consigo descobrir. Sinto-me mais intrigada para saber que diabo é isso do que irritada ou amedrontada. O som não é alto a ponto de perturbar Linus ou minha mãe, e tenho certeza de que não o ouviria de maneira alguma do meu quarto. Mas o que é isso? Avançando a bengala, dando passos e me arrastando, vou até a cozinha e ouço. O som vem sem dúvida daqui. Abro e fecho a geladeira. Não, não é isso. Corro os olhos pelo chão, pela mesa e bancada, procurando um dos trens de Linus. Tudo está limpo. Nenhum trem. Nenhum brinquedo eletrônico. Nenhum celular. Nenhum iPod.

Olho para o tampo do fogão. Não há nada ali. Em seguida me lembro de *olhar à esquerda*, e vejo a chaleira sobre uma boca rubra, tufos de fumaça saindo pelo bico. Olho através da bancada de novo, desta vez me lembrando de *examinar a esquerda*, e noto a caneca vazia da minha mãe, o barbante e o quadrado de papel do saquinho de chá pendendo da borda.

Sinto o coração no estômago e começo a suar frio. Desligo o botão e afasto a chaleira para a direita. O assobio cessa.

Volto para a sala com a ajuda da bengala. Ouço. Tudo está silencioso. Sento na beira do sofá junto da minha mãe e sei, mesmo antes de lhe segurar a mão, que ela não está dormindo.

Capítulo 39

Vendemos nossa casa em Welmont e nos mudamos para Cortland em junho, depois que Charlie e Lucy terminaram o ano escolar. Bob se afastou do trabalho no verão, Charlie e Lucy passaram as manhãs no acampamento da ACM, as três crianças brincaram no quintal ou nadaram no lago Willoughby na maioria das tardes, e aprendi a andar de caiaque no mesmo lago através do programa de recreação de verão da AEDNI. Embora minha mãe sempre tivesse planejado passar o verão em sua casa em Cape Cod, ainda me parecia estranho estar aqui sem ela. Eu continuava esperando vê-la entrar pela porta da frente, que me trouxesse a última *People*, ouvir o som de seu riso. Ainda continuo. Havia imaginado fazer pelo menos umas duas viagens com Bob e as crianças para visitá-la durante o verão. Havia imaginado passar tempo com ela na praia, comer tomates frescos de sua horta, conhecer suas amigas da Red Hat. E quando não estivéssemos com ela em Cape Cod, havia imaginado que nos falaríamos por Skype.

Agora é a primeira semana de novembro, as árvores já mudaram de cor e perderam as folhas, a temporada de mountain bike terminou e falta pelo menos um mês para haver neve suficiente na montanha. É um mês sonolento em uma cidadezinha que dormita o ano todo, mas não me importo. Bob e eu estamos sentados à nossa mesa favorita perto da lareira no Cesca's. Não precisamos fazer reserva, não tivemos dificuldade alguma em encontrar um lugar para estacionar bem em frente ao restaurante e não tivemos que esperar por nossa mesa favorita. Somos as únicas duas pessoas aqui, em parte por ser tão cedo, mas o lugar não ficará cheio em momento algum esta noite.

Bob desliza uma caixinha branca através da mesa.

— O que é isso? — pergunto, sem esperar um presente para aquela ocasião.

— Abra — diz ele.

Estamos aqui para comemorar o aniversário do dia em que sobrevivi a meu desastre de carro. Escolhemos de forma consciente transformá-lo em um dia de comemoração, não em um dia de pesarosos "E se" — E se eu não tivesse ganhado o pedra-papel-tesoura? E se não estivesse chovendo? E se não tivesse tentado usar o telefone? E se tivesse levantado os olhos antes? E se não tivesse batido a cabeça? Estamos aqui para comemorar a vida que temos, não para deplorar a que perdemos. Mas, antes que eu abra o presente de Bob, não posso deixar de refletir sobre ambas.

Sinto falta do meu antigo emprego na Berkley. Sinto falta do Richard e da Jessica, dos consultores brilhantes, da sensação de chegar com sucesso ao fim de um dia aparentemente impossível, de alocar pessoal para projetos interessantes, da temporada de recrutamento, de administrar o desenvolvimento de carreiras e de ser de fato boa em tudo isso. Mas não sinto falta do ir e vir diário entre minha casa e o trabalho, das viagens, dos horários e do estresse que acompanhava todas essas coisas.

Gosto muito do meu novo emprego na AEDNI. Gosto de Mike e do pessoal voluntário, um grupo diversificado de pessoas com os corações mais generosos do planeta. Gosto do horário. Em geral, estou lá das oito ao meio-dia, de segunda a sexta-feira, e geralmente faço mais umas cinco horas por semana a partir de casa, mas em alguns dias trabalho apenas do sofá de minha sala de estar. Gosto do próprio trabalho. Parece desafiante e importante. E sou realmente boa nele. Estou trabalhando lá há dois meses, e ainda não precisei chorar. Acho que não vou precisar.

Não sinto falta das minhas camisas de colarinho abotoado e dos meus terninhos que só podiam ser lavados a seco. Na AEDNI todos se vestem de maneira absolutamente informal. Sinto falta dos meus saltos altos.

Sinto falta do meu antigo salário e da sensação de orgulho, poder e valor que ele me dava. Ganho muito menos dinheiro agora. Muito menos. Mas o que perdi em dólares, ganhei em tempo. Agora tenho tempo durante as tardes para ajudar Charlie e Lucy com seus deveres de casa, para jogar Wii com eles, para assistir aos jogos de futebol de Charlie, para fazer uma sesta com Linus. Não vejo a hora de passar as tardes praticando snowboard. Tenho tempo para pintar um retrato de Lucy (a única dos meus filhos que fica sentada quieta por tempo suficiente) ou das maçãs que colhemos no pomar. Tenho tempo para ler romances, para meditar, para observar o veado atravessar o quintal, para jantar todas as noites com minha família. Menos dinheiro, mais tempo. Até agora, valeu a pena perder cada centavo.

Nenhum de nós sente falta do antigo emprego de Bob. Ele encontrou uma posição na Verde Inc., onde trabalha para ajudar uma lista internacional de clientes a desenvolver planos economicamente favoráveis para passar a usar fontes de energia renováveis. A companhia é jovem e dinâmica, com um pessoal florescente e apaixonado pelo que faz, e Bob gosta muito dela. Ela se situa em Montpelier, a cerca de oitenta quilômetros de nossa casa em Cortland, mas é tudo autoestrada, e, como nunca há trânsito, ele só leva 45 minutos, o mesmo tempo que levávamos para ir de Welmont a Boston (se o tempo estivesse bom, se não houvesse acidente algum e se o Red Sox não estivesse na cidade). Todos lá compreendem sua necessidade de sair do escritório cedo para me ajudar com as crianças. Em geral ele está em casa às quatro horas.

A escola primária aqui é maravilhosa. As turmas têm a metade do tamanho que tinham em Welmont, e os professores do programa de educação especial estão fazendo um excelente trabalho com Charlie. Ele não vê a hora de integrar a equipe de snowboard da escola este inverno. Lucy gosta de sua nova professora e adora Hannah, sua nova melhor amiga. E Linus se ajustou sem um soluço à sua nova creche. Bob o leva todas as manhãs antes de ir para o trabalho, e Chris ou Kim da AEDNI o trazem para casa para mim às duas horas.

Sinto falta de Heidi. Ela promete trazer sua família toda para Cortland durante as férias de fevereiro para uma semana de esqui e snowboard.

Sinto falta do Starbucks. O B&C's continua fechado. Pelo menos temos a Impressa.

Sinto falta de ser capaz de fazer coisas simples com facilidade, como ler, digitar, raspar as pernas, me vestir, cortar papel com tesoura, enfiar um travesseiro numa fronha, arrumar uma blusa que está escapando da calça.

Sinto falta de dirigir e da independência que isso proporciona. Bob me leva para Mount Cortland de manhã, e Mike ou alguém da AEDNI me traz em casa, mas sinto falta de ser capaz de ir e vir sem ser passageira de outra pessoa.

Uma pequena porcentagem das pessoas com Negligência Esquerda acaba se recuperando o bastante para dirigir com segurança. Sempre resoluto em seu estímulo, segunda-feira passada, antes do trabalho, Bob parou no estacionamento vazio da igreja e me disse para fazer uma tentativa. Depois de trocarmos de lugar, afivelei meu cinto (algo que jamais poderia fazer seis meses atrás), engrenei a marcha e passei o pé direito do freio para o acelerador. Mal rodamos um metro antes que Bob gritasse: *Pare!* Meti o pé no freio, em pânico, mas sem entender o porquê daquilo. *Olhe para a ESQUERDA*, disse ele. A princípio, não notei absolutamente nada, e depois lá estava — a porta do lado do motorista, escancarada. Tudo me leva a crer, portanto, que ainda não estou pronta para dirigir. Ainda.

Sinto falta de caminhar. Continuo avançando com a bengala, dando um passo e arrastando o pé, mas com muito mais confiança e muito menos arrastamento, e espero progredir em breve para uma bengala comum. Esperança. Progresso. Ambos ainda me restam.

De tudo que sinto falta, porém, é da minha mãe que sinto mais. E se eu não tivesse ganhado o pedra-papel-tesoura? E se não tivesse batido a cabeça? E se não tivesse precisado da ajuda dela? E se ela não tivesse se prontificado a me ajudar? Sou tão grata por ter tido a oportunidade de conhecê-la e de amá-la antes que morresse.

Levanto a tampa da caixa desembrulhada. Meu coração incha de emoção e lágrimas rolam por minhas faces sorridentes.

— Ah, Bob, é lindo.

— Aqui, deixe-me prendê-lo para você.

Ele estende o braço sobre a mesa e segura minha mão esquerda na sua.

— Pronto — diz.

Sacudo o ombro e ouço o tilintar da minha pulseira de berloques em meu pulso esquerdo. Olhe para a esquerda, examine a esquerda, vá para a esquerda.

Encontro meu anel de brilhante e a aliança. Eu e Bob.

Olhe para a esquerda, examine a esquerda, vá para a esquerda.

Encontro meu relógio cor-de-rosa, de plástico.

Olhe para a esquerda, examine a esquerda, vá para a esquerda.

Encontro minha pulseira de prata de berloques e os três discos do tamanho de uma moeda de dez centavos. Charlie, Lucy e Linus.

Olhe para a esquerda, examine a esquerda, vá para a esquerda.

Vejo o novo presente que ganhei de Bob. Meu novo berloque. Um chapéu de prata enfeitado com um único rubi facetado. Minha mãe.

— Obrigada, meu bem. Gostei muito.

Nossa garçonete nos traz uma garrafa de Shiraz e pergunta o que gostaríamos de comer. Nós dois pedimos saladas Caesar e o ravióli de abóbora. Bob serve o vinho e levanta seu copo.

— A uma vida plena — diz ele.

Sorrio, amando-o por mudar comigo, por ir para onde minha Negligência nos levou, por compreender meu novo eu. Porque, embora eu ainda alimente a esperança de uma plena recuperação, aprendi que minha vida pode ser plenamente vivida com menos.

Olho de novo para a esquerda e encontro minha mão, coberta de belos símbolos de mim e Bob, de nossos filhos, de minha amiga e agora de minha mãe. Com cada grama de concentração que posso reunir, levanto meu copo de vinho bem alto com a mão esquerda.

— A uma vida plena — digo.

Fazemos tim-tim e bebemos.

ESTOU SUBINDO NO TELEFÉRICO QUÁDRUPLO para o cume do Mount Cortland. Minha mãe está sentada a meu lado, à minha direita, onde prefere se posicionar para ter certeza de que a vejo. Usa um xale de tricô vermelho sobre um suéter branco, calça preta com elástico na cintura, botas pretas e um enorme chapéu vitoriano de chá coberto de flores vermelhas.

— Mamãe, você não está vestida de maneira adequada.

— Não?

— Não. E não tem esquis ou um snowboard. Como vai descer a montanha?

— Estou aqui só para ver a paisagem.

— Ah.

— E para passar algum tempo com você.

— Deveria aprender a praticar snowboard.

— Ah, não, é muito tarde para eu fazer esse tipo de coisa.

— Não, não é.

— É, sim. Mas gostei de fazer essa subida com você.

Olho para cima e vejo que estamos chegando. Levanto a barra sobre nossas cabeças, viro minha tábua e avanço para a frente no assento.

— Lembre-se de olhar para a esquerda — diz minha mãe.

Viro a cabeça para a esquerda e tenho um sobressalto. Nate e meu pai estão sentados junto de mim.

— Meu Deus. De onde vocês vieram? — pergunto.

— Estávamos aqui o tempo todo — diz meu pai, sorrindo para mim.

Meu pai e Nate estão ambos usando blusões de esqui vermelhos e calças pretas, mas eles também não têm esquis ou snowboards.

Chegamos ao cume, e deslizo pela rampa. Nate, meu pai e minha mãe seguem em frente e embarcam em outro teleférico sem mim. Vejo a sua cadeira subir e dissolver-se no céu.

— Ei.

Viro a cabeça para a esquerda. É Bob.

— Vocês estão todos aqui — digo.

Linus está acomodado em uma cadeirinha-canguru presa às costas de Bob, Lucy está sentada a seu lado com seus esquis e Charlie está na frente deles sobre sua tábua.

— É claro. Estamos à sua espera.

Olho para a trilha intacta diante de nós, para o vale coberto de neve lá embaixo, para as Green Mountains à distância, curtindo a sensação do sol cálido da manhã contra minhas faces frias. Na quietude do cume, não ouço nada senão o som de minha própria respiração.

— Vamos — digo.

Viro o bico da minha tábua e inclino-me para baixo.

Deslizar, virar, deslizar.

Estou em paz.

Deslizar, virar, deslizar.

Estou inteira.

Deslizar, virar, deslizar.

Silêncio.

Nota da autora

A Negligência Esquerda, também conhecida como negligência unilateral e negligência hemiespacial, é uma síndrome neurológica real que ocorre em consequência de dano ao hemisfério direito do cérebro, como a que poderia decorrer de um acidente vascular cerebral, de uma hemorragia ou de uma lesão traumática no hemisfério direito. Embora seja provável que a maioria das pessoas comuns nunca tenha ouvido falar de Negligência Esquerda, pacientes com essa condição são atendidos com frequência por profissionais da saúde em hospitais de reabilitação. Os pacientes com Negligência Esquerda não são cegos; o que ocorre é que seus cérebros ignoram a informação do lado esquerdo do mundo, incluindo muitas vezes o lado esquerdo de seus próprios corpos. As pessoas que vim a conhecer com Negligência Esquerda se encontram em diferentes estágios de recuperação e adotaram muitas estratégias usuais e criativas para se adaptar à vida sem uma percepção consciente da esquerda. Todas elas continuam tendo esperança de maior recuperação. Enquanto esta história estava sendo escrita, os processos neurológicos subjacentes à Negligência Esquerda ainda não tinham sido bem compreendidos.

A New England Handicapped Sports Association (NEHSA)* é uma organização real com sede em Mount Sunapee, em Newbury, New Hampshire (e não na cidade ficcional de Cortland, Vermont). Sua missão é "dar testemunho do triunfo do espírito humano, ajudando pessoas com deficiências e suas famílias a enriquecer suas vidas por meio de esportes adaptativos, de recreação e de atividades

---

* Na edição brasileira, optamos por traduzir a sigla NEHSA para facilitar a compreensão. Logo, New England Handicapped Sports Association virou Associação de Esportes para Deficientes da Nova Inglaterra (AEDNI).

sociais". Ela atende pessoas que vivem com muitos tipos de deficiência, inclusive amputações, autismo, síndrome de Down, lesão cerebral traumática, espinha bífida, distrofia muscular, esclerose múltipla, problemas de equilíbrio e acidentes vasculares cerebrais. Para mais informações sobre essa excelente organização, visite seu site, www.nehsa.org, ou envie um e-mail para info@nehsa.org.

Este livro foi composto com Sabon LT e
Lucian BT, e impresso na gráfica Santa Marta
sobre papel pólen soft 70g/m².